島田莊司

星籠之海 ㊤

郭清華——譯

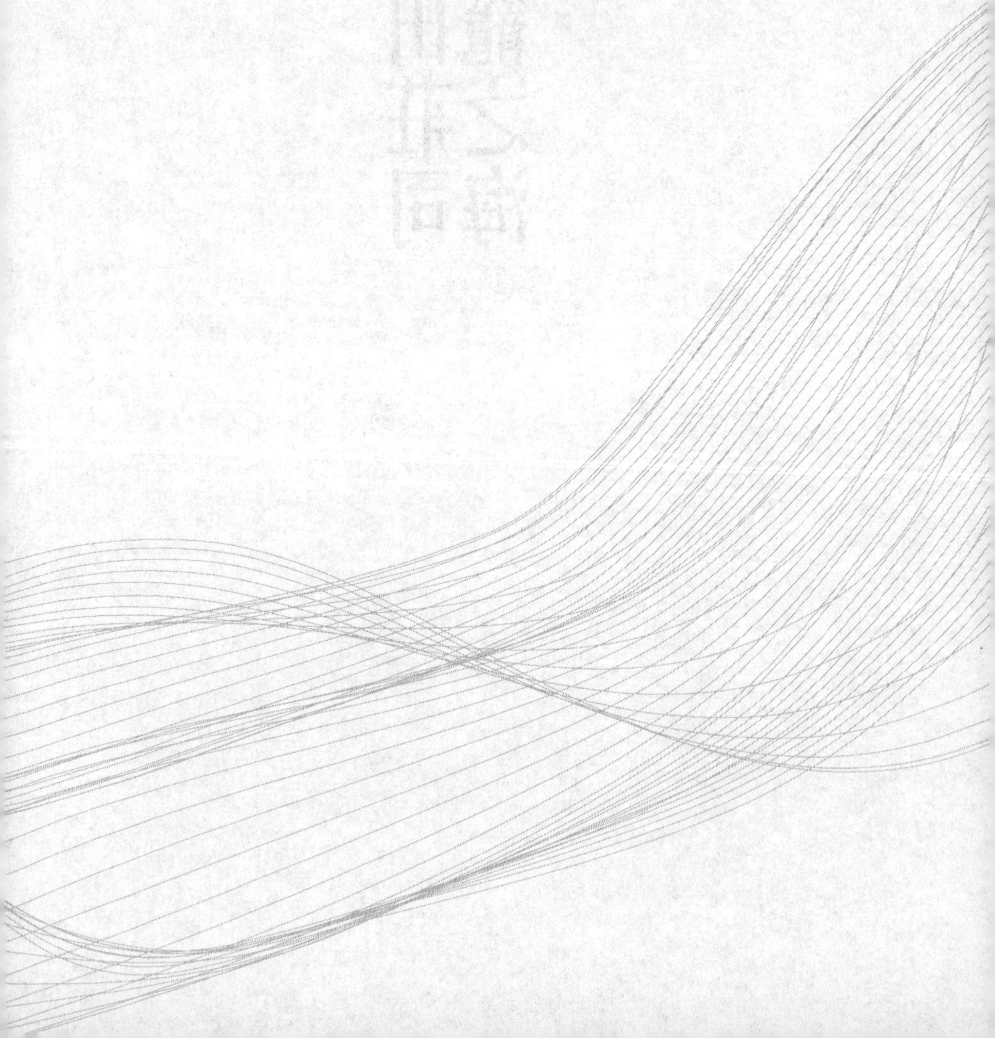

瀬戸内海は、世界にもまれな特殊な海で、六時間ごとに大きく潮が動きます。この海の覇者村上水軍には、大船を沈める秘策がありました。

島田荘司

瀨戶內海是世界上極為特殊的海洋，每隔六小時便會出現一次巨大的潮動。而這片海域上的霸者村上水軍，曾經擁有可以擊沉大船的奇策！

島田莊司

【總導讀】

新本格推理小說之先驅功臣島田莊司（十次增補版）

推理評論家 傅博

《占星術殺人事件》是新本格推理小說的先驅作品

說到日本之新本格推理小說的發軔時，誰都知道其原點是一九八七年，綾辻行人所發表的《殺人十角館》。但是少有人知道黎明前的那段暗夜的故事。凡是一個事件或是現象的發生，都有原因的，不是平空而來的。新本格推理小說的誕生也不例外，現在分為近、遠兩因來說。

一九五七年，松本清張發表《點與線》和《眼之壁》，確立社會派推理小說的創作路線，之後，新進作家都跟進。之前以橫溝正史為首的浪漫派（又稱為虛構派）推理小說（當時稱為偵探小說），隨之衰微，最後剩下鮎川哲也一人孤軍奮鬥。

但是稱為社會派推理作家的作品，大多是以寫實手法所撰寫之缺乏社會批評精神，甚至不少作品變質為風俗推理小說，到了一九六〇年代後半就開始式微，於是第一波反動勢力抬頭，就是幾家出版社之浪漫派推理小說的重估出版。

最初是一九六八年十二月，桃源社創刊「大浪漫之復活」叢書，收集了清張以前，被稱為偵探作家之國枝史郎、小栗虫太郎、海野十三、橫溝正史、久生十蘭、橘外男、蘭郁二郎、香山滋等代表作，獲得部分推理小說迷的支持。之後由幾家出版社分別出版了「江戶川亂步全集」、「夢野久作全集」、「橫溝正史全集」、「木木高太郎全集」、「濱尾四郎全集」、「山田風太郎全集」、「大坪砂男全集」、「高木彬光長篇推理小說全集」等精裝版不下十種。

另外，於一九七一年四月由角川文庫開始出版的橫溝正史作品（實質上是文庫版全集，達一百卷），與角川電影公司的橫溝作品的電影化之相乘效果，引起橫溝正史大熱潮，合計銷售一千萬本。象徵了偵探小說的復興，但是沒有出現繼承撰寫偵探小說的新作家。此為遠因之一。

遠因之二是，一九七五年二月，稱為「偵探小說專門誌」以重估偵探小說、發掘偵探小說之新人作家、推動推理小說評論為三大編輯方針的《幻影城》創刊。

《幻影城》於一九七九年七月停刊，在不滿五年期間，以特輯方式，有系統地重估了偵探小說，確立了從前不被重視的推理小說評論方向，並舉辦「幻影城新人獎」，培養出一批具「新偵探小說觀」的新進作家，如泡坂妻夫、竹本健治、連城三紀彥、栗本薰、田中芳樹、筑波孔一郎、田中文雄、友成純一等。

《幻影城》停刊後，浪漫派推理小說復興運動也告一段落，只泡坂妻夫等幾位幻影城出身的作家，以及《野性時代》出身的笠井潔陸續發表偵探小說而已。代之而興起的，就是被歸類於推理小說的冒險小說。一九八〇年代，日本推理小說的第一主流就是冒險小說。

近因是帶著《占星術殺人事件》登龍推理文壇的島田莊司的影響。《占星術殺人事件》原來是於一九八〇年，以《占星術之魔法》應徵第二十六屆江戶川亂步獎的作品，雖然入圍，卻沒得獎。改稿後，於八一年十二月以《占星術殺人事件》，由講談社出版。

占星術是把人體擬作宇宙，分為六部分，即頭部、胸部、腹部、腰部、大腿和小腿。各由不同行星守護。又每人依其誕生日分屬不同星座，特別由星座守護星祝福其所支配部位。

一九三六年幻想派畫家梅澤平吉，根據上述占星術思想，留下一篇瘋狂的手記，被殺害陳屍於密室。手記內容寫道，自己有六名未出嫁女兒，其守護星都不同，如果各取被守護部位，合為一個完美的處女的話，生命實質上已終結，其肉體被精練，昇華成具絕對美之永遠女神，變為「哲學者之后（阿索德）」，保佑日本，挽救神國日本之危機。

之後，六名女兒相繼被殺害分屍，屍體分散日本各地，好像有人具意識地在繼承梅澤的遺志。但是梅澤的手記沒人看過，何來有遺囑殺人呢？兇手的目的是什麼？四十年來血案未破，成為無頭公案。

四十三年後的春天，事件關係者寄來一包未公開過的證據資料給占星術師兼偵探的御手洗潔，請他解決這一連串的獵奇殺人事件。名探御手洗如何推理、解謎、破案之經過，請讀者直接閱讀本書，這裡不饒舌，只說本書是一部蒐集古典解謎推理小說的精華於一書的傑作。

故事記述者石岡和己是名探的親友，完全承襲柯南・道爾的福爾摩斯探案；御手洗潔根據四十年前的資料做桌上推理，是沿襲奧希茲女男爵的安樂椅偵探；書中兩次插入作者向讀者的挑戰信，是踏襲艾勒里・昆恩的「國名系列」作品；炫耀占星術、分屍的獵奇殺人，是繼承約翰・狄克森・卡爾的浪漫性和怪奇趣味。

本書出版後毀譽褒貶參半，否定者認為這種古色古香的作品，不適合社會派（實際上是寫實派）的推理小說時代，卻不從作品的優劣作評價。肯定者即認為是一部罕見的本格推理傑作。這些肯定者大多是年輕讀者。

處女作是作家的原點，至今已具三十年作家資歷的島田莊司，其作品量驚人，已達七十部以上，非小說類之外，都是本格推理小說，而大多作品都具處女作的痕跡。

島田莊司的推理小說觀

在日本，小說家寫小說，評論家寫評論，各守自己崗位，工作分得很清楚；不像台灣的作家，人人都是天才，詩、散文、小說、評論樣樣寫，產品卻都是垃圾一大堆，但是有例外。現在日本推理文壇，也有例外，二位作家——島田莊司和笠井潔，卻是雙方兼顧的作家。笠井潔的評論著重於理論與作家論（有機會另詳說），島田莊司的評論大都是宣揚自己的「本格 mystery」理念。

那麼島田莊司的本格推理小說觀是怎樣的呢？我們可從一九八九年十二月，島田莊司所發表的長篇論文〈本格ミステリー論〉（收錄於講談社版《本格ミステリー宣言》一書裡）可獲得解答。

島田莊司的推理小說觀很獨自，把八十多年來的日本推理小說，大概按時代分為三種類，以不同名稱稱呼，意欲表達其內容的不同：清張（一九五七年）以前的作品群稱為「探偵小說」，即偵探小說也。清張為首的社會派作品稱為推理小說。自己發表《占星術殺人事件》以後之推理小說稱為「ミステリー」，即 mystery 的日文書寫。以下引用文，一律按其分類名稱書寫，筆者的文章原則上統一為「推理小說」。

島田莊司對「本格」的功用定義如下：

——「本格」並非為作品的優劣之基準而發明的日本語。同時也非要衡量作品的社會性價值的尺子，只是要說明作品風格，並與其他小說群做區別分類之方便性而登場的稱呼而已。

繼之說明本格的構造說：

——「本格」就是稱為推理小說這門特殊文學發生的原點。並且具有正確地繼承這種精神的作家，在歷史上各地區連綿不斷地生產本格作品，而且從這些本格作品所發散出來的精神，也不斷地引起本格以外之「應用性推理小說」的構造。

島田莊司認為推理小說的原點是「本格」，由本格派生出來的作品就是「應用性推理小說」，他故意不使用「變格」字樣，他說：

——在前文使用過的「應用性推理小說」，就是指具有愛倫・坡式的精神，屬於幻想小說系統以外之作家，運用自己獨特的方式撰寫的犯罪小說。

島田莊司一面承認二次大戰前，被稱為「本格探偵小說」的作品就是「本格」，而另一面卻認為部分作品是非本格作品，但是沒有具體舉出作品名說明。

而二次大戰後，部分人士所提倡的「推理小說」名稱，他認為是「本格探偵小說」的同義語，在「推理小說」上不必冠上「本格」兩字。至於清張以後的「推理小說」，是從「本格」派生的，屬於「應用性推理小說」，所以「推理小說」群裡沒有「本格」作品。

——現在因這些理由，「本格推理小說」這名稱，在出版界廣泛使用。可是，現在所使用的這語言，是否對上述的歷史，以及各種事項具正確的理解，然後才合理地使用，這就很難說了。

島田莊司認為清張以後的冒險小說、冷硬推理小說、風俗推理小說、社會派犯罪小說都是從「推理小說」派生出來的（前段引文的「這些理由」、「上述的歷史」、「各種事項」就是指推理小說的派生問題）。因此「推理小說」本身要與這些派生作品劃清界線，方便上稱為「本格推理小說」而已，實質上並不具「本格」涵義。由此，島田的結論是「本格推理小說」原來就不存在，名稱是誤用的。

——那麼，「本格」或是「本格ミステリー」是什麼？

——已經理解了吧。「本格mystery」不是「應用性推理小說」，是指極少數的純粹作品。從愛倫．坡的〈莫爾格街之殺人〉的創作精神誕生，而具同樣創作精神的mystery就是。

最後，島田莊司認為愛倫．坡執筆〈莫爾格街之殺人〉的理念是「幻想氣氛」與「論理性」。所以島田的結論是，「本格ミステリー」須具全「幻想氣氛」與「論理性」的條件。

島田莊司的這篇論文，饒舌難解，為了傳真，引文是直譯，不加補語。

島田莊司的作品系列

話說回來，島田莊司，一九四八年十月十二日出生於廣島縣福山市，武藏野美術大學商業設計科畢業後，當過翻斗卡車司機，寫過插圖與雜文，做過占星術師。一九七六年製作自己作詞作曲的LP唱片〈LONELY MEN〉，一九七九年開始撰寫小說，處女作《占星術殺人事件》就是根據自己的占星術學識撰寫的作品，出版時是三十三歲。一九九三年移居美國洛杉磯。

以《占星術殺人事件》登龍文壇之後，島田莊司陸續發表本格推理小說已達七十部以上，非小說約二十部。以偵探分類，可分為三大系列，第一是「御手洗潔系列」，第二是「吉敷竹史系列」，第三是「犬坊里美系列」與一群非系列化作品。這是方便上的分類。島田所塑造的配角，如牛越佐武郎刑事、中村吉藏刑事，在各系列露面。現在依系列，簡介島田莊司的重要作品，書名下之括弧內的「傑作選X」為皇冠版島田莊司推理傑作選號碼。

一、御手洗潔系列

御手洗潔，這姓名很奇怪。「御手洗」在日本是實有的姓名，但是很少。當一般名詞使用時，是「廁所」之意。「御手洗潔」即具清潔廁所之意。作家往往把自己投影在作品的登場人物，不一定是主角，有時候是旁觀者。日本的「私小說」主角，大多是作者的分身。在島田作品裡，這種現象很明顯，不只是御手洗潔，記述者石岡和己也是島田莊司的分身。

據島田的回憶，小學生的時候被同學叫為「掃除大王」，甚至譏為「掃除廁所」，理由是「莊司」的日語發音 souji 與「掃除」同音。所以把少年時的綽號，做為名探的姓名。御手洗潔的本行是占星術師，島田曾經也是占星術師。石岡和己是御手洗潔的親友，並非作家，記述御手洗潔破案經過的《占星術殺人事件》以後，改業做作家。島田也是發表《占星術殺人事件》後成為作家的。

御手洗潔也是一九四八年出生。勇敢、大膽不認輸、具正義感、唯我獨尊、旁若無人的言動等性格，也是與島田莊司共有的。

01《占星術殺人事件》（傑作選1）：

一九八一年二月初版、一九八五年二月出版第二次改稿版。「御手洗潔系列」第一集。長篇。初版時的偵探名為御手洗清志，記述者是石岡一美。不可能犯罪型本格小說的傑作。

02《斜屋犯罪》（傑作選15）：

一九八二年十一月初版。「御手洗潔系列」第二集。長篇。北海道宗谷岬有一座傾斜的房屋流冰館，連續發生密室殺人事件，辦案的是札幌警察局的牛越刑事，他不能破案，向東京求援，被派來的是御手洗潔。島田莊司的早期代表作，發表時也只獲得部分推理小說迷肯定而已，但是對之後的新本格派的創作具深大影響，就是「變型公館」的殺人。如綾辻行人之《殺人十角館》等「館系列」，歌野晶午之《長形房屋之殺人》等信濃讓二的房屋三部曲，我孫子武丸之《8之殺人》等速水三兄妹推理三部曲都是也。

03《御手洗潔的問候》（傑作選12）：

一九八七年十月初版。「御手洗潔系列」第三集，收錄密室殺人之〈數字鎖〉、具向讀者的挑戰信之〈狂奔的死人〉、寫一名上班族的奇妙工作之〈紫電改研究保存會〉、綁架事件、密碼為主題之〈希臘之犬〉等四短篇的第一短篇集。

04《異邦騎士》（傑作選2）：

一九八八年四月初版。一九九七年十月出版改訂版。「御手洗潔系列」第四集。長篇。以御手洗潔探案順序來說，是最初探案。一名失去記憶的「我」，尋找自己的故事。屬於懸疑推理小說。《占星術殺人事件》之前的習作《良子的回憶》之改稿版。

05《御手洗潔的舞蹈》（傑作選31）：

一九九〇年七月初版。「御手洗潔系列」第五集。收錄三篇中篇：〈戴禮帽的伊卡洛斯〉寫掛在二十公尺高之電線上的男人屍體之謎、〈某位騎士的故事〉寫四名癡情的男士，為一名女人殺人及其方法之謎、〈舞蹈症〉寫每逢月夜，一名老人就扭腰起舞之謎。此三篇之外，另一篇〈近況報告〉，是以石岡和己的視點記述同居者御手洗潔的日常生活、個性、思想、行動，對御手洗的粉絲來說，是一篇至高的禮物。御手洗潔的中短篇探案不多，至今只出版三集，書名踏襲柯南道爾的福爾摩斯短篇探案集的命名法。即「御手洗潔的問候」、「御手洗潔的舞蹈」、「御手洗潔的旋律」。

06《黑暗坡的食人樹》（傑作選5）：

一九九〇年十月初版。「御手洗潔系列」第六集。長篇。江戶時代，橫濱黑暗坡是刑場，有很多陰慘的傳說。樹齡二千年的大樟樹是食人樹，至今仍然有悲慘事件發生，與黑暗坡的藤並一族的連續命案是否有關？本書最大的特色是全篇充滿怪奇趣味。四十萬字巨篇第一部。

07《水晶金字塔》（傑作選18）：

一九九一年九月初版。「御手洗潔系列」第七集。長篇。一九八四年在澳洲的沙漠，發現一具被燒死的屍體，從其駕照得知，他是美國軍火財團一族的保羅・艾力克森。他是美國紐奧良南端的埃及島上的巨大玻璃金字塔的建造者。建造這座金字塔的目的是什麼？與他之死有關係嗎？一九八六年來到這座金字塔拍外景的松崎玲王奈，首日看到狼頭人身的怪物，牠與傳說中之埃及的「冥府使者」很相似。之後不久，保羅之弟李察・艾力克森，陳屍在金字塔旁的高塔之密室內，死因是溺斃。兄弟之不尋常死亡意味什麼？四十萬字巨篇第二部。

08《眩暈》（傑作選9）：

一九九二年九月初版。「御手洗潔系列」第八集。長篇。故事架構與處女作有點類似，一名《占星術殺人事件》的讀者，留下一篇描寫恐怖的世界末日之手記：古都鎌倉一夜之間變成廢墟，出現恐龍，死人遺骸都呈被核能燒死的現象，而由一對被切斷的男女屍體合成的置錯體復醒。「幻想氣氛」十足的四十萬字巨篇第三部。

09《異位》（傑作選19）：

一九九三年十月初版。「御手洗潔系列」第九集。長篇。在《黑暗坡的食人樹》與《水晶金字塔》登場過的好萊塢日籍女明星松崎玲王奈，於本書成為綁架、殺人嫌疑犯。玲王奈最近時常夢見自己的臉噴出血的惡夢。有一天有名的女明星失蹤，當局懷疑是玲王奈的作為。不久，被綁架的幼兒都被殺，全身的血液被抽盡，恰如傳說上的吸血鬼之作為。難道玲王奈是吸血鬼的後裔嗎？御手洗潔會如何推理，為玲王奈解圍呢？四十萬字巨篇第四部。

10《龍臥亭殺人事件》（傑作選10、11）：

一九九六年一月初版，「御手洗潔系列」第十集。長篇。御手洗潔一年前到歐洲遊學，岡山縣貝繁村之龍臥亭旅館發生連續殺人事件時，他不在日本，探案的主角是石岡和己。岡山縣在日本是比較保守的地區，橫溝正史之《獄門島》的連續殺人事件舞台，就是岡山縣的離島，一九三八年日本最大量（三十人）的殺人事件舞台也是岡山縣。本書是目前島田莊司的最長作品，他花了八十萬字欲證明其「多目的型本格 mystery」（多目的型是指在一個故事裡有複數的主題或作者的主張）。如在下冊插入四萬字以上的「都井睦雄之三十人殺人事件」，原來這事件與故事是沒關係的。「多目的型本格 mystery」的贊同者不多。

11《御手洗潔的旋律》（傑作選33）：

一九九八年九月初版，「御手洗潔系列」第十一集。收錄中、短各兩篇。〈IgE〉與〈

波士頓幽靈畫圖事件〉為本格推理中篇，前者寫美少女失蹤事件，與川崎市內的S餐廳的男廁所小便斗不斷被破壞之謎。後者寫御手洗留學美國哈佛大學時，大廈壁上的Z字被射擊十二槍之謎。〈SIVAD SELIM〉與〈再見了，遙遠的光芒〉兩則短篇為非推理小說，前者寫御手洗與記錄者石岡和己，對於是否參加高中的音樂會而吵架的經過，後者寫御手洗的德國友人與松崎玲王奈的一段交往，都是作者欲突出名探御手洗潔的形象之小品。

12《P的密室》（傑作選32）：

一九九九年十月初版，「御手洗潔系列」第十二集。收錄兩篇中篇：〈鈴蘭事件〉與〈P的密室〉。這兩篇都是御手洗幼年時代的探案。在〈鈴蘭事件〉開頭，記述者石岡和己寫道：本篇是呼應御手洗的粉絲要求而撰寫的。事件發生於一九五四年，御手洗五歲，在幼稚園上學，同學的父親橫死，警方判斷是事故死亡，御手洗獨自調查找出真兇。〈P的密室〉是御手洗七歲時解決的密室殺人事件。畫家與有夫之婦陳屍在密室，雖然女人之丈夫被捕，御手洗提出異論而破案。五歲的名偵探，可能是世界推理小說史上，最年輕的偵探。島田莊司神話，信不信由你！

13《俄羅斯幽靈軍艦之謎》（傑作選23）：

二〇〇一年十月初版。「御手洗潔系列」第十四集。長篇。一九九三年八月，即御手洗潔赴歐洲一年前，他收到松崎玲王奈從美國轉來一封她首次到美國拍「花魁」電影時，影迷倉持百合寄給她的舊信，內容說，前個月九十二歲的祖父倉持平八的遺言，希望在美國的玲王奈向住在維吉尼亞州之安娜‧安德森‧馬納漢轉達：「他對不起她，在柏林，實在對不起。」但是他卻不透露對不起的理由。他又希望她能夠到箱根之富士屋飯店，看到掛在一樓魔術大廳暖爐上的那一張相片。

於是御手洗帶石岡來到富士屋。此相片攝於一九一九年，箱根蘆湖為背景，一夜之間湖上出現一艘俄羅斯軍艦時的幽靈相片。直接關係者都已死亡的歷史懸案，御手洗如何解決？

14《魔神的遊戲》（傑作選6）：

二〇〇二年八月初版。「御手洗潔系列」第十六集。長篇。五、六十歲的女人連續被殺分屍事件，在御手洗潔遊學英國蘇格蘭尼斯湖畔發生，掛在刺葉桂花樹上的「人頭狗身」的怪物意味些什麼？

15《螺絲人》（傑作選21）：

二〇〇三年一月初版。「御手洗潔系列」第十九集。長篇。本書採取橫排與直排交互排版的特殊方式，可說是作者之新嘗試，是否成功讓讀者判斷。故事發生於瑞典與菲律賓兩地，發生的時間相差也有一段距離。全書分四大章，第一、第三章橫排，是御手洗的手記，寫他在瑞典的醫學研究所接見一位年齡與自己差不多的失去部分記憶的中年人馬卡特的經過。

第二章直排，馬卡特撰寫的幻想童話〈重返橘子共和國〉全文，主角艾吉少年出遊，來到巨大橘子樹上的鄉村，博學、長壽的老村長，有翼精靈……第四章橫直排交互出現，御手洗根據這本童話，推理馬卡特失去部分記憶的原因，因此發現在菲律賓發生的事件。

16《龍臥亭幻想》（傑作選13、14）：

二〇〇四年十月初版。「御手洗潔系列」第二十集。長篇。龍臥亭事件八年後，當時的本事件關係者在龍臥亭集會。在眾人監視的神社內，業餘的年輕巫女突然消失，三個月後，從地震後的地裂出現其屍體。之後，發生分屍殺人事件。這樁連續殺人事件與明治時代的森孝魔王傳說有何關係？吉敷竹史在本書登場，與御手洗潔聯手解決事件。

17《摩天樓的怪人》（傑作選20）：

二〇〇五年十月初版。「御手洗潔系列」第二十一集。長篇。一九六九年御手洗潔在紐約哥倫比亞大學任教（助理教授）。住在曼哈頓摩天大樓三十四樓的舞台劇大明星，因患癌症，臨死前向他告白，於一九二一年紐約大停電時，她在一樓射殺了自己的老闆。這棟大樓曾經發生過複數的女明星在房間內自殺，劇團關係者被大時鐘塔的時針切斷頭，又某天突然吹起大風，整棟大樓的窗玻璃都破碎，本大樓的設計者死亡等事件，都與住在這棟大樓的「幽靈（怪人）」有關。她要御手洗推理，告白後即去世。幽靈的真相是什麼？

18《利比達寓言》（傑作選25）：

二〇〇七年十月初版。「御手洗潔系列」第二十三集。收錄兩篇十萬字長篇。表題作〈利比達寓言〉寫二〇〇六年四月，在波士尼亞赫塞哥維納共和國莫斯塔爾，四名男人同時被殺害，其中三名是塞爾維亞人，三人之中兩名的頭被切斷，另一名是波士尼亞人，頭同樣被切斷之外，胸腔至腹部被切開，心臟以外的內臟全部被拿走。此外四名的男性器都被切斷拿走。北大西洋條約機構（NATO）之犯罪搜查課之吉卜林少尉來電，要「我」（克羅地亞人。御手洗潔的朋友，本事件記錄者）聯絡在瑞典的御手洗潔，請他到莫斯塔爾來解決這次獵奇殺人事件。另一長篇是〈克羅埃西亞人的手〉，同樣是蘇聯崩壞後，獲得獨立的小獨國內的民族糾紛為題材的本格推理小說。

19《星籠之海》(傑作選35):

二〇一三年十月初版。「御手潔系列」第二十八集。八十萬字巨篇。御手洗潔想要去四國,調查五百年前織田信長時代,瀨戶內海之村上水軍的秘密武器「星籠」之真相時,遇到在瀨戶內海的小島興居島的小海灣上,未滿一年就漂來了六具身分不明而腐爛的男人屍體事件。

御手洗與石岡和己一起來到廣島縣福山市。在收集漂流屍體的證據過程中,御手洗遇到了綁票事件、嬰兒死亡事件、大學助教的愛情殺人事件,以及辰見洋子與小坂井茂事件。御手洗以快刀斬麻式地解決事件的過程中,屍體漂流事件的真相就愈明顯,五百年來的懸案「星籠」的秘密也漸漸被揭開。這是一部島田莊司所提倡的二十一世紀本格推理小說的示範作。

二、吉敷竹史系列

島田莊司發表第二長篇《斜屋犯罪》後,風評與處女作一樣,毀譽褒貶參半。島田認為「本格 mystery」尚未能被一般推理小說讀者接受,須擬出一套戰略計畫,推擴「本格 mystery」。島田的策略之一,就是撰寫擁有廣大讀者的旅情推理小說,先打響自己的知名度,然後再回來撰寫「本格 mystery」;另一策略就是到全國各所大學的推理文學社團宣揚「本格 mystery」。島田的兩個策略,算是都成功了。他在京都大學認識了綾辻行人、法月綸太郎、我孫子武丸等人,鼓勵他們寫作,並把他們的作品推薦給讀者,而確立了新本格推理小說。

另一方面,島田莊司從一九八三年開始,以短篇寫御手洗潔系列作品,長篇寫旅情推理小說,而塑造了離過婚的刑事吉敷竹史。其離婚妻加納通子偶爾會在「吉敷竹史系列作品」露面,是一位重要配角。他們離婚前的感情生活,作者跟著故事的進展,借吉敷的回憶,片段地告訴讀者。

所謂的「旅情推理小說」大多具有解謎要素，但是它與解謎要素並重的是，描述地方都市的人情、風光。故事架構有一定形式，住在東京的人，往往死在往地方都市的列車內或地方都市。辦案的大多是東京的刑事。

吉敷竹史是東京警視廳搜查一課殺人班刑事，一九四八年出生，與島田莊司、御手洗潔同年，只從年齡來說，就可看出吉敷竹史也是作者的分身，所以其造型與寫實派的平凡型刑事不同。長髮、雙眼皮、大眼睛、高鼻梁、厚嘴唇、高身材，一見如混血的模特兒。這種素描就是島田莊司的自畫像。

01《寢台特急1／60秒障礙》（傑作選7）：

一九八四年十二月初版。「吉敷竹史系列」第一集。長篇。被殺害剝臉皮陳屍在浴缸裡的女人，在其推定的死亡時刻後，卻在從東京開往西鹿兒島的寢台特別快車隼號上被目擊。是一人扮二人？抑或是二人扮一人的詭計嗎？

02《出雲傳說7／8殺人》（傑作選8）：

一九八四年六月初版。「吉敷竹史系列」第二集。長篇。被分屍成八件肉塊的女性，其胴體、兩腕、兩大腿、兩小腿分別放在大阪車站與山陰地區的六個地方鐵路終站，找不到頭部而且其指紋全部被燒燬。兇手的目的是什麼？

03《北方夕鶴2／3殺人》（傑作選3）：

一九八五年一月初版。「吉敷竹史系列」第三集。長篇。事件是五年前的離婚妻加納通子打來的電話為開端，東京的刑事吉敷竹史，被捲入北海道的連續殺人事件。通子最初被誤認為從東京開往北海道的「夕鶴九號」列車殺人事件的被害者，其次成為釧路的公寓殺人事件的加害者。吉敷竹史在查案過程中，發現兩人結婚前之通子的重大秘密。吉敷獲得札幌警察署刑事牛越佐武郎的協助，終可破案。是一部社會派氣氛濃厚的旅情推理小說之傑作。

04《奇想、天慟》（傑作選17）：

一九八九年九月初版。「吉敷竹史系列」第八集。長篇。行川郁夫只為了十二圓的消費稅，刺殺了雜貨店女老闆，行川被捕後一直閉嘴不說出殺人的真正動機。吉敷竹史深入調查後，發現行川三十年前曾經出版過一本推理小說集《小丑之謎》，是寫一名矮瘦小丑，在北海道的夜行列車廁所開槍自殺，被發現後，廁所門再次被打開時，屍體消失無蹤……吉敷又由札幌警察局刑事牛越佐武郎告知，三十多年前北海道發生過類似事件，吉敷於是重新調查此事件。是一部本格推理融合社會派推理的傑作。

05《羽衣傳說的回憶》（傑作選26）：

一九九〇年二月初版。「吉敷竹史系列」第九集。長篇。吉敷竹史偶然在東京銀座的畫廊看到叫做「羽衣傳說」的雕金。他懷疑是離婚妻加納通子的作品。他回憶一九七二年，初次遇到她時的情景：她為了搶救一隻將被車撞死的小狗，反而自己受傷，吉敷把她帶到醫院治療，之後兩人開始交往，翌年結婚。結婚當天通子向吉敷說：「如果結婚的話，我將會死掉。」結婚後通子的行動漸漸不正常，七九年兩人離婚。吉敷至今一直不能忘記與通子相處的這六年。在「吉敷竹史系列」加納通子繼《北方夕鶴2/3殺人》登場的作品。

之後，吉敷到羽衣傳說之地，京都府宮津市辦案時，偶然遇到通子，吉敷又被捲入與通子母親有關的離奇死亡事件。

06《飛鳥的玻璃鞋》（傑作選28）：

一九九一年十二月初版。「吉敷竹史系列」第十一集。長篇。住在京都的電影明星大和田剛太失蹤第四天，被切斷的右手腕寄到他家裡。十個月後事件尚未解決，吉敷對這件管區外的事件發生興趣，向上司要求，讓自己去京都辦案，上司不允許，討價還價的結果，上司開出一個條件，限定一個星期的期間，要他解決事件，不然的話要辭職。

吉敷如何對付這事件？一篇具限時型懸疑小說的本格推理小說。日本的警察制度，不允許越境辦案，吉敷為何賭職辦案呢？這與離婚妻加納通子來電有關嗎？

07《淚流不止》（傑作選30）：

一九九九年六月初版。「吉敷竹史系列」第十五集。八十萬字大長篇。開頭兩個不相關的故事分別進行。最初是吉敷的離婚妻加納通子三次登場，這次與前兩次不同，這次完全是通子不幸的半生之紀錄。作者詳細記錄通子在盛岡之少女時期的性幻想，以及遭遇過多次的非尋常的死亡事件，通子決心接受精神治療，欲究明自己的過去之經過。

另一個故事是吉敷有一天，在公園內，看到一位老婦人向著噴水池大聲獨白的光景，她說，三十九年前在盛岡發生的河合一家三人（夫妻與女兒）的慘殺事件的真兇，不是丈夫恩田幸吉，恩田是無辜的。吉敷聽完後，詳細質詢老婦人，然後決定單獨重新調查一家三人殺人事件。

書後附錄一篇編輯部之訪問記〈代後記——島田莊司談《淚流不止》〉。由本文可看出作者之寫作動機與作者之正義感。

三、犬坊里美系列

二〇〇六年島田莊司新創造之第三系列。主角犬坊里美對讀者並不陌生，在《龍臥亭殺人事件》首次登場後，當時她還是一名青春活潑的高中生。之後在御手洗潔探案中出現過，甚至御手洗出國時，在《御手洗諧模園地》裡，與石岡和己合作解決過事件，可見她稍早就具有推理眼。跟著時光的推移，里美高中畢業後，在橫濱之塞里托斯女子大學法學部學習法律，畢業後在光末來法律事務所上班，並準備司法考試，考試及格後到司法研修所受訓，研修後被派到岡山地方法院實修。

01《犬坊里美的冒險》（傑作選22）：

二〇〇六年十月初版。「犬坊里美系列」第一集。長篇。故事從二〇〇四年夏天，二十七歲的犬坊里美為司法修習，來到岡山地方法院報到寫起。被派到這裡的修習生有六位，實修第一階段是律師事務，於是她與五十二歲的芹澤良，被派到丘隣之倉敷市的山田法律事務所實習。

他們兩人到山田法律事務所上班第一天，就碰到一個之前被殺、屍體消失，而前幾天腐爛屍體突然出現五分鐘，然後又消失的怪事件，而當局當場逮捕一名屍體出現時，在屍體旁邊的流浪漢藤井寅泰，他對殺人經過、動機一句不說，里美認為必有驚人的內幕，她開始調查。

四、非系列化作品

島田莊司的非系列化作品，占小說作品之三分之一以上，與其他本格派推理作家比較，其比率為高，作品領域也廣泛，有解謎推理、有社會派推理，也有諧模（戲作）作品。

01《死者喝的水》（傑作選29）：

一九八三年六月初版。第三長篇。非系列化作品第一集。前兩篇不可能犯罪型長篇，不能獲得廣大讀者支持，於是作者在本篇，改變創作路線——不在犯罪現場型推理。偵探是在第二長篇《斜屋犯罪》以配角身分登場的札幌警察局之牛越佐武郎刑事。他與社會派推理的刑警一樣，靠著兩隻腳搜查被害者，實業家赤渡雄造於旅行中被殺，其後被分屍，裝在兩只皮箱寄回家裡的獵奇事件。文中作者對「水」展現衒學。

02《被詛咒的木乃伊》（傑作選4）：

一九八四年九月初版。長篇。原書名是《漱石與倫敦木乃伊殺人事件》。明治大正時代的文豪夏目漱石為主角之福爾摩斯探案的諧模作品。夏目漱石留學英國時，每晚被幽靈聲音騷擾，他去找名探福爾摩斯，由此被捲入一樁木乃伊焦屍案。全書分別以福爾摩斯助理華生與夏目漱石兩人之不同視點交互記載事件經緯。夏目漱石眼中的英國首屈一指的名探是怪人。諧模推理小說的傑作。

03《火刑都市》：

一九八六年四月初版。長篇。連續縱火殺人事件為主題的社會派本格推理小說之傑作。中村吉藏刑事唯一為主角的作品。都市論——東京，與推理小說的「多目的型本格 mystery」。

04《高山殺人行1／2之女》（傑作選16）：

一九八五年三月初版。長篇。旅情推理小說第四長篇，但是與上述三作品不同的是非吉敷竹史系列作品。一般旅情推理小說不能或缺的是列車、飛機、船舶等交通工具與其時間表。日本特有之旅情推理能夠成立的最大因素是，這些交通工具之運行時間的正確性。但是本書並不使用這些工具與時間表。所使用的是島田平時喜愛的轎車。

上班族齋藤真理與外資公司的上級幹部川北留次有染。某天，川北從高山別墅來電說，殺死妻子初子，要她替他偽造不在犯罪現場證明，要她打扮成初子，駕車來高山，途中到處留下初子的印象。「兩人扮演一人」的詭計是否成功？故事意外展開，讓讀者意想不到的收場。

05《那年夏天，19歲的肖像》（傑作選34）：

一九八五年十月初版，二〇〇五年五月出版改訂版。長篇青春事件小說。全篇以主角「我」的觀點，回憶十五年前，十九歲那年夏天目睹的殺人事件，以及對該兇手的戀情與交往經過。

一九七〇年初夏，「我」所騎乘的機車與卡車相撞，致使折斷肋骨、鎖骨等，必須入院兩個月。開刀後十天，「我」已經可以下床，由於無事可做，只好每天貼在窗前，眺望外面的大廈建設現場。不久，發現林立的高樓大廈之間，有一棟二層樓的和式家屋，裡面住著一對夫妻與一個美少女，「我」對這位少女一見鍾情。為了仔細觀察這位少女，「我」向朋友借來望遠鏡。有一天晚上，他模糊地看到了少女拿刀殺父的畫面。翌晚，又看到少女拖著一大包東西到建設工地內掩埋的畫面。於是「我」退院後，便積極地與少女接觸，終於機會到來。

06《開膛手傑克的百年孤寂》（傑作選24）：

一九八八年八月初版，二〇〇六年十月出版改訂版。長篇。一八八八年，英國倫敦發生令人心寒的連續獵奇殺人事件。五名被害者都是娼妓，她們被殺後都被剖腹拿出內臟。事件發生至今已一百多年，倫敦警察當局尚未破案。島田莊司不但取材自這件世界十大犯罪事之一的「開膛手傑克事件」，並加以推理、解謎（紙上作業）。

開膛手傑克事件的百週年之一九八八年，東德首都東柏林也發生模仿開膛手傑克的連續娼妓獵奇殺人事件。名探克林・密斯特利（Clean Mystery，島田莊司迷不陌生吧！）如何解釋相隔百年的兩大獵奇事件呢！

07《伊甸的命題》（傑作選27）：

二〇〇五年十一月初版。收錄兩篇十萬字左右的長篇。表題作〈伊甸的命題〉所指的是：「由男性的細胞核所創造的複製人，是否能夠具備卵巢這種臟器」的疑問。由此可知本篇乃以懸疑小說形式討論複製人的小說。

另一篇〈Helter Skelter〉，是島田莊司於二〇〇一年發表論文〈二十一世紀本格宣言〉，重新宣揚自己的本格理念，然後請幾位作家撰寫符合其本格理念的推理小說，而本人也寫了一篇示範作品，分發給每位參與的作家做參考。這篇作品就是〈Helter Skelter〉，本文不提示其內容，讓讀者去欣賞島田莊司的二十一世紀推理小說。（其實二〇〇一年以後的島田作品，很多是這類小說。）

【導讀】

神探與華生的最後一案

推理作家‧推理評論家 既晴

I

二〇一三年九月，島田莊司來台主持第三屆島田莊司推理小說獎的頒獎典禮，並帶來直木賞入圍作品《那年夏天，十九歲的肖像》（一九八五）的中譯作品。這是一部懸疑氣氛強烈的戀愛、成長小說，讀來頗能令人感受到島田初出茅廬的清新筆調。

同年前半，島田的最新力作《星籠之海》（二〇一三）已在講談社的小說雜誌《梅菲斯特》連載了兩回。因為這是睽違多年的御手洗潔探案新作，我等不及單行本，於是買了這兩期先睹為快，見到島田，立刻詢問起這部作品的最新狀況。

想不到，島田立即告訴我，《星籠之海》已經完成，更讓人訝異的是，這部作品正在進行籌拍電影的計畫。其實，島田筆下的另一名要角吉敷竹史，曾經拍攝過「警視廳三係‧吉敷竹史系列」電視劇，一共四集，由鹿谷丈史主演。但是，御手洗潔探案改編的電影，這還是頭一遭。對御手洗書迷的我來說，實在是令人萬分期待的好消息。

島田離台後的次月，我隨即收到了《星籠之海》剛出爐的單行本，上下兩冊。這時，我才知道，《梅菲斯特》刊登的內容，僅僅只是故事的前半部。粗略計算，應該超過日文五十萬字，約中文三十五萬字。

此外，更有紀念意義的是，《星籠之海》的故事發生時間點，是落在《俄羅斯幽靈軍艦之謎》（二〇〇一）之後，而後者原本是被視為「御手洗・石岡」連袂演出的最後一案。破案後，御手洗隨即離開日本，前往瑞典斯德哥爾摩的烏普薩拉大學，進行腦科學研究，展開御手洗探案的新頁，挑戰世界各地的謎團。換句話說，現在的《星籠之海》，才是這對搭檔的最終合作。

在《那年夏天，十九歲的肖像》後，在台灣已經很久沒有讀到島田的新譯作。然而，島田推動自己作品影像化的行動，卻一直在持續進行著。

首先，島田發表了非系列作品《幻肢》（二〇一四），內容是描述一位女大學生發生車禍，同車的同校男友喪生，而她也失去記憶，於是，她為了調查男友死因，接受通電刺激療法「TMS」來進行復健。這部作品與電影同步發行，還設計了一個創作實驗，電影版將失去記憶的主角，對換成女大學生的男友，由他來調查女友死因。

再者，確定了飾演御手洗潔的主角，玉木宏。石岡則由堂本光一演出。相對於鹿谷丈史的主婦族群，這兩位的選角策略，則更著重於年輕族群。並且，在今年三月推出了單集日劇《天才偵探御手洗——難解事件檔案「折傘之女」》。

至於前述的《星籠之海》，則預定在二〇一六年推出，主角仍然是玉木宏，導演則是拍攝過三集《相棒》電影版的和泉聖治。這一年，也是島田莊司的家鄉廣島縣福山市，市制實行的一百週年。不過，從目前電影公開的情報來看，與御手洗一同辦案的並不是石岡，而是專為電影新設計的女角小川美雪，由廣瀨愛麗絲主演。

Ⅱ

如前所述，《星籠之海》御手洗探案「日本篇」的終點。雖然已是最後一回，能夠再次看到御手洗與石岡一起辦案，還是讓老讀者充滿懷念。然而，值得注目的是，本作的處理方式，其實與以往的御手洗探案截然不同。

御手洗探案是島田實踐個人創作理念的核心系列，在過去，島田對本格推理的理解，即是極端不可思議的謎團與徹底符合理性的解決。為此，島田不斷設想出橫跨漫長時間軸、橫跨廣大空間軸的謎團，才有了九〇年代的「巨篇推理創作期」。

表面上，從故事設定來看，《星籠之海》與先前的這些巨篇推理並無二致。故事舞台，橫跨四國、廣島；時間軸，涉及幕府時代的水軍戰史。將空間、時間的範圍極大化，並且引入歷史謎團，是島田巨篇推理的特徵。

不過，御手洗在面對謎團之時，自始至終，已不再像《占星術殺人事件》（一九八一）、《黑暗坡的食人樹》（一九九〇）那時的輾轉思索、反覆推敲，而是胸有成竹，一出手就是正解，在他的洞穿之下，沒有任何事物可以被隱藏、欺瞞，一切都立刻現出原形。這一次，不再有御手洗對決難解之謎的旗鼓相當，只要跟著御手洗的後頭行動，終究會撥雲見日、豁然開朗。

既然，在御手洗一接觸謎團之時，就已經可以迎刃而解，宣布破案，因此，《星籠之海》的謎團也就不存在連貫性，相對的，本作裡幾乎所有的謎團，都是看似毫無關聯、渺不相涉的小案件，困難的反而在於這些小案件的背後，是否全都指向一個大陰謀，也就是所謂的「失落的環節」（missing link）。這個大陰謀並非一開始就現身在御手洗的面前，而是躲在暗處，猶如操縱傀儡的絲線一般，對故事裡的關係人進行控制。

這樣的改變，使《星籠之海》的謎團從「顯性」變為「隱性」，而顯露在劇情表面的，則變成居住於福山市的案件關係人們。被捲入這個陰謀的人們，無論是小坂井茂、辰見洋子、居比修三……島田均鉅細靡遺地描寫他們的生平遭遇，有如一場發生在沒落小鎮的人間群戲。

當這些角色演出複雜而糾葛的人情劇時，御手洗則退居二線，在《星籠之海》的篇幅所占比重不高，只在關鍵時刻登場解謎，為整個事件穿針引線，為眾人導引到最後的謎底。謎團在本作已不再是主角，登場人物才是。換句話說，故事格局不再單純地來自空間、時間，而是來自各式各樣的登場人物。這是御手洗巨篇推理裡，首次洋溢著市井小民們的平凡而複雜的人性。那是來自島田家鄉的人情滋味——並且，告訴石岡、告訴讀者們：送君千里，終須一別。

松江市
鳥取縣
鳥取市
島根縣
京都縣
岡山縣
兵庫縣
廣島縣
神戸市
岡山市
大阪市
大阪府
廣島市
福山市
內
海
淡路島
高松市
山口縣
吳市
香川縣
瀨
戶
和歌山市
德島市
和歌山縣
松山市
德島縣
愛媛縣
高知縣
高知市
太平洋
大分市
大分縣

/目錄/

第一章

1

看著寫在記事本上的簡單記事，因為在以瀨戶內海為舞台的這個事件，是緊接在令人印象深刻的「俄羅斯幽靈軍艦事件」之後發生的，所以我想那應該是一九九三年夏天快結束時的事情。

發生在瀨戶內海的那一連串事情，彷彿安裝了計時機關般，其令人印象深刻的程度，完全不亞於羅曼諾夫王朝那位命運坎坷的皇女，但讓人想去追根究底的理由，主要還是因為這個事件太古怪，而且規模也很大——其「大」的程度，實在不輸給在日本史中占有重要地位，總是散發著海潮氣息的瀨戶內海。不過，最重要的還是當時御手洗還在橫濱，我覺得這個事件可能是我和他共同搭乘列車、搭乘飛機、船隻，甚至搭乘直升機，一起去調查追蹤的最後一次事件了。

事件開始的那一天，我記得橫濱的天氣還很悶熱。那一年我也還算年輕，很奇妙地身邊圍繞著幾位女性。如果可以用粉絲的來信來形容的話，我確實收到了不少那樣的信件，並且其中總有要求和我見面的來信。

不必多說，那樣的信件讓我感到雀躍，我也不討厭和求見者見面。但是，御手洗卻不是那樣的，他看穿了我的心思，並且對我冷嘲熱諷，所以我不得不在他面前拚命隱藏要和女性在橫濱見面的事情。

八月中下旬的某一天，我和一位名叫山田理世的女子，相約在馬車道的漢堡店碰面後，便興匆匆地帶著她參觀橫濱開港資料館前面的廣場。這是我和她的第二次見面。這位山田理世小姐的容貌姣好，像模特兒般地漂亮，我第一眼就被她吸引了，所以對這第二次的約會充滿了期待。

這個廣場有噴水池，也有透過玻璃就可以看見的日本最早的地下水道的遺跡。對我來說，這條路線是我常走的散步道，非常清楚路線上有哪些景點。所以我得意地帶領著她，像導遊一樣地一一為她做介紹。

理世小姐不僅長得漂亮，個性也非常好，不斷地對於我的說明表示讚歎，讓我很有沾沾自喜的滿足感。不過，就知性這一點上，或許御手洗會覺得她還差那麼一點點。所以，我還不想讓御手洗見到理世，也沒有告訴御手洗理世的存在。

「這裡。這裡就是黑船來航時，美國海軍將領培里與幕府的官員簽定《日美親善條約》的地方。」

來到廣場邊時，我這麼解說著：當年締結條約的紀念碑，就在那裡。現在還能在教科書裡看到培里帶領船員上岸的圖，那時的這裡還是一片沙灘，橫濱也還只是一個冷清的小漁村。

「真的呀！好厲害呢！是江戶時代嗎？」

理世問。什麼東西好厲害呢？我實在不懂她的語意。

「唔？是呀是呀。看，紀念碑不就在這裡嗎？」

我指著紀念碑說。

「嘩！真的耶！還有石球——像命相館一樣。」理世說。

「我說了，這裡是締結日美親善條約的地方。」

「有寫耶——」

「這一帶以前是沙灘海濱。但現在已經變成鋪有碎石小道的公園。江戶時代的時候，海浪還會打到這裡的沙灘來。前面開港資料館中庭裡，至今還活著紅楠樹，見證了當年日本與美國交手的經過。」

「石岡老師，你懂好多喔！」

「有嗎？這些都是常識，不是嗎？所謂的幕末時期，就是從黑船事件開始的。對了，理世小姐，妳想吃泰國菜嗎？」我問。

我之所以這麼問，是因為今天一見面，理世便對我說：

「我喜歡泰國菜！我喜歡咖哩。」

理世很開心地說。

「前面有一家不錯的泰國菜餐廳。不過，因為窗簾一直放下來的關係，所以店內有點暗，氛圍也有點奇怪。」我說。

「哇！我喜歡那樣的。」理世馬上回答。

我覺得她那種天真爛漫的模樣非常可愛。於是我什麼也沒想地抓起理世的雙手就往前走。但是，就在我們等待信號變成綠燈，準備越過眼前的馬路時，我的視線在來來往往的車陣之中，看到了危險的東西。

馬路的對面是藥房，藥房的門口有一個雜誌攤，御手洗就站在雜誌攤前面，正在翻閱雜誌。

「偏偏又遇到這個麻煩的傢伙了。」我下意識地說了。「避免麻煩，繞道走吧！」

我說，然後拉起理世的手。

直到走進泰國餐廳，坐進餐廳中最裡面的位置後，我才終於鬆了一口氣。薄薄的簾子區隔開每張桌子，昏暗的光線下，客人們好像頭靠在一起似的，小聲地說著話。我們也一樣。

「覺得好像包廂一樣吧？有點暗，做了什麼不好的事情，好像也不會被看到。」

我上半身向前傾地說著。當然了，實際上我並沒有想做什麼不好的事情。我只是想開個玩笑。理世「哈哈哈」地爽朗地笑了。可是，悲劇就那一瞬間發生了。

「石岡君，你說的不好的事情是什麼事情？」

我右手邊的簾子「刷」的一聲，很快被拉開，御手洗的臉突然就出現在我的眼前。他好像發現了上好獵物的蛇，臉上滿是笑意，但我卻打從心底感到無趣到了極點。

「嘩！御手洗老師。我好想看到你喔！」理世興奮地說著。

「你怎麼知道我在這裡？」我說。

「你說呢？我想看你要做什麼不好的事情。」

御手洗一邊說，一邊就從旁邊抓了一張椅子過來，並且非常厚臉皮地把椅子放在我們兩個人的中間，還坐了下來。

「什麼不好的事情？就是喝泰式酸辣湯呀！」

「好吧！那麼我也來做不好的事情吧！泰式酸辣湯。」

「你不是不喜歡泰國菜嗎？」我說。

「我很喜歡呀。」

「我也是耶！」理世說。

「沒聽你說過。」

「綠咖哩分著吃吧！因為石岡的肚子已經裝不下了，分著吃就沒有問題了。」

理世聽御手洗這麼說，於是皺著眉頭問：

「石岡老師肚子不餓嗎？」

「我餓了。」我連忙說。

「可是你不是才剛吃了漢堡嗎？」

「哦？石岡老師真的吃過了嗎？」

我無言了。

「這是一目了然的事情吧？」

「頭腦清楚又擅長分析的御手洗老師，請問您還知道什麼？」

「石岡君的事情我都知道。石岡君剛才在馬車道吃過漢堡，並且比平常吃得急。還有，今天穿了最喜歡的鞋子，昨天晚上還換了手機的來電鈴聲。換成〈糖梅仙子之舞〉。」

「請問，這代表什麼意思？」

「這個人一旦遇到喜歡的人，就會把手機的來電鈴聲換成〈糖梅仙子之舞〉。還有，明明剛剛才吃過漢堡，現在又要吃泰國菜；這種不按常理吃東西的行為，也是他遇到非常喜歡的人時，就會出現的行為模式。」

理世一臉訝異地點著頭。

「那個──我們確實是約在漢堡店的前面見面，但我們並沒有進去店裡吃漢堡……」

「因為妳說妳想吃泰國菜。石岡君連醬汁沾到下巴了都不自知地，很認真地吃了漢堡，但妳說想吃泰國菜時，他卻還裝肚子餓，說什麼我也餓了，然後帶妳到店內有點暗的泰國菜餐廳。所以，剛才點的綠咖哩，一定要我幫忙吃才吃得完吧！別忘了擦下巴哦！石岡君。」

我像要把朋友高談闊論的結論掩蓋掉般，很快地接口說道：

「御手洗君，你不是說你還有事嗎？有時間在這裡吃泰國菜嗎？」

但理世卻說：

「可是，我一直也很想見到御手洗先生，所以很開心能在這裡見到。」

「我的胃可不是一個漢堡就餵得飽的。」

「你的胃是鐵胃嗎？那麼，明年的這個時候，可能有人會對你說：『哇！這一位是誰呀？』」

「這是什麼意思？」

於是理世小心翼翼地說：

「意思是：變胖了……」

「啊！」

「從野毛山公園下坡時，用滾的會比較快。」

「一年不會變那麼多！」

「御手洗老師，我看過石岡老師的書了，聽說您很擅長推理，可以露一手給我看嗎？你知道我的事嗎？」理世說。

「噢，我不清楚妳的事。不過，妳最近去了一趟美國東海岸，有一個喜歡德國牧羊犬的哥哥，有一個同樣愛好美甲，像妹妹一樣的朋友，很喜歡星座算命，兩個人的星座分別是天蠍座和雙子座。還有，今天早上妳很早起。我只清楚這一些。」

「哇！你怎麼……」

理世驚訝得說不出話了。

「最好不要再讓他說下去了。一旦讓這個男人說上癮，接著恐怕就會說出什麼失禮的話了。例如說什麼我會趁著昏暗的燈光吻妳之類的話……」

「還沒有！」御手洗說。

「什麼？」

「還沒有吻。」

「你是怎麼知道的？」我說。

「因為都寫在你的臉上了。」

御手洗若無其事地說。

2

山田理世要回去了。我送她到馬車道的車站後，便和御手洗走進馬車道上的一家咖啡店，坐在露台的位子上。

我全身無力地癱坐在椅子上，看著露台欄杆外的夕陽。

「你想和她交往嗎？」御手洗問。

「如果可以和她交往也不壞。不過，那麼可愛的女生一定有很多人追吧！」

於是御手洗冷冷地說了：

「她抽菸。」

這話讓我嚇一跳，立刻挺起靠在椅背上的背部。

「而且菸癮很大，一天大概要抽兩包香菸吧！不，或許是三包。和她待在同一個屋簷下，會因為二手菸而罹患肺癌的。萬一石岡君變成那樣，就太可憐了。」

「你怎麼知道？」

我問。於是御手洗指著自己的鼻子，說：

「你感冒了嗎？啊，對了，應該是戀愛病讓你的鼻子失靈了。你以前不是說過你不會喜歡抽菸的女性嗎？不過，剛才如果我晚一個小時現身，你一定也會發現到這一點的。」

「為什麼？」

「很容易知道呀！因為你們很快就會在山下公園接吻了。」

被御手洗這麼一說，我無言地喝了咖啡。這幾天來，我確實經常夢見御手洗說的事情。

「你以為那會是檸檬香味的吻嗎？不、不，那是尼古丁氣味的吻。所幸你和她還沒有接吻。」御手洗真的讓人很煩。

「德國牧羊犬的事呢？」

「德國牧羊犬的毛有特徵，她的裙子上有那種狗的毛。一般的話，女孩子會養小型狗吧？德國牧羊犬的話，光是要帶牠出去散步，就是很費體力的事情。大型犬適合年輕的男孩子，所以不可能是她父親養的。」

「或許不是哥哥，是她的弟弟。」

我試著反擊。

「那樣的話，家裡的女性們就會要求年輕的男性養小獅子狗之類的寵物。」御手洗冷笑地說：「畢竟這個世界講的就是政治的力學。」

「那美國東海岸又是怎麼一回事？」

「她胸前的口袋裡，有一支美國東海岸才有的化妝品店CB2的化妝用毛刷。」

「愛好美甲，像妹妹一樣的朋友的事呢？還有，喜歡星座算命，兩個人的星座分別是天蠍座和雙子座，又是怎麼知道的？」

「推理呀！請你也試著推理看看吧！推理和算命是不一樣的。她的手上戴著兩條招財手鍊。是天蠍座和雙子座的幸運石做的手鍊，顏色和指甲一樣。雖然不是真的寶石，但一條鑲的是翡翠和真珠，一條鑲紅寶石和蛋白石。還有，她的小拇指的銀色指甲油稍微凸出了。這必定是妹妹塗的。所以她的星座是雙子座。」

聽著御手洗的說明，我只覺得自己好空虛。在他簡單的說明所創造出來的世界裡，我只有喘氣的份。

我沉默地看著遠處好一會兒，看到一位女性獨自走在馬車道上，便指著她，對御手洗說：

「你看那個女人。我覺得她好像很不舒服，看起來好像很寂寞的樣子。」

那是一位年輕的女子，她沿著馬車道走，看著步道上一家又一家的餐廳玻璃櫥窗。

「她肚子餓了嗎？好像最近發生了什麼令她傷心的事情。她的樣子讓我想起卓別林的電影。」

我回頭看御手洗，他仍然像往常一樣，一臉嘲諷的表情。

「她失戀了嗎？如果和她搭話的話，或許會聽到她美好而哀怨的故事吧！」

但御手洗卻說：

「啊！你是說那個剛看完牙醫的女人嗎？」

「剛看完牙醫？」

「她的牙齦有傷。你要不要上前去問問？只是不知道她聽不聽得懂你說的。」

「這是什麼意思？」我說。「我要問她什麼？問她：小姐，妳牙疼嗎？」

「你告訴她：前面路口右轉後，第三間就是 Thirty-one。」

「什、什麼？Thirty-one？Thirty-one 是什麼？」

御手洗越說我越不明白了。

「冰淇淋店呀！她，正在找冰淇淋。」

我不說話了。暫且觀察一下情況再說吧！我覺得御手洗隨便亂說，根本是在戲弄我。

「你又在亂說吧？她要找的東西為什麼會是冰淇淋？如果是牙疼的話，應該告訴她哪裡有藥房才對吧？哼！以為我不敢去求證嗎？我這就去問她。」

御手洗坐著不動，只說：

「請便。要不要順便問她電話號碼？」

他攤開手掌，伸向那位女子的方向。於是我站起來，走到店外。

我橫過馬路，跳上人行道，追上那位女子。

「那個，請問……」

我對那位女子說。以前我絕對不會做這種事，但是，這一年我的周圍經常有女性出現，所以變得習慣面對女性了。

她回頭了，並且一臉訝異地看著我。我覺得她的表情有點不自然，但是哪裡不自然呢？我又說不上來。

「那個……妳或許覺得我很奇怪，但是，妳牙齒痛嗎？」

我想我在說這話的那一瞬間，手大概摸著自己的臉頰吧！聽了我說的話後，她好像也想說話了。但是，從她的嘴唇流洩出來的言語，竟然是外國話。我嚇了一跳。

我一緊張，就像中了御手洗的催眠般。

「Thirty-one Ice Cream Shop，在那個路口轉彎的地方。」

我好像在叫喊般，大聲地說。

步道上的其他行人覺得奇怪地看著我。雖然我很奇怪，但我還是重複了一句相同的話。結果她笑了。

「Thirty-one Ice Cream Shop。」

她的發音非常標準，完全是外國人的腔調。

就這樣，我完成了我的目的，還數次對她點頭哈腰地行禮。她一邊對我行彎腰九十度的日本式敬禮，一邊說 Thank you，然後朝著前方的路口跑去。

我覺得我是徹底地輸了，然而奇怪的是，我的心裡卻有一種很痛快的滿足感。結果就是我帶著這種混亂的心情回到御手洗旁邊，無精打采地坐下。

在我坐下的同時，御手洗這麼說：

「聽到什麼美好而哀怨的故事了嗎？」

於是我只好說：

「她說的是英語。」

除了這麼說外，我還能說什麼呢？

「你都知道嗎？」

我問。於是御手洗一臉得意地點頭說道：

「當然。她剛剛拔掉讓她疼痛萬分的牙齒，臉頰上還留著疼痛的痕跡。」

「腫起來了嗎？」我問。

「你靠她那麼近，應該看得很清楚吧？」

「嗯。」

我說，並且老實地點點頭。事情果然都如御手洗預測，我還有什麼好說的。剛才覺得她臉上的表情有些不自然，現在回想起來，那當然就是一邊的臉頰微腫的緣故。

御手洗又說：

「牙齦上有個大洞時，當然會覺得痛，而且也會變得不想吃東西。愛吃巧克力的你，應該有類似的經驗吧？」

「唔……」

我有氣無力地答著，但御手洗卻像在炫耀什麼似的說：

「那時即使下巴沾上了美味的醬汁，也沒有大口吃漢堡的力氣。不是嗎？」

我鬱悶得不想言語了。但沉默了一會兒後，我又有想說話的心情了。

「怎麼知道她想要冰淇淋？這個猜測太突兀了。」

於是，御手洗說：

「以為冰淇淋是蛀牙的根源嗎？日本的牙科醫生因為顧慮到日本人的生活常識，所以不太會勸患者吃冰淇淋。但是，美國的牙科醫生在幫患者拔牙後，就會推薦患者去吃冰淇淋。」

「哦？你的意思是那位女子是在美國過生活的人？」

「我意思是：她是生活在英語圈的人。」

我又是只有點頭稱是的份。這就是我覺得她的表情不自然的原因之二吧！她的表情動作，和說日語的女性不一樣。那是帶著點調皮的心情，覺得事情好像非常有趣，因此張大了眼睛看人的表情；而且嘴角總是主動地露出笑容。這和說日本話的女性不一樣。

「你……好像什麼都被你說中了。」

我小聲地說著。

「對了，你告訴她冰淇淋店在哪裡了嗎？」御手洗問。

「嗯。我告訴她：Thirty-one Ice Cream Shop，在那個路口轉彎的地方。我用日本話說的，但是她好像也能懂，所以雖然牙還在痛，也笑著謝謝我了。」

御手洗輕輕點頭，然後說出類似警語的話：

「石岡君，這個世界是由無趣的事情組合而成的，不要輕易地對世事產生期待的心。畢竟美好而令人感動、讓人心動的謎，是非常稀少的呀！關於剛才那位山田理世所說的謎，最好是超越常情，有趣的事情。」

這一點我同意。便說：

「她說的那個謎是刑事事件，而且是很難解的事件。」

我的話讓御手洗的臉上好像又要出現嗤之以鼻的表情。

「呵哦，難解的事件嗎？像剛才『冰淇淋店就在前面』那種事可不行。」

我想起剛才在泰國餐廳裡，山田理世說的話。她是這麼說的：

「是我的朋友啦，她說有事情想找御手洗先生商量。她叫春山櫻。」

「春山櫻？」御手洗追問道。

「是的。她是警察的女兒。她娘家所在的地方，好像發生了什麼不得了的案子，讓她覺得很困擾。」

「真的是很難解的案子嗎？」御手洗好像在警戒什麼似的說。

「理世說那絕對是非常難解的案子；是很莫名其妙的事件。理世還說：石岡先生，我可以把你的手機號碼告訴她嗎？她現在人在橫濱，你可以見見她嗎？」

3

隔天的午休時間一過，春山櫻就來到我們位於馬車道的小小辦公室。春山櫻的容貌不像山田理世那樣豔麗，但也是一位深具魅力的女孩。她的樣子白白淨淨的，有點豐腴，但並不胖，最吸引人眼光的，就是她白皙的皮膚。如果說理世是西洋風的美女的話，那麼春山櫻人如其名，是個東方美人。

我把泡好的紅茶，放在她的面前時，她對我點頭行禮。那種必恭必敬的樣子，給人一種沉默寡言的印象。不過，這只是最初的印象，慢慢熟悉了彼此後，她也像大多數的女孩子一樣，開始滔滔不絕地說起來。

我把御手洗的茶、她的茶和我的茶分別放好後，便坐在御手洗的旁邊。

春山櫻說：

「真不好意思，讓石岡老師給我泡紅茶了。」

「沒什麼的。」我說：「平常也是這樣，客人來了都會泡茶。」

「啊，可是──」

「唔？妳不是想問什麼嗎？」

於是春山櫻好像在窺視我般，畏畏縮縮地說：

「那個──我沒有錢……這樣你們也願意聽我說嗎？」

此時，御手洗很痛快地答道：

「春山小姐，這裡不是來付錢的地方。不過，如是是來要求調查老公外遇的問題，那就另當別論了。妳不是為了這種問題來的吧？」

「還好我不是。而且我未婚。不過，如果我結婚了，或許也會有那樣的問題吧！」

「是的，婚姻是很麻煩的事情。討厭結婚的話，就不要結婚。」

「御手洗老師寧願和狗生活，也不想結婚吧？」

御手洗沒有回答，但我不自覺地笑了。女生們大都很喜歡御手洗的那句台詞。

「啊，因為大家都那麼說，而且……」

「是的。除了狗，其他都不要。妳呢？妳想趕快和人類結婚嗎？」

「嗯，因為我一無長處，所以……咦？你怎麼知道呢？」

「妳今天不是來商量這件事的吧？」

「不，當然不是。」

「那麼，就說妳想商量的事，其他的事以後再說吧！」

御手洗催促地說。他最不喜歡的事情，就是浪費時間。

「因為我看過石岡老師的書，所以擔心錢的問題。既然不用錢，那我就放心了。」

接著，她便拿起放在腳邊的箱子，放在自己的膝蓋上。

「我帶伴手禮來了。這是在我家院子裡摘的桃子和枇杷。」

她一邊打開紙箱的蓋子，一邊把紙箱放在桌子上。

「請兩位嚐嚐。」

「嘩！看起來很好吃。」我忍不住說。「妳說這些桃子和枇杷是在自己家的院子摘的？妳的家鄉在哪裡？」

「我老家在小島上。那座島叫興居島。興奮的興，居住的居。」

「興居島嗎？興居島在哪裡？」

「瀨戶內海，在四國松山的海面上。」

「噢。」

我把手伸入箱子，拿起排在一起的桃子、枇杷。然後，我看到了奇怪的東西，那是粗的蠟燭。我拿出蠟燭，問說：

「這是？」

這樣的東西為什麼會和水果放在一起呢？真是搞不明白。

「這是蠟燭。」春山櫻回答。

「一看就知道是蠟燭。但是，這些蠟燭為什麼會在這裡？……」

「因為房間裡擺很多蠟燭的話，就會變得很浪漫。」

春山櫻說，然後自己也把手伸入硬紙板的箱子裡，拿出有絲帶的圍裙。

「這是圍裙。」

她說。但是，用不著她說，我一看就知道那是圍裙。

「很可愛吧？石岡老師，準備好做菜了唷。」

「那個──我說，妳是不是搞錯了？我們……」

我才開始要說，就被御手洗不耐煩地打斷：

「興居島發生了什麼事？」

於是春山櫻連忙一邊把蠟燭和圍裙收進紙箱裡，一邊說：

「興居島上有一個叫小海峽的海灣，是釣六線魚和鰈魚的地方。但最近那裡發現了多具浮屍，發現的地點就在龍王神社下面的入海口。」

「怎麼會那樣？」

我下意識地問道。

「我也不知道。不知那些屍體是從哪裡漂來的。」

「妳說很多……是多少？」御手洗問。

「到目前為止，總共有六具屍體了。」

「六個人嗎……這種情形是從什麼時候開始的？」

「從去年的十月左右開始的吧！」

「接近一年的時間。是分次出現的嗎？」

「上個月有兩具屍體一起出現，這個月是一具。」

「是被殺死的？還是島上的人投海自殺的？」

「最初我爸爸也那麼想，但是……啊！我爸爸是派出所的巡邏警察。」

「嗯。」

「興居島雖然不小，卻只住著七百戶左右的人家，所以調查活動很快就結束了。而調查的結果卻是：島上的居民都活得好好的，沒有死掉任何一個人。也就是說興居島是一座和平的島嶼，沒有發生什麼導致有人死亡的案件。但屍體卻真真實實地出現在島民的眼前，所以島上的人都十分困惑……」

「聽起來好像是什麼鬼怪的故事。」我說。

「是呀！因為發生了這麼奇怪的事，所以現在島上非常熱鬧，來了許多人，有松山來的報社的人，也有電視台的人。」

「死者是別的島的人嗎？」

「嗯，有可能是四國的人。有人說他們是從四國來的自殺者。可是，這樣也很奇怪耶！」

「哪裡奇怪了？」御手洗問。

「因為那些都是已經死了三、四天的屍體。」

「他們的身上有傷嗎？」

「有。屍體的手和腳上有很多撕裂傷口，身上沒有衣物，是赤裸的。還有，根據我爸爸的調查，不管是渡輪碼頭的人員或經營提供釣客住宿的船旅館，大多都認識來興居島釣魚的釣客，但他們認識的釣客當中，並沒有人失蹤，也沒有人來到興居島釣魚後，卻沒有回去松山市的客人。」

御手洗點頭表示理解。春山櫻繼續說：

「於是島上的人便聯合釣魚船和其他船隻，把船開到海上，監視海面上的情形，看看能不能發現可疑的船，或發現有人把屍體拋到海中。」

「可是並沒有發現任何可疑的船，只發現了屍體。」

「就是那樣沒錯。但是，你怎麼知道呢？」

「因為被發現的都是已經死了三、四天的屍體，不是嗎？屍體不可能在釣客喜歡的海灣內漂浮了三、四天後還沒有被發現。一定很快就會被發現的。」

「說得也是呢！可是，為什麼沒有被在海面上監視的船隻發現呢？我覺得屍體應該是從船上被丟到海中的。」

「為什麼要把興居島當作丟棄屍體的目的地呢？」我說。

「是呀！不明白是為什麼。」

「其他的島呢？」

「都沒有。」

「興居島上有什麼嗎？如果出現屍體，就會有好處的什麼。」

春山櫻聽到這個問題，低頭思考了一會兒後，才抬起頭，並且搖頭說道：

「我覺得沒有。」

「有大的工廠或材料製造廠嗎？」

「沒有，一間類似工廠的店家也沒有。興居島上只有提供釣客住宿的船旅館。」

「嗯。」

我「嗯」了一聲，雙手抱胸地點頭表示理解。

「屍體的手腳上有撕裂傷⋯⋯是被咬食而形成的嗎？」

「嗯，是的。大家都有那樣的感覺，覺得好像是被大魚咬食了。」

「鯊魚嗎？」

「鯊魚……」

「是的，興居島附近有鯊魚嗎？」

「沒有，興居島附近沒有鯊魚。不過瀨戶內海有鯊魚，好像是大白鯊什麼的，很危險。還有叫做印度江豚的小型鯨魚。」

「什麼？鯨魚？」

「是的。不過，印度江豚很可愛，很像海豚，是哺乳類。」

「那麼，屍體是在水中被咬到興居島，然後再被放開的嗎？」

「嗯，大家都說雖然很奇怪，但應該就是那樣的吧。現在島上的人都覺得很困擾，因為繼續這樣下去的話，恐怕就沒有人要來興居島玩了。」

「可是，我們不會潛到水裡調查呀！」

「出現屍體的事會引來不好的風評，經營釣客旅館的人就沒有生意了。」御手洗說。

「沒錯，所以大家都希望不要再有屍體出現了。」

「沒有人想在釣魚的時候連屍體一起釣上來。」

「是呀，不能發生那樣的情形。這樣下去的話，興居島的觀光就完蛋了。」

「死因呢？有解剖屍體嗎？」我問。

「屍體遍體都是傷，而且已經潰爛了，解剖也沒有用。還有，因為屍體的身上沒有衣物，所以完全無從調查屍體的身分。」

「性別呢？」御手洗問。

「全是男性。」

「嗯。」

我應了一聲，接著大家都陷入沉默的思考中。

4

隔天，我們便從羽田機場，經由空路，飛到松山機場。春山櫻說一走進機場大廳，就可以從大廳轉搭渡輪。

在春山櫻的引導下，我們三人上了渡輪，並肩坐在甲板的長椅子上，吹了一會兒海風。渡輪的速度相當快，海面上的風也不小，眼看頭髮就要被吹得黏在臉上了，讓人心裡發急。強風在耳邊咻咻咻地呼號，船的引擎聲因此完全進不到我們的耳朵裡。

不過，寬闊的海面真的讓人心曠神怡。今天的天氣很好，所以海面上的風景特別美。好久沒有面對這樣廣闊的空間了，這和從山下公園所能看到的有限海面截然不同。稍微瞇著眼睛，只用半睜的眼睛去看海面時，會覺得自己像是掠過海面飛翔的海鷗。

「啊～好舒服呀！」我忍不住大聲地說：「瀨戶內海這邊好美呀！好像地中海。」

「老師，您去過地中海嗎？」春山櫻問。

「沒去過。」

「這個人不喜歡外國。」御手洗從旁插嘴道。

「欸，是不想離開日本嗎？一樣耶——」

春山櫻說，但我沒有回應。我是日本人，我只是想過一直說日本話的生活。於是，春山櫻又問：

「石岡先生是哪裡人呢？」

「妳是問我老家在哪裡嗎？在山口。所以，應該是那個方向吧？」

我猜了一個方向，指著海的那個方向。

「那邊是神戶唷。」御手洗冷冷地說道。

「那麼，我們都是瀨戶內海同鄉的。」春山櫻說。

到了興居島的港口，上岸後，我們一邊走著，一邊聽春山櫻說：

「那兩個人是新婚夫婦吧！」

「嗯，或許吧！」

我抬頭看了一眼走在我們前面幾步，手牽著手的一對年輕男女後，認同了春山櫻的看法。

「真好。他們看起來好愉快呢！」

春山櫻說，然後轉頭看著御手洗，問：

「對了，御手洗老師，您是怎麼知道我想早點結婚的？」

御手洗沒有回答她的問題，卻說：

「我說呀，妳最好不要和那邊那位穿黃色襯衫的人結婚。」

「咦？為什麼？」春山櫻又問。

「因為我剛才聽到他的姓了。他姓梅宮。」

「啊，梅宮……」

「梅宮櫻嗎？唔……」

春山櫻張著嘴巴，一時之間呆住了。

「啊，原來如此嗎？結婚以後姓氏會改變。」

我恍然大悟，大聲地說出來。

「從春山櫻變成梅宮櫻。變化並不大呀！」

「可是，我想要有更好的姓呢！」

春山櫻悲傷地說。春山櫻變成梅宮櫻，確實沒有什麼差別。

遇到這種問題時，御手洗總是特別能夠理解對方的心理。

「可是人往往都會遇到自己不想遇到的事情。對了，最好也不要嫁給姓桃井的人。」

「桃井櫻……」

春山櫻喃喃地唸著。

「也要注意姓花原或山上的。」

「山上櫻……這個不行，這好像日本古老傳說中的名字。我似乎可以想像那個畫面了。」

「看得到呢！」

我已經完全理解了御手洗的話意，便點頭表示同意。

「姓櫻田的也不好吧……」

「櫻田櫻……太扯了。」

「和花園、園藝有關的姓，最好都不要。」

「不過，一般來說，那樣的姓會讓人覺得很美。」我說。

「我爸爸在幫我取名字的時候，為什麼不多想想呢？讓我的人生變得這麼不自由。」

「御手洗對自己的名字也有很深刻的情結，所以很能理解妳的情況。」我說。

走著走著，來到可以看到小海峽的海邊路上了。我們的左手邊就是沙灘。

「這裡就是發現屍體的地方嗎？這個海灣還滿寬闊的嘛！欸，那裡有電視攝影機。」

「啊，確實是呢！」

「記者正在問島民一些無聊的問題。我們快走吧！萬一被逮到了，說不定會被問：這裡變成遍佈屍體的島了，你有什麼想法？」

御手洗像逃跑一樣地快步走著，還邊走邊說：

「唔，沒想到是這麼單純的海灣。地形一點也不複雜，是開闊的圓弧形沙灘。」

「我就被問過了。記者問我：如果這裡都是屍體，妳有什麼想法呢？」春山櫻說。

「妳是怎麼回答的？」

「如果妳回答：我非常高興。那麼大概會被馬上趕出這座島吧！對了，龍王神社在哪裡？」御手洗問。

「就在那裡。那個岬角的上面，在樹林的中間。」

春山櫻指著左前方說。

「凸出海灣左右的岬角……右邊的嗎？」

「是的，那個岬角叫做戶之浦鼻。那裡有一個傳說故事。」

「什麼樣的故事？」我問。

「就是：從前有一個年輕的男子，愛上了順路經過這座島的異國公主，他在公主離開這座島後，便從那個崖上躍身跳入海中。」

「哦，所以屍體就從那裡冒出來嗎？」

「是那個年輕人靈魂在作祟嗎？所有的屍體都是在那個下面發現的嗎？」

「不是。有從這裡的左邊浮出來的，也有從戶之浦鼻的前面浮出來的。另外有兩具屍體是在神社的崖下發現的。」

「好，我們上去那裡看看吧！」御手洗說。

道路將岬角上的森林分為左右兩邊，是一條長長的坡道。順著坡道往前，辛苦地走了一會兒後，坡道慢慢變陡，正想不要繼續走的時候，斜坡路變成石階路。走到石階的最上面後，終於看到古老的神社殿舍了。殿舍前是鋪著碎石子的廣場，廣場的周圍是黑色的泥土地。

踩在黑色的泥土地上，四周是層層疊疊、蔥綠藏密的樹林，有點昏暗的感覺。腳下的泥土濕濕、黑黑的，還長著苔蘚。身體好像被潮濕的空氣籠罩起來了，但卻不會覺得不舒服。

從前面的樹木與樹木之間的縫隙看出去，可以看到下面的藍色海洋，及白色的沙灘。那裡含有的海水味道的空氣與新鮮的綠色氛圍，好像對我們的身體非常有益，我忍不住深深地吸了一口氣。

我的鼻腔內瞬間被植物與自然的空氣填滿。綠意與海水的氣味包圍著這個地方，這種情形一定好幾千年都沒變吧！

這就是生活在都會裡體驗不到的大自然氣息。只有像興居島這種飄浮在海中的小島，才能長久地維持著這樣的空氣。經過長途的旅程來到這裡，果然是有意義的。我一再地深呼吸，想讓這新鮮的大自然空氣洗去體內污濁的穢氣。

可是，御手洗好像對我覺得有意義的事情不感興趣。他很快地從樹木之間的小路往下走。

「御手洗老師，小心走呀！」

春山櫻說。「嗯」。御手洗只這樣回答。

現場只剩下我和春山櫻了。

「這裡好美。可以從樹木之間看到白色的海岸和藍色的海面。」

我感動地說著。

「很漂亮吧？」

春山櫻很驕傲地說。

「四周都是海。空氣真棒，毫無污染。從這樣的高處遠眺，風景真的太好了。這裡是很好的散步路線。」

但春山櫻卻接著說：

「是約會路線。」

「啊？是嗎？」

我說。春山櫻點了頭，然後說出到目前為止最讓我無法理解的話。她好像在撒嬌般，帶著一點鼻音地說：

「老師──我待在這裡沒有問題嗎？」

「唔？什麼？」我嚇了一跳地說。

「啊，我是不是打擾你們了……」

我連忙說：

「我說妳是不是……」

於是春山櫻便說：

「沒事，別理我。只是最近見過很多那種情況。不要勉強──」

「沒有，沒有。」

這時，突然傳來御手洗的聲音：

「今天沒有屍體呀──」

「好像沒有吧？──太好了。」

站在我旁邊的春山櫻也大聲地回答。

「剛才電視台的人，看來今天要空手而歸了。」

御手洗一邊說，一邊爬到小路上。

「空手而歸的話實在很可憐。不過，從這裡跳下去的話，應該會死吧！這裡很高呀！」

從小路走下來後，御手洗來到泥土地圍繞的廣場。

「老師，您既然這樣想，不如告訴他們一點您所做的推理。好嗎？」

「不好。」御手洗很乾脆地拒絕了。

「不要這麼說嘛！」我說。

「對了，石岡，你坐過直升機嗎？」

御手洗突然這麼問我。

「幹嘛？為什麼突然問這個問題。」

「到底有沒有？」

「沒有。」

「直升機的動力非常獨特，靠的是回轉器的反動力量。而回轉器的位置就在座位的上方，啟動後就會在頭上不斷地旋轉。」

御手洗揮舞著右手做說明。

「坐在位置上就能感受到回轉器咕嚕咕嚕的轉動力量。後面的螺旋槳則控制著轉動的力量。非常有趣。你想坐坐看嗎？」

「唔……好呀！有機會的話。」

我除了這樣回答外，還能說什麼？

「御手洗老師，這座島的那邊——島的反方向那邊，有一個叫做御手洗鼻的岬角呢！」春山櫻說。

「唔，妳是這地方的人嗎？」我說。

「這裡可以了。我們下去吧！」

御手洗說。

5

回到海灘上時，太陽已經有點西斜。或許今天晚上會留宿在這座島上。

春山櫻突然在沙灘上跑起來，並且大聲喊「爸爸」。她一邊跑，還一邊回頭對我們說：

「是我爸爸。」

我和御手洗於是走過沙灘，慢慢朝著一位穿著制服的警察走過去。

「御手洗老師，石岡先生，我爸爸。」

她先做了這樣的簡單介紹後，又對她父親說：

「他們就是大名鼎鼎的御手洗老師和石岡先生，您聽說過吧？我以前對您說過他們的。我和他們提到這次島上發生的奇怪事件了，他們是特地為這個事件來的。」

我和御手洗同時低頭行禮打了招呼，但是，警察的帽子卻一動也沒動，還露出嘲笑的表情，說：

「你們也太好奇，太閒了吧！」

御手洗也露出微笑，說道：

「彼此彼此。」

「這是什麼意思？」

警察臉色下沉地說。御手洗老是這樣，我已是煩不勝煩了

「爸爸！」春山櫻勸阻地說。

「喂，御手洗。」

我也試圖阻止御手洗。可是，警察似乎沒有要善罷干休的意思，又說：

「我哪裡太閒了？」

「欸，你剛剛好像回答電視台提出的問題了。」御手洗說。

「那又怎樣？那樣是我太閒了嗎？我是在執行公務。」

「接受電視台的採訪算公務？」

「又不是一天到晚都在被採訪，只是偶然一次而已。」

「那麼，接受採訪前，在執行警察的工作嗎？」

「當然。」

「不是在院子裡給桃樹澆水嗎？」

警察被御手洗逼問得無話可說了。

「你看到了？」

「我連你住在哪裡都不知道呀！那麼，你怎麼回答出現浮屍的事情？」

「還用說嗎？當然是大家都覺得很困擾。」

「啊哈！不愧是專家說的話。這是第一級的情報。」

御手洗很佩服似的說。

「什麼意思？」

「那果真是世界上的閒人們說的話。」

「你說什麼！那是大家很擔心，並且想知道的事情呀！」

「你的意思是大家都想知道『興居島出現浮屍，島民們是否覺得困擾？』的答案？」

「是的。」

「有人會不知道這種問題的答案嗎？沒有人會因為出現了許多屍體，而高興得想慶祝吧？」

「你說什麼！」

「大家想知道的，是那些屍體為什麼會漂流到這裡的原因吧？還有就是為什麼會發生這種事情？兇手是誰？」

「大家當然也想知道這些。」

「那麼，接受電視台訪問時，你說到這些了嗎？」

「這些問題現在都在調查的階段，還不能說。」

「原來如此。有本事的貓是不會隨便露出爪子的，是嗎？」

「沒錯，就是這樣。」

「好吧。有些事情確實是不能說的，能明白這一點也是好事。」

「喂，御手洗，夠了吧！」我說。

「我聽女兒說過你們，所以也看了你們的書。」春山櫻的父親繼續說：「你好像對自己的聰明很感到自負。不過，我看你好像也不怎麼樣，稱不上是專業，只是在故弄玄虛而已。」

「書本上寫的，比事實的更低調。」

「書確實寫得不錯。不過，那樣自吹自擂的內容，一點也稱不上是聰明。」

「哦？不是聰明是什麼？」

「是自大。」

「啊，原來如此呀！不過，自大不是指明明什麼也不懂卻裝懂，還虛張聲勢的人嗎……」

「御手洗，不要再說了。」我再一次勸阻。

「真是不知天高地厚的傢伙！為什麼還要特地從東京來到這裡？真是辛苦了。」

「是令嬡請我來的。」

「她也真是太沒常識了。明明父親就是專家了，還要找外人來。腦袋到底是怎麼想的！要讓做父親的我難堪嗎？」

「你還沒有難堪呀！」

「說得也是。這是理所當然的，因為專家不會有難堪的事。」

「可是，難堪的事馬上就會來了。」

「是嗎？」

「沒錯。」

「那，你知道了嗎？」

「知道什麼？」

「嘖，當然是這個地方為什麼會出現屍體的原因呀！」

「噢！這種事我早就知道了。」御手洗說。

「是嗎？那我就姑且問問你：兇手是誰？為什麼會發生這種事？屍體為什麼會出現在這裡？」警察說。

「你在問自大的人嗎？」

「我說我是姑且問問。如果你不是在自吹自擂的話，應該能說出一點什麼東西來。」

「要我說多少，我都能說。不過，現在正在調查的階段，不便多說。」

「哼！」

於是御手洗指著海面，這麼說道：

「好吧！就告訴你一些吧！那個，那個就是兇手，那個特殊的海。全日本只有一個這樣的海。」

「你在說什麼？哪裡都有這樣的海啊。」

「不，瀨戶內海是世上稀有的海。只有一個，不會再有第二個了。」

「瀨戶內海只是一個普通的海而已，吹牛不要吹過頭了。」

這時天空開始傳出了飛機所發出的爆裂音，警察不耐煩地抬頭看著天空。

「只有這個海洋才能犯下的罪行，現在正呈現在我們的眼前。」

「喂，御手洗，那麼屍體沒有手腳的原因，是因為這個海的特殊……」

我還沒說完，御手洗便插嘴說：

「沒錯，石岡君。這個特殊的海裡有吃人的怪物。」

「不可能有！」警察說：「從來沒聽說過有那種東西。」

「屍體現在在松山警察局嗎？」御手洗問警察。

「是的。但是，或許已經火化了。你想看嗎？那麼……」

「全身是傷的屍體看了也沒有什麼作用，所以沒有看的必要。」

爆裂音逐漸接近，警察不得不拉著嗓門說：

「我最了解這裡的海了。我從小就幾乎每天在這裡游泳，是在這個海裡長大的。沒有人比我更了解這裡的海。」

「呵，好了不起。」

「本來就是這樣。」

「可是，越是身在其中，越是看不清真面目。」

「哦？」
「因為容易自以為是，結果什麼也沒有看到。」
警察稍微沉默後，大聲地這麼說：
「喂，不要浪費時間了。」
大概是受到空中爆裂聲的影響，警察的聲音接近嘶吼。他想用自己的聲音來蓋過天空的聲音。
「總之，你們趕快撤手吧！這不是外行人玩得起的事件。」
「同感！我們第一次意見相同。我剛才說的話，是非常重要的事情。不過，如果沒有聽得懂我說的話的耳朵，那麼我說的話就一點意義也沒有。」
「我現在要說的話更重要。」
警察得意洋洋地說。
「什麼話？」
「今天回程的渡輪剛剛開走，看來今天你們非住宿在這座島上不可了。可是，如果沒有我的幫忙，恐怕沒有一家船旅館會讓你們投宿。怎麼樣？你們想睡在沙灘上嗎？還是拜託我，讓我幫你們找家船旅館呢？」
「沒有那種必要。因為我們會搭計程車回去。」御手洗說。
「你胡說八道什麼？這裡是海島呀！計程車可以在海面上行駛嗎？」
「我說的是在天上飛的計程車。好了，要告辭了。」
御手洗說完話，立刻轉身。
風沙飛揚，爆裂聲好像就在耳朵旁邊爆炸一樣，震耳欲聾。可是令我吃驚的是，一架直升機就這麼降落在我眼前的沙灘上。

御手洗回頭大聲地喊道：

「春山先生，這個事件已經超過島上派出所能夠處理的水準了。你就先回家等我們的聯絡吧！」

春山父女目瞪口呆地看著眼前的情形。御手洗又喊道：

「不要一邊吃桃子一邊喝水呀！那樣的話，對著電視台說話時，恐怕大便會跟放屁一起跑出來唷。石岡，快上直升機。櫻小姐，對妳父親說了一些不禮貌的話，請見諒呀！」

「啊，沒事的。」春山櫻說。

「我會用電話告訴妳結果的，到時也請妳告訴妳父親。」

「啊，是！可是，您現在要去哪裡？」

春山櫻大聲問，但御手洗大概聽不到吧！他已經轉身，朝著直升機跑去了。我也追了上去，穿越過沙灘。

6

直升機以橫渡瀨戶內海的方向飛去。眼下瀨戶內海的海水美好地流動著。從上往下看時，可以看到海水的顏色各個地方都有變化，在深藍色的海水中，有一道像淺藍色、像河流在流動的區塊。那是海流嗎？在這樣顏色斑雜的海面上，浮著或許是漁船的大大小小船隻。

機內充斥著引擎的聲音，我只好提高聲量，大聲地問御手洗：

「喂，御手洗。這是怎麼一回事？這架直升機要飛去哪裡？」

「我們的委託人可能變了。這個事件比我們想像中的大。」

「什麼？」我說。這種發展的速度未免太快了，我根本就跟不上。什麼叫委託人變了？為什麼又突然有直升機飛來接我們？

「我說，哪裡來的委託人？這直升機又是從哪裡來的？」

御手洗注視著前方，裝模作樣地說：

「現在還不能說。被問到的時候，你不知道比較好。你只要把直升機想成是計程車就好了。」

「如果這是計程車的話，那就是最貴的計程車了。好了，我們現在要去哪裡？」

「吳市。」

眼下是廣闊的瀨戶內海，視線往上移的話，逐漸可以看到小小的陸地了。那是本州？

「我們正在往北飛嗎？」

「沒錯。剛才我已經聯絡好了，那邊現在應該正在準備實驗的工作。」

「實驗？什麼實驗？」

「你馬上就會知道了。」

御手洗如是說。

直升機飛到陸地的上方了。不久之後，就看到前方的地面上有一個像大型體育館、塗著灰色漆料的建築物屋頂。那是一棟像砧板的橫切面，形狀奇怪的建築物。直升機先往那個建築物飛去，在來到建築物的上空後，便朝著直升機的停機坪飛去，然後慢慢下降。

我們乘坐的大機器，很快地停在水泥地的停機坪上。

「好，下飛機吧。身體要放低。」

御手洗說著打開直升機的門，從直升機上跳下去。

「這裡是哪裡？」我問。

「水理實驗場。」御手洗回答。

低著頭跑過捲起風沙的回轉中的巨大螺旋槳下方後，就看到一個穿著灰色工作服的男人站在前方等我們。

背後的直升機在發出猛烈的爆裂音後，再度飛上天空，並且在空中改變方向，往海的方向飛去。

「水理實驗場？」我說。

「是通產省旗下的機構。隸屬通產省的中國地方工業技術試驗所。」

「試驗所？要試驗什麼？我們為什麼要來這裡？」

「到裡面你就知道了。」

御手洗說著，並且對前來接我們的男人說：

「嗨，麻煩你了。我是御手洗，這一位是石岡君。」

我對那個男人禮貌性地點了一個頭。那個男人也點頭回禮，說道：

「早就耳聞兩位的大名了，我是北王子。佐佐木先生要我在這裡等候兩位。請跟我來。」

北王子說著，走在我與御手洗的前面，引導我們往裡走。我們緊跟著他，走了一段水泥地路面的通道。

眼前的視界突然豁然開朗時，我不禁張大了眼睛。本來還在想這裡是體育館什麼的，但出現在我眼前的，是一根柱子也沒有的空曠空間。

在那個空間裡的，是完全超乎預料之外的東西。剛才從直升機裡看到的世界在這裡重現了，只是沒有了色彩。

那裡絕對是一個可以進行運動比賽的寬闊空間，不只大到足夠進行籃球或排球的比賽，連要在那裡進行棒球比賽或美式足球比賽也不成問題，甚至還可以在那裡打高爾夫球。

裡面還有一個形狀奇怪的水面，緊鄰水面左右的，是灰白色的地面。地面應該是水泥鋪成的。仔細看，那個水面應該就是壯大的瀨戶內海的透視圖。

不知道說那個是「透視圖」合適不合適，因為那個東西實在太大了，或許可以說那是一個特大的庭園式盆景吧！總之，那是被本州與四國夾在中間的瀨戶內海的巨大模型。第一次看到這樣的東西，我不禁驚訝得呆住了，並且覺得自己好像變成高大到可以突破雲層的巨人。

模型中陸地與瀨戶內海連接的凹凸處，好像是按照地圖製作了，所以相當準確地表現出瀨戶內海周圍的海岸線。池子裡蓄有真正的水，水看起來是淡藍色的。而我們站著的地方與巨大的模型之間，有一條狹窄的溝。注入瀨戶內海模型內的水如果溢出來時，會流入溝中。另外，溝的前面有扶手。

好像是因為右手邊的陸地與四國海岸線，在東西兩側沿著四國不斷迴轉，所以才需要這個像砧板橫切面的變形建築物。換言之，如砧板底部的兩隻腿，緊緊貼著主體的兩個凸出物，和在四國的左右往南的海岸線，讓與它們相連接的海面能夠有所擴展。而我們現在正走在其中一個凸出物的通道上。

「石岡君，這是瀨戶內海呀！」

御手洗對我說，他的聲音把我的思緒叫回到現實。

「這就是犯人。至於犯人是怎麼犯案的，現在正要重現當時的情形。」

北王子這個時候回來了，他對站在模型前正注視著水面的我們說：

「已經按照佐佐木先生的吩咐，正在準備了。」

「佐佐木先生是誰？為什麼這裡會有這樣的東西？」

我茫然地問御手洗。

北王子好像聽到我的疑問般，對著我，開始做說明：

「這是瀨戶內海兩千分之一的縮小水理模型。那邊是中國地方，這邊是四國的陸地。藉著這個模型，我們可以觀察這個區域每天潮水漲落的狀況，了解水流入瀨戶內海，和水從瀨戶內海流出來的情形。這個模型就是觀察瀨戶內海的水流用的。」

原來如此呀！我點頭表示理解。

「把水注入這個模型，隔了一段時間後，再讓水流出來。這樣做了之後，就可以試著模擬瀨戶內海海水的動作了。」

「原來如此。」

我表情茫然地回答。

「現在這個正好是漲潮的狀態。而沿著瀨戶內海的各個城市，都放有分配號碼的卡片。除了岡山、廣島、山口這些縣的主要城市外，還有四國這邊的香川、愛媛等縣的主要城市。」

「啊，看到了。」我說，然後又問御手洗：「可是，為什麼要放那樣的卡片？」

「那是分配給嫌犯們的卡片。」

「建造這個巨大模型的目的到底是什麼？為了搜查犯罪嗎？」

此時北王子跳出來回答：

「不是。是為了觀察林立在瀨戶內海沿岸的工廠，及蓋在河水會流入瀨戶內海的河流兩岸的工廠的排水狀況而建造的。為了這個原因，這個模型的水的底部形狀，也儘可能地做到與瀨戶內海海底的地形一樣。因為海底的地形也會影響水流的動作。」

「哦……」

「這個水面大約是七千五百平方公尺，使用的水量重達五千噸的水理模型，可以說是世界上最大的水理模型了。有了這樣的模型，就能夠根據水流的動態，了解工廠排放出來的污水是怎麼擴展的，或污水排放出來的方式。還有，藉此了解到內海與外洋的水交換的比率後，或許也能了解洗淨的效果、沖淡污染的情況。」

御手洗接著說道：

「我認為這樣的東西，可以運用在這次的事件調查上，所以才會來這裡。」

「噢。」

我終於明白了。不過，並不是完全明白。來這裡是為了調查海水的動態嗎？這和春山櫻來找我們談的事，有關係嗎？

「你看看，寫著和卡片同樣號碼的球，就浮在各城市附近的海面上。」

我再看，果然看到在靠近陸地的海面上，浮著許多像高爾夫球般的東西。球和卡片非常接近，而最接近的卡片與球的組合，分配到的是相同的號碼。

「球的位置大約就在各城市的海岸外兩公里的海面上。不過，如果有必要的時候，可以調整這個數字，然後再進行實驗。那麼，現在可以開始了嗎？」

「可以了。」御手洗回答。

「先退潮，排掉水。喂，好了，拜託了。」

北王子對著附近的機械室大聲地說，並且揮舞著手，送出信號。

於是，機械室裡的機器發出起動的聲音了，形狀複雜的水池的水便開始慢慢地流動了。

為了了解到底會發生什麼樣的情形，我全神貫注地看著眼前的模型。然而，即使是這一刻，我還不是很充分地了解自己被帶到這裡來的理由。

位於我右邊的側溝開始發出嘩啦啦的水流聲。就這樣，模型瀨戶內海的水被排出來，流到溝中。

「正在抽掉海水嗎？」

我問。御手洗以點頭做為回答。

像尼加拉大瀑布的落下水流般，水從巨大模型的邊緣往下衝，發出越來越大的聲響。水流形成漂亮的拋物線般，從溝的上方往下落。就我的視界所及的範圍裡，我可以看到三處像瀑布般的排水地點。

我的腦子裡浮現出讓人聯想到古希臘時代的世界地圖。古代人以為世界的盡頭就在大海的彼端，而海水會在世界的盡頭像瀑布一樣直直垂直落下，直到無底深淵。

浮在水面上，寫著數字的白色球隨著排出來的水，開始慢慢地動著。我聽到御手洗說：

「石岡君，瀨戶內海可以說是一個形狀複雜的巨大水池。」

我點頭，深表同意。

「確定是的。不過，我真的很訝異，沒想到吳市有這麼不得了的機構。」

御手洗一邊點頭，一邊說道：

「因為四國、本州、九州之間都有開口，所以外洋的水可以從三個方向流出來。最遠的開口是紀伊半島和四國之間的紀伊水道，右前方是四國和九州間的豐後水道，左手邊的是本州和九州間的關門海峽。」

「哦，是嗎？是耶！」

「瀨戶內海的水的出口，也是這三個地方。最寬敞的出口是豐後水道。關門海峽因為比較窄，所以水流變急。而有一座大島像堵在前面似的的出口，水流也會變急；水流一急，就會形成旋渦。就是那裡。」

「淡路島？」我看著御手洗手指的方向說。

「嗯。那一帶自古以來就是個製造麻煩的所在。就是人家所說的鳴門漩渦。」

「啊，拉麵裡都有鳴門漩渦❶。」

「啊？……唔，你說得對吧！」

御手洗的聲音聽起來有點無可奈何。

「哇！這是河！」

我想起剛才在直升機上往下看的時候，曾經看到與藍色海面相連接的一條淡藍色帶狀水流。

御手洗說：

「所有的漂流物都會被潮流沖到這裡來。」

「船也會？」我問。

「以前的船確實也會。如果是用手划的小船，一定會被力道強大的潮流左右。所以，熟悉潮流發生的時刻與急流正確方向與力量的人，就可以稱霸這個海面。」

「海盜嗎？」

「是的。不管多麼強大的陸上軍隊，來到這個海面上時，都不是熟悉海流變化的人的對手。這裡的急流每隔一段時間就會出現一次。受到月亮或太陽的位置的影響，大約是六個小時發生一次。」

「噢。」

接著，我們便站在一起，注意著白球們的動作。有趣的是，每顆球的動作並不一樣。有些球動得很快，有些球的動作就慢很多，當然也有待在原地不動的球。

「興居島的秘密一定和這個潮流的結構有關。」

御手洗說著，並邁開步伐。

「為了具體地觀看水流的流動細節，所以讓那些球浮在水面上。」

❶日本拉麵裡常會放一片有漩渦圖案的魚板。那個魚板就叫做鳴門卷。

「所有的球都在動。好像都會順流而下，沒有一個是例外的。這個水池和田裡的蓄水池不一樣。」

「你說得沒錯。」

「不過，每個球的動作都有微妙的不同。」

「因為有好幾個特徵要素吧？如你剛才說的，每個球的動作都不一樣，而不一樣的地方就在速度上。這一點也很重要。不過，在這一點之前還有一個更大的原則。那就是：水流以瀨戶內海的正中央為中心，分別往左右、東西流動。」

「啊！真的。球分為左右兩群地在移動。」

「沒錯，就是那樣。平坦的海面上也有分水嶺。也就是說，從那一帶的分水南北線看，在東側的球，絕對不會往興居島的方向移動。」

「果然是那樣。而浮在神戶海面上的球，也絕對不會移動到九州這邊來。」

「你說對了，石岡君。這樣不是很好嗎？比起說什麼拉麵的冷笑話，這樣有意義多了。所以，我們可以不必管東側的情形。」

「唔……哦。」

雖然不是很明白，但我還是對著御手洗點點頭。但到底要不管什麼呢？

「石岡君，你還有什麼發現嗎？」

御手洗問我。

「瀨戶內海海上的島嶼真的多到數不盡呀！」

我說出我的發現。

「是的。」御手洗說。「所以水流經島和島之間的狹窄空隙時，流速就會變快，形成急流，有些地方還會形成漩渦。」

「例如音戶海峽嗎？」我說。

「嗯，那也是其中之一。」御手洗繼續說道：「在小島密集的地方，球的動作很像掉落到盤子裡的小鋼珠吧？」

「真的耶！速度快到像從釘子間掉下來。」

「其次，就像這個複雜的水池一樣，瀨戶內海的海面上有無數島嶼，那些島嶼以隨機的形式，複雜地錯落在海面上。但因為島與島之間的距離各個不同，所以水流的動作也就變得複雜難測。這就是為什麼需要這個模型的原因。」

「島和島之間的球以非常快的速度在移動耶！球隨著急流往下的樣子，真的很像柏青哥的小鋼珠。」

「也有移動緩慢的球。更重要的是，這樣每六個小時就會反覆一次的複雜水流動作，每天都會重現。」

「每天都會重現……」

「是的，石岡君。基本上就像機械般，完全相同的動作，會一再反覆出現。這種反覆從古至今都沒有改變。」

「完全相同的動作……」

「是的，反覆的動作幾百萬年來一天也沒有休息過。因此，這個機械裝置就變得有意義了。而這些無數的球也一樣，每次都做著相同的動作。水流的動作從卑彌呼的時代就開始了，直到現在完全沒有改變。」

「從卑彌呼的時代……」

「是的。你沒有感覺到悠久時間的流動嗎？時間的流動從神功皇后的時代經過源平合戰的時代，到武藏和小次郎在巖流島決鬥的時代。即使到了美軍Ｂ２９戰略飛機來襲的時代、噴射戰鬥機起飛的時代，也一樣沒有改變。不過呢，因為近年來關門海峽的樣子有點變了，所以多少產生了一點點變化。」

機械動作的聲音停了，寬闊的空間突然變得十分安靜，正在講話的御手洗的聲音顯得特別響亮。

「這是像上了發條的時鐘的海。這麼特別的海世界罕見，日本也只有瀨戶內海是這樣的海。」

「確實……」

好不容易，我終於了解御手洗所說的話了。

北王子從旁邊的機械室露出上半身，對我們這邊發話。空間非常安靜，所以距離雖然遠，他的聲音還是清清楚楚地傳進我們的耳朵裡。

「御手洗老師，排水結束，退潮到此為止。」

於是我和御手洗便再次看著小型瀨戶內海的水面。已經靜止白色的球群雖然改變了位置，卻都還是在那個模型裡。

「原來如此。一次的排水後，浮在水上的球的移動距離，大概就是這樣呀！」

「變成那樣了。」

「唔。」

御手洗看著水面，眼珠子動來動去。

「如果可以的話，我想現在要進行漲潮了。可以嗎？」北王子問。

「可以。拜託你了。」御手洗說。

聽到御手洗的回答後，北王子的身體縮回機械室。機械聲很快地再度響起。水上的白色球又開始慢慢地動起來了。不過，這次的動作方向和剛才完全相反，球朝著瀨戶內海的中心線——用御手洗的話來說，那叫分水線——回到原點。

御手洗轉頭對我說：

「石岡君，你看著興居島的小海峽灣。」

「哦？興居島？」

「喂，石岡君，這不是理所當然的嗎？認真一點，我們就是為了這個而來的。」

御手洗半無奈地說。

「啊——是嗎？」

我真的太遲鈍了，直到這個時候才終於了解御手洗在想什麼。

「啊，你的意思是……」

「是啊！繼續進行實驗，直到其中的某一粒球進入興居島的小海峽灣為止。」

「原來如此呀！」

終於理解了。

「那，哪一個是興居島？」

聽到我的問話，御手洗低聲「嘖」了一下，邁出步伐，指著四國角落的某一點，說：

「這個！」

沒錯，那裡果然有一個小島。

「球還沒有進去嘛！」

「當然，球如果進去，我們的實驗就結束了。」

很快就要恢復到漲潮時的樣子了。人在機械室的北王子如此報告著。此時球也都擴散到瀨戶內海全體了。不過，還沒有球跑進興居島的小海峽。

御手洗沿著側溝的欄杆走了一會兒，然後說：

「請再退潮一次。」

他的話才說完，機械聲又開始響起。

就這樣，漲退潮的實驗來回做了好幾次，但是始終還沒有球進入興居島的海灣內。御手洗露出有點焦躁的模樣。

「再來一次漲潮。這樣就是三天後的情形。」

北王子這麼說，然後再度啟動開關，開始這不知道是第幾次的潮水運動。

伴隨著機械泵的聲響，無數的白球又活動起來了。在通道上走來走去的御手洗又往我的方向走來，但視線卻放在水面上。從他走路的樣子，我可以體會到這位老朋友心中的激動。就在走到我的身邊時，他突然叫道：

「賓果！」

然後指著水面上的一粒球。那粒球正在慢慢地進入小小的興居島海灣內。

「很好。請停止吧！」

御手洗一邊對著機械室那邊喊，一邊急急忙忙地跨過側溝的欄杆。接著，他又越過側溝，像一頭巨大的怪獸邊，在模型的四國上面嗱嗱地跑著，然後蹲跪在愛媛縣上。

他探出上半身，右手伸向興居島，拿起已經進入小海峽海灣內的球，叫道：

「五號！五號的都市在哪裡？」

這時北王子已經現身在對岸的本州上面。他走到廣島縣的上面，駐足在放著五號牌子的岸邊，然後指著腳邊的壓克力箱，大聲地回答：

「是福山市。」

第二章

1

小坂井茂從小就很有女性緣。所以，或許他便因此深信女性生來就是為了照顧自己而存在的。高中時，教現代國語的女老師就對他特別另眼相看，那是他非常清楚可感覺到的事。

他特別記得的情景，是自習或考試的時候。在安靜的教室裡，大家都伏案默默地寫著試題，小坂井也一樣，但是他總有幾題不會答。這種時候，每當他下意識地抬頭看坐在講台上的女老師時，就會發現女老師也正在注視他。

這位女老師姓大木，年齡在五十歲左右，學生們背地裡叫她「老小姐」。學生們為什麼會這樣叫她的原因，是因為她的言行舉止和一般的老師有些不一樣。她當然也有面帶笑容的時候，但有時也會突然一臉嚴厲地走進教室，然後莫名其妙地挑剔同學們的缺點，對同學們破口大罵。在那樣的日子裡，她雙頰凹陷的臉上，總是覆蓋著一層寒霜。

不過，她對小坂井倒是一直都很和顏悅色，所以小坂井總是不由自主地在面對她時，帶著撒嬌的心情。不管是在上課中，還是在自習課的時間，一旦和老師四目相對，他就會自然地露出笑容，而老師也會回以溫和的微笑。

這位老師還擔任戲劇社的顧問，而小坂井高中的戲劇社，卻以從來不辦發表會而出名。這個戲劇社的成員都是女生，唯一的活動就是每年的春天園遊會時，穿著角色扮演服裝的社員們會站在兩輪拖車上，然後由力氣最大的女社員拉車頭，其餘社員在後面推的模式下，繞學校的操場一圈。

升上高二那年春天的某一天，小坂井被大木老師叫到教職員辦公室。小坂井還在猜想不知道是什麼事時，沒想到老師卻問他：要不要加入戲劇社。小坂井當下嚇了一跳，忍不住「啊！」了一聲。

男人的世界裡，是非常在意「面子」這種東西的。小坂井在學校的功課不算好，同時又與幾個被認為素行不良的人做朋友，加入戲劇社這種只有女生的軟派社團，絕對不是什麼有面子的事情，所以他作夢也沒有想過要加入戲劇社。於是便回答老師說：回家想想，明天再答覆老師。然後馬上逃回教室。

當天放學時，他正要走向校門時，在校門口前，被一個女生叫住，只好停下腳步。那個女生叫田丸千早，和他同年級。田丸千早快步走上來，說：一起回家吧！接著就和他並肩一起走。

他們一起走了滿長的一段路，來到碼頭邊後，田丸千早說要在碼頭的石階梯上坐一下。

把書包放在石階上，彎腰看著腳前方的水面時，小坂井發現今天難得地，水比平日清澈許多，可以清楚地看到繫在碼頭的柱子上、上下浮動的漁船下，有許多小魚在那裡游來游去。牠們往左游，又快速地往右游，然後消失在船底下。

小坂井看著水面，茫然地感受著來這裡就可以聞到的味道。那是海水的氣味，還有魚的氣味，其中還夾雜附著在小船的金屬部分上的鐵鏽的氣味。這些混在一起的氣味當然稱不上是令人愉悅的氣味，但是，這是港口特有的氣味，除了這裡以外，別的地方不會有的氣味，所以小坂井雖然不覺得這個氣味好聞，但也不討厭。他是嗅著這個氣味長大的。

「欸，要不要一起來演戲？」

田丸突然這麼說。

「咦？」

小坂井說。又是令人感到意外的話。

「我是戲劇社的。」

田丸說。但是小坂井根本不知道，所以有些吃驚。

「噢，妳是戲劇社的？」

雖然感到訝異，但他漫不經心地回應著。

「你不知道嗎？」

「不知道。」

「戲劇社裡沒有男生，所以有些麻煩。」

她非常嚴肅地噘著嘴說話的樣子，好像在控訴著什麼事情。這和一派輕鬆，一點壓力感也沒有的小坂井，氣氛上有著相當程度的落差。

「沒有男生的話，就不能有發表會了。」

「都是女生也可以吧！」小坂井說。

「又不是寶塚歌舞劇團。」田丸立刻反駁。然後說：

「小坂井君長得好看，最適合舞台了。」又說：「而且身材也很適合當演員。一定會有很多粉絲的。」

「我頭腦不好，記不住台詞。」小坂井推託地說。

「我可以教你。」

田丸說著，並且握住了小坂井的手，說：

「好柔軟呀！」

田丸用雙手包著小坂井的手，還揉搓了一下子。

於是小坂井不自覺地抬頭看著田丸的臉。田丸的皮膚白皙，有點豐滿的臉圓圓的，鼻子看起來好像也有點圓；但是她的眼睛很大，長得並不難看。小坂井心想：她也算得上漂亮一族吧！大概是對自己的容貌有信心，所以才加入戲劇社吧！

「我呢！不想浪費時間。」田丸說：「我想要認真地嘗試一回。」

田丸這麼說後，霍然站起來，然後拍拍藍色裙子的屁股和前方。

「回家吧！」她說。

「嗯。」小坂井說。

回家的路是一條窄巷。那裡有石牆上嵌著從舊大舢板船拆下來的木板的房子。小坂井每次經過這裡，也都會注意到石牆上的木板。之前握著小坂井的手的田丸，此時拉了一下小坂井的手。這是要他停下來的信號。

「小坂井君，你看，這是船板喔。」

小坂井點頭。

「是從老船上拆下來的。嵌在這裡的是側板。」

「嗯。」

「嵌得很好，很漂亮呢！」

小坂井只是點頭而不出聲。於是田丸便說：

「欸，小坂井君，你喜歡義大利料理嗎？」

「唔？喜歡。」小坂井說。

「下次來我家吃吧！我會做義大利料理，很好吃唷。」

「嗯。」

小坂井說。不過，後來他還是一次也沒有去吃過。

「從國中時起，我就一直很注意小坂井君了。」

「噢。」

「欸，你就幫幫我吧！我真的很想演戲。剛剛和同社團的女生們聊天，最後都覺得很掃興。一次發表會也沒有就要結束了。我馬上就十八歲了耶！」

田丸以充滿期待的眼神，一直看著小坂井，然後突然將他抱緊，吻了他一下。小坂井在這個時候聞到了她身上香料的香氣。

「求求你，考慮一下吧！」

田丸鬆開小坂井時這麼說了，接著便轉身跑走。她穿過小巷，來到陽光下的外面馬路，身上的襯衫在一瞬間閃耀出白色的光芒。她的身影在往左轉後，從小坂井的視線裡消失。

2

因為發生了這樣的事情，小坂井覺得好像不能拒絕田丸，於是加入了戲劇社。就這樣，在小坂井三年級的聖誕節前，戲劇社發表了一部名為「漫長的聖誕晚餐」的戲劇演出。因為這是小坂井就讀的高中戲劇社的第一次作品發表，所以小坂井在大木老師心中的分量也大大地提升了。其實，小坂井什麼也沒有做，一頭埋入這個表演工作的人其實是田丸。

不過，由於小坂井的加入，很明顯地帶動了男生也可以加入戲劇社的想法。一年級的男生因此在被勸誘下而入社，戲劇社終於有了比較像樣的規模了。很快地，戲劇社有了劇本，也有了足夠的社員可以排演，終於能夠開始做戲劇演出的活動了。

在沒有其他競爭對手的情況下，小坂井是理所當然的男主角，低年級的學弟則扮演供他使喚的僕人。至於女主角的人選，也理所當然的是由田丸擔任。田丸非常地認真，她不僅決定劇本、決定音樂，還向學校爭取追加經費，帶社員去熟悉的戲劇服店家量身、製作戲服，有時還得要自己縫製。另外，在沒有指導老師的時候，她還得負責指導社員的演技。

田丸的演技頗受好評。小坂井也演得有模有樣，所以發表會的評價還不錯，他也成為了低年級女生們的偶像，收到很多情書，後來還在畢業典禮上大受歡迎。可是，他原本的那些素行不良的朋友卻對他冷嘲熱諷，他因此失去了那些朋友。

小坂井報考了關西的公立大學考試，結果名落孫山。不過，這也是預料中的事情，因為他的功課原本就不好。至於田丸，她去了東京，就讀東京的私立大學。這好像是她早就預定好的事情。當小坂井迷惑著自己今後要怎麼辦的時候，田丸來信了。田丸叫他去東京，問他要不要讀東京的補習班；還說想和他一起演戲。

田丸說：如果他的父母不願意幫他出補習班的費用，她可以借他錢，還可以介紹打工的地方。田丸一定是覺得自己耽誤了小坂井的人生，所以對小坂井抱著贖罪的心情。其實，小坂井就算沒有參加戲劇社、沒有演戲，不喜歡讀書的他也考不上任何大學。至於失去了那些素行不良的朋友，或許還是好事一樁。然而麻煩的是，他除了那些朋友外，還真的沒有別的朋友了，於是就變得孤單了。

小坂井向父母提出要去東京的想法時，果然遭受雙親的反對，最後便像離家出走般，去了東京。當他再見到田丸時，田丸已是御茶水大學的學生，並在町屋租了一間一房的公寓；另外，她還是位於北千住的N劇團的研究生。在戲劇界裡，N劇團算得上是名門劇團。不管是御茶水、町屋，還是北千住，都在地下鐵千代田線的沿線上，是只要搭乘千代田線就可以到達的地方。由此可見田丸在鞆町的時候，就已經查清楚東京的交通路線，連大學也選好了。

小坂井來到東京後，便搬進田丸住的公寓，不久後便和田丸過著同居的生活。田丸好像早就喜歡小坂井，而小坂井也開始慢慢地喜歡上田丸。田丸來到東京後開始化妝，人明顯地變漂亮了。看著這樣的田丸，小坂井心動了。

田丸說要介紹小坂井進入N劇團，讓小坂井也成為N劇團的研究生，還推薦自己大學附近的好補習班給小坂井，勸小坂井去補習，那樣就可以一起去上學了。

因為小坂井沒有錢，田丸也借錢給他，還介紹他到附近的居酒屋打工，並說那裡的薪水不錯，有工作的話，就可以賺錢還她了。田丸叫他跟著走，他就跟著田丸走，進了居酒屋後，便把他介紹給店主。田丸的個性原本就很積極，來到東京後，似乎更積極了。但小坂井開始到那家居酒屋工作後，才知道田丸和店主並非熟識，田丸以前也只去過那家居酒屋一次。

小坂井自己並沒有特別想做的事情，凡事只是照著田丸說的做。黃昏的時候就去居酒屋上班，第二天早上去田丸讀的大學——御茶水大學附近的補習班上課。並且，小坂井也成了N劇團的研究生。小坂井打起精神認真地打工還債，並對田丸說：以後房租我來付，每個月都要好好地記帳。

可是，這樣的生活持續了大約半年左右，一還了錢，小坂井就覺得很難同時持續做三件事情。他覺得睡眠不足，覺得很煩惱，也和田丸商量該怎麼辦。但是，答案很快就自動跑出來了。因為早起太辛苦了，所以早上他就不跟著田丸去上課了。還有，小坂井有時會因為前一晚喝酒的關係而頭痛。他原本就是意志薄弱之人，不會拒絕客人的勸酒；另外，他自己本身也喜歡喝酒。

去補習班時經常遲到，上課時又老是愛打瞌睡。小坂井對自己的未來沒有想法，也沒有想到要實現什麼事情，對任何事情也都沒有熱情。他沒有特別想成為大學生，也沒有特別想當演員。

對他來說，做什麼事、成為什麼樣的人都一樣。他來東京的原因，單純只是因為田丸的勸說，再加上自己也並沒有什麼特別想做的事情。像這樣有一搭沒一搭地去補習班上課的結果，最後就是乾脆不去了。斷了成為大學生的路後，小坂井成為以當演員為目標的戲劇青年。不過，這樣的結果並不是小坂井自己想要的，而是減法之後的答案。

雖然沒有說出口，但看著情人的樣子，田丸似乎開始一天天地對小坂井感到失望了。被推著站在戲劇青年這個位置上的小坂井，其實並沒有成為演技派演員的特別天分，雖然他也參加了不少劇團的契訶夫等古典戲曲的練習，但他對作品內容的思想沒有興趣，對演戲這件事的本身，也沒有什麼興趣。所以他只能老老實實地以配角的身分，成為眾多演員中的一人。像小坂井這樣，擁有著不錯外表的年輕人劇團裡多得是。

但田丸卻是一個非常認真的人，同儕們也很認同她的能力，似乎偶爾也有電視劇的小角色，或紀實戲劇的角色找她演，她的名字甚至登錄在每年出版的演員年鑑中。在N劇團的介紹下，她已經成為了六本木藝能事務所旗下的藝人，並在事務所的安排下，參加了好幾支低成本的B級商業廣告的演出。

因為變忙了的關係，大學缺課的情況嚴重，學分沒有修過而留級，最後她乾脆也退學了。有一陣子她因為這件事而情緒低落，但不久後，她意志堅定地向小坂井說：這樣我就只剩下成為演員這一條路了。甚至還說：變成鬼也要成為演員！

田丸千早的外表在越來越懂得打扮的情況下，益發地漂亮了。她在攝影家的說服下，還當上了裸體模特兒；雖然模特兒不是只有千早一人，卻也出版了寫真集，還拍過雜誌的封面。

千早沒有藝名，她常說不想取藝名。因為：我的名字原本就常被認為是藝名，而且改了名字後，家鄉的人說不定就認不出是我了；出裸體寫真集的事不能告訴家鄉的人，但是只要能上電視，家鄉的人就會知道我了。她是只要能夠抓緊機會，就會不斷往上爬，目前的她可說是平步青雲。

但小坂井卻是一年不如一年。來到東京四年了，一直都還是研究生。於是指導演技的老師便勸他說：不如離開N劇團，到我的朋友——也是一位演員經營的比較有趣的表演教室學習，如何？做什麼都不帶勁的小坂井現在已經變成其他研究生的累贅了。如此一來，被田丸拋棄已是早晚的問題。

「各自獨立生活」是田丸提出來的。她說：這裡太狹窄，我想要有大一點的空間，想搬到更方便的房子生活；而且，我想要有鋼琴，沒有鋼琴的話，就沒有辦法練習演技和舞蹈。她還問小坂井：你要繼續住在這裡嗎？

小坂井想了想，覺得搬家很麻煩，而且也喜歡現在住的地區，便決定繼續住在原來地方。因為房租一直是他付的，田丸則負責飲食和其他雜費，所以生活的內容和以前幾乎是一樣的。沒有成長的小坂井就這樣被同鄉的千早拋棄了。從千早的立場來看，或許去拯救一個看起來人生好像已經扭曲的男人，還不如不救的好。

千早打包好行囊，離開公寓後，獨自留在屋內的小坂井漸漸覺得孤單，並且討厭起自己。於是他開始狂喝起酒來，有時甚至喝到醉臥在町屋巷弄內的垃圾箱旁邊，直到天亮了才冷醒。他因此弄壞了身體，感冒老是好不了，經常渾身發冷。連續喝酒又接著吞感冒藥的下場，就是連胃也搞壞了。分手一個月後，小坂井仍然念念不忘千早，但是打電話給千早，卻發現她的電話號碼已經改了。

又過了一個月，小坂井的身體總算恢復正常，便搭都電去了指導演技的老師介紹的表演教室。那個表演教室位於三之輪，名為「吉田學校」，是以前有名的演員吉田好所開設的表演練習班。町屋的位置很好，是都電、千代田線和京成線的交叉點，所以不管要去哪裡都很方便。千早也早把這一點計算進去了。

看到「吉田學校」後，小坂井發現那裡完全沒有認真想要當演員的人。去那裡的人都是學生時代參加戲劇社，現在已經進入熟年年紀的人。他們練習表演時的氣氛非常和睦，練習結束後就一起去喝一杯再回家，然後每年在附近的免費活動中心，進行一場發表會。他們根本是非專業的團體，完全不同於所有研究生都以當職業演員為目標的N劇團。

小坂井在「吉田學校」很受到尊敬，因為裡面的人都知道大名鼎鼎的N劇團。而且，從高中開始到現在，算起來也有六年的戲劇經驗了，即使是漫不經心的小坂井，多多少少還是擁有了一點演技，所以能給他們一些建言。再加上年輕有體力，小坂井就成了吉田學校裡的中心人物。

熬夜、睡眠不足，再加上暴飲暴食，小坂井搞壞了自己的胃，便辭去了町屋居酒屋的工作，換到在緊接都電三之輪橋站月台的咖啡館打工，當服務員。他在那裡學會製作三明治和義大利麵，又因為長得帥、身材好又年輕，很快就成為咖啡館裡受歡迎的服務員。

至於田丸千早，她好像在電視的戲劇中，得到出演配角的機會。雖然台詞還很少，但總算確確實實地在電視上露臉了。某天，小坂井從店裡的週刊雜誌中，看到千早和某位名導演是情侶關係的八卦新聞，才發現那時她想和自己分手，應該就是因為這件事吧！因為根據八卦新聞的報導，他們兩個人開始交往的時候，千早還和小坂井住在町屋的小公寓裡。

開始有女性顧客為了小坂井而來咖啡館了。雖然來的大多是年齡稍大的女性，但也有年輕的女生，她們會送情書或巧克力給小坂井。個性溫和、待人親切的小坂井，偶爾也會和那些女性中的某一位，在咖啡館以外的地方見面，搭都電去飛鳥公園，或在拔刺地藏尊的高岩寺約會。

不過，他有時也會突然想到自己為什麼會在這個地方？那時候他就會感到無限的空虛。田丸千早已經不再和他聯絡了，兩個人之間的距離越來越大，也讓他感到悲傷。隨波逐流地走到這一步，這樣到底是好？還是不好？他沒有信心。對他而言，不管是町屋還是三之輪，已不是和他有因緣的地方了。這兩個地方沒有他的朋友，也沒有他的親人。而且他也不在東京讀大學，更沒有在東京正式就業，如果周圍有人問他：為什麼還要住在這裡？他真的不知道要怎麼回答。

小坂井原本就是因為田丸千早，和這裡有補習學校、大學、戲劇，才會來到這裡。但現在，千早已經離開他，他也不再去補習學校，放棄了讀大學，現在的他也形同放棄戲劇了，所以實在沒有理由再留在這裡。

有一個女孩子很喜歡小坂井，但是小坂井對她沒有什麼興趣。這個名叫平井芳子的平凡女子，是在築地的印刷公司工作的上班族。如果和她繼續交往下去的話，或許就會和她結婚了。但是，小坂井不認為這樣是好事，因為他對她實在沒有強烈的興趣，一點點愛的感覺也沒有。那麼，是不是應該回到鞆町呢？小坂井開始有了這樣的想法。可是，一旦回到家鄉，待在家鄉的他一定會一天到晚聽到田丸千早的名字，因為千早是個成功者。

千早終於抓到能夠演出大角色的機會了。電視台的談話性節目裡已經多次報導過，千早即將要參與演出的戲，戲名叫做《不屈不撓的女人們》，內容描寫三個上班族女性，為了出人頭地而奮鬥的故事。千早飾演的角色，好像就是三個上班族女性中的一個。千早住在鞆町時的少女時代的夢，正在一步步地實現。千早的人氣正在上升，她偶爾也會成為咖啡館內的話題，當然也會成為吉田學校的話題。小坂井聽到和她有關的事時，總是覺得不愉快。

小坂井在三之輪的咖啡館的工作，大多是早班，時間是從早上到下午五點。芳子總會在他快要下班時，搭地下鐵日比谷線，到咖啡館喝杯茶等他，然後跟他回公寓，幫他煮晚餐。可是，一想到接下來要一起睡覺，他就開始苦惱了。發生問題的那一天，和芳子一起吃過飯後，他就說累了，要回家。於是便在三之輪就和芳子說再見。

小坂井搭著都電回到町屋的公寓，打開電視時，電視正在播放新聞。那是報導發生在北海道的車禍的新聞。那是一起兩輛車正面相撞的交通事故。小坂井正在想：為什麼這樣的車禍，會被拿來報導呢？此時就聽到播報員說今天是《不屈不撓的女人們》拍外景的第一天。他嚇了一大跳，立刻專注地看著電視，腦海裡立刻浮出千早的模樣。是千早嗎？

果然被他料中了。當時坐在車子裡的田丸千早因為這起車禍而受到重傷，身上有多處骨折。根據播報員的說法，千早的骨盤有複雜性骨折，脊椎也受了傷，將來恐怕是無法再站起來了。她的經紀公司發佈消息，表示她在廣帶的醫院短暫地住院後，就回到東京接受主治醫生的治療。千早在即將得到大角色的時候，遇到了天大的不幸。

電視的談話性節目和週刊雜誌都大篇幅地報導了千早出車禍的事，每個報導都給她戴上「悲劇新女優」的帽子。由於另外兩位女演員並沒有搭那輛出車禍的車子，這更突顯了她的悲劇。正常的情況下，出完外景後，三人應該會同搭一輛車回程的。

因為車禍的關係，千早變成比車禍前更加出名，可是，這種有名卻只是暫時性的，評論家們也都是這麼說的。因為將來千早即使痊癒，能走路了，也不可能像平常人一樣走得平順，她變成殘疾的可能性非常高，說不定這輩子都得坐在輪椅上了。她想成為演員的夢，可以說是破碎了。

沒過多少，又出現了一條和千早有關的新聞。那就是千早的名導演情人，他在千早出車禍才一個多月就和別的女演員結婚了。如此看來，千早和那位名導演的愛情，恐怕在千早出車禍之前就已經結束了。後來更傳出千早因為不想和名導演分手，於是自殺未遂的小道新聞。據說她想從窗戶跳下去，但是被阻止了，所以也沒有受傷。

這實在太諷刺了，沒想到千早也和小坂井一樣淪落了，體會到了小坂井的心情。小坂井對此有著無限感慨，他原諒了千早，並且十分同情千早。

千早發生車禍後，為了了解千早的狀況，小坂井一直追著她的新聞。車禍發生兩個月以後，又傳出開車的司機死亡，千早被送到御茶水的J醫院繼續療養的新聞報導。因為離住處不遠，小坂井便搭乘千代田線，前往J醫院。可能的話，他想探望一下千早。

或許她會不高興，但是小坂井還是覺得自己能夠安慰她。他們是同鄉，而且從高中時代到她還沒有成名的階段，他們一直都住在一起。另外，御茶水是他們以前常常散步的地方，小坂井想：回到這裡來，說不定她偶爾會想到自己吧！現在的她整天躺在病床上，不可能完全不會想到自己吧？

可是，小坂井一到醫院，就看到醫院正門的玄關門口，擠滿了記者與攝影機。小坂井覺得在這種情況下，他是見不著田丸千早的，便死心地離開醫院了。

電視的談話性節目和週刊雜誌對於千早的報導，一個禮拜比一個禮拜少，慢慢地也就消失了。千早在《不屈不撓的女人們》這部戲裡的角色，早已經被別的新進女演員取代，這部戲也已經開始播出了。是千早的不幸，讓這部戲受到重視，得到了特別高的收視率，而三位上班族女性的台詞或頭銜，也成了流行語。它的高收視率和千早的悲劇性車禍，應該是脫不了關係的吧！如果按照原來想的那樣，能夠由千早演了那個角色，她將會成為大明星，這應該是不必懷疑的事；她的夢想也能夠完美地實現。

又過了兩個月，關於千早的報導已經完全消失了，人們似乎已經忘記千早這個人。世事是殘酷、多變的。小坂井在這個時候再度一個人搭乘千代田線的列車，來到御茶水。街上吹著涼颼颼的風，冬天就要來了。

到了醫院後，醫院的玄關口已經不見昔日的報導群。小坂井在玄關前走來走去，獨自思考著。他很在意千早的現況，不知道她復元得如何了。他也很想當下就離開醫院，不要去探望千早了。既然沒有看到千早死亡的報導，就表示她應該很順利地在恢復當中吧！

小坂井進入自動門，走到詢問處，對穿著工作服的醫院女性職員報了姓名，說自己是田丸千早的老朋友，是不是可以探望一下田丸千早？詢問處的女職員請他稍候，拿起手邊的電話聽筒，打電話到病房。

不知何故，等了很久以後電話才接通。莫非千早不在病房裡嗎？小坂井邊等邊想。

「是。」

詢問處的女職員好像嚇了一跳般地出聲，開始和電話的那一頭說話。在電話那頭說話的人，真的是千早嗎？她先說了「有一位小坂井先生來訪」後，就「是」、「是」地一邊回答，一邊耐心地聽電話那頭的說話。小坂井懷疑地想著。因為電話那頭說得太久了，這讓他覺得很奇怪。

過了一陣子，詢問處的女職員終於放下電話。

「田丸小姐說一個小時後，她可以見你。」

女職員對小坂井說。

「這樣嗎？」

小坂井說。他感覺到一股意料之外的喜悅，和深深的眷念之情。

「一個小時以後。可以嗎？」

女職員又問了一次。小坂井無限感激地向對方道謝。因為他可以利用這一個小時去買花和探望病人時的慰問品。

3

在醫院附近的市場買了罐頭禮盒和花後，小坂井回到醫院。一從詢問處問到田丸千早病房的號碼，他立刻走向走廊。

他感到不安，也為舊情人的不幸感到悲痛，卻又莫名其妙地感到放心。如果不是因為出了這樣的事，他們可能永遠不會再見面了吧？現在這樣的情形，並不是親人回到家鄉那樣值得喜悅的事情。

聽詢問處的人說了，千早的病房是個人房。冬天快到了，醫院的玄關和詢問處的周圍，都讓人覺得有點冷，但是出了電梯後的四樓走廊卻沒有冷的感覺。小坂井按著門上的數字，找到千早的病房。一踏入病房內，覺得更溫暖了些。

門是開著的，沒有敲門的必要。門的正對面有一扇窗戶，窗戶是緊閉著的。千早好像就躺在窗戶下的病床上。但是，病床前垂掛著薄薄的白色簾子，站在門口的小坂井只能透過白色簾子，看到千早的身影。

他感到怪怪的，也不知道為什麼會覺得怪。不過，他仍然走近布簾，用左手拉起布簾、掀開布簾，看到了躺在床上的千早。

如果是個性積極的男性，這個時候應該會機靈地說點什麼漂亮的話吧！至少會先說幾句玩笑話，來放鬆女性的情緒吧。曾經站在成功者之門門口的千早，以前一定被很多那樣的男性包圍過。一想到這裡，小坂井不禁感到自卑，因為只要一和那些人比較，自己就變得一點分量也沒有了。

不過，小坂井此時還是鼓起了勇氣。儘管她是差點成為大明星的人，但也曾經是和自己一起生活過的女人。

千早閉著眼睛，看起來好像在睡覺。小坂井不自覺地屏息看著她。她的上眼瞼往下垂，雙頰凹陷，容貌上已經變成一個陌生的女人了。是因為變瘦了的關係嗎？她同時也變成非常漂亮的女人。這個女人變得已經不是以前小坂井所認識的女人了。

「嘿，嗨！」

小坂井說。他真恨自己的不擅言詞。

千早聽到聲音，張開了眼睛，然後一邊「嗨」，一邊露出微笑。她的微笑讓不知道要說什麼話的小坂井放心了。

「好久不見。聽說妳來御茶水了，所以來看看妳。」

小坂井提心吊膽地說。

「好久不見了，阿茂。」千早對他說：「你好嗎？」

「嗯，好。我還是老樣子。」小坂井回答。

「這花，放這裡好嗎？有花瓶嗎？」

小坂井走到窗邊的桌子前問。他用眼睛確認了一下窗戶，窗戶果然如他所想的，是嵌上去的。

他把罐頭禮盒放在桌腳邊。

他再次巡視病房，很驚訝地發現病房裡什麼也沒有，非常冷清。

終於了解剛才為什麼覺得怪怪的了。他原本以為千早的病房裡，一定堆滿了朋友或經紀公司、粉絲們送來的花；還覺得自己帶來的花恐怕沒有地方可以擺，或許還會被直接丟到垃圾桶。

「對不起，突然跑來。我只是——就是想來探望一下。」

小坂井邊找花瓶邊說。千早則是邊笑邊說道：

「幹嘛？為什麼要說對不起呢？」

「為什麼呀……啊！這個可以嗎？用這個插花。」

他拿起花瓶給千早看。

「可以。水在那邊。」

千早把手伸到臉的旁邊，只露出手腕地指著。小坂井便往她指的方向走。
「謝謝你來看我。」千早說。
「別這麼說。」
小坂井邊轉動水龍頭邊說。
「不過，醫生叫我不要說太多話，也不要說太久。抱歉呀！」千早說。
「啊，沒關係，我很快就要走了。」
小坂井說著，把已經裝好水與花的花瓶拿回來，放在窗邊的桌子上。接著，他拉來一張鋼管椅子，坐下。
「看到你有精神的樣子。我就放心了。」
千早說著，還嘻嘻嘻地笑了。
「唔？怎麼了？」小坂井問。
「唔？」
「為什麼笑？我剛才的台詞說得不好嗎？NG？不夠自然？」
千早輕輕地搖搖頭，說：
「不，不是那樣。你說得很好。」
「是嗎？千早看起來也很有精神。這樣真好。」
但千早卻低頭不語了。小坂井不知道該說什麼好，便努力地找話說，想讓她開心。
「千早，妳變漂亮了。」
小坂井試著這麼說。
「那是因為我剛剛化過妝了。只是這樣而已。」

「來探望妳的人很多吧？」

小坂井又試著說。但千早卻說：

「只有剛開始的時候。」

「哦？那樣嗎？」

「剛開始住院的時候，確實有很多人來看我。但是他們都只來一次。現在我覺得大家都想從我身邊逃走。」

「啊？」

「即使哭著哀求，也只會帶來困擾。最初真的有很多人送花來給我，其實他們一點也不想走進這個病房，但是為了盡一下道義，所以就來那麼一次。演藝圈就是這樣的。我的病房現在就是這麼冷清。」

「哭著哀求什麼？」

「哭著哀求給一個坐輪椅或拖著腳走路的女人機會。」

「可是，妳還能走路吧？」

「應該吧。我已經能站起來了。但是還沒有試過走路。」

「要試試看嗎？」

「啊？現在不要。」

「啊，說得是。」

小坂井點點頭說。

「你現在還住在町屋嗎？」千早問。

「嗯。老樣子。」

小坂井大言不慚地說。這當然是種故作自大的表現。

「N劇團呢？」

「已經不去了。現在在三之輪的吉田學校。」

「噢，吉田學校……好玩嗎？」

「好。都是些爺爺奶奶。他們和我說話時，好像在對孫子說話。」

這句話讓千早露出微笑了。

「二間堂呢？」

二間堂是最初打工的居酒屋的名字。

「辭掉了。喝酒對身體不好。」

「那現在呢？」

「在三之輪橋的咖啡館當服務員。我現在會做三明治和義大利麵。」

「哦？阿茂做得好吃嗎？」

「這個我有點自信，下次做給妳吃。和居酒居比起來，我好像比較適合在咖啡館工作。」

「有女朋友了嗎？」

「欸，嗯……」

小坂井一時語塞了。

「這個嘛！好像有，也好像沒有。」

「噢。」

然後，他們的談話氣氛意外地和諧，再度留意到時間時，竟然已經過了一個小時。小坂井看了手錶後，不禁嚇了一跳。

「啊，不好，我待得太久了。對不起、對不起，妳沒關係吧？聊太久了。」

「嗯，沒有關係。」千早笑著說。

「可是剛才妳說……」

「只是稍微聊久了一點。我以為說話說太久會讓我不舒服，但是好像還好。我很開心。記得下次要做義大利麵給我吃唷。」

「好呀，妳可以來我打工的咖啡館找我。咖啡館在都電的三之輪橋站，緊鄰著月台，一下電車就可以看到了。」

「我真的可以去嗎？」

「當然可以。隨時都可以來。」

小坂井故作輕鬆地說。

「好，再打電話聯絡。」

千早這麼說。但是小坂井瞬間猶豫了，是不是該問千早現在的電話號碼呢？但後來他還是放棄了這個想法。因為千早又沒有說要回到他身邊。這次的再見面，並不代表有要復合的意思。

「還記得那屋子的電話號碼嗎？」小坂井問。

「嗯。」千早回應道。

「再見。」

小坂井說著，便站起來，往走廊的方向走去。他邊走邊對著千早揮揮手，但千早只從棉被裡露出手指，稍微揮動了一下。

我可以再來嗎？小坂井很想這麼問，但最後還是沒有開口。自己是一個一無是處的人，以演戲的天分來說，和千早比的話，可以說是天壤之別。可是儘管是地位卑微的他，也是有些自尊的。

如果千早打電話給自己，那麼自己就會再來探望千早；否則自己也就不要再來了。他這麼想著。

千早不會打來的可能性很高吧！走到走廊上的小坂井這麼想著。所以這次的探望，應該是唯一的一次了。不過，這一次能夠見面，真的是太好了。怎麼說呢？因為這一次的見面，終於讓他發現自己與千早之間的距離。他也終於能夠完全接受和千早分手的事，對千早的思念也慢慢變淡，心情也逐漸開朗起來。

走進走廊的電梯，下樓到下面的玄關，出了醫院的門，來到外面的馬路上，小坂井很快被埋沒在計程車與卡車的喧囂中。

他站在馬路中，回頭看千早病房所在的醫院四樓。啊，終於結束了。小坂井喃喃自語地說。終於可以真正放手，除去心中陰霾的感覺，真的是太好了。他心懷感激地這麼想著。

可是，事實並非像小坂井想的那樣，因為這次的探訪其實是一個開始。小坂井後來無數次後悔這次的探訪行動。然而此時此刻，他是感覺不到這一點的。

4

之後，果然如小坂井所猜測，千早沒有打電話給他。小坂井覺得自己與千早果然是那樣結束了。所以，他沒有再去御茶水的J醫院看千早。千早應該也是這樣希望的。

就這樣過了半年左右。或許是小坂井自己漏掉了信息，總之，不管是電視的談話性節目還是報章雜誌，他都沒有再看到與千早有關的報導了。田丸千早好像被世人遺忘了。《不屈不撓的女人們》這部戲在叫好聲中落幕，由同樣三位女演員演出的續集，也在春天時播映完畢了。

小坂井仍然在三之輪橋站的咖啡館工作，也仍然會去吉田學校。他雖然覺得去吉田學校沒有什麼意義，只是，如果不去那裡磨練演技的話，留在東京當咖啡館服務員，就顯得更沒有意義了。

住在鞆町的親人們不時打電話或寫信給他，叫他回去鞆町，可是，他還不想回去。一旦回去了，或許就再也不能回來東京了。現在回鞆町的話，也是沒有工作。回去的話，如果運氣好，最多也只是像父親一樣，在公家機關工作，然而那也不是容易的事情；所以很可能還是從事接待客人的服務業。如果是那樣的話，就比現在的情況還要差了。

在吉田學校校長吉田好先生的介紹下，現在偶爾還能在兩個小時的電視節目裡露個臉。雖然演的幾乎都是沒有台詞，和路人差不多的龍套角色，也拿不到什麼演出費，但是，節目如果在故鄉播出時，就能讓母親看到孩子的臉，就足夠令人開心了。

和平井芳子的關係雖然還在持續，但他很想做一個了結。可是迫於芳子也沒有做錯什麼事，他實在開不了口要分手。漸漸進入雨季了，這時連著兩日下雨的午後。接近下班的時間，咖啡館裡只有一個客人，小坂井把所有的杯子都洗乾淨、擦乾，然後排在架子上，還幫等一下接他的班的人磨好咖啡豆。這時，他看到都電的月台上有一個人正彎著身體，叩叩叩地敲著咖啡館的玻璃窗。

那是一個戴著太陽眼鏡和帽子的女人。沿著月台的咖啡館凸窗台那邊，有三張兩人座位的小型桌子，除非那幾張桌子那邊有客人，否則不可能有人會在外面敲窗戶。

小坂井看看咖啡館內，店內已經沒有客人，敲窗戶的人似乎不是在和店內的客人打招呼。那麼，那會是誰呢？會有那種舉動的人，應該是自己的熟人，可能的話，也就只有平井芳子一個人了。但是依芳子的個性來說，她不會有那種舉動，也應該不會戴太陽眼鏡和帽子。

雖然想在吧檯內看出對方是誰，但實在是看不清楚。無奈之下，小坂井只好鑽出吧檯，朝凸窗那邊走去。走了幾步，正好都電的列車進站，乘客紛紛下車，剛才敲窗戶的女性此時伸直背，轉身看進站的列車。小坂井在那個時候，看到了枴杖。

小坂井瞬間明白了，卻不敢相信自己所想。出現了意想不到的事，讓他既感驚訝又覺得高興。他往凸窗那邊跑去，舉起手，露出笑容。於是那位女性便拄著枴杖，稍微彎下腰來，也笑著對他揮揮手。那位氣質優雅的女性正是田丸千早。

千早彎著身體，拄著枴杖的模樣，看起來很辛苦。小坂井一手按著凸窗的窗台，一手指著右邊的方向。這是要千早繞到右邊的意思。於是她點點頭，拄著枴杖，動作緩慢地往右邊的方向走。小坂井看著她的樣子，心中大驚。因為千早動作非常笨拙，而且一舉一動看起來都很艱苦。

大驚之下，小坂井不假思索地跑起來。他穿過自動門，飛奔到門外，然後繞到左邊的方向，躍上月台。

啊！雨已經停了。小坂井現在才發現雨停了。從昨天就開始下的雨，在月台和水泥地的廣場上，製造出一灘灘的小水坑。不過，現在已經不下雨了，陽光穿透過潮濕的空氣，射在小水坑上，讓水坑帶著一點點黃色的光芒。

千早穿著灰色的長裙，面帶笑容地看著小坂井。可是，她的步伐非常緩慢，臉上的笑容好像是在掩飾自己狼狽的行動。她一步步地走得非常慢，像七老八十的老人，一點也不像年輕人會有的動作。

小坂井跑到千早的身邊，伸出手想幫她，卻不知道要從哪裡下手。千早的肩膀上揹著一個大包包。

「很辛苦吧？還不習慣走路吧？」

他們並肩走著，小坂井問道。

「是呀！不過，已經稍微習慣一點了。今天是第一次出門到比較遠的地方。」千早說。

「欸！」小坂井覺得訝異。「第一次出門就來這裡嗎？我很高興。」

小坂井說。這是真心話。

「因為我也沒有別的地方可以去。」千早說。

「怎麼樣？需不需要我揹妳？」

小坂井說。因為實在走得太慢了，就在月台邊的咖啡館入口，平常覺得近，現在卻覺得非常遙遠。

「不過，真的很高興妳來找我。」小坂井又說。

進入自動門後，小坂井帶千早到窗邊，坐在靠月台的位置上。

「這件圍裙很適合你。」

千早對小坂井說。

「啊，是嗎？」小坂井說。然後問：

「要吃義大利麵嗎？」

「嗯。我就是來吃義大利麵的。」千早說。

於是小坂井便說「等一下」，然後鑽進了吧檯裡。

當小坂井煮好義大利麵，捧著盤子要送到千早面前時，他好像看到了奇怪的幻影。千早明明側著臉坐在桌子前，但他卻又看到窗戶的另一邊也有一個彎著身體，叩叩叩地敲著玻璃窗的千早。

小坂井驚呆了。在那一瞬間裡，他以為自己看到了鬼。但是，若是鬼的話，這形象也太清楚了。

「麵來了。」

小坂井說著，把盤子放在千早的面前。

「謝謝。」千早說。

「妳慢慢吃，我再去給妳煮咖啡。」

「那樣啊？不好意思呢！」千早說。

抬頭看，窗戶外面的千早已經消失了。

「千早，是真的千早呀！」

小坂井忍不住喃喃地說著。

「唔？怎麼了？」

千早笑著問。

「啊，沒有什麼。只是覺得有點不真實。」小坂井說。

千早對小坂井說的話，應該不會有什麼特別的感覺吧？正確地說來，小坂井有那麼一點點地覺得眼前的千早是不是鬼魂呢？他覺得千早已經離開人世，但她的魂魄現在卻飄飄然地來到三之輪橋。

稍微閉上眼睛時，他好像還可以看到彎著身體，在窗戶的另一邊叩叩地敲玻璃窗的千早的身影。那個畫面已經靜止在腦海裡了。是因為太吃驚而造成如此深刻的印象嗎？

不過，此時小坂井所想的事情，未來並不會發生，而所謂的未來，或許離現在也沒有很遠。敲打著窗戶，容貌還是那麼美好的千早，正在敲自己的新人生之門。小坂井是這麼想的。然而，這次的再見面，並不是充滿夢想的見面，是千早帶著死神來敲門，打開門的話，或許就會看到地獄。

吃完飯，他們一起從咖啡館裡出來。外面是雨後的傍晚。不管是周圍的樹木，還是月台的屋頂、木頭做的欄杆、與對面的商店街交界，被薔薇藤蔓纏繞的門，都因為雨水而濕漉漉，附著著滿滿的水珠。

天快黑了，月台上的燈和遠處的街燈已經亮了，但是天還沒有全黑。小坂井想：像現在這樣天色將黑未黑的時刻，就是所謂的「逢魔時刻」吧！他覺得心裡有些忐忑。可是他想：因為千早來了，所以自己的內心也激動了。

千早還是走得非常慢，像年邁的老人般。小坂井雖然覺得千早的復元情況比自己想像中的差，但是這樣總比非坐輪椅不可來得好。

無論如何小坂井都很開心，因為他認為千早回來了，千早回到自己的身邊了。雖然現在夢想破滅，還遍體鱗傷，但心情是愉快的，連平日暗淡的周圍光景，現在看起來似乎都閃閃發光。

小坂井咀嚼著這樣的心情好一陣子，確實地感覺到自己還喜歡著千早。

「欸，三之輪橋的車站好美呢！」

千早稍微放大聲音地說。那是像站在舞台上演戲時的聲音。

「這裡！這麼的美好呀，這麼多的玫瑰。這裡有玫瑰，那裡也有。啊！好香呀！」

千早的心情好像也很好。一直擔心她會傷心的小坂井終於放心了。

千早用力吸了一口氣。

「門那邊也有呢！玫瑰花盛開了，含水開放了。」

「嘿，你知道《木馬乘坐的白船》嗎？」

千早問，小坂井搖頭表示不知道。

「是立原惠梨香寫的童話故事。這裡，讓我想起那個故事。嗯，真的很像耶！這裡是月台的終點吧？所以無法通過那個木柵欄。而那條路線——木馬乘坐的大木頭船，好像正安靜地從那條潮濕的路線過來。這裡是港口。沒錯，這裡就是港口。欸，阿茂，你看到了嗎？白色的船要從那邊過來了……」

千早目不轉睛地看著鐵軌的遠方，那裡是町屋的方向。

白色的船沒有來，但是他們搭上都電的電車，回到町屋。不知道千早想做什麼，她跟著小坂井回到町屋的小公寓，要進入屋子時，還頻頻說：好懷念呀！她用非常不靈活的腳步，搖搖晃晃地走進盥洗室，站在廚房裡，打開冰箱，看看裡面的調味料和食物。那個樣子看起來好像是在檢查這個屋子裡是否有女人的影子。

這間屋子裡當然也有芳子帶進來的東西，而且還不少。不過，她帶進來的東西，應該不是只有女人才會買的東西。

小坂井用電話的分機，在廁所裡打電話給總是會到咖啡館附近等他的芳子。他告訴芳子：因為家鄉的朋友突然來了，要和朋友喝酒聊天，所以今天不要碰面了。

「晚上只有我吃了。阿茂，你不餓嗎？」千早問。

「我不餓。在妳來之前，我就吃過了。」

小坂井說。他說的是實話。

「那麼，你有酒嗎？」千早問。

「有呀。」

小坂井回答，然後拿出啤酒和葡萄酒，連威士忌和白蘭地也一起拿出來。

千早拿起啤酒罐，拉起拉環。小坂井也馬上打開另一罐啤酒。於是千早便一邊說「乾杯」，一邊用自己的啤酒罐去碰撞小坂井的啤酒罐，並且一口氣就喝掉了一罐。

「咦！這是哪裡的葡萄酒？」

千早拿起放在流理台旁邊的瓶子問，看了一下後，便發出歡呼聲。

「啊！這不是勃艮第的酒嗎？是勃艮第白葡萄酒耶！這瓶是小夏布利（Petit Chabils）白酒呢！這不是很棒嗎？看起來很高級呀！很好喝的樣子。」

「想喝嗎？別人送我的。」小坂井說。

「我正想喝白酒呢！」

千早說。小坂井立刻拉開抽屜，打開櫃子，拿出開瓶器與玻璃酒杯。

喝了酒後，千早明顯地露出醺醺然的模樣。她的眼睛周圍變成粉紅色，拄著枴杖的腳顯得蹣跚，手也必須扶著牆壁。

「啊，妳沒關係吧？如果腳不舒服的話，過來這邊的沙發坐吧！」

小坂井說著率先往沙發的方向走去。

「我的腳裡面有鋼管唷。鋼管從屁股穿入到膝蓋的上面。在屁股上開了一個大洞，鋼管就從那裡插進去。你要看嗎？」千早說。

「啊？」

被問到想也沒有想過的問題，小坂井困惑了。

可是千早卻很快就展開行動。她轉動長裙，把裙鉤轉到面前，解開裙鉤，整件長裙便鬆落到地板上。

接著，她又迅速地把褲襪往下拉到膝蓋，側身。

「你看。」

千早說，並指著凸起的臀部的肉。小坂井看，果然看到臀部的中央有處凹陷的白色部位。

「這邊的腳很難彎曲。腳的樣子就這樣怪怪地彎曲著的。肉的部分也一樣，不管是大腿的部位還是小腿肚的肉都被削掉了一部分，不會再長出來了，即使插入的鋼管也一樣，完全直不起來。

這樣的腳，當然不能走。」

「但是皮膚還很漂亮。」

「已經不行了。」

「什麼不行？」

「做愛。連從後面也不行了。」

小坂井不知道可以說什麼了。

千早慢慢地坐到沙發上，然後用很慢的動作把褲襪從腳上脫下。她的上半身向前傾，好像很痛苦的樣子。插入鋼管的那隻腳一直伸得直直的。

「這樣的女人很討厭吧？」千早說。

「不會的。」

小坂井小聲地說著。

「看到這樣的腳，你不覺得噁心嗎？」

千早說。但小坂井用力地搖了頭。

「給我酒。」

千早說，小坂井立刻遞給她酒杯，並且為她倒了酒。

她拿著酒杯，來回看著眼前杯中的酒與小坂井手中的瓶子，然後突然開口說：

「欸，阿茂，去巴黎吧！我們一起去。我以前就想去巴黎了。我可以向認識的朋友買機票，訂飯店。我有門路。好不好？就這樣，我們去吧！」

小坂井被千早說的話嚇到了。

5

小坂井向咖啡館與吉田學校請了一個星期的假，大約十天後，他和千早出發前往巴黎。

到了巴黎後，千早沒有去購物，好像也沒有要購物的想法，也不想去參觀美術館，似乎對上餐廳或上咖啡館也不感興趣，只是搭著地下鐵去到各個舊市區，在那樣的地方走動，而且，不知道為什麼，她很想去布隆森林或文生森林。還有，她也想去蒙蘇喜公園或喬治．巴桑公園，想在綠色的環境中走走。

千早帶著平常的枴杖和天然木料做的漂亮手杖來到巴黎。但是，她不想拄著枴杖在巴黎的街上行走，所以小坂井必須一直待在她的旁邊，隨時用手和肩膀幫助她。依千早的情況，根本不適合獨自出門，所以小坂井很清楚自己是枴杖的代替品，不管千早要去哪裡，他都會陪千早出去。當行動不便的千早整個身體壓過來時，既要支撐著她的身體，又要繼續行走，即使是年輕有體力的小坂井，有時也會覺得相當疲憊。帶著緊張的心情來到巴黎照顧千早的第一天結束後，他就感到右上臂的肌肉疼痛了。如果不是因為對千早的心意，一定會覺得很辛苦。

日子過去，小坂井漸漸覺得不應該現在就進行這樣的海外之旅。像看護一樣地陪她來旅行的自己，都覺得是非常辛苦的旅行了，何況是身體狀況還未充分復元的千早呢？自己都覺得辛苦了，千早一定比自己更加辛苦。應該等身體再好一點，才出來旅行的。

到了晚上，已經躺在床上的千早根本累到不能走路，幾乎無法下樓去餐廳吃飯，所以晚餐都是利用客房服務，請服務人員將餐點送到房間吃。如果她的下半身的復元情形可以更好一點，就不至於這樣了。應該等復元得更好了，才出國旅行的。

小坂井只對千早提過一次這一點，她的心情當下就變得很不好。她好像基於什麼理由，所以要在這個時候來巴黎。可是，是什麼理由呢？小坂井想不出來。

巴黎和日本有七個小時的時差。在東京生活的人，剛來到巴黎時，即使早起也不覺得辛苦。所以天還沒有亮時，千早就起床、化妝，高高興興地選擇外出時要穿的衣服。然後搖搖晃晃地走出飯店的門，搭地下鐵或計程車，讓小坂井陪著她去各個有綠地的名勝地區。所以小坂井對巴黎的第一次印象，既不是艾菲爾鐵塔，也不是凱旋門，而是人不多的市內森林，或是一個人也沒有的黎明前的昏暗綠色地帶。

到巴黎的第三天，他們第二次來到布隆森林。千早突然遞給他一個小型的照相機，他接過照相機正在把玩時，千早對他說：我不要了，給你吧！又說：幫我照相。但此時正好旭日初升，所以小坂井便對她說：現在拍的話，拍出來會暗暗的。千早便慢慢地移動位置，站在迎光的地方，笑著迎接早晨的陽光。

她穿著白色的雙排釦有腰帶的大衣，不怎麼說話。不過，這個時間還不想說話，並不是什麼特別奇怪的事情。他們走在草地上，太陽升起，陽光已經進入樹林裡了。不過，儘管太陽已經升起了，他們周圍的樹木擋住了一些陽光，所以光線並不是很明亮。

千早不想走穿過草地的散步道，這意味著陪伴著她的人將會格外辛苦。走在柔軟的草地上，手杖不時插入地面。不過，即使沒有這樣的情形，對行動不便的千早來說，走路原本就不是容易的事。她走得非常慢，比老人還要慢上許多。

因為她一直往草地的深處走，小坂井只好無可奈何地跟著她走。雖然途中小坂井好幾次勸她不要再走了，但她好像對什麼事情下了堅定的決心般，根本充耳不聞。

他們從樹木與樹木的縫隙間，看到了前方的池塘。一看到池塘，千早便說：

「你知道馬奈的《草地上的午餐》這幅名畫嗎？」

小坂井說聽過那幅畫的名字，但是想不起來那幅畫的樣子。於是千早就說：

「我告訴你。」

千早說著，挪開自己依靠在小坂井身上的身體與手，鬆開雙排釦有腰帶大衣的腰帶，然後又很快地解開大衣上的釦子，刷的一聲脫下大衣。

大衣裡面什麼也沒有穿。接著她便慢慢地坐在掉落在草地上的大衣上面，並把手杖平擺在身邊。她還脫掉鞋子，在大衣上伸直右腳，辛苦地彎起左腳，露出腳底。接著，她又稍彎曲伸直的那一隻腳，把右手的手肘放在那隻腳的膝蓋上。

然後，她彎著放在膝蓋上的右手手腕，手指撐著下巴，轉動脖子，臉朝著小坂井這邊。

「看！就是這幅畫。知道了吧？」

「噢！」小坂井知道擺出這個姿態的裸女的畫。

「愛德華．馬奈發表這一幅畫的時候，曾經引起爭論。因為兩個穿著衣服的男人和一個全裸的女人在草地上午餐，這種畫面被認為是不正常的。因此評論家便批評那是一幅淫亂、可恥的畫。

「可是，怎麼會呢？這樣情形不是很多嗎？看，我現在也沒有穿衣服。女人想脫掉衣服，是因為對自己有信心。阿茂，幫我拍照。從這樣的角度拍的話，看不出來腳有問題吧！快拍，我很冷呢！」

千早如是說。

當天晚上他們提早回旅館。因為千早還有一點體力，所以便先在餐廳用餐之後，才回房間。

小坂井打算在床上躺一下。剛才聽到千早說有點出汗，所以要沖個澡。雖說那時確實只穿著一件大衣，而且早上還那樣全身裸露了一陣子，但一天下來，還是出汗了。

雖然現在巴黎還不晚，但東京的話，已經是深夜的時候了。小坂井感到睡眠不足，所以如果能這樣睡一下，也是好的。可是，他卻覺得不應該睡覺，因為他本能地感到讓千早獨處是有危險的。然而，越是這樣覺得，卻越是想睡覺。

這個時候小坂井所想到的危險，不外是千早獨自走路會跌倒之類的事情，可是不知道為什麼，他下意識地覺得好像還會發生什麼更可怕的事情，卻說不出來是什麼事。雖然他努力地猜測千早到底在想什麼事，可總是猜不透她心中的想法，只能從她異常的行為，感覺到她的心中似乎累積了許多怨恨或憤怒之類的情緒——應該可以這麼說吧！

小坂井的心裡一直有這種感覺，一刻也沒有消失過。尤其今天早上看到千早在野外脫去唯一的大衣，變得一絲不掛後，這種感覺就更加強烈了。他認為千早的體內，有一股想要做出什麼激烈行為的衝動。

他突然張開眼睛，發現自己身處黑暗之中。有一瞬間他不知道自己身在何處，稍微清醒了後，才想到：啊！對了，這裡是巴黎，我來巴黎了，現在正躺在巴黎的飯店房間裡。

千早呢？他想。他抬起頭，巡視著房間。房間裡很暗，只有從窗戶的縫隙射進來的外面街燈的微弱光亮。眼睛一旦習慣了黑暗，即使是這種微弱的光線，也足夠讓他清楚房間裡的模樣了。

床還是鋪好備用的樣子。不管是床單、毯子，還是更上面的床罩，都還鋪得平平整整的，完全沒有被動過。剛才只是想躺一下，但因為疲倦和時差的關係，一個不小心就睡著了。

他尋找千早。但千早並沒有躺在寬大的雙人床上。他坐起身，看沙發那邊，那邊也沒有。千早也沒有躺在沙發上。

小坂井站在地毯上，穿上拖鞋，打開房間的電燈。房間通明了後，也仍然看不到千早的影子。

「千早。」

他試著叫喚，但沒有任何回應。

小坂井瞬間感到強烈的恐懼。莫非——一個爆炸的地念頭竄入他的腦子裡。他趕緊跑到浴室，抓緊了門把。他的腦海裡出現全身赤裸的千早死在浴缸裡的畫面。

他用力打開門，但是浴室裡一片黑暗，而且靜悄悄的，也沒有任何水氣。小坂井這才放下一顆心。浴室裡一個人也沒有，千早當然也不在裡面。

打開衣櫥看，衣櫥的地板上只有拖鞋，那是千早穿的室內拖鞋。千早出門時穿的鞋子不在衣櫥內，她一定是穿著鞋子離開房間了。那麼，她去外面了？小坂井如此想著。

他把衣櫥完全打開來看，裡面掛著幾件千早的衣服。千早是女演員，出門旅行時帶了很多衣服，裝了兩個大行李箱。為了那兩個大行李箱，從出發的機場檢查行李開始，到抵達巴黎的機場從旋轉台上提下行李，小坂井吃了不少苦頭。

千早帶來的衣服都不是從頭上套下去的。小坂井發現其中的一件千早喜歡的衣服不見了。她好像穿著那件衣服和鞋子出去了。小坂井突然想：她去香榭里舍大道買要送給朋友的紀念品嗎？

一想到千早獨自行動有危險，可是現在自己卻什麼也不能做。她在自己睡著的時候出去了，如果發生了什麼危險，應該也不是自己的責任。或許現在自己有出去找她的責任，問題是現在出去找她，也應該找不到。例如她去的目標如果是綠地，那麼巴黎的綠地何其多，真的不知道要從何找起。現在能做的，似乎只有祈禱她不要在什麼地方跌倒，然後等她平安回來了。

還有，今天不應該提早回來的。他想。應該多走些路。像昨天，回到飯店後，千早累得連飯都必須在房間裡吃。那樣更安全。今天就是因為還有體力，才會獨自晃出去了。

小坂井回到床上，躺下來，然後開始思考女演員這個職業。因為自己是男人，所以之前不太明白女演員這個職業，但是看到已經站在成功之門門口的千早後，如今才有些了解。

男演員和女演員的成功資質，是完全不同的。若要直截了當地說他們的不同之處，那就像演員與明星的不同。男人當然也有成為明星的，但男明星的位置在表演技能的延長線上，而女人的話，演員和明星之間卻有很大的差異。那是一種極不合理的差異，除了有很多隻手會介入其中外，還有運氣這個要件，也有很大的影響力。

成為明星的入場券已經在眼前，千早原本伸手就可以拿到那張入場券了，沒想到卻發生了那場意外的車禍。而所謂的差異，就在於除了自己以外的人所形成的因素。也就是說，只靠自己的力量，是很難往上爬的，那種差異有如懸崖那麼高。所以一旦失去了那張入場券，就再也拿不回來了。

千早本人也很清楚這樣的事情。知道發生那樣的意外，抱怨也於事無補，可是，這個打擊實在太大，讓她失去了正常的理智。光是不能抱怨這件事，就給她很大的壓力了。此後千早的人生，將和以前完全不一樣。啊，或者說，她已經失去以後的人生了。

千早和對自己的未來或人生漠不關心的小坂井不同，她是早早就定了目標，並且會以巨大的能量去實現的人。可是，就在她盡自己的努力，幾乎已經能夠緊緊握住最大成功的時候，卻失去了得到成功的機會。小坂井想：這種因為失落感而帶來的衝擊，畢竟不是自己這種平庸之人所能理解的。

突然，他好像感覺到什麼。怎麼說呢？是那種忐忑不安的感覺。他仰起脖子，反轉身體地趴著，床頭桌上的電話就在他的面前。他想：我能用電話做什麼事嗎？可是，我不會說法語，也不會說英語，根本什麼也做不了。他實在想不到自己可以用眼前的電話做什麼事。無計可施了。不管多麼優秀的人，在面對這樣的局面時，應該也無可奈何吧！

他用雙手撐起身體，慢慢地坐起來。不如去洗個澡，睡個覺吧！他這麼想著。畢竟身體處在疲倦又睡眠不足的情況下時，確實更難去應付突然發生的事情。小坂井想：疲倦的身體只會讓問題變得更難解。

小坂井站起來，但就在這個時候，他看到電話旁邊的便條紙本子。本子的第一頁上有幾個小小的字。

小坂井伸手把便條紙本子拿到眼前，看到寫在紙上的字：

「屋頂看風景。」

便條紙上寫著這幾個字。

6

他不是很清楚要怎麼去屋頂的路，所以在飯店的走廊上來回尋找著。電梯當然不會直達屋頂，而好不容易看到好像可以通往屋頂的階梯，卻又發現階梯旁堆滿了物品。那些物品堆積到天花板那麼高了。

終於找到通往屋頂的門了，他用身體推開關得並不嚴密的生鏽的金屬門板，走到已經不像是這個時代建築的水泥地屋頂廣場。他的臉迎著風，耳朵聽得到從下面街上傳來的喧囂聲。腳邊有一個意想不到的大水坑，旁邊大樓的紅色霓虹燈閃爍著，腳旁水坑也隨之時明時滅。

那巨大的紅色發光物體突然進入小坂井的眼瞼時，小坂井感到有點驚訝，因為他這才知道原來剛才他睡著的時候，曾經下過雨。

但是，還有讓他嚇一跳的事。前方是寫著這個飯店名字的霓虹燈，黑色、不發光的巨大文字的背後，好像有一個蹲著的女人的模糊背影。暗夜裡，距離又遠，實在看不出那是誰的背影，甚至讓人懷疑那真的是人的背影嗎？

小坂井慢慢地接近那個背影。他躡足接近，越接近就越能肯定那是人的背影，最後也能肯定那是他所熟悉的千早的背影。

千早蹲在水泥圍欄前，一手抓住安裝著霓虹燈的鐵架。她的身體往前傾，好像在看下面的世界。但是，好像只要她一鬆開右手，身體就會往下掉。

小坂井猶豫著要不要出聲叫喚。他害怕萬一他開口叫她，她會反射性地鬆開右手。於是他想躡著腳，慢慢接近，然後再出其不意地抱住她。可是，那樣或許反而危險。千早或許不會一聽到叫喚的聲音，就立刻躍身而下。但是，男人默默地從背後靠過去，突然用力一把抱住她，只要男人的動作稍有猶豫，說不一定反而會讓她一句話也不說就往下跳。萬一變成這樣的結果就糟了。

實在很難下決定應該怎麼做。但小坂井好像被那樣的猶豫推著般，慢慢地接近千早的背後。

小坂井判斷自己與千早之間的距離，距離逐漸縮短，他覺得自己似乎已經走到千早可能聽到他腳步聲的地方了，便放慢了步伐。這裡雖然是屋頂，但也是下面馬路的喧囂聲傳達得到的地方。所以，在屋頂那邊的千早，或許會因為如潮水般的馬路喧囂聲中，聽不到自己的腳步聲。小坂井這麼想著。但他想錯了。

「阿茂嗎？」

前方的女人發出聲音說道。小坂井立刻停下腳步，正好站在一個淺水坑中。

「不要再走過來，否則我就要跳下去了。」

她說完這句話，就沉默了。小坂井焦急地想著：這個時候自己應該說什麼才好呢？

「千早，妳想死嗎？」

想了又想後，小坂井才說出這樣的話。然後接著繼續說：

「真的想死嗎？妳再好好想想吧！死了的話，就什麼也沒有了。」

聽了小坂井的話，千早吃吃地笑了。她為什麼要笑呢？小坂井不能理解。

「對不起呀！阿茂，你這麼說也沒有用的。」千早說。

「為什麼？」

「你能夠說得出來的言語裡，沒有能夠說服得了我的話。我想這麼做，是已經想很多之後的結果。」

千早的話讓小坂井感到絕望。他發現到一件事，那就是自己無能改變千早想死的想法。他現在唯一能為千早做的事，就是扮演千早走路時的枴杖。

「我很困惑。」千早說。

「困惑什麼？要不要死嗎？」

「這也是困惑之一。不過，我困惑的不是要不要死的問題，因為這是已經決定好的事情，所以這一點沒有什麼好困惑的。我困惑的是，自己能不能死在自己的意志所希望的地方。」

小坂井因為不明白這句話的意思，而一時不知道要說什麼。但他覺得千早對自己說了最嚴重的話，讓他感到很受傷。雖然他一直很明白自己的能力，卻到現在才發現千早對自己的想法。千早瞧不起他。

可是，不應該在這裡、在這個時候對自己說這種話吧！來到巴黎後，自己是如何地照顧她的？如果不是自己的話，她如何能在巴黎的街道上行動呢？竟然還說了那麼傷人的話！

小坂井生氣了，於是逐步逼近千早。

「阿茂，不可以。你不要過來。你來這邊，站在我的左手邊。不可以再靠近我。」

小坂井猶豫了，並且沉默了。不過，因為想不到自己可以做什麼，所以只能依照千早說的做。

他繞了個彎，走到千早的左側，看著千早的側臉。千早的眼睛往旁看。小坂井知道她看到自己了。很奇怪的，他的怒氣竟然消下去了。

「你知道嗎？大家都認為梵谷死於自殺，其實不是那樣的。」千早說。

「哦？不是那樣的？」

「梵谷很想死，但是死不了。既然死不了，只好好地作畫。而梵谷的弟弟西奧，早就知道哥哥的作品將來會有市場。一般認為梵谷死於在外面寫生時舉槍自盡，其實不是那樣。」

「不是那樣嗎？」

「他確實是因為頭部中彈而死的。但他在作畫的時候帶著槍，是為了趕鳥群。因為他在畫田地時，如果有鳥飛來，會影響了他的畫作主題，所以他想用槍聲趕走鳥群。可是，就在他準備開槍趕走鳥群時，槍卻爆炸了。」

「真的嗎？」

小坂井非常驚訝。因為他第一次聽到這種說法。

「真的。」

千早很肯定地回答。她的眼瞼往下垂，眼睛好像在看地面上來來往往的汽車車燈。

「我覺得『死』就是那麼一回事。應該持續活下去的人，生命突然中斷了。這就是死，是超越了人類智慧的行動。凡是人，就一定會死。」

「嗯。」

小坂井下意識地點頭。他好像被千早說服了。

「站在那裡不要動哦！阿茂。可是，我真的可以從這裡跳下去嗎？靠我一個人的力量，怕是不行吧！因為下面有遮陽棚。雖然不知道那個遮陽棚的強度如何，但我從這裡跳下去的話，萬一掉入遮陽棚，或許又只是受了重傷，性命還是會得救。

「那場車禍非常慘。我坐的車子被壓扁，開車的人死了，經紀人近江先生一輩子都離不開輪椅了，可是我得救了。但為什麼要得救呢？為什麼不讓我死呢？我真的寧可死了！變成現在這樣，根本當不了女演員了。我是除了演技以外，什麼也不會的人呀！神為什麼要救我呢？這樣活下去，根本生不如死。我覺得很害怕。

「如果阿茂你現在突然跑過來，想把我從這個地方抱走，我一定會掙扎著不願走，然後就從這裡掉下去。或許我會那樣死了。『死』不是簡單的事，也不是單純的事。我想獨自去死，卻恐怕辦不到。人呀！如果不是意外，還真死不了。」

小坂井不知自己能說什麼，只能保持沉默。屋頂上也能清清楚楚地聽到街上的喧囂聲。聽著聽著，小坂井突然想：都市是人類營造出來的生活舞台，但這個舞台上為什麼要有這麼多聲音呢？

「我呢，早就決定好了。如果能夠掌握住自己所希望的成功，那麼就一定要去巴黎。在巴黎享用美食，吃河魚，以此來獎勵自己的努力。」

「河魚？……」小坂井說。

「對。十九世紀是巴黎最光輝燦爛的年代。那時沿著塞納河畔，有許多賣捕獲自塞納河的魚的水上餐廳。畫家們也很喜歡那裡。」

小坂井默默地點頭。這趟巴黎之旅似乎存在著許多他所不明白的意義。

「雷諾瓦和莫內都畫過水上咖啡館的畫。我一直很喜歡印象派的畫，而印象派的畫裡，有許多以餐桌為主題的畫，畫的就是巴黎人正在用餐的情景。今天我對你說過的《草地上的午餐》，就是其中之一。所以我很憧憬巴黎，一直把巴黎放在心裡。還告訴自己：在成功地成為女演員之前，絕對不踏入巴黎的土地。」

小坂井又是默默地點頭。

「當我覺得可以去巴黎的日子逐漸接近的時候，就開始做去巴黎的準備。可是，差一步就差很遠。」

「啊……」

小坂井發出千早聽不到的聲音，小聲地說著。

「那是再也拿不回來的遠。所以，我絕對不原諒那些人。」

沒想到千早會這麼說。小坂井不禁抬起頭：

「唔？」

那些人是誰呢？

「那些答應過我的製作人們。他們說：就算《不屈不撓的女人們》沒有成功，也會繼續用我。會用在這個地方，也會用在那個地方。那些承諾我的話，多到數不清楚。他們認為我一定可以大紅大紫。

「不只說要安排我上電視、拍電影，還談到了演唱會的合作、當文藝晚會的主持，或特別來賓，甚至要我當導演拍電影。明明一再地向我保證會成功，現在卻……」

小坂井看著千早的側臉。千早抬頭看著巴黎幽暗夜空，她的雙眼露出瘋狂的目光，視線掃射了整個空間。

「車禍發生後，我才看清楚大家的真面目。以前答應過我的事，沒有一件再被提起。就算我打電話給他們，他們也不接電話，我只能對著電話答錄機說話。他們好像約好了般地聯合抵制我，誰也不給我答覆。

「不能原諒。我絕對不原諒他們。所以我決定以死來詛咒現在瞧不起我的人。我要復仇，要詛咒死他們。」

千早叫喊著說。

「為了想去巴黎而努力，成功之後，就去巴黎慰勞自己。可是，事到如今，今後不管我再怎麼努力，也等不到成功的那一天了。不是嗎？周圍的人都跑光了，想努力也無從努力起。我有做錯什麼事嗎？」

沉默了。小坂井只聽得到下面街道的喧囂聲。

「所以，巴黎變成了我死亡的地點。我是為了死在巴黎，而來巴黎的。巴黎就是我的墳墓。這一切的一切，都是那些人造成的。」

千早抖動著肩膀，呼吸急促地說。她的模樣像一頭瘋狂的野獸。

「我要詛咒他們。絕對不能原諒那些這麼瞧不起我的人。為了詛咒他們，我必須死。如果不以死來詛咒他們，就傷害不了他們，力量就不夠強大。只是苟延殘喘地活著，是沒有辦法報復他們的。」

千早呼吸急促地說。

「想到他們每一個人的臉，我就想死。還有開廂型車的那個男人。那個男人奪走了我的一切。」她氣喘吁吁地說。

「我了解。」小坂井無奈地說。「好吧！既然我也阻止不了妳，要死就死吧！可是，妳死了，我也活不了了吧！」

小坂井低聲說著。

「因為我才是活著一點用處也沒有的人。我什麼也不會，一點能力也沒有，既不會說這個國家的語言，英語也不好，更缺少行動力。」

小坂井蹲跪在有水坑的水泥地上。

「妳掉下去後，一定會引起騷動，然後警察就會來了。可是，我什麼話也不會說，完全無法說明妳是怎麼掉下去的。我會變得很困擾。」

他一邊說，一邊站起來，走到圍欄邊，然後越過圍欄，慢慢坐在圍欄上，雙腳放在半空中。

「今天早上我聽了妳說的話以後，我覺得自己好像也只有死這條路了。我是聽了妳的話，才走到這條路上了，可以說我到現在為止的生活，都是妳給我的。是妳拉我進學校的戲劇，勸我來東京，要我住在町屋、去上補習學校、加入N劇團……」

小坂井一邊說，一邊感覺到自己好像真的只剩下死路一條了。

「我的所有事情都是千早決定的，這次來巴黎也是千早決定的。所以妳說要從這裡跳下去死，我也只能跟著妳一起跳下去。如果妳跳下去了，我一個人就算回到了東京，活著也沒有意思。」

接下來又沉默了。沉默了很久。

千早動了，她露出雙腳，和小坂井一樣地坐在圍欄上。小坂井用眼睛的餘光看著千早的動作。千早模仿著自己的動作這種事，這還是第一次。

好像在喃喃自語般，千早低聲說著：

「如果我死了，阿茂也會死？」

「嗯。」

小坂井很輕易地回答。

「噢，那就對不起阿茂你了。」千早說。「你的意思是：想死的話，應該找一個沒有人的地方，自己去死就好了。是嗎？」

小坂井聽她這麼說，默默地想著。他想的和千早說的，有點不一樣。

「不是，不是這個意思。一直以來我就沒有什麼特別要活下去的想法。以前是那樣，現在也是。咖啡館的工作一點意思也沒有，和平井芳子之間的交往也是，早就想分手了，只是覺得提出分手的話，她很可憐。吉田學校的事也一樣，去那裡純粹只是打發時間。時間就那樣無意義地過去了。」

千早沉默了。

風裡怎麼有濕濕的感覺呢？小坂井想著。而且臉頰也覺得涼涼的。

下雨了嗎？這樣的想法才出現在腦際，雨點就變大了。

雨勢嘩啦啦地變強了。明明是從天上掉下來的雨，很不可思議地又從地面往上彈跳。眼前的空間變得白茫茫，世界好像慢慢地關閉起來，什麼也看不見了。這種情形，和布幕從舞台的左右兩側往中間合起來的樣子，非常相似。

身體越來越濕，已經完全濕透。這是傾盆大雨。低頭看地面，已經看不清楚掉下去時會碰撞到的步道上的石頭了。眼下是看起來很乾淨的白茫茫一片。

這樣跳下去容易嗎？小坂井思考著，總覺得有點不對勁。不過，算了，不想了，反正怎麼做都一樣，都是要死的，自己也看不見自己頭破血流的模樣，不必害怕會看到血淋淋的場面。他的腦子裡想著這些事。

小坂井張開嘴巴，雨水馬上灌入他的口中。他並不是想嚐嚐雨水味道，而是想叫千早，想對她說：快跳吧！

「欸，阿茂。」

千早搶在小坂井之前開口。她像尖叫似的喊著。

「啥？」

小坂井不情不願地回應著。他開始覺得冷了，希望越快結束越好。

「什麼事？」

小坂井說。但並不是用千早能夠聽得到的聲音說。

「要回鞆町嗎？」千早叫著說。「我們一起回去。」

「啊？可是東京那邊……」

「全部撤退吧！我們回老家從頭開始。一切從最初開始。」

聽到千早的話，小坂井茫然了。這是他沒有想過的事，而且，能夠一切從頭開始嗎？

因為無法回答這個問題，所以他沉默了。想要改變想死的決心，原來不是那麼容易的事，原來心靈會承受相當大的衝擊。剛剛才下定要死的決心，哪能那麼輕易就恢復到正常思考。

他的身體開始發抖，兩手啪的一聲，交叉環抱著自己的身體。但這並不是因為寒冷的關係。抱著他的身體的手變多了。他嚇了一跳。耳邊有人在說：

「對不起，我們回房間吧！我冷了。」

回頭看，臉色蒼白，嘴唇顫抖的千早已經在自己的身邊了。

7

小坂井和千早搭著新幹線，回到福山。他寫了一封分手的信給芳子，告訴她自己要回故鄉了，並且為之前多有麻煩之處，表示深深的道歉；但是，他並沒有把鞆町的住址，寫在那封分手的信裡。

除了另外寄送的行李外，千早身邊的東西和衣物，塞滿了之前去巴黎時的兩大行李箱，外加一個大型的軟包，共計三件。

至於小坂井的行李，因為房間裡的日用品大半都送給朋友了，朋友不要的東西，就當作垃圾，在收垃圾的日子時丟了，所以他的返鄉行李只有一個輕便的軟包。從小就對讀書不感興趣的小坂井沒有書本也沒有書架之類的行李。

不過，他還有一個電視機。那個電視機就與千早的行李一起寄回老家。小坂井的老家裡有屬於他個人的房間，那個電視機送回老家後，他的房間裡就有他專屬的電視機了。他要去東京時，形同離家出走，當然沒有帶什麼行李；現在返鄉也一樣，也沒有帶什麼行李回家。離鄉時和返鄉時一樣，這表示小坂井在東京時，什麼收穫也沒有。想到這裡，小坂井覺得有點心痛了。

恐怕千早也同樣有這種心情吧！對她來說，這次的返鄉是悲傷的返鄉。仔細算的話，現在是一九九二年，這表示他們在東京生活了九年。如果在東京一切順利的話，千早此次的返鄉應該是衣錦榮歸，或許會準備小巴士，載著滿滿的禮物回來鞆町送給親朋好友。而鞆町也會舉辦歡迎會，地方上的名流甚至會列席歡迎她吧！但如果真是那樣，那麼那華麗的歡迎會裡，大概沒有小坂井的位置。是因為千早的夢碎了，只好帶著一身的傷，兩人才會這樣一起回到故鄉。

從福山車站要去鞆町的話，原本還要換搭巴士，但千早的叔父開車子來接千早了。小坂井幫忙把千早的行李放進叔父的車子裡。因為叔父的行李廂裡已經裝滿了他的私人物品，所以千早的行李只能放在後座，如此一來，小坂井就沒有位置可以坐了。千早覺得很抱歉，但小坂井覺得那樣反而好，因為就不會有不自在的感覺了。從福山車站到鞆町還有將近一個小時的車程，在車子裡的時間相當長。

或許自認曾經是週刊雜誌報導過的名人的關係吧？來車站接千早的人除了叔父外，沒有其他人了，這讓自尊心強烈的千早在面對叔父時，表現出有點冷淡的態度。

放好行李，幫忙千早坐進叔父的車子裡後，小坂井關上車門，揮揮手，目送車子離開了，才一個人慢慢地走去搭前往鞆町的巴士。他沒有告訴朋友自己要返鄉之事，母親說過要來接他，但他拒絕了，說自己搭巴士回家可以了。

他坐在巴士最後面的位置上。巴士一開動，熟悉的故鄉風景便一一從車窗外飄過。小坂井目不轉睛地看著窗外的風景。正確地說來，福山不算是小坂井的故鄉，小坂井的故鄉是位於瀨戶內海海邊的一個港口小鎮——鞆町。這個安靜的小鎮從古代到中世紀、江戶時代，都是日本東西海上交通的要衝，是全日本知名的重要港口。

可是，小坂井和他的朋友卻不覺得這樣的故鄉有什麼可以驕傲的。從高中時期開始，就老是騎著機車或開車往福山。他們的交通工具大多來自從維修廠借來的小機車，然後一群人呼嘯地來回福山與鞆町之間，行徑有點像飛車黨。

一群人當中當然也有人是沒有駕駛執照的，不過，那樣的非法行為或在巷弄裡喧囂，是當時他們的家常便飯。在高二讀了一半以前，小坂井過的就是那樣的日子，加入戲劇社以後，還瞞著這群朋友自己在演戲的事。

小坂井鞆町時代的朋友，就是那樣結交來的。好學生們自然也有他們結交朋友的方式，但對小坂井而言，他的方式就只有那樣。可是，他的那些朋友卻因為他加入軟派的戲劇社，棄他而去。

巴士穿過福山的市中心，行走在蘆田川的河堤上。這條河堤是他和同伴們在沒有駕照的時候經常狂飆的路線。總之，因為從鞆町到福山的這一條路跑起來非常過癮，所以幾乎每個晚上都要騎著機車來這裡跑一跑，而不是因為喜歡福山，所以經過這裡。

有時他們也會在途中下車，到堤防下的空地玩或打棒球，那裡也是朋友們交換騎車或開車技巧的場所。對那時的小坂井和朋友們來說，所謂的取得駕照，是能在沒有駕駛執照的時候就會開車、騎車了。那種花大錢去汽車教練場學車的人，是老頭子們的事，是笑柄。

而他們這一群有一點點不良行為的同伴們，最常聚在一起聊到半夜的地方，就是汽車維修廠。因為大家都喜歡車，經常一聊起歐洲的跑車，就興奮得不能自已，每個人的內心裡都想學習機械。田中汽車行位於鞆町的外圍，經營者是一位叫做田中公平的男人，他很照顧這一群年輕人，也教這群年輕人很多關於汽車或機車的事情，所以每天黃昏以後，田中汽車行就會熱鬧起來。

田中先生很照顧大家，不僅有時會把送來維修的跑車或機車借給他們使用，還教他們開車和維修的方法。而報答田中先生的方法，就是偶爾幫忙田中先生工作上的事情。返鄉後，大概會恢復和那群朋友的交往，大家聚會的地方也仍然是田中汽車行吧！小坂井已經有此覺悟了。基本上那群朋友都算是人生的落後族群，也沒有聽說誰結婚了，所以大家應該都還是和以前一樣。

因為時間還早的關係，巴士內空空蕩蕩的。不久後，大海已經出現在車窗外，也能看到仙醉島了。仙醉島上有海水浴場，夏天時那裡就是住在鞆町的人和福山市民的游泳、戲水的地方。

看到仙醉島後，回到鞆町的感覺就更踏實了。小坂井對鞆町當然多少抱持著眷念之情，但這時最先感覺到的，卻是無趣。以前在鞆町時過著飛車黨般的日子，到了東京後，又過著乏味的戲劇生活，這一切的一切，都讓他覺得空洞無意義。

在東京的那九年，自己到底做了些什麼呢？演戲、打工、去巴黎等等，現在看來都是沒有意義的事情。千早的結局也是一樣的吧！那些事情並沒有為現在的自己帶來什麼。雖然不知道今後自己會在這個海邊小鎮過什麼樣的生活，又會捲入什麼樣的是非之中，但一定和以前不會有太大的差別吧！因為自己的命運就是要過這樣的人生，所以以後也不會有什麼大不了的事情吧！小坂井這麼想著。

到達終點了。小坂井下了巴士，一路走著，途中有碼頭的石頭階梯、鞆町的港口。高二下學期時，自己就是在那個石頭階梯被千早說服，加入戲劇社，開始了演戲的生活。從那時起到現在已經十一年了，鞆町沒有人在演戲了，自己和千早織夢的時代也結束了，並沒有立下任何可以指導後人的實績。

回到家，打開玄關的門，小坂井一喊「我回來了」，母親立刻跑到走廊上來，頻頻說著「回來就好、回來就好」。還說先打個電話回家的話，就會去車站接他。他只回說「不需要去接」。他默默地把在淺草買的人形燒，和在巴黎買的便宜絲巾禮盒遞給母親。又不是什麼有出息的孩子，也不是帶著什麼成果的衣錦還鄉，安安靜靜地回來就好了。他默默地把在淺草買的人形燒，和在巴黎買的便宜絲巾禮盒遞給母親。

當天晚上家人吃火鍋來歡迎兒子返鄉。小坂井是獨生子，沒有兄弟，所以所謂的家人除了母親外，就是上班到傍晚才回家的父親。做為獨生子雖然很寂寞，但也因此他從小就有自己的個人房間。小坂井缺少進取心，或許和這樣的環境有關係，他有屬於自己的空間，也可以在自己的空間裡吃飯，一直覺得這樣的生活很好了。除了房間小了一點以外，他覺得這樣的生活和獨立生活，沒有太大的差別。

看到兒子後，父親雖然苦笑以對，但還是拍拍兒子的肩膀，說「回來就好」。親子三人吃著火鍋，喝著啤酒，還聊了一些和東京有關的閒話。不過，並不是小坂井喜歡聊這些，因為被問到了，他才勉強地回答幾句。談話裡當然沒有什麼值得誇耀的得意事情，因為他一直都只是在居酒屋或咖啡館裡打工。而那樣的工作並不是東京才有的工作，鞆町或福山市也可以找到相同的工作。他花了九年的時間，明明白白地確認了自己只是一個再平凡不過的人。父母東問西問的結果，讓小坂井越發覺得恥於開口敘述自己在東京的生活。

小坂井覺得比較想說的，是去巴黎的那幾天。不過，他沒有去巴黎鐵塔，也沒有去凱旋門，連美術館也沒有去，雖然去了文生森林，但那樣的地方說了父母也不知道吧？所以乾脆就不說了。

以後有什麼打算呢？父親這麼問時，輪到小坂井苦笑了。這是他最害怕的問題，只能回答「先找個工作吧」。父親便說也會幫忙他找工作，不過又說「這個小鎮實在找不到什麼好工作」，還說「年輕人都離開小鎮到外地了，這是今後我們鞆町的大問題」。

翌日，他跑去田中汽車行露臉，田中看到他時嚇了一大跳。九年不見，突然出現在面前，也難怪人家感到驚訝。田中幫他找來了從前的那一夥人，當天晚上還在田中汽車行辦了迎接他的歡迎會。可是，當夥伴們問起他在東京的生活時，他再度感到難以啟齒而變得不想說話。

他問「有什麼工作可以做嗎？」時，大家都說沒有，因為現在很不景氣，而鞆町是一個貧窮的港口小鎮，沒有企業可言。夥伴中有人的家裡開點心店或鞋店，但他們的家裡都不缺人手。但小酒館或咖啡館之類的店，或許有人手上的需求。

隔天，小坂井被家裡開點心店的田口，帶去一家叫「潮工房」的咖啡館。田中小聲地在他的耳邊說：這裡的老闆正在找人手。聽說老闆正在鬧腰痛，所以在找可以代替他站吧檯的人。

老闆姓鹽澤，小坂井以前不認識他。但他見了小坂井的相貌後，好像很喜歡小坂井，問了小坂井許多問題。小坂井說自己在三之輪橋的咖啡館工作了幾年，老闆就說沒有辦法給太高的薪水，但小坂井如果願意的話，明天開始試用期，做一陣子看看。就這樣，小坂井當場就決定了工作。

第二天起，小坂井就開始到潮工房上班，但是，老闆鹽澤好像為了減少開銷，腰不痛的日子就自己站吧檯，所以小坂井不能有很穩定的收入。如此一來，就不能和千早一起租房子，也沒有成家的信心了。不過，這樣總比遊手好閒好，何況他非常熟悉咖啡館的工作內容，工作起來一點壓力也沒有。

從潮工房下班後，小坂井每天晚上都會去田中汽車行，在那裡和田口那些昔日的夥伴會合，然後一起去小鎮內的酒館幸福亭喝酒，而潮工房的鹽澤和田中汽車行的田中有時也會加入他們。

於是，小坂井在潮工房、田中汽車行、幸福亭這三個定點來回的新生活，就這樣開始了。

有一件事讓小坂井感到很意外。小坂井原本以為回到鞆町後，他會和千早繼續往來的，因為千早之前是那麼說的。他以為他和千早每天都會見面，一起喝茶、吃飯，介紹彼此的父母認識，然後在短時間內住在一起，繼續以前在東京時的生活。因為還沒有找到一起過生活的房子，小坂井甚至想偶爾也可以去住旅館。

可是，他雖然告訴千早自己在潮工房工作的事了，千早卻一次也沒有來潮工房喝咖啡。打電話到她家裡時，她雖然會接電話，但說起話來有一搭沒一搭，很不起勁，邀她出來吃飯，她則顧左右而言他，不給小坂井一個明確的回答。

千早的心情顯然是鬱悶的。現在的她和之前所說的情形不一樣，之前她會說：想和阿茂一起在鞆町的街上散步、想去仙醉島、如果可以的話，我們可以一起工作、兩個人一起租一間房子……等等的話。

千早的態度可以說是突然變了。她把自己關在家裡，沒有走到外面，好像也沒有和高中時期的朋友聯絡或見面。或許發生了什麼事吧！但她的這種態度讓小坂井非常想不透。

小坂井漸漸覺得受到打擊了。他在電話裡問千早：我們要結束了嗎？因為妳說要回來鞆町重新開始，所以我才結束東京的一切，搬回來鞆町的。

但千早沒有回答他的問題，而是在沉默了很久之後，才說了一句「我沒有辦法在這裡生活」，然後就掛斷電話。小坂井急著再打電話過去，但她已經不接電話了。

如果她是這樣的態度，那麼自己也不用回去了。小坂井對千早這種曖昧不明的不誠實態度感到生氣。可是，當他一個人靜下來思考時，他慢慢地想到一件事：千早會有那種態度的原因，莫非是千早的父母反對千早和自己在一起？如果是這樣，那他就更不能明白千早的父母了。難道自己還配不上已經不能好好走路，也不能生孩子的他們的女兒？

小坂井後來還打了多次電話到千早家，結果都是千早的母親來接電話，以極其冷淡的口氣告訴小坂井：千早不在家。

即便這樣了，小坂井還是不死心，他覺得自己還愛著千早。從去御茶水的醫院探病起，那種愛戀的感覺好像就一直持續著。他強烈地感覺到自己的感情。小坂井因此越來越煩惱，在和朋友去幸福亭喝酒時，忍不住對朋友和田中說起自己和千早的事。

一說出名字，才知道大家都知道田丸千早的事。當她因為車禍而成為大家關注的焦點時，鞆町這個地方的人也很注意她的新聞，大都對她深感同情。但隨著她的新聞減少，鞆町的人也不再提起她了。是嗎？她回來鞆町了嗎？不知道耶！他們這麼說。

聽到他們這麼說後，小坂井覺得好像能夠了解千早為什麼要把自己關在家裡的理由了。因為她只要一走出家門，被別人看到了，與她有關的傳聞就會被再度提起，鞆町的人們也會再度談論她的是是非非。在鞆町這個地方，田丸千早是一個名人。

田口是朋友中的消息靈通人士，他這麼說了：聽說田丸千早在東京當女演員，而且成名了，於是大家都對她充滿期待，認為她成名後，或許也會給地方帶來名氣，到時這個地方就會出現很多攝影機，成為觀光的勝地。居委會好像抱持著這樣的期待。

她被選為《不屈不撓的女人們》三個女主角之中的一人的報導，鞆町的人當然也都看到了。對鞆町來說，那確實是地方上的大新聞，可是好像也有人在那個時候說：另外那兩位女主角都是大美人，田丸不夠漂亮，不是另外兩位女主角的對手。田丸或許覺得自己是大明星了，但是地方上的人好像並不那樣認為。

而且她還拍過裸照。幸福亭的老闆娘芳江加入談話，還說：那樣很不好呢！因為大眾是保守的，尤其是鄉下地方，拍那種照片讓她的形象變差了。

或許是酒喝多了，小坂井心裡頭的炫耀之心蠢蠢欲動，便說出在東京時曾經和千早住在一起，共同生活了一陣子，還曾經想和千早結婚的事。小坂井這麼說時，大家只是嗯嗯地不表意見，但看他們的臉，卻都露出不以為然的表情。小坂井又說千早和自己的事並不是在演戲，也沒有變成新聞。意外的是，大家對小坂井說的事好像都很清楚的樣子。

本來想回到鞆町後，還會繼續和田丸往來，沒想到她的態度卻突然轉變了。小坂井這麼說時，大家好像放心了似的，說「是嗎」。但當小坂井說自己還愛著田丸時，大家便瞬間露出同情的神色。小坂井又說：我剛剛才想到，或許是她的父母反對她和我交往，所以她的態度才會突然改變吧！小坂井這話一說出口，立刻聽到「哈哈哈」的笑聲。笑的人是老闆娘芳江。

你呀！趁早丟了那個女人吧！芳江說。又說：她可不會生孩子了唷！還說：她的骨盤已經不行了吧！結了婚的人沒有孩子是很寂寞的唷。剛結婚的兩、三年還好，畢竟是生活在和心愛的女人相處的兩人世界。但是五年、十年後，家裡只有自己和人老珠黃的老婆時，會覺得很寂寞吧！小坂井看到周圍的男性朋友們都表示附議地在點頭，汽車行的田中還連聲道：是呀、是呀。田中結婚了，也有小孩了。

芳江繼續說：沒有生孩子就老了的話，寧可上吊自殺算了。我雖然離開一無是處的老公，自己也沒有多大的能力，日子過得不怎麼樣，但是我有兒子。晚上睡覺的時候看著孩子的睡臉，心裡就會充滿感激的心情，感謝神讓這麼沒有用的我也能生孩子。這樣一想，就會覺得這個世界待自己不薄，自己也還有一點用處。

小坂井聽著聽著，不禁心想：千早要離開自己也好，自己有這些朋友就行了。千早的態度變成那樣，讓他覺得他們之間已經不行了，已經要結束了。在東京的時候，千早明明還說要搬回鞆町一起生活的。那時的千早並不是在說謊吧！只是回來鞆町後，在家人的說服下，心意動搖了。

既然如此，那就算了吧！小坂井突然想把去巴黎的事情說出來。於是他說出當時千早想從巴黎飯店的屋頂上往下跳自殺，自己坐在飯店屋頂的圍欄，雙腳懸空，打算跟著她一起跳下去的事。如果不是那時的那場大雨，他和千早或許已經死了。

在巴黎自殺嗎？好酷呀！鹽澤說。一點也不酷，小坂井說。自己想死的原因並不是因為千早的勸說，而是想到自己的人生。從孩子時開始，自己就什麼也不是，是一個再平庸不過的人。隨波逐流地過生活，人生當中沒有想要挑戰的事物，也沒有任何可以傲人的事蹟。

於是大家紛紛說：我們也一樣呀！如果那樣就必須死的話，那麼在這裡的所有人，就要集體自殺了。在這裡的每個人的人生都不得意，都沒有足以誇耀的成果，有些人也還沒有妻子和孩子。

這個時候老闆娘插嘴說：既然這樣，你不妨去聽聽「日東第一教」的說法。這個星期天對潮樓的下面有車子去「日東第一教」。

日東第一教？小坂井問。鹽澤便說：是前面橫島上的宗教團體機構。老闆娘芳江說：我加入那個團體了，「日東第一教」也被人稱為「幸福教」。然後她指著鹽澤說：這個人也是教友。鹽澤有點勉強地點了頭。

是新興的宗教團體嗎？小坂井又問。不是一般的宗教。芳江積極地說道：那是科學，是用科學來告訴人們什麼是真正的幸福，教導人們要如何挑戰人生。

還有，尊師會教導我們如何從統計學、經濟學來預測日本的未來，並教我們在那樣的情況下能幫助自己。

芳江這麼說後，鹽澤接著說：沒錯。如果大家繼續過著錯誤的人生，那麼這個世界就要結束了。又說：不過，我只相信這一點，其他的我都不信。

那個團體也會舉辦集體相親大會。田中說，鹽澤點頭認同，並且說：是的。相信尊師說法的信者，會由尊師介紹生涯的伴侶。

總之，去了那裡後，會覺得很感恩。星期天教團有開課，你去聽聽吧，一定也能得到救贖的，如果你覺得你的人生缺少挑戰的話，你一定要去。老闆娘芳江不斷地如此勸說。

8

星期天的中午過後，小坂井和幸福亭的老闆娘芳江一起搭上日東第一教會準備的巴士。車內坐滿了人，但這些人並非都是鞆町的居民，好像也有來自福山市或臨近城鎮的人。他們好像是先搭火車或巴士來到鞆町，再換乘這輛車的。

巴士走了一段相當長的距離，經過架在大海上的渡橋，才進入橫島。接下來的道路變得煥然一新，車子靠近給人嶄新印象的教團建築物玄關旁邊。那是一棟有著玻璃做的尖塔，像玻璃體育館般的三層樓白色石造建築物。這棟建築威風凜凜地矗立在島上。小坂井以前從不知道橫島上有這樣的建築。

巴士停下來，車門一開，就看到一個穿著紫色襯衫金色長褲，繫著鱷魚皮腰帶的男人前來迎接。

「歡迎，歡迎。請下車。」

大家在他的歡迎聲中下車，並看著他的手所指示的方向，看到了像劇場入口般的並列玻璃門，和站在門前列隊歡迎，穿著同樣形式衣服的年輕人們。他們慢慢地避開門，玻璃門便一扇扇地自動打開了。

「來，請往那邊走。請入內。」

站在巴士前面的男人舉起手指揮下，眾人便一一走進建築物的入口。在最前面，穿著紫色襯衫的男人打開前方的深色木紋三合板做的大型門。

「請進。」

他指示說。

嘩！這是走進那扇門的人所發出的驚呼聲。

發出驚呼聲的人，都是第一次來的人。小坂井雖然沒有發出那樣的聲音，但他和發出聲音的人有同樣的感受。在小坂井旁邊的芳江好像已經來過好幾次，顯得很平靜。

門內像個大講堂，排列著很多椅子。應該稱這裡為教會吧！講堂裡面光亮得像正午的室外。抬頭看，天花板有一半以上是用玻璃做的，所以午後的陽光可以盡情地灑落在以白色為基調的寬闊室內。抬頭看時可以看到飄著雲朵的藍空和太陽。

包圍著講堂的，是和天花板不一樣的暗色木紋牆壁。木紋的飾面板顯然就是區隔講堂與講堂外空間的牆壁。但飾面板牆壁的高度只有三公尺左右，上面是空的。

板壁的上部掛著數架大型液晶電視，出現在電視畫面裡的，是奇怪的幾何圖形。因為是動畫，所以圖形正在進行機械性的變化。

面對著一排排椅子的，是比地板略高的講台，和控制台，控制台的後面有白板，及一架大型液晶電視。電視畫面上有 CONFUCIUS 的字樣。控制台的前面也有相同的英文字。

穿著紫色襯衫的男人們，以熟練的手勢引導搭著巴士來到這裡的人們，讓他們排成一排後，並按照順序從座位的後方進入並排的椅子的前面，然後依照順序坐下。

大家都就座後的同時，音樂開始響起了。那是節拍清楚，有節奏感的聲音。懸掛在牆壁上的液晶電視畫面上的幾何圖形，配合音樂的節拍快速變化著。

原本節奏快速的音樂突然變緩慢，逐漸安靜下來，只剩下鋼琴的聲音，然後鋼琴的聲音也慢慢淡出。

這時左手邊的門開了，一個頭髮整理得很乾淨清爽的銀髮男子，出現在大家的面前。這個高瘦的男人邁步上台，並且站在講台的中央。

「嗨，各位好。歡迎各位來到這裡。」

他的聲音非常響亮，也穿著紫色襯衫、金色長褲，繫著鱷魚皮腰帶。每當他一走動，金色的長褲就閃閃發光。

「感謝今天的相遇。而今天的相遇絕非偶然，而是神的指引。各位請無論如何都要意識到這一點。那樣的意識正是各位與我今日相遇的羈絆。」

他又說：

「我是教會長，真喜多。」

他說自己的名字時的聲音，很明顯的是從擴音器裡傳出來的。他的領帶上別著麥克風。不過，即使他不用擴音器，在場的人應該也都可以聽到他的聲音。他的聲音粗獷而響亮，是非常好聽的聲音。

真是個特別的男人，完全無法猜測出他到底幾歲了。從他的動作、洪亮的聲音和筆挺的背來判斷的話，看起來就像個年輕人；但是從他的髮色看來，他又像是已經半老的男人。

他的態度非常優雅，像美國的音樂家，也像個少壯的學者。但這畢竟不是音樂會，所以觀眾們必須忍下想要鼓掌的行動。

「這個國家現在正處於重要的關頭。」

他突然就開始了。

「這個國家的美德已經淪落到谷底。兒子不尊敬父親，父親不敬重祖母，女兒在背地裡說母親的壞話，兒子在酒館裡痛罵父親。做子女的人視父母如同不懂道理的動物，對父母講話沒有敬意，淨是嘲弄之詞。

「尊敬父母，乃至於祖先，是國家的脊柱。沒有這個脊柱，就不能成立對國家的愛。對國家沒有愛，國家必定滅亡。這個國家的國民疏忽了為人父母、為人子女者對應該發揚祖先之光的義務。疏忽了很久很久了。為了孩子而日夜辛勤工作的父母，反而被恬不知恥的孩子們在背地裡嘲笑。」

他突然舉起雙手，然後慢慢走向位於講台後方的液晶電視。

此時，伴隨轟隆轟隆的聲音，電視的畫面裡出現了狂風暴雨。滔天大浪在烏雲密佈的天空下襲向人們居住的海岸，猛烈地拍打防波堤，激起衝向天際的水花。

像白色的塔般聳起來的波浪，彷彿超越人類的智慧所能理解的怪物。

真喜多教會長的聲音嚴肅地響徹講堂：

「神憤怒了！」

聽眾席傳來此起彼落的嘆氣聲。

「這就是神的憤怒！」

轟隆之聲再起。接下來的電視畫面，是巨大的龍捲風伴著地鳴的聲音，掃蕩過荒野，奔向市區的景象。有些觀眾忍不住發出悲鳴了。

龍捲風一接近民宅，立刻掀起民宅的屋頂，把屋頂捲到半空中。民宅紛紛只剩下了基座，牆壁像被大砲轟擊過般，瞬間變成碎片。像樹葉一樣飛舞的瓦礫、被擊破的木料碎片，像暴風雪似的狂飛亂舞。汽車一輛一輛地也被捲到空中。不管是汽車還是機車，都像玩具一樣地飛起來了。

「神發怒了。」

教會長的聲音再度響起。

「這正是神的大手。在這強大的力量下，人類宛如嬰兒般脆弱，完全無力抵抗。」

接著，出現在電視畫面裡的，是一個被破壞得更加嚴重的黑色巨大建築物。建築物的前面有一群穿著防護衣，正在清理瓦礫的人員。另外還有就是在寬廣的麥田上施放藥劑的直升機。

畫面上還出現了一大片一大片的機械墳墓。攝影機在這一大片的土地上慢慢移動，讓觀眾看清楚各種被丟棄在那裡的機械屍體。有上部的旋翼已經彎曲，互相倚靠、摺疊在一起的直升機殘骸。有窗戶的玻璃破裂，數量非常多的巴士和數量驚人的汽車。有層層疊疊橫屍在一起，生鏽、腐朽的飛機和拖拉機。它們都不是自然地壽終正寢，而是發生重大的意外，在命不該絕的時候死於非命的機械們。

此時出現在畫面的是座幽靈般的城市，漆著白色塗料的房子整潔地排列在一起，但一個人也沒有。郊外還有像畫一樣美的漂亮小村莊。可是，屋前的院子樹木枝葉茂密，地上雜草叢生，塗著白漆的美麗凸窗的木框上都爬滿了藤蔓。

鹿從樹葉之間蹦跳出來，一蹦一蹦地橫越過沒有人的馬路，而跟在牠的後面從林子裡跑出來的，是巨大的老鼠。那老鼠是像貓一樣大的。暴風的聲音咻咻大作，狂風颳起了路面的塵土，紙屑飛到半空中。

「各位，那裡就是車諾比。這也是神發怒的結果。」

教會長的聲音又響起。

「只是為了製造電力，竟誇張地借用了有如神般的核子能力。愚蠢的人類終於在此見識到了報應。」

電視的螢幕裡，出現了各國在海邊興建各種核能發電廠的畫面。

畫面轉變成漁港的風景，和大量被丟棄的魚群，還有隨著波浪上上下下，漂浮在海面上的死魚們。

接下來的畫面，則是港口角落堆積如山的魚屍。無數的蒼蠅在魚屍上步行、飛來飛去。

「這就是文明的樣子。為了享受卑鄙的口腹之慾，為了使用熱水需要電力而開發核能發電廠。人類不自量力的愚蠢行為，讓神更加憤怒了。竟然只為了得到電力，就不惜以毀滅自己的方式，製造出那麼嚴重的污染問題。

「支配著思想膚淺的人類的事物，竟然就只是錢與如泥水般混濁的性慾。那不是可以榮華子孫的高尚行為，那是只為了滿足肉慾的低等行徑，是最低劣的情慾。

「這個時代的現況，與從前總尊師康夫斯生活的時代類似。那種枯涸得宛如乾燥沙漠的時代、可恨的混沌不明的時代，彷彿在此重現了。

「這樣下去的話，這個國家將會滅亡。這樣可以嗎？各位，請認真聽我說，我要很明白地說，這個國家即將會滅亡，一定會滅亡。車諾比事件污染了烏克蘭和白俄羅斯的大地，這就是滅亡的預兆。這個國家也會發生類似車諾比的事件。我們的神在骯髒的時代裡，以體內對宇宙萬物的愛的能量，用意志得到了勝利。總尊師在那個荒涼、貧瘠的亂世裡，用不懈的奮鬥贏得了榮耀。今日的我們也一定要取得勝利才行。」

聽眾們屏氣凝神地聽著教會長的演說，並且頻頻點頭表示同意。這場利用影像的華麗演說，確實深深地打動了在場人士的心。

「今天來到這裡的各位，當你們回頭看著自己的人生時，或許會覺得自己過得乏善可陳。或許因為年輕的時候抱持的夢想一個也沒有實現，而深陷在失落感的痛苦中。

「啊！這一切都是自己造成的。你們之中，一定有人是這麼想的。因為自己不夠好，因為自己不夠努力，因為對這樣的人生不夠積極、沒有熱情。還因為只是隨波逐流地過生活，缺乏自我的意志，只是一味過著別人的人生。」

聽到這些話，小坂井深受刺激。他覺得自己的人生真的就如教會長說的那樣。他不知不覺地上半身向前傾，慢慢地往下沉。自己的確就是那樣，過著散漫而沒有出息的人生。

他從來沒有積極地去面對自己的人生，總是像一個旁觀者，離自己的人生遠遠的，只聽命於別人，過著被動的生活。所以他只能回歸到有氣無力的人生，在充滿失望中過生活，拿不出可以傲人的任何事蹟。然而這是理所當然的情形，因為自己是那樣的一無是處。

昨天之前，自己雖然過著像戰敗士兵般的生活，但還有一個唯一的希望，就是田丸千早，但就在昨天，田丸千早也離自己而去了。對自己而言，千早就是東京。他開始注意到自己被拋棄了。對自己而言，千早就是東京。即使像自己這樣無能的人，東京仍然是自己曾經追逐過一點點夢想的都會，曾經讓自己產生力量。千早就是那樣的化身。

他自己也知道一切都過去了。明明還是個年輕人，卻像老人一樣地，覺得人生結束了。

「但是，各位，那是不同的。」

教會長強而有力的聲音讓小坂井的臉往上仰起。小坂井驚訝了。什麼不同呢？到底不同之處在哪裡？他非常想知道。

「知道嗎？那是不同的。請各位仔細聽好。那不是各位的錯。明白嗎？那真的不是各位的錯。」

到底哪裡不同了嗎？小坂井屏氣凝神地聽著。

「各位都很努力了。請各位回想一下，各位一定曾經在某個別人所不知道的角落裡，雖然沒有人知道，也沒有得到別人的誇獎，卻仍然持續地、孜孜不倦地努力做著事情。」

聽著這樣的話，小坂井不自覺地流淚了。啊！是那樣沒錯。他想著：自己確實是個沒有出息的人。他自己也很清楚這一點。但是沒出息歸沒出息，還是非常認真地努力過。宿醉的第二天，不管怎麼樣的不舒服，只要是有必要，還是會好好地早起。雖然做的不是什麼了不起的工作，但既然被付與了責任，從來不會因為個人的方便而蹺班。

自己有認真努力。認真地煮咖啡、烤麵包、炒麵，即使有人說了傷害自己內心的話，也不怨恨、不生氣，仍然笑顏以對。他相信那就是自己被要求的使命。雖然一次也沒有被誇獎過，但自己很努力地做了。在沒有陽光的地方，在沒有人注意到的角落裡做出努力了。

教會長繼續說道：

「是百年以前這個國家的統治者們，在像母親一樣的半島上，在大陸上，犯下了忘恩負義的大錯。那是非常大，又難以彌補的錯誤。那時犯的錯，現在要算總帳了。各位一定要知道這一點。不是各位的錯，各位是沒有責任的。為什麼這麼說呢？因為各位並沒有犯下這樣的錯。」

小坂井呆住了。因為自他出生以來，他第一次聽到這樣的想法。

「不同情他人，不體諒弱者，都是這個國家的統治者造成的。而現在生活在這個國家，還沒有覺醒的民眾，依然走在錯誤的路上。蹣跚行走，搖搖晃晃地直走，到底要往哪裡走呢？」

教會長停頓不語了，他環視著聽眾。聽眾席鴉雀無聲。沒有人咳嗽或清嗓子，大家都停止呼吸般地聽教會長說話。

「走去地獄。地獄在等待他們。不管是昨日還是今天，他們徬徨地正走向死亡的深淵。然而他們誰也不知道自己正走向那裡。這是為什麼呢？因為他們的眼睛由不得自己看。不管是現在還是未來，他們還是老樣子地不是以自己的意志在行動，而是被他人的意志而左右。不是自己意志的意志，到底是什麼的意志呢？

「那是本能。他們和現在集合在這裡的各位不一樣。各位是認認真真的人。被引導到這裡來的在座各位不會傷害人，堅守本分地過自己的人生，和他們是不一樣的。他們依照本能，像動物一樣地活著。他們走在貪心、善忌、虛榮又驕傲的路上，而且沉溺於性的快感中。

「那是一條無可救藥的路，是通往地獄的路。必須有人伸手阻止他們，幫助他們。能夠拯救這個國家軟弱之人，然後把他們引導到天國的人會是誰呢？就是各位。就是各位呀！明白了嗎？請各位一定要有這樣的覺醒。除了各位以外，沒有人能拯救他們了。」

9

小坂井茫然若失地被巴士帶回來，下了巴士後就直接走到潮工房。潮工房的老闆鹽澤，今天沒有加入參觀日東第一教會的行程。是因為要開店的關係吧！他在小坂井還沒回來時去店裡。一到潮工房，就看到鹽澤皺著眉頭叫小坂井代替他站吧檯，還說他今天的腰特別痛，今天的薪水按鐘點計算從現在開始。小坂井點頭後，立刻穿上黑色的圍裙，進入吧檯裡。

小坂井的時薪是九百五十日圓，並不算好，但在這種鄉下地方，算是普通的待遇了。潮工房的打烊的時間是晚上八點，從現在到八點的薪水，還不到四千圓呀。站在吧檯裡的小坂井這麼想著。換了班後的鹽澤橫著身體走出店，他的住家就在潮工房的二樓。

掛在門上的吊鈴響了，小坂井喊了一聲歡迎光臨後，就看到沿著前面國道的福山市立大學看護科的三個學生連袂進來。潮工房懷舊風的洋房外觀，很受女生們的喜愛。

「嗨！」

小坂井說。因為進來的是熟面孔。

三個女生一邊笑，一邊直接走到吧檯前，半坐在吧檯前的椅子上，面對著小坂井。

「今天出去玩嗎？」

小坂井說。

「嗯。剛才也進來過呢！」

女生回答，又說：

「剛才經過的時候你不在，以為你今天休息了。」

像這樣的情形，小坂井之前已經有過好幾次的經驗了。小坂井在三之輪橋的咖啡館工作時，偶爾也會輕鬆地和來店裡的女性顧客閒聊幾句。半嫉妒地說，這個世界上確實有以小坂井為目標，而到咖啡館的小坂井粉絲。做為咖啡館的老闆，當然不能討厭那樣的情形，並且也可能是基於這樣的原因，才僱用小坂井。小坂井自己也知道不能對女性顧客太冷淡，必要時還要和她們說說話。

但是，這種事情還是得小心處理，免得引起別的客人反感，造成客人不想上門。所以小坂井必須小心處理，除了不要對客人太熱情之外，基本上也要避免和客人在店以外的地方碰面。不能太冷淡，也不能太熱情，如何在這兩者中間拿捏，是很重要的。

送上她們要的可可亞和咖啡牛奶後，小坂井磨咖啡豆，又洗了杯子。季節已漸漸進入夏天，女學生們已經換上又薄又涼爽的衣服了。她們三個人正在談論旅行的計畫，討論著是要去蓼科，還是去輕井澤或鎌倉？對她們來說，關東果然是令人憧憬的地方吧！然後，她們順便問了小坂井：去過那些地方嗎？她們知道小坂井曾經在東京的咖啡館工作過。

在吉田學校的時候，曾經和那裡的其他學員討論過去蓼科或輕井澤旅行的事，但最後卻沒有去成。所以小坂井便這樣回答女學生們。不過，小坂井倒是去過兩次鎌倉，因此可以跟她們談談鎌倉。女生們沒有去過鎌倉，所以小坂井一開口說鎌倉，便眼睛發亮地聽小坂井說話。

和小坂井一起去鎌倉的人，是平井芳子。不知道她現在怎麼樣了。一說起鎌倉，他便想起和芳子一起搭乘的江之電，以及鎌倉的咖啡館內部的情形。他忽然覺得胸口有點痛。

潮工房外面的馬路雖然是縣道，卻不寬敞。這條四十七號縣道是穿過鞆町中心的唯一縣道，因為路面不寬，而經過這條縣道的車輛卻很多，所以經常可以從潮工房的窗戶，看到外面塞車的情形。雖然名為縣道，但從前主要是人行走的路，能在這裡交會的汽車只有小型車。這時的窗外也處於塞車的情況，車子幾乎動彈不得，可以看到有的車子迫不得已地在慢慢倒車。

啊！小坂井感到奇怪了！他覺得正在倒車的車子的後面，好像有一個熟悉的背影。那是拄著枴杖，行動不便，拖著腳走路的背影。小坂井馬上停下正在進行的談話，他彎下腰，好像要鑽出吧檯。他想走出潮工房，去追那個背影。

看護科的女學生先是奇怪地看著突然停止說話的小坂井，接著又追著小坂井的視線看向窗外。

「認識的人嗎？」

其中一個女生問。

「不，應該是看錯了……」

小坂井說。那個背影很像千早。因為那個背影出現在車子的那一邊，並且已經轉進巷子裡了，所以他也無法確認。

不會吧？他重新想著。那個背影穿著藍色的連身裙。在東京的時候，從來沒見過千早穿那樣的衣服。或許那只是身材和千早很像的本地女孩。

「像我認識的人。但是，不是我認識的人。」小坂井說。

「是你喜歡的人嗎？你喜歡的女人？」

一個女生問。

「不。不是那樣的。」小坂井說。

於是，女生們好像逮到機會般，把話題引導到她們喜歡的問題上，問小坂井喜歡什麼樣的女生？以前有過女朋友嗎？談過什麼樣的戀愛呢？

小坂井對女生們的這些問題早已免疫，他以開玩笑的方式，把她們的問題擋回去了。可是不知道為什麼，剛才看到的藍色背影，好像已經烙印在他的眼睛裡一樣，揮之不去。雖然和女生們在閒聊，卻一直在眼瞼上看著那個藍色背影。

他覺得以前也有過這樣的經驗，但那是什麼時候的事呢？小坂井在腦海裡搜索那樣的記憶。想到了！那是千早在車禍出院之後，去三之輪橋的咖啡館找他時，在都電的月台上敲打著咖啡館凸窗的情形。那一幕曾經在他的眼瞼上停留了兩、三天，也是一直揮之不去。現在的情形和那次非常像。

晚上八點了。潮工房打烊了。店裡還有一點咖哩和吃的東西，但是沒有飯。現在再煮飯的話太麻煩了，所以他把門關好，走到店外，繞到外面的樓梯，去二樓和鹽澤打個招呼，把鑰匙還給鹽澤後，便慢慢地朝田中汽車行的方向走去。那裡隨便也會有一、兩個熟人在，可以找他們一起去吃飯。那些夥伴們都還是單身，是自己現在的貴重寶物。

從馬路一走進田中汽車行的前院，就看到右手邊工廠的鐵捲門還開著，裡面亮著一盞日光燈，一輛BMW的頭部被抬得高高的，更裡面還有一輛打開引擎蓋的迷你庫柏（MINI Cooper）。

和前院交界的屋簷下，有一顆孤零零的、可以照亮在院子裡進行工作的電燈泡。可是，現在被那顆電燈泡照亮的水泥地前院裡，一輛車也沒有。小坂井感到訝異，平常這個水泥地上，總會停個四、五輛車，今天晚上卻一輛也沒有，整個水泥地面上空蕩蕩的。可能是一輛車也沒有的關係吧，今天晚上的水泥地前院看起來特別大。

工廠裡一個人也沒有。小坂井第一次看到田中汽車行這麼靜悄悄的模樣。以前不管是什麼時候來，都一定會有人在。或許是田中把修好的車子開出去還給客人了。如果是那樣的話，那麼稍待片刻，田中就會回來了。不過，平常即使是那樣的情形，也一定有人留守工廠。

慢慢走到前院的角落，便看到那裡的哈雷機車。一輛是閃閃發亮的新車，另一輛是已經變舊，失去光澤的古董車。小坂井一直很喜歡那輛被稱為Low Rider的古董車。那是他從小就渴望擁有的車，以前他房間裡還貼著這款車的海報。他想：或許明天可以向田中借這輛古董車，即使只能在這附近兜一圈，也是好的。能夠那樣的話，就很滿足了。他想過總有一天要買一輛，但現在的經濟狀況，根本不允許他去實現這個夢想。

他摸摸油槽的蓋子，試著轉動它。啊，原來這是不需要鑰匙的。他想著。打開蓋子，看看油槽裡面，裡面空空的。要不要給它加油呢？他又這麼想著。雖然他沒有必要做這種事，但是他就是想為這輛車做點什麼事。

進入屋簷，踏入工廠內部。工廠裡面有裝著汽油的塑料桶子。那是兩個白色的小型桶，兩個桶子裡都裝有汽油。

很多哈雷機車的車主不喜歡到加油站加油，因為加油站的工作人員動作總是很粗魯，不小心就會刮傷油槽，有時也會發生讓油溢出油槽的情況，讓油槽失去原本的光澤。油槽可以說是古董機車的生命。

所以車主們會提著這樣的塑料桶，騎車去加油站，把油加入塑料桶裡，再提回到家裡，然後在自己家裡的車庫裡，慢慢地、小心地給自己的車子加油。

小坂井在前院的角落裡，把汽油加入哈雷機車的油槽裡。加好油後，還好好地關緊蓋子，把塑料桶放回屋簷的電燈泡的地方。他把桶子放在柱子的後面，心裡還想著：如果明天田中答應讓他騎 Low Rider 出去，那麼，他就能馬上發動 Low Rider 的引擎了。

但是，今天晚上的晚餐到底要怎麼處理呢？家裡的父母現在應該已經吃完飯了吧！不知道還有沒有剩下的飯菜可以吃？要不要回去問問看呢？或者乾脆去幸福亭，請老闆娘芳江弄點東西給他吃？

就在想著這些事情的時候，馬路那邊的暗處裡，有一條拖著笨拙的腳步的人影，慢慢地在接近他。那條細長的人影在橫越過街燈的時候，讓人看到了身上的寬大藍色裙襬的一角。

小坂井也看到了。他遠遠地看到了，心想：那是誰呢？他不認為是他認識的人。可是又想：該不會吧！那種走路的方式——

「阿茂。」

小坂井聽到聲音後，不禁嚇了一跳。那個人影是千早。

人影接近燈光可以清楚照到的地方時，小坂井看到枴杖了。果然沒錯，確實是田丸千早。她穿著藍色的、而且是討長輩喜歡的家庭式連衣裙。只是，那樣的衣服並不適合她現在走路的方式。

「千早。」

小坂井叫了她的名字。剛才從潮工房的窗戶看到的背影，果然是千早。

她為什麼會在那樣的地方呢？小坂井想。鞆町確實是小地方，千早的家離潮工房並不是太遠。可是，很在意別人眼光的千早，不是白天的時候不會外出嗎？

喀咚、喀咚，千早慢慢接近了。

「妳怎麼會在這裡呢？」小坂井問。

「我想你可能在這裡。」千早低聲說道。「而且，我看到你把汽油加入機車的油槽了。」

「怎麼樣？是不是妳的父母有問題。」

小坂井突然說。

「為什麼不接我的電話？」小坂井憤憤不平地又說：「我的電視不是還在妳那裡嗎？」

千早走到電燈泡光芒的邊緣，停下腳步。她腳上藍色鞋子的鞋尖很清楚地暴露在光線中，但是，她的上半身和臉部卻依然在黑暗之中。那樣的位置，是她特意選定的。

「阿茂才是。為什麼要那麼做？」

千早說。她在問小坂井。但是她到底在問什麼？

「我做什麼了？不明白妳說的是什麼。」小坂井說。「我做工作呀！好不容易在潮工房找到工作。」

「那算什麼工作？做那樣的工作根本租不了房子，也養不了我吧？」

千早說，那完全是責問的口氣。為什麼現在還來說這些呢？小坂井想。

「有什麼辦法呢？這個地方就只有那樣的工作，而且也不是輕易就可以找到的工作。如果那樣的工作不行的話，那麼，我們要去福山嗎？或者去廣島找工作也可以。」

「我不行。我只能在這裡生活。」千早說。「我的身體變成這樣，只能依靠父母生活了。」

「我說過我會照顧妳的。所以說，我們必須離開這裡。」

「那樣我的父母會擔心的。他們不會讓我離開這裡。」

「這樣也不行，那樣也不行。我能怎麼辦呢？」

小坂井一這麼說，千早便沉默了。

「重點是妳的父母不滿意我。是吧？」

小坂井說出心中的疑慮。

千早仍舊沒有回答，她一味沉默著。看千早這個樣子，小坂井心想：看來自己是猜對了。如果自己說錯了，千早一定會反駁吧！

「妳以為妳現在身體這樣還能相親嗎？除了我以外，沒有別的男人會心甘情願地接受妳。妳好好想想吧！」小坂井說。「請妳也對妳的父母這麼說。」

「我差一點就成為明星了。那些人也答應我，要讓我成為明星的。以前我還上過好幾次電視。電視的話，我也上過呀！」

「我和你不一樣。」

千早冷笑地說。

「我明白我們不一樣，也確實不一樣。但是，醒醒吧！不要老想那些事。那些事情已經過去，不會再回來了。已經結束了。」

站在黑暗中的千早好像結凍了。

「那已經是夢的時代了。難道妳的父母也還在想那些事嗎？」

千早依舊沉默著。

「還是他們在找有那種想法的男人？在找會說『千早是明星，是特別的人』的男人？」

「今天你做了什麼事呢？阿茂。我從馬路上，看到玻璃窗裡面的情形了。那時潮工房裡有三個女生。」千早突然說。

「什麼？妳看到了嗎？」

小坂井訝異地說。

「我看到了。阿茂，我再也不相信你了。」

「我又沒有和她們怎麼樣。」

小坂井說。他知道不能做那種事情，所以當時的自己是很正經的。

「你握她們的手了。」

「我沒有。」

小坂井嚇了一跳。他確實沒有握那些女生的手。

站在黑暗中的千早嘴巴抿成一直線。

「說什麼我都不相信了。我不能相信阿茂了。」

千早說。小坂井也沉默了，他直視站在黑暗中的千早的臉，非常認真地看著。

今天晚上的千早已經不美了。他覺得今天晚上站在眼前的，是一個難纏、自以為是，無法理喻、說話自私的鄉下女人。

「好吧。算了。妳不相信也罷。」

小坂井冷靜地說。他覺得不行了，不能再眷戀了。他想放棄了。

「我絕對不能原諒。」千早說。

「唔？」小坂井的反應卻是如此。「什麼意思？為什麼不能原諒？不能原諒什麼？」

「我要詛咒。」

「什麼？」

「我詛咒你，讓你不幸。下地獄吧！一定會下地獄的！絕對的！」

「誰會下地獄？」

「在我之後和阿茂交往的女人。」

「不要胡說！」小坂井說。

「阿茂也一樣。我絕對不原諒你，絕對不會讓你們得到幸福。」

「妳根本不了解狀況！明明是妳想拋棄我的呀！」

「我已經完全不行了。我不能離開這裡，不能離開這個小鎮。但是，這裡就是地獄。對我而言，這裡就是人間地獄。」

「為什麼這裡會是人間地獄呢？」小坂井問，又說：「沒錯，對我也一樣，這裡就是人間地獄。我是為了想和妳一起生活，才回到這裡的，可是妳又不行了。是妳違背承諾，是妳現在做的和以前說的都不一樣。」

「你要去哪裡？」

千早問正要往工廠內部走的小坂井。

「廁所。廁所在那裡。」

小坂井指著工廠後面的牆壁說。

「阿茂，你對誰說了巴黎的事？」

千早提高聲音地問。小坂井嚇一跳地停下腳步。

就在這一瞬間，他突然明白千早的心裡在想什麼了。千早就是為了問這個問題，才走上危險的鞆町街道。

千早一定是聽到在鞆町流傳的傳聞了。恐怕是她的母親在哪裡聽到後，回家告訴她的。所以千早才會變得這麼激動，才會走出家門來質問自己。

能讓千早在巴黎自殺未遂的事情變成傳聞的，只有自己了。因為全日本知道這件事情的人，除了千早以外，就是自己了。小坂井這麼想。

「我沒說。」

小坂井反射性地說。

「騙人！」

千早大聲地說。但是小坂井沒有理會她，逕自走向廁所。

小坂井邊走邊想：在「幸福亭」說那些話的那個晚上，自己確實喝醉了。在喝酒的地方說那些話，或許真的很不應該，可是，當時會說那些話，是因為自己認為與千早的感情已經結束了。而讓自己有那種想法的人，是千早。是千早違背了之前的承諾。

因為打算和千早一起生活，自己才會拋棄東京的一切，回到鞆町。千早本人很清楚地和自己說了那些話，約定回到鞆町要一起生活。可是，千早卻破壞了那樣的約定，還不接自己打過去的電話。錯的人難道不是千早嗎？

從廁所出來，回到前院時，小坂井的想法已經有點不一樣了。不管怎麼說，千早會這樣走到屋外，還說了有些嫉妒剛才那些女生的言詞，如果她願意的話，那就重新開始吧！小坂井想：如果要我道歉，那我就道歉吧！走到前院時，他幾乎已經決定那樣了。但是就在他這麼決定時——

不知道是什麼東西從頭上嘩啦而下。是水嗎？大量的液體從肩膀往下流到胸部和背部。那是帶著強烈刺鼻氣味的液體。

是什麼？才這麼想的下一瞬間，小坂井便嚇得腿發抖了。是汽油嗎？他想。

「不要動！」

千早尖聲叫道。

小坂井踏入前院的水泥地。他知道千早就在前方的暗處。千早的枴杖就在她的腳邊。千早的姿勢很奇怪，她的左手往下垂，好像拿著什麼東西。是皮包嗎？小坂井這麼想著。但她的右手卻舉得高高的。

小坂井嚇壞了，他知道千早舉高的右手裡拿著什麼。是打火機。

「我會點火的。不要動！」

千早大叫。她往下垂的左手拿的，是裝了汽油的塑料桶。

「阿茂，一起死吧。」

千早的聲音在顫抖，但卻很冷靜地說著。

「不要這樣！千早。」

小坂井害怕地說。

「對不起，是我不好，我道歉。妳冷靜。我們一起好好地活下去吧！我會為了妳做任何事的。」

「那就和我一起死。」

「等等，那樣是不行的。」小坂井說。

「在巴黎的時候，你不是說過要一起死嗎？」

「現在和那個時候不一樣。」

「哪裡不一樣了？」

「這裡是我們的故鄉，有很多認識的人……總之，都是我不好。好不好？我們一起從頭開始吧！不管去哪裡或繼續在這裡都好，我們從頭開始吧！」

「已經遲了。」

千早鬧彆扭似的說。

「在東京獲得成功，就是我想要的一切。我下定決心一定要成功，而事實上我也差一點就成功了。」

她舉起塑料桶，管嘴朝著自己，慢慢地把汽油倒在頭髮上。

「住手！千早，不可以！」

小坂井一邊發抖一邊叫道。

「我一直在想辦法、在摸索，每天都在和父母爭取。可是，破壞我最後的堡壘的人，卻是阿茂你。」

「對不起，真的都是我不好。所以，讓我彌補我犯下的錯吧！」

「我已經只能這麼做了。我也是有自尊心的人，面對那樣的傳聞，你覺得我還活得下去嗎？」

千早說著，她扭動身體，把左手上的塑料桶往背後丟去。暗處的某一點傳來「砰！」的一聲。聽聲音，那個桶子已經空了。

最後的瞬間，千早張大了雙眼，眼裡佈滿了血絲，好像用盡力氣似的大喊：

「我詛咒你！」

這句話話落的同時，小坂井便聽到轟然的爆炸聲，火柱立刻在黑夜中竄起。火柱像一座白色塔。

「千早——」

小坂井大叫。

「千早——」

他只能大叫，不能靠近，因為他的身上也全是汽油，只要稍一接近，火就會上身，他也會變成一團火球。

聽到車子的引擎聲了。

被火包圍的千早一直在打轉，好像在轟然的聲音中、在火焰中跳舞一樣。接著，她慢慢地蹲下來，倒在水泥地上。

車子停在路邊，車門開了，有個男人從車子裡跳下來。

是田中公平。

「快拿滅火器！」

田中一邊跑，一邊叫。

小坂井太慌亂。滅火器呢？滅火器在哪裡？

田中很快就跑到小坂井的身邊。他應該嗅到小坂井身上的汽油味了吧！

「退開！」

他大聲命令小坂井，並指著後面的牆壁。

從柱子上拆下滅火器後，田中以猛烈的速度跑到前院，一邊靠近著火的千早，一邊把滅火器裡的白色泡沫噴在千早的身上。

像表演魔術一樣，火勢很快就被減弱了。火變小後，就可以看到被燒得變黑的千早的身體了。看她雙手的樣子，可以想像她剛才是如何的掙扎。小坂井移開視線，不忍看那樣的場面。

「快叫救護車。」

他聽到了田中的叫聲。

10

千早被救護車載到海邊的福山市立大醫院。

小坂井沒能坐上載著千早的救護車。因為當時他被澆了汽油，衣服上全是汽油，他想：跟著上救護車的話，一定會被趕下車。

他跑回家裡，馬上進浴室沖洗身體。但用沐浴精洗了好幾次，還是洗不掉汽油的氣味。頭髮的情況也一樣。總之就是怎麼洗都還覺得黏滑滑的，有一部分的皮膚還變白了。

既然如此，所以洗到一個程度就算了，換穿別的衣服。內衣當然也換了。母親有聽到救護車的聲音，瞞不了她，所以小坂井簡略地對母親說明了一下。母親基於保護兒子的心理，便叫小坂井哪裡也不要去，應該先待在家裡看事情的發展，再決定該怎麼做。可是，不去千早被送去的醫院的話，就無法了解千早現在的病情。

不要去比較好。母親還是這麼說。小坂井問母親為什麼，母親便說：剛才田丸小姐的母親來過了。還說：她看到你的話，一定會生氣的。你就老實待在自己的房間吧！等需要道歉的時候，我會陪你去道歉。

小坂井覺得無論如何都必須去道歉。總之，或許她會這樣就死了。這不是知道她的情況，就可以不管的事。如果等她死了才去道歉，好像在等她死一樣。那就太卑鄙了。

掙脫了母親的阻攔，小坂井跑出家門。小坂井的家裡沒有腳踏車，父親有時需要騎車，總是借用工作單位的車子騎。從小坂井家到大學醫院的距離大約是四公里，但他沒有時間去思考走得到走不到的問題，一出門就開始跑。他也沒有去想坐計程車或巴士，或者向朋友借車的問題，只是沿著濱海的縣道一直跑一直跑。不管怎麼辛苦，他都沒有想到要用走的。

到了醫院後，他累得幾乎站不住了，便坐在醫院入口處的石階上，暫時喘口氣。但是坐不到五分鐘，他就站起來，再也坐不住了。他太擔心千早的生死。

小坂井在詢問處問千早的病房在什麼地方時，詢問處的女性答說千早已經被移到重症監護室了。再問重症監護室在什麼地方時，她雖然告訴小坂井治療室的位置，但也說：去了見不到病人。沒關係的。小坂井如此回答。他不覺得現在見到千早的話，可以和千早說話。千早現在正站在生死的線上，他不可能去擾亂她。不過，如果在病房外的走廊上等待的話，不管千早是活著，還是死了，病房內一有什麼消息，他應該可以馬上得知。

小坂井搭著電梯，在大大的醫院裡徘徊了好一陣子，終於找到重症監護室所在的走廊。重症監護室其實離病房棟有點遠，比詢問處的女性形容的更遠，而且四周靜悄悄的。走廊上看不到其他人影，燈光也不是那麼明亮，天花板上的燈只點亮了一半。

難道走錯地方了嗎？小坂井原本想像急救中的千早的四周，一定圍繞著一群醫生和護士，沒想到卻是這樣的冷清。不過，那應該是急診室裡的情形，或許急救的階段已經進行過了，所以才會把病人移到安靜的場所。

現在是幾點了呢？小坂井突然想到時間的問題。他完全不知道現在幾點了。剛才回家洗澡時拔下手錶，忘了再戴上了。他轉頭環視四周，這邊的牆壁上沒有掛時鐘。

走到像病房的一個房門前，他試著握了一門把。門上鎖了。千早在這個房間裡面嗎？他不知道。走廊的盡頭處，有一張綠色的塑膠板凳，板凳上方的天花板的燈是熄著的。小坂井在微暗中搖搖晃晃地走到那裡，坐了下來。

一個穿著白袍，像醫生的男人領著幾個護理人員，腳步很快地來到走廊上。小坂井反射性地馬上站起來，走過去，說：我是病人的朋友。

「你是親屬嗎？」

醫生問他。

「不是。」小坂井回答。

「是她的丈夫嗎？」醫生又問。

「不是。」他說。

「噢。」

醫生把臉別開。

「總之還不知道有沒有救……」

醫生只這麼說，然後就默默地走進房間，沒有多說什麼。

小坂井只好坐回板凳上，繼續等待。又過了一會兒，一個中年女性在護理人員的帶領下，快步地往病房這邊走來。小坂井看過這個中年女性的臉，知道她是千早的母親。他又立刻站起來，迎上去，並且低下頭，說：

「我是小坂井。」

他才這麼一說，中年女性馬上抬頭看天花板，完全不低下頭來看他，還轉頭面對牆壁，接著就進入病房。

過了一段時間後，以醫生為中心，包括千早的母親在內的一群人，終於從病房裡出來了。小坂井再度靠過去。

「請告訴我她的病情。」

小坂井說。

但是醫生表情嚴肅地只和千早的母親說話，看也不看小坂井一眼。他們一邊說，一邊快步地走著。

「她現在怎麼樣了？……至少，讓我知道她是不是還活著。」

於是醫生用戴著銀框眼鏡的眼睛，看了小坂井一眼。

「你在說什麼呢？」

醫生說，然後看了看千早的母親。千早的母親直視前方，完全不看小坂井。

「說話不要無禮。看我們的情形就應該知道了吧！」

醫生說完這句奇怪的話，就加快腳步離去。千早的母親連忙跟上去。

一位年紀稍微大一點、走在最後面的看護，對著小坂井的方向，低聲地說：

「還活著。」

「護士小姐。」

千早母親一本正經的聲音馬上飛過來。

小坂井站在原地，看著一群人飛快地離開。

他們在前面的轉角處轉彎，往電梯的方向走去了，走廊恢復到寂靜的狀態。

小坂井就那樣一直站著，眼淚奪眶而出。他不清楚自己為什麼哭，不過，那眼淚首先代表的，應是對那位告訴他千早還活著的護士的感激吧！在被痛苦、悲傷、無力感打垮的此刻，竟還能感到一絲絲的欣慰。

今天聽到的教會長的話，此時在耳邊復甦了。

「不同情他人，不體諒弱者，都是這個國家的統治者造成的。」

醫生和千早的母親，都不能理解自己這種人間弱者的心情吧！還是學生的時候，總是躲在教室的角落，擔心被老師點到名，只能和同樣課業落後族的同學相互取暖；出了社會也一樣，在不會被注意到的角落，默默做著不會被人誇獎的工作，並且和自己一樣不被注目的人做朋友，過著偶爾和朋友們喝喝酒的生活，這樣的心情，他們絕對不了解。

醫生這種人是社會的菁英，學生時代就因為功課好，在教室裡會得到老師的另眼看待。然後順利地就讀醫科，畢業後穿上白袍，後面跟著一群護理人員，仍然是一臉高高在上的樣子。這樣的人絕對聽不到社會上弱者的聲音。

想想，千早以前也是那樣的。她曾經一路攀登成功的階梯，因為運氣太差而重重地跌了一跤，若非如此，她怎麼會和自己這樣的小老百姓說話呢？如果她一路順遂地爬到成功的頂端，就會和醫生一樣，也會有一張一本正經的臉，不會和周圍的弱者們說話吧？毫無疑問的，他們的眼睛根本看不到自己這樣的小人物。這就是世間。

不知道什麼時候起，小坂井已經蹲踞在地板上，甚至坐在地板上了。他像透明人一樣，連自己也看不到自己了。

時間一直在過去，再有感覺的時候，他發現自己趴在地板上。

後來是怎麼回家的呢？他已經沒有記憶了。不只如此，他連後來的幾天是怎麼過的，都不記得了。他像一個夢遊症的患者，行屍走肉般地生活著，對所有的一切都沒有記憶。

每次一有空檔的時間，他就會去醫院，一直坐在重症監護室外的走廊。但他連這個也不記得。待在重症監護室外的走廊，到底有沒有得到什麼和千早的病情有關的消息，他也是一點記憶也沒有。

唯一一件值得一提的事情，就是在那樣冷漠的世態下，小坂井逐漸對教會長產生信任感。教會長強而有力的聲音、臉上的笑容，讓他感覺到溫暖。他覺得自己只剩下他了。相信那個宗教吧！能夠拯救今日的自己的，除了那個宗教之外別無其他。他就這樣相信了那個宗教。

於是，他在時間的允許下，搭乘教團準備的巴士，去橫島聽那個宗教的教義。但是，他又失去了那樣的記憶，幾乎不記得了。

之後的每天，尤其是與醫院有關的事，他只記得一件事。一直像透明人一樣被人無視的自己，還是進入了一個人的眼中。那種溫暖的感覺，成為了讓他感動的記憶。

那時他獨自坐在板凳上，一個年輕的護士從重症監護室裡出來。小坂井反射性地立刻站起來，並且無意識地跟著她。她走路的速度雖然快，但小坂井也不是跟不上她，他只是保持距離地跟著她，沒有太接近她。

小坂井為什麼會那樣做呢？因為這所醫院穿白衣服的人都太冷漠，讓小坂井不知不覺地產生了白衣排斥症，不敢開口和她說話。因為護士也穿著白色的衣服。

通過玻璃門，走到外面的樓梯。醫院裡有電梯，要往下面的樓層時可以搭乘電梯，可是小坂井喜歡這裡的樓梯，因為從這裡的樓梯間平台可以看到海。他記得那時海的顏色是非常鮮豔的藍色。可能因為那時的時間是上午吧！

他看到她白色的背影，跟著她下樓梯。走到梯間平台時，她停下腳步，腹部靠著樓梯間的水泥扶手，看著遠處的大海。

看到這一幕，小坂井的腳步變慢了。他一階階地往下走，走到距離她還有數階時，她突然回頭，以奇怪的表情看著小坂井。

小坂井也看著她，然後說：

「那個……對不起……」

「是。」她說。

「田丸千早小姐的事……」小坂井說。

「是。」她又這麼說。

「我是田丸小姐的朋友。她上救護車的時候，我就在旁邊。那時我們兩個人在一起。打一一九叫救護車的人是我。」小坂井說：「我想知道她現在的情況，但是沒有人要告訴我。」

年輕的護士小姐慢慢轉過身來。小坂井看到她胸前的名牌。名牌上寫著「實習生 辰見」。

「我還是實習的學生，被派到燙傷組，所以不是很清楚詳細的情況……」

她先這麼說。然後低下頭，繼續說道：

「我只是每天幫她換繃帶。她的喉嚨、氣管、肺部都嚴重灼傷，並且吸入了濃煙。」

小坂井只是默默地聽著。

「對不起，你一定很擔心吧！那個……」她說。

「是。」

「請跟我來。」

「唔？」小坂井說。

她走過小坂井的身邊，噠、噠地上樓梯。

「要去哪裡？」

「讓你看看。請跟我來。」

「不是進到病房裡面。有可以看到病人情況的地方。」

「啊！可以嗎？可是……」

「我真的可以去看嗎？」

「動作快一點，不要被發現就好了。」

她走到樓梯的最上面，打開門，進入走廊內，小快步地走在油氈地板上。小坂井連忙跟在她的後面。

「來這邊。」

她說著，並且指著自己的背部，然後把掛在胸前的鑰匙插入門把的下方，打開門。

「進來吧！可以到這裡的。」

小坂井跟著她走進去。門裡面有一個小空間，前方還有一扇開著一個圓形窗戶的門。她讓小坂井走到那扇門的那邊。

「你看吧！」

她站在圓形窗戶的旁邊，指著圓形窗戶的玻璃說。小坂井走到圓形窗戶的前面，鼻子幾乎貼在玻璃上面地看著裡面。

他看到裡面有從上往下垂的透明塑膠簾子。簾子與門之間還有相當的距離。裡面是一間相當寬敞的房間。

透明塑膠簾像畫橢圓形一樣地，圍繞著一張病床。病床上躺著一個被繃帶纏裹著，像人體一樣的東西。

「我一天來換兩次繃帶。因為她全身體液滲出的情況很嚴重，所以床上還鋪著含高分子吸收材質的緩衝布。」

小坂井嘆氣了。他點點頭，小聲地問：

「她能說話嗎？」

護士搖搖頭，然後摸著自己的喉嚨，皺起眉頭，說：

「喉嚨灼傷了。」

小坂井又是嘆氣，又是點頭表示了解。

「為了呼吸，還開了一個洞。」

「在喉嚨上？」

「是的。」

「她還有救嗎？」

小坂井問。但護士先沉默地低下頭，然後才說：

「這個請您問醫生吧。不過……我覺得應該很難吧！」

小坂井又點了一個頭，問：

「意識也不清楚……」

「是的。」實習生點頭說。

「看好了嗎？」實習生問。

「嗯，是。」

於是兩人便離開那個房間。來到走廊後，實習生便把門鎖好。

「謝謝妳。」

小坂井低頭向實習生道謝。

「沒什麼。」

她說著，便走開了。

小坂井站在原地沒動。並不是他還有什麼想要做的事，他只是覺得不好再跟著她了。

實習生走到前面後，還一度回頭向小坂井行了一個禮，小坂井也低頭回禮。接著她便轉彎，朝電梯的方向走去了。

小坂井在原地來來回回地走了一陣子，才離開醫院。回家的路上，他一邊沿著海邊的道路走，一邊想：已經沒有繼續待在這裡的理由了呀！因為千早在這裡，所以自己才回來這裡的。如果千早不在了，自己為什麼還要待在這裡呢？

只有那一天的事情，他是有清楚記憶的。他覺得後來自己好像就不太去醫院了。沒有人希望他去醫院，甚至有人討厭看到他去醫院。他在那個實習生讓他進去的房間小窗前，看到小窗內千早的情形後，就清楚了自己心情。可是，他們為什麼不讓自己了解千早的情形呢？

他不能明白。為什麼他們不能清楚地讓他知道呢？小坂井這麼想：他們那樣地瞧不起自己，到底有何意義？他們只是一味地想無視自己的存在，想欺負自己而已。

每當小坂井有這種感覺的時候，就會想到教會長說的話。

「不同情他人，不體諒弱者，都是這個國家的統治者造成的。」

他逐漸了解到自己與千早的事情已經結束了。千早已經沒有昏迷不醒，和死沒有兩樣了。

在他看過千早的情形後，不久，千早就死了。小坂井聽說千早的喪禮在山丘上的殯儀館舉行，他想去，但最後還是沒去。他從千早母親的態度裡，感覺到不管在什麼地方，她都不想看到他的強烈排斥感。

千早喪禮的那天，小坂井在潮工房工作。這是因為千早才開始的工作，但千早不在的現在，這個工作便失去了意義。鹽澤腰痛的情況逐漸好轉，慢慢地自己會成為這家店的包袱。潮工房八點打烊後，他就去田中汽車行，借了Low Rider，又借了噴射系統的頭盔，踩了油門後，就騎著車子，穿過鞆町，直奔山丘上的殯儀館。

到了殯儀館的廣場時，停車場裡的車子已經很少了。排列著陰沉的銀色環的殯儀館車口還有燈光。千早的遺體已經不在這裡，化成灰了吧！

他停下機車，想進去裡面看看，但是一想到千早母親的臉，就又想「算了吧」。自己只被允許站在這麼遠的地方，就像只能隔著一扇門，站在重症監護室的外面一樣。

對自己和對千早來說，以前的那九年的時光算什麼呢？在一起生活的時間雖然不長，但確實曾經作過相同的夢。

那麼地虛幻，那麼地無奈，一切都是一場空。看著遠遠的殯儀館燈光，他咬咬牙，大力發動機車的引擎，眼淚在轟隆的引擎聲中盡情地宣洩了。流完淚，踩了機車的離合器，騎著車子沿山坡路下山。

11

接下來的那一陣子，小坂井像虛脫一樣地繼續潮工房的工作。小坂井很受客人歡迎，潮工房的常客變多了，鹽澤對此感到很滿意，常常說：我果然有看人的眼光。

奇怪的是，變多的客人並非全是女性，男性的常客也變多了，而且不知為什麼還多了不少有點年紀的銀髮族客人。他們經常在早上潮工房開店的時候就進到店裡，一邊喝咖啡，一邊看報紙；看完報紙後，就會和小坂井聊當天報紙上的國內外新聞。不過與其說是和小坂井聊新聞，還不如說是單方面地在對小坂井解說新聞的內容。

小坂井默默地聽著，他就算是不同意對方的看法，也不會說出自己的意見，總是一邊點頭，一邊笑咪咪地聽著。小坂井原本就不是愛表現的人，而且他也不想打擾認識的年長者的自我表現機會。

這樣的小坂井不會讓人覺得他是一個沒有教養的年輕人，反而讓人覺得他是品貌端正，有足夠智慧的年輕人。就是因為這樣，小坂井博得了好人緣。而老闆鹽澤卻是一個有強烈自尊心的人，偶爾便會影響到年長解說員的心情。

因為這樣的關係，鹽澤越來越喜歡小坂井，所以當他腰傷痊癒後，還對小坂井說，希望小坂井能繼續在潮工房工作。小坂井變成了潮工房咖啡店的活招牌。

老闆對自己說了那樣的話，小坂井當然很感激，也真心覺得很開心。能夠在故鄉得到一份固定的工作，當然是值得高興的事。因為有了固定的工作，繼續做下去的話，就可以存錢了，而且老闆鹽澤還說可以開姊妹店。可是，小坂井對繼續在鞆町生活一事，感到有點猶豫。他是因為田丸千早才回來這裡的，如果不是千早，他不會回來這裡。

千早最後竟然在鞆町那麼悲慘！那是極大的衝擊，也是非常痛苦的事。儘管時間一天天地過去了，但是千早變成一團火球的瞬間光景，和她變成火球前淒厲地喊「詛咒你」時的瘋狂表情，卻一刻也沒有從小坂井的腦海中淡去。只要一閉上眼睛，那時的情景就會清清楚楚地出現在眼瞼上。小坂井經常在看著眼瞼中的那個影像下，做著每天的工作，好像生活在她的詛咒之中。自從那天以後，發生那個事件的現場，離潮工房只有五分鐘，也是讓小坂井感到痛苦的事。

小坂井只再去過田中汽車行一次，也曾經想過搬到別的地方生活，換別的工作做，讓自己的心情平靜一下。

六月底左右，天氣越來越熱，潮工房必須開冷氣的日子也變多了。那天下午，店裡開了冷氣，在小坂井覺得室內變得很涼的時候，門上的吊鈴響了。

小坂井獨自站在吧檯內。老闆鹽澤上午在店裡，但中午去吃飯後，到現在還沒有回來。

「歡迎光臨。」

還沒有看到客人，小坂井就機械性地說。他把水加入白色琺瑯瓷壺內，然後放在瓦斯爐上，點火煮水後，才抬頭看來的是什麼客人。是那三位常來的看護科學生。

「歡迎光臨。」

小坂井邊說邊擦拭吧檯的桌面，等待她們來就座。那裡是她們三位來時固定會坐的位子。但是她們一坐下，小坂井便驚訝地輕呼了一聲。

「啊！」

小坂井說。今天來的不是三位，而是四位。第四位是新面孔，但小坂井以前就見過她。

「是妳呀！」小坂井說。

那是小坂井偶爾會想起來的面孔。在心情沉重的日子裡，日東第一教會的真喜多教會長的臉和她的笑容，是能舒緩他心情的記憶。他很想再見到她，但是又想大概沒有那種機會吧！所以放棄去找她的想法。

她就是前些日子在福山市立大醫院裡，讓小坂井看到躺在重症監護室裡的千早的那位護士實習生。

「啊！您是那時那位……」

她說，並且眼睛張得大大的，很訝異似的愣住了。

很顯然她也完全不知道會在這裡見到小坂井。他們相互點頭打了招呼。

「咦？你們認識嗎？」

其他女生們來回看著他們兩個人的臉問。

「是的。這位小姐在市立大醫院幫了我很大的忙。」

小坂井一這麼說，一個女生便立刻問道：

「醫院？小坂井先生住院了嗎？」

「不，不是我住院，是我認識的一個朋友住院了。」

小坂井話一落，馬上有別的女生問：

「啊！誰？那個人是誰？」

因為那是會勾起小坂井以前的自己的無知，並且會引來種種流言蜚語，使得千早提早結束生命的記憶。小坂井很為難，不知道該怎麼說。

「守密義務。」

她突然這麼說，幫小坂井解了危。

小坂井一邊聽她們點飲料，一邊做咖啡歐蕾，心裡有著難以言喻的喜悅。他想著那些宛如行屍走肉的日子，也覺得心情似乎已經回到能夠感覺到快樂的日子。或許是因為今天外面天氣晴朗的關係吧！

「原來妳們認識呀！」

小坂井愉快地說。他的心裡很感激這幾個女生。是她們把她帶進潮工房的。

「咦？『妳們』是指誰呀？」

一個女生故作彆扭地說。似乎預感到小坂井對新來的女生好像有特別的心思吧！

「是指這位。」

小坂井用右手指指新來的女生。被指的那個女生便露出笑容。

「那個——叫什麼名字呢？」

小坂井問。那時雖然曾經在走廊外的樓梯平台看到她的胸前名牌，但已經不記得上面的名字了。

「哦？小坂井先生想知道她的名字嗎？」

「因為妳們的名字我都知道了呀！」

「是嗎？那你就說說看我們的名字。從那邊開始。」

小坂井答應了。雖然他內心裡還是有一點點的不安，但還是順利地說出了她們每個人的名字。如果他不能說出其中某一個女生名字，那個女生就不會再到店裡來了。對咖啡店的從業者來說，這可是攸關薪水的死活問題。

等他說出了那三個女生的名字後，她便說：

「我是辰見。」

「很棒嘛！小坂井君。好感動呀！竟然記得我們每個人的名字。」

一個女生說，但小坂井沒有在聽她說話。

「噢！是辰見呀！我想起來了，名牌上寫的就是辰見沒錯。但是，辰見什麼呢？」

「洋子。」

「洋子嗎？辰見洋子。好，我知道了。」

「欸，很執著嘛！好可疑呀。」

其中一個女生起鬨地說。

「因為我真的很感激。當時幫了我一個很大的忙。」

「嘿，到底是什麼忙？說來聽聽嘛！好想知道哦。」

「守密義務。」洋子又這麼說。

「妳們同班嗎？」

小坂井說。他有轉變話題的意思。

「我們，是同班同學呢！」

於是女生們同聲「呢！」了一下。

做好了兩杯咖啡歐蕾，兩杯紅茶，送上去時，小坂井不時看了看辰見洋子。

和千早完全不同的臉型。怎麼說呢？不知怎麼的，千早要過世前的那些日子，臉型變得有些長，而洋子的臉比較小。如果她臉頰或下巴的肉多一點的話，就應該是一個小圓臉。但洋子的臉頰瘦瘦的，下巴尖尖的。雖然不是讓人一眼就印象深刻的美女，但她的鼻梁高，又有一對雙眼皮的大眼睛，笑起來的表情很迷人，是四個女生中最漂亮的一個。

這時小坂井對洋子的感覺是感激之情，是一種尊敬的想法。在醫院裡時，病人和一般人是最軟弱的人，而穿著白色衣服的人是專家，帶著足以壓迫一般人的權威感，所以穿白色衣服的人不管多麼不講理，都能照自己想的去做。

這種情形也會出現在年輕的護理人員身上。他們或她們有時會自大地瞧不起患者，把患者視為無能的動物。可是，一想到如果他們對自己的治療漫不經心，那可是攸關生命的事，所以患者也只好忍耐他們的態度了。這是日本醫院的情形。在社會上沒有地位的人，永遠就是弱者中的弱者。小坂井覺得現在的日本醫院，和江戶時代是一樣的。

但在穿著白色衣服中的那一個人，卻以那麼親切的方式對身為弱者的自己，對被嚴重的自卑感打垮，而喪失生存力氣人來說，那是多麼大的救援力量。那是做出救援行為的人，所想像不到的吧？

那時小坂井喜悅得幾乎掉眼淚。但對她而言，她或許覺得自己並沒有做出什麼樣的事情。可是，如果沒有遇到她，小坂井只能像之前的每一天一樣，一直坐在治療室的外面，什麼也看不到，也不會有人告訴他任何有關千早的情形，最後依舊無奈地空手而回。或許因為她還是實習生，所以才會做那樣的事情。當她成長為一個獨立的護士時候，就會和其他的日本護士一樣，永遠地失去對一般病患的誠懇與親切。

護理人員對他的行為，也可以視為千早母親的授意；那恐怕也是她處罰小坂井的方法。那種從頭到尾瞧不起人的眼神，和醫生自傲的眼神十分相像。小坂井覺得這一切實在太無奈了。

所以，他覺得眼前的幾個女生中，洋子顯得尤其特別。只有她看起來像專業的人員。這四個女生應該都是準護士，但小坂井看慣了其他三個女生平常的模樣，覺得她們的行為像孩子，所以只把她們視為一般的高中生。但洋子不一樣，她有很明確的判斷能力，在小坂井的眼中，她更像一個成熟的女性。

其實，仔細看的話，洋子的外表與她的同伴們並沒有什麼不一樣的。今天她們都穿著平常的服裝，所以看起來都很孩子氣，尤其是嘰嘰喳喳在聊天的時候。不過，即使是那樣，她仍然顯得特別閃亮。

四人嘻嘻哈哈地閒聊了一陣子，傳出好幾次的爆笑聲後，一起站起來，各自拿出自己的飲料費用，把錢放在桌子上。其中一個放下千圓紙鈔後，又從桌面上的零錢中拿走自己應找回的錢。於是小坂井從吧檯裡出來，走往收銀檯。

他再看向她們，並在內心裡對她們說謝謝。而把錢收集起來，走向收銀檯結帳的人，正是辰見洋子。

叮鈴鈴的聲音響起，門開了，幾個女生一邊對小坂井揮揮手，一邊走向門外。很有禮貌地魚貫而出。小坂井也笑著對她們揮手，儘可能地拖延結帳的時間。他有意把洋子獨自留下來。

洋子拿出來的錢剛剛好，用不著找錢。女生們的聚會大抵如此，錢算得很清楚。小坂井抽出收銀機的收據時，對洋子說：

「辰見小姐，可以讓我表示對妳的感謝嗎？」

「什麼？」洋子說。

「感謝妳之前幫助我。」

「那不算什麼幫助啦。」

洋子笑著說。她故作誇張的表情。

「不，不。妳一定不了解那時對我的幫助有多大。我想請妳吃義大利麵，報答妳。如果哪一天妳自己來，那就好了。」

「是。不過……或許我不會自己一個人來。」

她說。小坂井想：她或許以為我想追求她。事先他也有想過，那麼說的話，可能會出現這樣的情形。可是，他還是忍不住地說了。

「啊，那樣嗎？」

他感到失望了。他認為洋子那麼說，就是拒絕他的意思。

不過，小坂井一點也沒有要追求她的意思，他只是衷心地想表達對洋子的感謝。

「那就太遺憾了。總之，我真的打從心底感謝妳。我想說：謝謝妳。真的很高興。」

小坂井低下頭，對著洋子行禮。

「是。」洋子說。

「今天看到妳來，真的很高興。如果下次還有機會的話，歡迎妳再度光臨。」

「我會和大家一起來。」

「哦，是的。等妳們來。」

小坂井說。洋子對他點點頭，然後走出店門，與在外面正在等她的朋友會合。小坂井想：既然如此，也沒有辦法了。就死心吧。她能來，就很足夠了。

12

後來辰見洋子還和她的看護科的同學們，一起去潮工房好幾次，並且也成為潮工房常客中的一人。

小坂井很開心，為了答謝洋子，他很想不要收洋子的錢，但是在其他女孩子面前，他又找不出適當的理由不收洋子錢。

他知道自己必須一視同仁地對待洋子和另外的三位女生，他也打算用心地去做到這一點。可是，女生們對這種事總是很敏感，或許早就有所感覺了。

話雖如此，小坂井雖然對洋子的態度與對別的女生不同，但那純粹基於對洋子的感謝與敬佩。小坂井並不覺得自己對洋子有愛情的感覺。

某一天的黃昏，洋子獨自一個人來到潮工房，小坂井感受到意料之外的強烈喜悅。小坂井因為那種爆炸性的喜悅，而驚慌失措了。他慌張地抓起抹布，擦著吧檯的桌面，手還微微顫抖。小坂井自己也嚇了一跳。

吧檯邊還有別的客人。因為那位男客人不斷地在抽菸，所以小坂井便請洋子坐在盡量離那位客人遠一點的位置，感謝地說：

「歡迎光臨。謝謝。」

洋子什麼話也沒有說，走到吧檯附近後，先是對小坂井點頭示意，然後拉來一張比較高的椅子，笑咪咪地靠著吧檯，並把帶來的手提袋放在旁邊的椅子上。

她和朋友們一起來過好幾次了，每次總是坐在靠近小坂井的這個位置上，好像從來也沒有想過要去坐桌位地方。

這一點也讓小坂井很高興。啊！我喜歡上她了。小坂井這個時候才知道自己的感情。千早才死沒有多久，就對別的女生產生感情，這樣會不會對千早太無情了？小坂井自問，並且感到驚慌不已。

旁邊的男性客人目不轉睛地盯著洋子看，是在想「這個女生是誰」嗎？小坂井了解，男客人盯著洋子看的原因，是洋子長得漂亮。

今天的洋子真的很漂亮。她很整齊地化了妝，頭髮宛如波浪般，優雅地鬈曲著，在薄薄的白色罩衫外，還披著一件粉紅色的對襟毛衣。

「其他人呢？」

小坂井問。洋子笑笑的，沒有馬上回答。過了一下子，才說：

「怎麼說呢？我好像被大家排斥了。」

聽她這麼說，小坂井一時無言以對。不過，他倒有點訝異洋子的聲音比他想像的響亮。原來她的聲音是這麼響亮的呀！小坂井除了有感覺外，不知應該如何反應洋子說的話。

過了一會兒後，他才說：

「啊！真的嗎？」

但這麼說了後，他立刻覺得自己好愚蠢，忍不住便苦笑了。

其實小坂井想說的話是：我要謝謝排斥妳的那三位女生。但是，他當然沒有那麼說。

「那條圍裙很適合你呢！」

洋子突然這麼說。她邊笑邊說的聲音，更顯響亮。

「唔？啊！這個嗎？」

小坂井低頭看自己身上的圍裙。這是沒有預料到的對話，但是小坂井覺得以前好像也被人這麼說過。

「真的。真的很適合。」

她又非常認真似的說了。

「謝謝。」

看她說得那麼認真，小坂井不禁想：莫非她是為了說這句話而來的？

「今天是出來辦事的。我媽媽要我去那邊買和菓子，當作茶點用的和菓子。經過這裡，就進來了。」

洋子解釋地說，還指了指放在旁邊椅子上的提袋，好像在說和菓子就放在裡面。

「很高興妳來。歡迎妳隨時進來。今天能讓我請客嗎？要吃什麼、喝什麼都可以。妳都不需要打開妳的錢包。」小坂井說。

「嘩！真好。可是，我又沒有做什麼好事。」

「對我而言，妳做了很多好事。」小坂井強調地說。

「你是說重症監護室的事嗎？那是誰都會做的事呀！」洋子說。

「可是，那時除了妳以外，誰也沒有那麼做。啊！妳想喝什麼？紅茶？咖啡歐蕾？也有巧克力。」

「紅茶好了。」洋子說。

「對了，還有義大利麵。妳想吃嗎？我做的義大利麵還不錯。這個我有信心。」

「啊，今天就不要義大利麵了。下一次吧！因為我馬上就要回家了，我要和我媽媽一起吃飯。」

小坂井聽到「下一次」了。

「好，那就下一次。真的，下一次一定要來哦。」

小坂井強調地說。在三之輪橋的咖啡館時，曾經做了義大利麵給千早吃，現在他也想讓洋子吃吃自己做的義大利麵。今天洋子說了「下一次」吃，下一次是什麼時候都好，只要有做給她吃就行了。

坐在旁邊的抽菸男子一直看著他們，但小坂井不在意地繼續和洋子說話。咖啡店裡的服務人員持續和同一個客人說話，原本是一種禁忌。

小坂井自認是很好的聽眾。在三之輪橋的咖啡館時，就被客人這麼說過好幾次。或許是這個緣故吧，洋子和他也能聊得很起勁。洋子說了很多話。小坂井心想：原來她很喜歡說話嘛。和朋友們在一起的時候，她的話並不多的原因，或許是朋友中有非常愛說話的人。

對於將來要做什麼事，她有很明確的方向了。這一點尤其讓小坂井感到佩服。

洋子說：老年人的醫療問題，將是未來的醫療重要課題之一。西元二〇四〇～五〇年左右，日本六十五歲以上的老人人口，預測將占日本總人口比率的百分之四十幾。雖然老人人口的比率越來越高是全世界性的現象，但日本是這個現象的領先國，老人人口的比率一年比一年高。

而鞆町的人口結構，現在很接近那個比率，老人很多的鞆町，就是未來日本的樣板，所以這裡處理老人醫療的方式，將成為全日本先例，在這裡進行的各種老人醫療工作，勢必會是一個樣本。

醫院的老人病床在老人住院一個月後，就不能收取治療費用。開始有醫院因此而倒閉。老人被迫離開病床的現象正在進行中，今後將會日趨嚴重。

被迫離開醫院的老人患者要怎麼辦呢？當然只能回到自己的家裡，讓醫生或護士到家裡來進行診治。這樣的出診型態，會成為日後的醫療老人的主流模式。而那種模式的主要戰力，當然是看護人員的護士。到時醫師會採輪班制，當班的那一天必須整天待在醫院裡，隨時準備出診。

因為自己不討厭老人，而且現在最有興趣的事，就是照顧老人這方面的醫療活動。以後的學習中心也想以看護老年人為主，持續累積經驗，在老人特別多的這個城鎮，和朋友一起成立訪問看護站。洋子如是說。

洋子又說：今天的日本人口比率，正以兩個國民中就有一個是老人的速度在前進，只靠專門人員來照顧老人的想法，未來恐怕無論如何都行不通，一般人也必須加入照顧老人的行列。所以現在就有必要準備或儲備如何照顧老人的知識。

洋子認真的想法，讓小坂井吃驚又敬佩。他真心覺得洋子的想法非常棒，而且是非常有價值的夢想。在傾聽洋子的想法時，他覺得好像在聽異次元世界的事，而他對那個世界一無所知。洋子那個有價值的夢想或計畫，是自己以前從來沒有想過的事，所以他不只感到感動，還十分地敬佩。

之後，洋子三不五時就會去潮工房，雖然有時也會和朋友一起去，但大部分的時候都是她自己一個人去的。當洋子和兩、三個看護科的學生一起來的時候，小坂井就會感到失望，因為那樣他就不能單獨和洋子說話了。為了不要顯露出自己的失望，小坂井也下了不少工夫。

不過，不管洋子是單獨來，還是和朋友一起來，她都會坐在吧檯的位置，並且聊著訪問看護站的事。那時小坂井就會說我也想幫忙的話。他想在洋子成立的看護站工作，想在洋子的指揮下工作。他想：自己雖然沒有任何看護資格的執照，可是會開車，至少可以幫上一點忙。

洋子說，要考取護士資格的執照比較難，但是要拿到護理員的資格，只要願意努力，就可以拿到了。護理老年人是費力氣的事情，很需要男人的力量，尤其在幫助老人入浴的時候。老人的床上照護需要使用種種器具或技術，但幫助老人洗澡沐浴，是更困難的事。

將來做那樣的工作也好。小坂井的心裡漸漸有這種想法。他不想一輩子都做咖啡館的工作，做和醫療有關的工作，更有社會價值。

不管走到哪裡，小坂井扮演的都是跟隨者的角色，很容易受他人影響，願意聽從他人的指示來行動，會默默地跟在領導者的後面；而那個領導者，通常是女性。

洋子每次來，小坂井都希望她能吃自己做的義大利麵，但每次都遭到洋子以必須回家陪父母吃飯為由的婉拒。不過，有一次在潮工房快打烊的時候，洋子來了，那一次洋子終於吃了小坂井煮的義大利麵。

小坂井很高興，覺得洋子終於和千早是同等的存在了。那天洋子吃了小坂井煮的義大利麵，打烊後還讓小坂井送她回家。從此，他們就會在潮工房的店外見面，然後一起走路回家。

看到洋子的家了。洋子指著自己的家，告訴小坂井說：我家在那裡。然後直視著小坂井。小坂井覺得洋子好像在說「可以」，便親吻了洋子。

他們站在路邊擁抱了一陣子。看不到海，但聞得到微微的海水鹹味。小坂井覺得好幸福，他一直希望能和洋子過著這樣的日子。

可是，就在他們抱著彼此的時候，千早喊著「我要詛咒」的叫聲，在小坂井的耳邊復甦了。洋子感覺到小坂井的身體變得僵硬，便抬頭看他。

那個叫聲他已經聽過好幾次了。一次又一次地在他的耳邊回放。千早放話：我詛咒在我之後和阿茂交往的女人，絕對不會讓你們得到幸福。那是像惡魔般的叫聲。小坂井有著想把耳朵塞起來的強烈衝動。

千早在那個時候變成了惡魔，而這個惡魔一直糾纏著自己，不肯放過自己。每次一想起那時的情形，一閉上眼睛，就可以看到那張扭曲的臉。那已經不是人類的臉了。

可是，下一瞬間，真喜多教會長的笑容也會浮上眼瞼。於是「啊！放心吧！」的安心感就跟著溫暖了他的心頭。他想：尊師一定會保護我的。

從那時起，小坂井就信了日東第一教會，當時他覺得自己不入教不行了，所以沒有事的時候就會去教會，去聽教義，學習修行的方法。不需要到潮工房工作的日子，就會從早到晚待在教會裡。在教會的體育館裡鍛鍊身體、冥想、祈禱、理解教義。

他的認真得到了認可，不久後他便得到紫色的襯衫、金色的長褲和鱷魚皮的腰帶。忠誠信仰的態度獲得獎勵，小坂井很高興。從那時起，他偶爾就會與同組的教友拿著教會的宣傳小冊子，進行訪問他人與鼓勵他人入教的行動。即使在潮工房裡，只要有機會，他也會積極地宣傳教義和鼓勵他人入教。他熱心地說明教義，邀請對方去橫島參觀。

有時他也會站在教會的自動門前，負責歡迎搭乘日東第一教會準備的車子，接待來到橫島參觀的客人。他漸漸得到真喜多尊師的信任，尊師好像有意把他放在身邊，好隨時吩咐他辦事。在尊師的吩咐下，他會開著尊師的車去福山的分部傳達尊師的指令，或送東西到那裡。

尊師喜歡個性老實的小坂井，所以讓小坂井成為身邊的人物。他的位階雖然還很低，卻得到尊師破格的提升，因此成為被羨慕的對象。尊師對小坂井曾經當過演員的經歷，好像也很感興趣。對尊師而言，良好的儀容舉止可以帶來更好的成效，那樣的男子是他所重視的。

總之，能為尊師做事，讓他感到無上的喜悅。師尊有時還會對他說：神會賜你很多恩典。能夠和洋子有這樣的發展，證明神確實賜給自己很大的恩典了。小坂井這樣想，並且深受感動。

會那麼快地加入日東第一教會，和千早誓言詛咒，與千早痛苦地死亡有關。他害怕田丸千早的怨念。千早叫喊著要詛咒的言語，也可以說是千早的遺言。小坂井覺得以自己一個人的力量，是對抗不了千早的怨念與詛咒的。

和洋子變得熟悉，交談的次數越來越多後，小坂井心中的恐懼也越來越嚴重了。因為千早說過，她不允許小坂井與別的女人交往。

然而，他還是和洋子開始交往了。千早的詛咒是否也開始了呢？他變得非常不安。自己抵抗得了千早的詛咒嗎？他有著揮之不去的強烈恐懼。

可是，和洋子緊緊擁抱在一起的現在，他真的覺得很幸福。那是幾乎沒有什麼事物可以比擬的幸福感。是因為有膽怯才有的喜悅。

「謝謝。」

小坂井喃喃地說。

「什麼？」

洋子說著，抬頭看著小坂井。

小坂井瞬間寒毛直豎。

他下意識地推開洋子的身體。

在黑暗中抬頭看著自己的，不是洋子的臉，而是千早的臉。可以從張開的嘴巴裡看見牙齒，那是像被血染過的紅色牙齒。

小坂井開始全身發抖。像發瘧疾一樣地抖著，越抖越嚴重。那種感覺像是被冰水潑了全身，身體打了寒顫後，強烈地收縮。小坂井被那樣的寒顫攻擊了好幾次，他的頭深深地、深深地往下垂。

「小坂井先生！」

洋子的叫聲讓他反射性地抬起頭，看了洋子一眼。遠處的街燈光芒照在她的臉上，洋子的臉又是洋子的臉了。

洋子張著嘴巴，顯然是嚇到了。

呼——地吐了一口氣。

「啊！對不起、對不起……真的很抱歉。」

小坂井不斷道歉，又低下頭。竟然做出那麼荒謬的舉動。

還好沒有尖叫出來。

可是，還是沒有辦法放心。他的精神深受打擊，無法馬上恢復到原來的狀況，身體也還在抖個不停。他害怕被洋子發現。

「對不起，我還沒有擺脫恐懼。」

小坂井用有氣無力的聲音說著，覺得自己悲慘到了不行。

他了解千早最後的心情，所以知道千早會在這樣的時候回來。

啊！千早來破壞了。因為自己開始做千早不允許的事情了。

「因為那個人嗎？已經死了的田丸小姐？」

洋子說。她邊說邊走向小坂井，輕輕地握住小坂井的手臂。

但是，害怕讓小坂井不敢抬頭，也不敢看洋子的臉，更不敢碰觸洋子的身體。因為千早還露著獠牙。

小坂井只是默默地用力點頭，又點頭，再點頭。

但是，他覺得每點一次頭，千早的詛咒就將他綑綁得更緊一點。詛咒牢牢地綑綁了他的身體。還有個聲音在耳邊說道：離開她。

「被詛咒了。我，或許不行了。」

小坂井有氣無力地說。他想：我到底贏不了千早，在成為演員的實力上，她也遙遙領先於我。

「你和那個人交往過嗎？」

洋子問。小坂井點頭了。

「你背叛了她嗎？所以她自殺了？」

洋子又問，但這回小坂井沒有點頭，而是用力地左右搖搖頭。

「不是那樣。是她想拋棄我。」

洋子稍微沉默之後，再問道：

「她，是女演員嗎？」

小坂井點頭。

「我在週刊雜誌上看過她的新聞。好像是自尊心很高的人？」

小坂井小聲地「嗯」，然後又點頭。

兩人之間又沉默了。小坂井眼淚像噴出來一樣地淚流滿面，身體持續在發抖。

「欸，要不要去看電影？我想看一部電影。」

洋子突然這麼說。她是想改變氣氛吧？

小坂井雖然訝異地抬頭了，卻還是不敢直視洋子的臉。他把視線投向遠處的街燈，和街燈旁邊的磚頭牆。

要不要拒絕呢？小坂井猶豫了一下子，才說「好」。

「不過，電影院在福山市哦。」

洋子說。小坂井又沉默了。既然如此，那就拒絕了吧！小坂井這麼想。他又猶豫了。可是，一直站在這裡的話，就停不了全身的顫抖。所以便打起精神，說：

「那麼，我去借車，看能不能借到車。開車到福山吧！」

「好呀！一定可以讓心情轉好的。」洋子開朗地說。又說：「但是，我們也可以搭巴士去。不必勉強開車哦。」

小坂井只能聽她的聲音來反應，他還是無法看她的臉。那股恐懼感還存在於他的心裡。

「要好好顧你的內心呀！小坂井先生。」

洋子像醫生般地勸慰小坂井。

「不過，你不會有事的。因為我是護士。」

聽到洋子這麼說，小坂井忍不住點頭笑了。

或許是小坂井的異常情況，喚醒了洋子身為護士的職業意識，也或許是年紀比自己長的軟弱男性，刺激了她的母性本能。小坂井天生就存在著會刺激女性本能的特性。

從此，小坂井和洋子便開始了帶著點莫名危險性的交往。洋子對於與小坂井交往好像覺得很愉快，小坂井當然也很開心。小坂井暗自在內心裡發誓，一定要儘可能地拿出自己的誠意，並且不要做出違背洋子想法的行為。

以前和千早在一起時，他也是這麼想的，但是潛意識的某個角落裡，還有著意想不到的疏忽之處。他對千早明明也有絕對的誠意，這一點應該是毫無疑問的，然而卻在不自覺的時候，做了非常不誠實的行為。

這就是他最害怕的地方。他就是思慮不夠縝密，意志力薄弱，做事缺乏自己的意識，總會犯下愚蠢的大失敗。

和洋子見面的機會變多了，他變得想了解千早臨死時的模樣。聽說當時千早已經處於昏迷的狀況，但仍然有一些反應。那些反應的內容讓人不忍卒聽。那好像是一段掙扎著想要擺脫痛苦的日子。

最痛苦的是她的精神嗎？還是只是肉體上的痛苦？小坂井不知道。只是，越是知道千早所受的痛苦，他對千早的恐懼就越高。

隨著和洋子日益密切的交往，小坂井覺得自己精神上的損傷有漸漸修復的跡象。他實際地感受到洋子給他的療癒效果。他深信每次他們並肩走在路上、或坐在石頭上一起眺望大海、或乘船到仙醉島、或一起看喜劇片、一起笑的時候，就是他在接受洋子治療的時候。

可是，交往了很長的一段時間後，因為第一次親吻洋子時，千早露出了她的獠牙，讓小坂井害怕和洋子有進一步的親密行為。

不過，在洋子的巧妙誘導下，後來他們還是有了肉體上的關係，也沒有受到千早詛咒的干擾。就這樣，一年的時間一眨眼就過去了。

和洋子有了穩定的關係後，小坂井變得沒有離開鞆町的理由了。為了洋子，他考慮要在這塊土地上安定下來，所以增加了在潮工房的工作量。

還有就是對日東第一教會的信仰。他很認真地深入了解教義和修行，也努力成為了在尊師身邊工作的人，認真執行尊師交代的事情。他認為不管是增加潮工房的工作，還是參與日東第一教會的活動，都可以建立良好的人脈關係和認識更多人，這些對將來洋子要在這個地方成立訪問看護站，會有很大的幫助。

他已經不會再從洋子的臉上看到千早的臉了，他願意相信自己已經從千早的詛咒中得到解放。然而，事實並非那樣，詛咒的劇碼正屏息等待開幕的時機。

一年過去，不知不覺夏天又來了，在某個下著大雨的晚上，小坂井被捲入那個可怕的事件裡。在不斷被捲入那個可怕的漩渦時，他好幾次想過：啊！是千早。千早終於開始對洋子露出獠牙了。

13

「喂，阿、阿茂。」

一接聽，就聽到洋子聲音。但是，聲音的語調卻和平常不一樣，所以他嚇了一跳。因為聽到的聲音是沙啞的，所以一時根本聽不出是誰的聲音。

「啊！誰？洋子嗎？」

小坂井確認地說。他穿著平常睡覺時穿的運動套衫，在房間裡休息時，剛買的手機響了。不過，確認對方是誰的話語才落，他馬上想到，會在這個時間打電話來的人，只有洋子了。

「是。」

對方回應。聲音真的很沙啞，完全不像洋子平時的聲音。那聲音不只沙啞，還在顫抖，嘴巴裡的牙齒好像合不攏，牙齒相互摩擦的聲音甚至傳到電話的這邊了。

「妳在哪裡？很冷嗎？」

小坂井問。現在是夏天，不應該會覺得冷的。不過，現在已經是深夜，外面又下著雨，所以他想：洋子是不是被雨淋濕了？

「阿、阿茂、茂……」

她說。聲音依舊沙啞，依舊在顫抖，所以說得含含糊糊。

「妳怎麼了？」

小坂井笑著問。他本來是趴著的，現在坐起來，盤腿而坐。

「什麼事？妳在外面嗎？」

小坂井又問。

「唔？我。我在發抖嗎？」

洋子反問地說。

「妳在發抖。」小坂井說。

「快幫我。」洋子說。「幸好我們兩個人買了手機，可以這樣聯絡。現在只能依靠你了。拜託，拜託了。」

洋子這樣說著，但是越說聲音越小。小坂井為了聽清楚洋子的話，用力把手機貼在耳朵上。

「妳怎麼了？發生了什麼事嗎？突然這樣嚇我一跳。」

小坂井開玩笑似的說，想化解氣氛。

「阿茂，你現在在哪裡？」

「現在嗎？在家裡。在房間裡看漫畫書。」小坂井回答。

「還好。那，沒有人在你的旁邊吧？」

「一個人也沒有。」

「你有喝酒嗎？」

「沒喝。」

「很好。我現在在打工當保姆的人家家裡。在大樓社區。」

洋子的聲音仍然在顫抖。

「噢，是水吞的大樓社區嗎？」

「是。水吞的向丘內海大樓社區，B棟的二〇四室，居比夫婦的家。」

「嗯。那裡就是妳打工的地方呀！」

「對。」

洋子說她正在打工，幫人家看小孩。

「然後呢？」

「你能馬上過來嗎？」

「啥？——」

小坂井驚訝地喊道。

「拜託，不要大聲說話。」

電話的聲音變得模糊了，這是因為洋子的聲音又變小了。洋子一定是想讓自己明白現在她處於緊急的狀況下，所以小坂井也緊張了。

「這麼晚了？而且外面還在下大雨。」

他看看身旁的玻璃窗，雨水打在玻璃窗上，雨勢真的不小。再看看牆壁上的時鐘，八點五十八分。

「我知道現在已經晚了，但是，拜託你了，這種電話我也只能打給你了。我現在的麻煩可大了。」

洋子小小聲地說，但聽得出其中的緊張感。

「車子掉入懸崖了嗎？」

小坂井開玩笑地說，然後自己就笑了。可是洋子沒有笑。

「不是，不過也差不多了……是更嚴重的事情。」

「哦？……」小坂井停止笑地說：「真的嗎？」

還有比掉懸崖更嚴重的事嗎？

「真的。是攸關生死的事。拜託，我只能拜託你了，幫我。」

話說到一半，洋子就變得有點胡言亂語，並且好像是哭了。

「攸關生死？」小坂井說。

「是的。」

「妳受傷了嗎？」

「還沒有受傷。」

「還沒有？」

小坂井忍不住提高了音量。

「不要管這些。總之請你過來。」

「知道了。妳要我怎麼去？」

「快點來就是了。拜託。」

洋子強調地說，好像又開始掉眼淚了。小坂井只聽到微微的嗚咽聲，並沒有聽到哭泣的聲音。

小坂井不知所措，聽她嗚咽了一會兒後，才又說：

「可是，我要怎麼去呢？」

「沒有車嗎？」

洋子含著淚說。

「現在沒有。那輛飛雅特已經還給田中汽車行了。」

「那麼，可以搭巴士來嗎？」

「這個時間還有巴士嗎？已經晚了。不過，有小摩托車，是潮工房的老闆的小摩托車，我借來騎了。」

「啊，那麼就……」洋子說。

「可是，現在雨很大，那輛小摩托車已經舊了，或許會在路上拋錨。」

「拜託，你快來吧！以後什麼事都聽你的。」

「我要穿雨衣，再戴上全臉的安全頭盔。那樣就不會淋濕了吧？」

小坂井說著，抬頭看架子的上面。他想要的東西應該都在那裡。

「穿上雨衣就來這裡。馬上來。以後我都會聽你的。好不好？求求你了。」

「到底是什麼事情呀！我真搞不懂。」小坂井說。

「電話裡不能說。請你，請你相信我。我愛你。」

「嗯，我知道了。我馬上就去。」

小坂井站起來，走到架子那邊。

「你知道那個社區吧？內海社區。你以前曾經送我來過。」

「嗯。我知道。」

「不要告訴你的家人。悄悄地出來，然後離家遠一點的地方再發動小摩托車的引擎。」

「唔？為什麼要那樣？要去搶銀行嗎？」

「等一下再說明。摩托車加油了嗎？」

「加油了。」

「那就好。」

「我必須從窗戶裡出去嗎？」

「拜託，就那樣吧。還有，到了社區後，把摩托車停在山坡下後，用走的走上來。B棟的二〇四室。」

「好。」

「不要被人看到。到了社區後，就打電話給我。」

「好。不過，我現在開始穿、找雨衣，拿著鞋子從窗戶溜出去，推著摩托車到離家遠一點的地方再發動引擎，再加上下雨的關係，恐怕要花三十分鐘才到得了水吞。所以再怎麼快，也要將近一個小時，才到得了妳那裡。」

「我知道。我會等你來。到了社區下面後，就打電話給我，我會下去接你。在信箱的地方等。」洋子說。

「明白。」

小坂井說，接著就掛了電話。

但是，為什麼「不要被人看到」呢？小坂井這麼想著。

發動摩托車的引擎，小坂井在大雨中，終於到了社區的下面。

雖然戴著頭盔，穿著塑膠雨衣，但雨不停地打在頭盔上，非常地吵，他的臉也全濕了。

停好摩托車後，小坂井一邊從屁股後面的口袋裡拿出手機，一邊躲到已經熄燈的旁邊人家屋簷下。手機上出現聯絡人的名單，他按了辰見洋子。呼叫鈴聲才響一聲，洋子就接了電話。

「喂，我已經到了。」小坂井說。「好冷呀。」

他終於可以理解剛才洋子為何發抖了。

「到了嗎？那麼就快上來。我現在下去，在B棟的入口處等你。」洋子說：「啊，還有……」

「什麼？」

「頭盔不要拿下來。」

「唔？知道了。」

把手機放回屁股的口袋後，小坂井就跑進大雨裡。雨再度開始敲打頭盔和雨衣，真的非常地吵。聞著鼻尖上的雨水味道，他慢慢地往上走。內海社區位於山丘上，以前曾經送洋子來過這裡一次，所以他知道這條路。

來到坡道的頂端，就可以看到社區的建築物。經過左邊的第一棟後，就是B棟的前方正面了。

小坂井快步走過去，卻沒有看到洋子的身影。

咦？沒來等我嘛！小坂井困惑了。是這一棟建築物沒錯呀！之前確實送洋子到這裡；那時洋子就從這個入口進去的。

小坂井往前快走幾步，進入屋簷下。到了沒有雨的屋簷下面，他慢慢脫下頭盔。就在這個時候，穿著無袖衣服的洋子，從不鏽鋼製的信箱牆後面跑出來，撞入小坂井的懷中，並且固執地緊緊抱住小坂井。

「啊！喂，別這樣，我全身都是濕的。」小坂井說。

「沒關係！」洋子說：「濕了也不要緊。」

她一邊說，還好像一邊在掉眼淚。

小坂井不知所措了。因為全身都濕了，手和手掌也濕了，所以沒有辦法回抱洋子。如果伸手回抱洋子的話，洋子身上的衣服也會濕了。

「你來了！我好高興。謝謝你。」

洋子說了。她好像很害怕的樣子。

接著，她抬起頭，把自己的臉湊到小坂井潮濕的臉上。洋子一邊用臉摩擦著小坂井的臉，一邊找到了小坂井的嘴唇，親吻著小坂井，她的雙手從小坂井的脖子背面握住小坂井的下巴，強行撐開小坂井的嘴巴，然後把自己的舌頭伸入小坂井的口中，舔著小坂井的前齒。

她的呼吸急促。小坂井很驚訝，也很迷惑。他拿著頭盔的手直直往下垂，不知如何是好地茫然地站著，任洋子擺佈。他們交往一年了，關係一直很親密，但洋子像現在這樣的積極主動，這還是第一次。可是，他覺得這樣任洋子主動也不對，便也用力地把自己的嘴唇按在洋子的嘴唇上。

洋子稍微偏開頭，看著小坂井，說：

「抱我的背。」

她兩眼直直地盯著小坂井的眼睛看，這樣要求著。她的聲音聽起來有點喘，小坂井覺得很奇怪。

他轉頭看看周圍，又回頭看看背後。只有雨，沒有任何人影。

「我全身都是濕的。」小坂井說。

「沒關係。」

洋子小聲地，像叫喊一樣地說著。「濕了也沒有關係。」

於是小坂井便用拿著頭盔的手和空著的手，雙手濕漉漉地從洋子的背後環抱了洋子。

洋子穿著彈性布料的無袖衣服。他們再度接吻，然後在身體分開時，洋子找到了小坂井的手，緊握著小坂井的手，並且用力拉他。

「到屋子裡去。來！」

她轉身，往走廊跑去。小坂井無可奈何，也跟著快步跟上她。

一進入屋子，關上金屬門，洋子便伸手把小坂井背後的門鎖上。接著就搶下小坂井手上的頭盔，說：

「阿茂，你別動，就這樣站著。」

小坂井覺得洋子的動作就像是綁架了男人，把男人關在自己的領域裡一樣。他啪啪啪地拍掉雨衣上的雨滴，乖乖地站在玄關前的水泥地上。

洋子先把頭盔倒立地放在廚房的水槽裡，然後拿起放在水槽邊緣的橡皮手套，回到小坂井的身邊，把手套遞到小坂井面前。

「戴上這個。」

她用的是命令式的語氣。小坂井嚇了一跳。

「啥？為什麼？」

小坂井問。

「拜託，這是必須的。你要相信我，這麼做才能幫助我。」

她說。然後看著小坂井的眼睛，伸手去抱小坂井，吻小坂井。

當洋子的唇離開時，小坂井好像下定決心般地戴上橡皮手套。這是在開什麼玩笑呢？小坂井想不透。

「會弄髒手嗎？」小坂井問。

「嗯，或許會弄髒。」洋子說。

小坂井戴上橡皮手套後，便看著洋子。他露出微笑，心想洋子是不是在開玩笑呢？

但是，眼前的洋子臉上一點笑意也沒有。不過，好像在誇獎小坂井戴上橡皮手套般，洋子用力地點點頭。在她的帶動下，小坂井也帶著訝異的表情，跟著點點頭。然後，洋子說了一句到目前為止讓小坂井最不能理解的話。

「欸，我們在這裡做愛。」

小坂井臉上的笑容消失，他呆住了。

「啥？」小坂井先是發出了疑惑的聲音，然後問：「妳說什麼？」

「做愛。在這裡做愛。現在。」

她重複說著。

洋子眼睛含情脈脈，直盯著小坂井，表情非常認真。她呼吸急促，肩膀上下震動著。那種模樣只能用情慾高漲來形容。

小坂井真的是呆住了。

「嘿，這是怎麼了？開玩笑的吧？」

但洋子用力搖搖頭。

「為什麼？」小坂井問。

「我想要。」洋子回答。

「我不明白。那個……」

他立刻知道洋子不是在開玩笑。洋子直視著他的眼睛，拉起身上的寬下襬裙子，扭動下半身，褪下內褲。

「啊、那個，但是……」

小坂井還想說話，但洋子的臉已經靠過來，用自己的嘴巴堵住了小坂井的嘴。

14

小坂井被強大而堅定的力量拉扯下，倒在玄關前面的廚房地板上。他的身上還穿著濕漉漉的雨衣，所以地板也濕了。

因為嘴巴又被堵住了，所以等洋子的嘴唇離開後，小坂井才能說：

「這個、雨衣，不脫掉的話……」

「沒關係。」洋子邊喘邊說。

「可是，地板會全濕掉的。這是別人的家。」

「沒關係，不要擔心。我會擦的。」

洋子說著，又緊緊摟住小坂井。小坂井被她赤裸的腿纏繞著，被她巧妙地挑逗著。面對這樣超越常情的情況，小坂井也興奮起來了。

洋子喘息地拉下無袖伸縮材質上衣的肩膀，掙扎般地扭動身體，露出一邊的身體肩膀，然後又費力地鬆開胸罩背後的鉤釦。

小坂井用手指拉下胸罩，但看到戴在自己手上的橡皮手套，覺得樣子很滑稽，便想脫下手套，卻被洋子阻止了。

洋子讓自己乳房靠到小坂井的臉旁。小坂井親吻著她的乳頭，並且用舌尖舔著。洋子身體往後仰，發出呻吟聲，但好像想阻止自己發出呻吟聲般，她慢慢地降低身體，用力把自己的唇壓在小坂井的嘴唇上。

洋子舉起左手，把自己的內衣放在廚房的某個地方。小坂井的眼睛餘光看到了洋子的這個動作，明白洋子的激動。

在過程中，洋子不斷地說著：「阿茂，進來，今天沒有問題，進來。」

戴著黃色橡皮手套做愛，原本讓小坂井有著很滑稽的感覺，但在洋子的積極攻勢下，滑稽的感覺不知不覺消失了。

按照洋子的要求，結束了親密的行為後，兩人在鋪木板的房間裡躺了一會兒。好像躺在雨中一樣，身體全濕了。仔細一看，小坂井的雨衣所帶進來的水，已經在地板上形成了小小的水坑。這個地板房間裡，有某一部分鋪著兩公尺四方的地毯，現在地毯也濕掉了。

小坂井累得暫時動不了。他沒有想到來這裡後，會做這件事，原本也沒有打算要做。但這確實是費體力的活。

他突然注意到洋子站起來了。穿著無袖上衣的右邊肩膀仍然裸露著，右側的乳房也同樣裸露在外，但是寬下襬的裙子已經放下來，把腿給遮蓋起來了。那個樣子非常奇怪。

洋子轉身，小坂井看著她的背影。因為累，他的視線變得有些朦朧，只是茫然地看著情人的肩膀和背部。但是，隨著一聲悶哼的聲音，他看到洋子的身體突然往前傾。

那樣的動作讓小坂井聯想到拔酒瓶塞的動作。在町屋的居酒屋工作時，他看過好幾次拔酒瓶塞的動作，所以嘴角不禁浮出笑容，想問：要喝酒嗎？

可是，悶哼聲變調了，變成了痛苦的呻吟聲，小坂井還聽到了答、答、答，好像液體滴落的聲音，便抬起頭來看。是酒滴出來了嗎？是香檳嗎？他才這麼想著，就看到地板被染紅了。他嚇了一大跳。

「那、妳在做什麼？」

小坂井一邊叫道，一邊跳了起來，這才發現自己還穿著雨衣。塑膠雨衣沙沙作響，他拉上褲子，扣好釦子，連忙繞到洋子的身體前面。

洋子仍然維持上半身向前傾的姿勢，臉色因為痛苦而顯得蒼白。她的眼神不安而哀怨，一直注視著小坂井。那是好像在訴說什麼事情的表情。可是，到底發生了什麼事呢？根本無法判斷。小坂井慌張了。

她手上沒有酒瓶，只有鑿子。那是小型的細鑿子，像是皮雕用的器具。小坂井馬上了解洋子剛才的動作並不是拔酒瓶塞，而是在拔出刺進身體裡的鑿子。附著在鑿子尖端的血，黏滑滑的，還閃閃發亮。

淡粉紅色的無袖上衣染上了刺眼的暗紅色血液。那是從傷口噴出來的血，是拔出刺進身體裡的鑿子時，噴出來的血。如果不拔出鑿子，血就不會從傷口噴出來。以前他曾經聽混過幫派的朋友這麼說過。

「怎麼了？發生了什麼事？」

小坂井的腦子裡此時還存在著開香檳的想像，心想洋子該不會是被開瓶器刺到了吧？但是，除了洋子手裡的鑿子外，他沒有看到開瓶器，也沒有看到酒瓶或軟木塞。

「被那個刺到了嗎？不小心刺到的？」

小坂井問。但是，他實在搞不懂，因為洋子的樣子並不像是不小心刺到的。難道是她自己刺自己的嗎？那樣的話，還能說這是意外嗎？可是，這是要讓別人認為是發生意外的狀況嗎？

洋子拚命點著頭。小坂井又不懂她這個動作的意思了。是在說因為不小心而流血的嗎？因為太痛的關係吧？洋子一時無法開口說話，過了一會兒後，才好不容易地說道：

「請你，請你照我說的做。」

她邊喘邊說。

「為什麼會變成這樣？是不小心刺到的吧？」

小坂井再問一次。

「照我說的……求求你。」

洋子又說。因為疼痛，她的上半身一直往下彎曲。小坂井連忙撐著她。

「好，好，我知道。」

小坂井說。滿是血的鑿子「咚」一聲掉到地板上。小坂井扶著洋子的肩膀，下意識地伸手想去撿。但是，鑿子血淋淋的，讓他猶豫了。

「撿起來。」

洋子要求道。於是小坂井便去撿鑿子。他突然想起自己還戴著手套，並不會弄髒自己的手指。然而，強烈的恐懼感襲來。他從來沒有拿過那麼血淋淋的東西。

「放在……流理台上。」

洋子說。小坂井看著她說：

「啥？為什麼？」

「照我說的做！」

洋子語氣嚴厲地說。

「啊？噢。知道了。」

小坂井惶恐地拿著鑿子，走到流理台那邊，把鑿子放在不鏽鋼的流理台上。

「帶我到桌子那邊。」洋子繼續要求地說。

「啊，噢。好。」

於是小坂井抱著洋子的肩膀，配合著洋子的腳步，一起緩慢地走向桌子那邊。但他突然注意到自己還戴著沾了血的手套，這樣抱著洋子的話，手套上的血勢必會沾染在洋子的背部了。沒辦法，洋子的背部已經沾上血了。

到了桌子旁邊，洋子翻動身體，腰靠著桌子的邊緣站著。因為疼痛的關係，她的身體重心稍微往下蹲。

「要坐椅子嗎？」小坂井問。

「不用了，我這樣就可以了。把那邊的毛巾拿過來。」

洋子指著放在流理台側台上的藍色毛巾。

「嗯，好。知道了。」

小坂井放開洋子的身體，快步走去拿毛巾。

「放在桌子上。啊，不是那樣。先攤開，再隨意揉搓成一團丟在桌子上。自然一點。」

「這樣嗎？」

小坂井依照洋子的指示做。

「還可以，但是，要稍微捲在一起……嗯，就是那樣，謝謝。」

兩人說話的時候，洋子身上的血已經擴散開了。

「傷口很深呀！去醫院吧……」

小坂井非常不安地說。

「這樣會死的。快去醫院吧！」

「不要緊，刺傷的位置在腎臟與肺之間，沒有傷到臟器。」

「可是流了這麼多血！失血過多的話……」

「看起來很多，其實還好。不要緊的。阿茂，拿茶杯，給我茶。」

「妳要喝茶嗎？」小坂井不可思議地，驚訝地說：「這個時候還要喝茶……」

「去拿！」洋子強硬地說。

小坂井只好連忙去拿茶杯，還說茶是冷的。

洋子用發抖的手接過茶杯，啪一聲把茶水潑在自己的傷口上。小坂井又嚇了一跳，忍不住懷疑洋子的精神狀態是不是有問題。

接著，洋子把還有不少茶水的茶杯放在桌子上，但要伸回來的手卻不經意地碰到茶杯。砰一聲，茶杯倒了，杯子裡的剩餘茶水瞬間傾倒在桌子上。剛才放在桌子上，揉成一團的藍色毛巾吸取了茶水，顏色變得更深了。小坂井伸手把杯子扶正。

「我要躺在桌子上。來幫我。」洋子說。

在小坂井的幫助下，洋子慢慢地趴在桌子，之前放在桌上的毛巾，正好就在她身上還在繼續出血的傷口下方。

「這樣可以了。」

洋子痛苦而聲音沙啞地說。

「仰躺著比較舒服吧？」

小坂井說。仍然趴在桌子上的洋子雖然點了一下頭，卻含混不清地回答：

「這樣就好了。沒辦法。」

「為什麼？這樣會死呀！」小坂井用幾乎就要哭出來的聲音說著。「什麼叫沒辦法！」

「放心，我撐得了。你看那個有很多抽屜的櫃子。在那邊，就在你的背後。是固定式的櫃子。」

小坂井回頭看，再轉頭回來，問：

「嗯，要做什麼？」

「櫃子前面的地板上，是不是有棍子？木頭棍子。」

「啊，有。」

「旁邊還有皮繩。有沒有？」

「有，有皮繩。」

那是綑成環狀的皮繩，有點粗，看起來也相當長。

「拿到這裡來，放在桌子上。」

於是小坂井便走到櫃子那邊，彎下腰拿起棍子和那綑皮繩，再走回到桌子邊，正要把棍子和繩子放在桌子上時，他再度驚叫。從洋子腹部流出來的血已經開始擴散到桌子上了。桌子上一片血紅，流到桌子邊緣的血，掉落到地板上，發出滴答滴答的聲音。

「這樣不行啦！去醫院吧。叫計程車！很嚴重了，這樣下去會死的。」

「不會，我壓著。現在這樣就可以了。阿茂，等一下就不會再流血了。我這樣趴著，你幫我把雙手伸到上面。」洋子說。

「唔？啊！要幹什麼？」

「這樣做就可以救我。」

「啥？為什麼？」

小坂井說。他完全不懂洋子為什麼要這麼做，只覺得她可能瘋了。

「然後把我的兩手、手腕，綁在棍子的兩端。」

「啥？妳說什麼？」

小坂井忍不住大聲地說。他覺得洋子果然瘋了，瘋得很嚴重。

「喂，妳沒有問題嗎？在說什麼呀！」

他覺得愛人可能是受了重傷，精神也跟著出問題了。

「小聲！不要大聲說。這是和生死有關的事情。」

洋子說。但小坂井反駁地說：

「我知道這是和生死有關的事，看妳的樣子就知道了。但是，這不是單純生和死的問題了，這是會死的問題，再這樣下去，妳根本活不了，會死的。不是開玩笑的，我很討厭血，看了就想吐。」

「振作點，再堅持一下。」

「我已經很堅持了！」小坂井驚叫地說。「但為什麼要這麼做？我完全不能理解。原因是什麼？」

小坂井的聲音已經變成像在哭一樣了。

「原因？原因……我不能說。」

「為什麼呀？」

小坂井抱著頭。

「不讓我知道原因，只叫我這麼做那麼做，這樣能幫助妳嗎？」

「能。」

「告訴我原因！到底要幫助妳什麼？」

「我不能說。你只要相信我就好了。」
「妳真的撐得下去嗎？會死的呀！真的會死呀！妳想死嗎？」
「我已經有覺悟了。」
洋子說。她的體力一直在消耗當中，聲音已經沒有那麼有力了。
「真的不能叫救護車嗎？」
「絕對不能叫。那樣做的話，我會死的。」
洋子堅定地說。
「不叫救護車的話，妳才會死吧！」
「我不會死的。相信我。你只要相信我就好了。」
「為什麼要這樣？為什麼要有那樣的覺悟？那是要死的覺悟嗎？到底是什麼事情？」
「欸，阿茂，你聽我說，我還想和你在一起，還想和你做愛。阿茂的想法也和我一樣吧？」
小坂井只是呆呆站著。
「欸，你說是呀！阿茂你也是吧？」
小坂井把臉轉開，但洋子還是盯著他的臉。又聽到外面的雨聲了。
「唔？啊！當然是的。」
小坂井好像突然回過神來般地說。完全超乎他想像的發展，好像把他嚇呆了。
「所以，你只要幫我，只要這麼做就好了。這是我想了又想之後才決定做的計畫。你要幫助我。」
「我會幫助妳。可是……」
小坂井一邊說，一邊把洋子的雙手往上伸。
「把我的手綁在棍子的兩端。綁緊一點。緊到血都不能流動了也沒有關係，而且那樣還比較好。不那樣做的話，這個計畫就不能成功了。一定要綁緊。」

「什麼？」小坂井的聲音終於真的變成哭聲了。「還要把手綁起來？」

小坂井靠近桌面上沒有血的地方，把雙手放在桌上。

「洋子，妳要告訴我為什麼，我才好幫助妳呀！我現在什麼都不知道。從剛才起，妳到底讓我做了什麼？我真的覺得非常莫名其妙。告訴我，妳到底在進行什麼計畫？我知道了，才能避免失敗呀！」

「我當然會告訴你。但是，我很害怕。因為我只能依靠你，如果你告訴我你不幫我，而且就此不要我，那我只有死路一條了。」

「我已經說過我會幫妳了呀！」

「阿茂，求求你，別讓我自殺。」

洋子說著，已經變成快哭出來的聲音了。

「不會的，我不會不要妳。妳相信我。」

「我可以相信你？真的可以相信你嗎？」

「這不是當然的嗎？當然可以相信我。」

「從現在起，不管我說了什麼，你都不會拋棄我嗎？你能發誓嗎？」

小坂井有點猶豫了，他開始感覺害怕。洋子好像感受到他的感覺了。洋子因為另一種恐懼，又開始哭了。

「阿茂，你怎麼不說話了？」

一沉默下來，雨聲就變得更清晰。

「阿茂。」

小坂井只是茫然地喃喃這麼說：

「是千早……」

「唔？」

「是千早的詛咒。」

「你在說什麼呀？」

洋子問。但小坂井卻沉默了片刻後，才無可奈何地說了。他有氣無力，用很小的聲音說道：

「我這個人既沒有固定的工作，也沒有讀大學，想當演員也挫折連連，是一個一無是處的人。」

「唔？」

洋子露出驚訝的眼神。

「什麼？你在說什麼？」

「洋子，妳的腦袋出問題了嗎？還是得了憂鬱症？或是精神分裂症？如果真是那樣，那我不會特別在意……」

「為什麼？你為什麼說這種話？」洋子帶著責備的語氣說。

「因為從剛才開始，就覺得洋子不像平常的洋子，好像腦子怪怪的。妳想對我坦白什麼，是吧？最近看到很多這樣的事情。」

「很多嗎？」

「是呀！有很多相親的履歷書上，都會把這類的事情寫得很清楚。」

「什麼？」洋子很驚訝地說：「阿茂，你去相親了嗎？」

洋子責備地說，眼睛還露出可怕的光芒。

「唔？沒、沒有，我沒有去相親。」

小坂井慌慌張張地說。

「你看了很多相親的履歷書？很多人送相親用的履歷書到你那裡嗎？」

「啊？不，不是妳想的那樣。不是正式的……」

「雖然不是正式的相親，但你看了很多那樣的履歷書？為什麼？」

「啊，是因為日東第一教會的老師指示，送到我那裡去的……」

洋子深吸了一口氣。小坂井要相親嗎？他要和自己以外的女人結婚嗎？她感到極端的害怕。這個新到的恐懼，讓她說不出話。

「怎麼了？妳在嫉妒嗎？」

小坂井說。疼痛加上失血，洋子本來就開始有暈眩的感覺，現在又被小坂井說的話刺激到。

「阿茂，你想結婚嗎？要和我以外的女人結婚？」

「我不會和別的女人結婚。」

「真的嗎？」

「真的。」

「我可以相信你嗎？」

「當然可以。」

洋子沉默了。

「妳是不是牽扯到暴力團體了？」

小坂井問。原本沉默下來的洋子聽到這句話後，好像受到刺激般地猛搖頭。

「啊！你怎麼會那麼想？」

「因為那邊的東西，我才會有這樣的疑問。」

小坂井指著放在流理台下面的地板角落的一個大包包。
「那個東西該不會是毒品什麼的吧？」
他露出有點害怕的表情問道。
毒品？洋子在心中暗叫。
「阿茂，你有那樣的經驗嗎？」
洋子竭盡力量地問。
「有是有。可是，事情牽涉到教團，是真喜多尊師拜託，寄放在我這裡的。」
「啥？──」洋子說：「教團怎麼會有那種東西？」
「老師當然不允許毒品那種東西的存在，但為了拯救混跡在黑道的信徒，擔心他因此被警察抓走，所以才暫時寄放在我這裡的。」
洋子不說話，小坂井繼續說：
「因為尊師很相信我，所以才會放在我這邊。妳也是嗎？我剛才稍微看了一下袋子裡面，是一個用塑膠布包裹起來的東西，挺大一包的，和我那一包很像。是嗎？是那種東西嗎？」
洋子仍然沉默著。
「是嗎？洋子，是嗎？」
經過一段時間的沉默後，洋子終於開口了：
「不愧是阿茂，真聰明。嗯，是的。」
小坂井感到震驚地沉默了一會兒，才說：
「果然是那樣的東西。但是，那樣的東西怎麼會在妳的手中？」
「醫院其實是很複雜的。尤其是經營上的問題。我去實習的福山綜合醫院也有很多問題。一直很照顧我的院長和負責經營的單位，在面臨醫院發生經營困難，可能倒閉的時候，無心之下接受了和黑社會有關係的人的幫助，因此被要求幫忙處理麻藥毒品的問題，說是警察在追查，所以寄放到醫院，但警察也追查到醫院了，最後就寄放到我這邊來了。我拒絕不了。」

「那樣很糟糕呀！那一包看起來不小，份量不少！」

「是呀！我想拒絕。可是，因為希望將來能繼續在那個醫院工作，而且班上比較要好的同學也會一起去那裡工作，所以拒絕不了。」

「那，妳現在想怎麼辦？」

「裝作被搶走了。」

「什麼？為什麼？」

「因為放在身邊很危險呀！我沒有辦法處理。」

小坂井一語不發地想了一下，才又問：

「當作被搶走了也是個辦法。但是，是怎麼被搶走的？」

「就像現在這樣——我遭到別的黑社會組織的攻擊，被刺傷了，那包東西也被搶走了。」

小坂井驚訝得說不出話了。

「這樣太亂來了。丟到海裡不就好了嗎？綁上重的東西，沉到海裡呀！」

小坂井壓低嗓門地嚷道。

「不能那樣。」洋子說。

「為什麼？」

「沒有那種時間。在這裡的時間、回到家後，和父母在一起的時間，還有在學校的時間。每個人都會被問到和我在一起的時候，我什麼時候可以拿去丟呢？所以……」

「我去幫妳丟。」小坂井說。

「不行，我不想把你捲入這件事裡面。」

洋子說。小坂井沉默了，過了一會兒才開口說：

「可是……唔，是那樣的嗎？我了解了。可是，萬一警察展開調查……」

「不會的。因為沒有人會說出這件事。所以，阿茂也不要對任何人提到這件事。」

「嗯，我不會對任何人說的。」

小坂井雖然這麼說，但還是覺得腦子裡一片混亂。

「可是，為什麼妳必需要做到這樣的地步？」

「還好只有醫院的當事人知道毒品在我這裡。他們會接受我的說法的。而且，由院長他們來說毒品被別的暴力組織的人搶走，也會被相信的。」

小坂井眼睛看著半空中。

「是嗎……可是……」

小坂井一直在思考。

「為什麼要把手綁起來呢？」

「如果只是隨便綁綁的話，會被說：為什麼不打手機報警呢？所以一定要把手固定在桌子上面，那樣手就動彈不得，什麼事也做不了。不是嗎？」

「唔，原來是那樣的。可是，如果不告訴別人妳被綁在這裡……」

「這間房子的主人居比夫婦會發現我……」

「啊，那樣嗎？」

小坂井的腦袋更加混亂了。不過一再地思考後，他好像暫時理解了。

「不過，真的不需要我和醫院的當事者聯絡嗎？」
「不能那麼做。那樣的話，阿茂你會被懷疑吧？」
「唔？啊！是嗎？」
「萬一你的聲音被記住，就有危險了。」
「是嗎？是吧……」
「絕對不能讓人注意到阿茂。」
「會被黑社會的人攻擊嗎？」
「阿茂如果出面去通知院長他們，黑社會組織的人也會從院長那邊知道你的存在，萬一他們覺得你可疑，恐怕就會做出攻擊你的事情……」
「唔，是……是吧。」
「這屋子的主人快回來了。所以我只要再忍耐一下子就好了。」
「嗯。我知道了。可是，我把這個危險的東西帶回家後，要怎麼處理它呢？」
「把它放在你房間裡的冰箱。你專用的冰箱。冷藏酒和小菜用的冰箱。」
「那個冰箱是潮工房的老闆給我的。老闆說那個冰箱小又不好用，不適合放在店裡。」
「那個冰箱一點也不小呀！」
「確實不是小冰箱，是大的冰箱。本來是放在店裡的。」
「你先把那包毒品放進冰箱裡。等事情平靜了後，我再和你聯絡。你等我。」
「把那種東西冰起來嗎？」
「對。聽說那樣比較好。」
「冰起來比較好……？為什麼？那是什麼毒品？」

「阿茂，你可別打開看。」
「啊？嗯，我不會打開。」
「答應我。」
「我知道了。」
「我也不知道是什麼麻藥，只是聽說冰起來比較好。」
「噢……可是，把手綁在棍子上後，要怎麼把棍子固定在桌子上？」
「你看那邊的櫃子。」
小坂井回頭看，那是一個並排著很多抽屜的大型固定櫥櫃。那個大型固定櫥櫃上，有數十個抽屜。
「從右邊數起的第二排，從下往上數的第三個抽屜，裡面有鐵錘和釘子。那個抽屜是放皮革加工用工具以外的大型工具抽屜。」
「從右邊數起的第二排，從下往上數的第三個？……」
小坂井一邊用手指指，一邊開始數。
「對。就是那個抽屜。把整個抽屜拿到這裡來。然後把綁著我的手的棍子釘在桌子上。」
「什麼？要釘在桌子上？」
「對。要釘牢一點。然後把裝著那包東西的袋子帶走，趕快回家，等我跟你聯絡。明白嗎？」
「唔，嗯，我懂。」小坂井說。
「我會打電話到你的手機。」
洋子說。

第三章

1

我和御手洗搭乘新幹線來到福山。從三層樓的新幹線月台，可以就近看到福山城的天守閣。福山車站位於福山城護城河的內側，是為了在來線與新幹線而興建的車站。是日本國內很少見的車站，這種樣式的車站在國內可說是唯一的一座。我的故鄉在山口，離福山不遠，所以我對福山也有相當的認識。

搭著電扶梯往下，經過兩個檢票口，就出站了。福山車站外觀是一座現代化、很有都會感的建築，但是，來往的人卻不多，有點像人群消失的吉祥寺車站。我回頭看背後的車站，看到「福山站」這幾個字，而剛才看到的福山城天守閣，已經被車站的建築遮擋，看不見了。

「這裡就是城下町嗎？」

御手洗問。

「嗯，這一帶就是了。」

我說，然後指著正前方。

「不過，這裡的前面是一個叫鞆的港口小鎮，位於福山市街南邊，自古以來就是福山這個城市的門戶。」

「噢。」

「這一帶以前很荒涼，像鞆町的尾巴。但是江戶時代在一國一城令（在一個令制國，或大名的領國裡，只允許有一個政廳所在的城，其餘的城必須全部廢除）的政策下，鞆町的城牆就被破壞，然後沿著街道在這裡築城，這裡才變成市街的中心。」

我說明給御手洗聽。我是個歷史迷，對歷史非常感興趣，所以相當了解這一帶的事情。御手洗只是「噢，是嗎？」地這麼回答我。

「那個球，代表的就是屍體嗎？」

我問御手洗關於吳市的水理實驗場的實驗，他點點頭，說：

「這次的事件很有歷史的氛圍。石岡君，你剛才提到門戶這個字眼，意思是瀨戶內海以前是一條衢道的意思嗎？」

「沒錯。」

「從前的船順著瀨戶內海的海水出入各地，就像那些球在那個模型中漂流一樣。」

「嗯，就是那樣。」

「這個事件讓人想起那個時代。在瀨戶內海經過三天自然漂流的屍體，如果最後的終點是興居島，那麼起點會是什麼地方呢？這就是在水理實驗所時想調查的事情。」

「那麼，結論就是……」

「這裡。」

御手洗說，手還指著腳下的地面。

「福山市？」

御手洗點點頭，說：

「沒錯，屍體從這個城市出發的可能性很高。」

「六個人……」

「是六具屍體。那個實驗的結果就是：如果把屍體棄置在這個城市的南部海上兩公里的地方，經過三個有如設有機械裝置處般的海水運送，屍體會進入興居島的小海峽。」

「這個實驗非常大手筆啊！」

「所以我們才會來這個城市。好了，我們去坐計程車吧！」

「要去哪裡？」

「福山警察署。」

看到了窗外的景色後，御手洗突然叫道：

「司機先生，請暫停一下。」

那是一棟模仿歌德式教會的建築，看起來很莊嚴。穿著新娘服的女孩子們手裡拿著鏡子，在建築物的前面發出歡鬧聲地藉著陽光互相反射著玩。

「司機先生，這個建築物是教會嗎？」

「啊！這裡是結婚的會場。」司機說。

「這是怎麼一回事？結婚會場怎麼吵得像大賣場的特賣會一樣？」

「哈哈，是呀。」

「很像在舉行角色扮演活動呀！石岡君。」

「是呀！」

「這麼多的新娘！新娘大拍賣嗎？這裡大概有一打新娘吧！」

「也有很多新郎。」

「這是日東第一教會舉辦的聯合婚禮。」司機說。

「日東第一？……是宗教團體嗎？」

我唸著掛在會場和入口的看板上的字。

「是。」

我繼續唸看板上的英文字：

「CONFUCIUS……這是什麼意思？而且，為什麼要拿鏡子互照？」

「給我三分鐘。我去看看。」

御手洗說著，就下了計程車。

二十分鐘後，我們坐在福山警察署會客室的沙發上。

「石岡君，你看，這是我在會場角落拿到的宣傳單。」

御手洗從旁把那張宣傳單拿給我看。那是張印著大大文字的Ａ４白色紙張，文字的中央有好像用鉛筆畫出來的恐龍圖案。

我唸出紙張開頭的部分文字。

「瀨戶內海的怪物？這是什麼意思？喂，是真的嗎？」

我非常訝異。

「繼續看呀！石岡君。」

御手洗說。於是我的視線再回到那張紙上。

「在瀨戶內海進行船隻的訓練時，我們遇到了恐龍。這張畫是其中的一位教友憑記憶畫下來的。唔——」

我看著紙上的畫說。畫在紙上的，是一頭身圍大約五、六公尺，全身黑漆漆，像巨大海蛇的怪物。牠的兩眼閃閃發亮，像鐮刀形狀般的脖子抬出水面。怪物的前方有被怪物擊成兩截的船隻，和被拋到半空中，正往下要落入海中的好幾個人類身影。

「相當厲害嘛！」御手洗說。

「厲害是厲害，但……」

我想說點什麼，卻不知道要怎麼說。

「這根本就是怪獸嘛！但是，真的有這樣的怪獸嗎？日本境內真的有這種生物嗎？」

我不覺得這是會發生在真實世界的事情。

「這是幻想科學，是冒險小說的世界。小時候常看這種故事書。」

「石岡君，請你繼續唸那張紙上的字，唸完它再說。」

「好。以前也看過牠一次，那時牠在遠遠的地方游動；但這一次牠攻擊了教團的船。船被擊碎了，我們所有船員都被擊落到海中。所幸我們拚命地游，好不容易都游到岸邊，撿回自己的性命。

「雖然我們在神的保護下都得救了，沒有人成為恐龍的食物。但是，一定有很多人淪為這隻海中怪物的犧牲者吧！

「瀨戶內海裡棲息著還不被世人熟悉的可怕怪獸。鞆町也有好幾個漁夫曾經見過這隻怪獸。怪獸現身，證明我們這個世界已經瀕臨滅亡之日了。棲息在我們每個人心中的惡魔，製造出了這樣的怪物。所以我們要靠著信仰覺醒，提升自己，度過這個國家正在面對的諸多困難。」

看完宣傳單後，我看著一言不發的御手洗。

「這是什麼？根本不能相信。」

御手洗面無表情，不笑也不說話，只是點點頭。

「瀨戶內海有恐龍？聽都沒聽說過的事。如果有的話，電視一定會報導。」

我說。然後御手洗終於開口了：

「已經有六個被吃掉的犧牲者了。」御手洗一本正經，雙手抱胸地說。「而且只吃男人，不吃女人……」

御手洗的話讓我半吃驚地不知道要說什麼了。

就在這個時候，我聽到旁邊的電視傳出來的聲音。一位男性主播正在播報午間的新聞，正好說到福山市這幾個字。該不會連電視的新聞也在報導這隻怪獸的事吧？我有點緊張了。

「昨天，從福山市南町的阿部義弘先生家的倉庫裡，發現了幕府末期的黑船來航，幕府與美國開戰時，福山藩士兵的出陣配置圖。這是當時江戶幕府的首席老中阿部正弘命令親信繪製的，是貴重的歷史資料，深受學者重視。」

因為御手洗轉頭看著電視的方向，所以我也看著相同的方向。

「不是恐龍的新聞呀！」

御手洗說。

「啊！那個，是這裡的歷史博物館。」

我說。我曾經去過一次。

「就在車站的北邊，不遠。」我說。

「剛才婚禮會場的方向嗎？」

「對、對。離那裡非常近。」

電視的螢幕裡先是出現福山歷史博物館玄關的畫面，接著出現的是一個接受訪問的男人。畫面的下方出現介紹受訪人身分的文字「福山歷史博物館／主任學藝員／富永和利」，他說：

「以前就聽說有這份歷史資料了，但是直到現在，這份歷史資料才在意想不到的地方被發現，太讓我們這些研究人員興奮了。」

「這份歷史資料是出陣圖嗎？」記者問。

「正確的名稱應該是《御出陣御行列役割寫帳》❷。完成於嘉永七年。圖中清楚地畫出大將阿部正弘的坐騎的位置，還有大砲隊、輸送彈藥箱的兵隊等等人員行進的順序。阿部家已經聲明要把這份歷史資料贈予本館，本館也非常高興地接受了，所以這份歷史資料將成為本館的貴重財產。」

「發現歷史資料了。」

御手洗說，我只能點點頭。

「說完了怪獸的事，接著要談論歷史資料的事嗎？」

一位女性出現在電視的畫面裡。因為是一位苗條的美女，所以我不自覺地身體向前傾，注意看著畫面。畫面的下方出現「福山市立大學文學部助教授／瀧澤加奈子」的字樣。

畫面裡的美女開始說話了。

「聽說發現了那份歷史資料，這是非常令人興奮的事情。那是可以說明日本一大轉換期的貴重資料，對擁有很多像阿部正弘這種優秀人才的福山市來說，這個發現絕對是莫大的財產。」

「聽說文獻中有謎一樣的文字。能請問您是什麼文字嗎？」

記者發問，並且把麥克風朝向女助教。

「可以。那是寫在黑色的『黑船』字樣旁邊的紅色字『星籠』。」

「星籠……」

「天上的星星的『星』，籠罩的『籠』。」

「那是什麼意思呢？」

❷將軍出征行列圖。

「現在還不知道那兩個字代表什麼。美國海軍准將馬休．培里留下來的資料裡，並沒有發現可能與『星籠』有關的信息。了解『星籠』的意思，是我們今後的研究課題。」

「那兩個字就寫在黑船的旁邊嗎？」

「是的。所以我們認為那兩個字，有可能是幕府用來對抗黑船的戰略表示。不過，目前還不清楚正確的意思到底是什麼。因為研究幕府末期史的資料中，看不到那兩個字。」

「確實是貴重的資料呀！」

「是的。」

電視裡的助理教授又要開始說明了，但御手洗此時卻突然站起來，毫不客氣地走到電視機的旁邊，一邊指著畫面，一邊像美容師在講解般地說：

「石岡君，她的髮型很可愛，不像助理教授會有的髮型呢！你看，額頭全被劉海蓋起來了。」

「哦，是嗎？看起來很年輕。」我說。

「這是你喜歡的類型。像以前的偶像明星。」

御手洗把話題轉移到新聞以外的事情上後，便離開電視機的旁邊，走到報紙架那裡，拿起報紙，把報紙放在桌子上，快速地翻動報紙。

他翻到地方版。看來他想要看的，還是和剛才的電視報導有關的事情。從我坐的位置，也可以看到報紙上「阿部家發現新資料」，或「星籠」的字樣。御手洗一屁股坐回沙發的時候，會客室的門開了，一個穿著西裝的男人走進來。

他一邊哈腰走過來，一邊說：

「嗨，讓你們久等了。櫻田門的竹越課長告訴我了。我是這裡的課長，姓黑田。」

他腰彎得更低，遞名片給我們。御手洗和我也禮貌性地站起來。

「我是御手洗，這位是石岡君。」

御手洗這麼說，我趕快點頭行禮。這時我才知道竹越已經先和黑田打過招呼了。

「久仰大名。今天從東京來的嗎？」黑田問。

「從橫濱來的。」

御手洗說。不過，正確地說，應該是從吳市來的。

黑田戴著黑框眼鏡，身材很瘦，還有點齙牙，身上沒有警官那種威嚴的氣勢，反倒像個業務員，說話的時候笑嘻嘻的。看到這樣的人，我就放心了，這樣御手洗說話就不會太刻薄了吧！

「歡迎你們來福山。一路辛苦了。這次來是為了什麼……啊，請坐、請坐。馬上請人送茶來。」

他一邊用手指示，一邊這麼說，我們也就坐回沙發上。黑田和我們隔著桌子，坐在我們對面的沙發上。

「從去年十月左右起，接連有好幾具屍體，漂流進松山海面上的興居島的小海峽。目前已經累積到六具屍體之多了。我認為屍體是從福山市這邊漂流出去的。」

「蛤！」

黑田嚇了一大跳，他驚訝得背都挺直了。

「屍體身上有傷，身分不明，但全部都是男性。」御手洗說。

「你說屍體是從福山這邊漂流出去的？確定嗎？」

「根據在吳市的水理實驗場所做的實驗結果，屍體從福山這邊漂流出去的可能性很高。」

「福山的話……那就是從鞆町的港口那裡。」

「應該是從離陸地大約兩公里的海面漂出去的。黑田課長知道這件事嗎？」

「完全不知道。而且是第一次聽說。」

黑田瞪大雙眼，張大嘴巴地說。

「關於這個事件，最近這邊有因為人口失蹤，而來報案的嗎？」

「還沒有。但是，這個事件確實很奇怪。如果那六個人都是福山的市民，那一定會造成很大的恐慌。」

黑田用當地人的口氣說。

「我想看看查詢失蹤人口的名單。從去年夏天到現在，大約一年左右的就可以了。」

黑田站起來，走到放在牆邊的桌子前，拿起桌子上的電話。

「麻煩了，我要一份失蹤人口名單。嗯。是的，從去年夏天開始，所有來報案，要求尋找的失蹤者名單。對，影印後拿到這裡來。」

黑田放下電話，轉向御手洗。

「名單馬上就來。」

他一邊說，一邊坐下來。

「麻煩你了。」

御手洗說。他們接著聊了一些福山城的事，然後就聽到敲門的聲音。

「進來。」

還在想「這麼快」的時候，看到進來的是捧著茶盤的女孩。茶盤的上面有茶杯。

「茶來了。」

她說。

「辛苦了。放在那邊吧！」黑田說。

「嘩！……真人耶！」

捧著茶盤進來的女孩小聲地說，但大家都聽到了。

她一邊一杯杯地把茶杯放在桌子上，一邊說：

「御手洗老師。」

「什麼事？」御手洗說。

「這是煎茶。您喜歡嗎？」她說。

「喜歡。」

御手洗說著，拿起放在自己面前的茶杯。

女孩笑咪咪地回頭來回看著我和御手洗，像小學生一樣地揮著雙手，走出會客室。

電話響了。黑田站起來，走到電話那邊，拿起電話。御手洗也跟著站起來，拿著茶杯走到窗戶旁邊。

「是。是。我是黑田。福山西署的刑警打來的？什麼？唔。接過來……好，好……我是本署的黑田。什麼？命案！」

站在窗邊的御手洗回頭看黑田。

「哪裡？鞆町？住宅大樓公寓。鞆町署打來的急報，鞆町署的各位現在已經趕往現場了嗎？」

「請等一下。」

御手洗說著，快步走過來，說：

「能不能照我說的去做？」

「等一下。」

黑田用手按住話筒，問御手洗：

「要怎麼做？」

「屍體在哪裡？是怎麼被發現的？」

「鞆町的海鷗住宅大樓……」

「是怎麼被發現的？」

「房東發現廚房水槽的下面漏水到樓下，需要修理，便去敲房子的門，但一直沒有人來開門，只好用備用鑰匙開了門，然後就發現了房間床上的女屍。」

「住在那個房子裡的人是女性嗎？」

「不是，是男性。」

「房子的主人呢？」

「主人好像不在。」

「嗯。那麼，請告訴房東，把那間房子像原來那樣地鎖好，然後回去他自己房子。還有，把那間房子的鑰匙交給鞆町署的搜查人員。不過，搜查人員絕對不能進入現場，也不要靠近現場，警車也不要接近那棟住宅大樓。另外，請刑警人員喬裝成一般人，暗中監視那附近的情況。」

「噢。」

「請他們只要監視住宅大樓的出入口就行了。現場的房子在幾樓？」御手洗問。

「喂，現場的房子在幾樓？」

黑田問電話的那一邊，然後轉向御手洗，說：

「好像是二樓。」

「能從下面或二樓的走廊看到現場的房子嗎？」

「可以從下面或二樓的走廊看到現場的房子嗎？唔、唔、唔，是嗎？」

黑田以右手掩住話筒，轉向御手洗說：

「如果是從住宅大樓後面的巷子的話，好像可以透過窗子，看到走廊。」

「那麼，如果發現屋主或其他奇怪的人物出入那個房子時，請他們要立刻通知黑田先生你。立即打手機給你。」

「啊，好。那麼……」

黑田問，他的手仍然掩著電話的話筒。

「請他們盡量裝成沒事的樣子，不要讓周圍的人感到出命案了。」

黑田點點頭，對著電話說：

「告訴房東立刻把那間房子的門鎖起來，然後回到他自己的房子裡。還有，鞆町署的警車千萬別靠近現場，你們也不可以進入現場。不過，要向房東借陳屍現場的房門鑰匙……」

黑田說到這裡，看著御手洗。

「要喬裝成一般人的樣子。」御手洗說。

「你們喬裝成一般人的樣子在附近監視。唔？……喬裝成什麼樣子都可以，漁夫也可以。另外，如果屋主或任何可疑的人進入那間房子，要馬上打我手機的號碼聯絡我。盡量裝成沒事的樣子，不要讓人注意到我們發現屍體的事。以後再給你進一步的指示。」

黑田放回聽筒。

「這樣就行了。現在請你叫一個鑑識組的人來。一個就好。然後我們四個人一起去現場。」

「好，我馬上叫警車。」

「不，我們搭計程車去。」

御手洗說。

2

我們和鑑識組的磯田，在警署前面上了計程車，然後在海邊的路上下車。

「就在這條路的前面沒錯。但是，御手洗先生，距離還很遠呀！」

黑田很擔心似的說。

「在這裡下車剛剛好。黑田先生，請你一個人先走。你知道在哪裡吧？」

「我想我應該是知道的。不知道的話可以問正在監視那裡的鞆町署人員。」

「那麼，你向他拿鑰匙，先進去住宅大樓。我們會依據你的動作，隨後跟上的。」

於是，黑田課長獨自走在海邊的道路上。

等黑田課長走遠了，御手洗便讓鑑識組的磯田和黑田保持適當的距離，也走上相同的道路。磯田像日本系列電影《男人真命苦》的寅兒，提著黃色的大皮革包包，晃晃蕩蕩地往前走。我和御手洗等他走遠了後，也和他保持距離地向前走。

走在海邊的道路上，雖然聞得到海水的味道，卻因為水泥堤防的阻隔，看不到大海。路邊有鋪著鐵絲網的平台，平台上一排排的小魚，正在接受陽光的曝曬。

「這裡的海就是瀨戶內海呀！」

御手洗說。我點頭表示同意，並且說明道：左前方的海面上有一座島，名叫仙醉島，那裡有海水浴場。聽說那裡是大半以上的福山人的海水浴場。

我們一邊留意不要走太快，以免追上走在前面的人，一邊慢慢走著。走了一段路後，就看到前方的黑田從一個戴著草帽、坐在防波堤上的男人手中，拿走鑰匙。戴著草帽的男人還指指馬路的對面，好像在告訴他那裡就是海鷗住宅大樓。只見黑田點點頭，然後穿越馬路。這裡的馬路和東京不一樣，沒有那麼多來來往往的車子。

和黑田保持一段距離的鑑識組的磯田，也穿越馬路了。不久後，和磯田隔了一段距離的我們，也越過了相同的馬路。

到了陳屍現場的住宅大樓了。回頭看那個坐在防波堤上的男子，他伸出手指比了一下，表示「就是這裡了」。

走上階梯，進到鋪著綠色油毯的走道。走道盡頭的門是開著的，戴著白色手套的黑田站在那裡對我們招手。我們快步走過去，看到門外面旁邊的牆壁上有二〇五這個數字，和寫著「秋山」的門牌。

一進門，就是懸掛在水泥地脫鞋空間的簾子。為了不要碰觸到簾子，只好彎腰從簾子的下面進去。

首先看到的是餐廳，那裡有一張桌子和五張椅子。繞過沙發往前走，是門開開的寢室。因為一眼就看到床上躺著一個蓋著毯子，只穿著內衣的女子，我嚇了一跳。她的衣物散落在床下。

鑑識組的磯田一語不發地遞白色手套給我和御手洗。

「不採指紋嗎？」

黑田問。在計程車裡的時候，御手洗就說過不採指紋了。

御手洗一邊戴手套，一邊點頭地說：

「現在不採指紋。一來沒有時間，再來就是採指紋會留下調查的痕跡。晚上再採指紋。」

「那麼我們現在要做什麼事？」

「觀察。仔細地觀察就夠了。」

御手洗說完，便走到窗邊，稍微拉開一點點關起來的窗簾，看著外面。

「看不到海。現在快黃昏了吧？這個房間的條件不錯呀！」

「什麼條件不錯？你不是很喜歡看夕陽嗎？」

我帶著點責備的語氣說。磯田和黑田沒事可做地呆立在一旁。

「這裡有很多昂貴的酒。」

御手洗指著房間角落的玻璃櫃，然後走到小型冰箱的旁邊，打開冰箱門。

「魚子醬和乳酪，生火腿和哈密瓜，生魚片和蝦子……肥胖的根源呀！」

「御手洗先生，你說的條件不錯，指的是什麼？」黑田問。

「唔？啊，當然是指幽會的條件。」

御手洗說著，走到屍體附近，用戴著白手套的手，慢慢掀開屍體身上的毯子。屍體的身上穿著有肩帶的長襯裙，相貌不錯，但化著濃妝，不是年輕的女孩子。御手洗把手伸入女性的身體下面。

「長襯裙的下面是赤裸的，而且出了很多汗。」

接著又去摸她的眼瞼。

「瞳孔張大，不混濁。有戴隱形眼鏡。腳上有好幾顆痣。磯田先生，可以幫我看看她的腳趾縫嗎？」

「腳趾縫？為什麼？」

黑田問。但鑑識組的磯田已經掰開腳趾，說：

「各腳趾間有紅色的點。」

「紅色的點？」黑田又問。

「這是注射的痕跡。」

磯田說。御手洗點點頭，把臉靠向屍體的肩膀附近。

「很重的清潔劑味道。這是興奮劑沒錯吧！」

「毒品？」黑田說。

「福山有興奮劑這方面的管道嗎？」御手洗問。

「沒有，福山這個地方很久沒有和毒品有關的事件了。那是很久以前的事。這裡也沒有黑社會組織。」黑田回答。

「磯田先生，找找和命案有關的小證物吧！請開始。我也要做一些觀察。」

御手洗彎腰看著屍體，繼續說道：

「看不出來有藥物反應。也看不到勒殺或刺殺的痕跡。」

說完，御手洗便伸直腰，一邊低頭看著女人身體和掉落在床腳下的女性衣服，一邊說道：

「年紀大約在四十五歲左右吧？會抽菸，而且菸癮相當重。酒也喝得不少，是慢性的睡眠不足者，在酒店之類的地方工作的可能性很高。經濟條件不是太好，有一個孩子，而且是剖腹產生的孩子。孩子現在應該也大了，是男孩子，大概是國中生或高中生。另外，她有近視，偶爾會戴眼鏡。」

「怎麼知道她會戴眼鏡？」

黑田問。御手洗指著女人臉的中央部位，說：

「鼻子的左右兩邊有淺淺的戴眼鏡痕跡。」

「你說『偶爾』……」

「她現在不是沒有戴嗎？鎖骨的地方有骨折的痕跡。眼睛的下面有一點點傷痕，或許是車禍造成的。

「以前造成的嗎？」

「相當久以前了。還有，她有腰痛的老毛病，胃也不好。下腹部有剖腹產的痕跡。因為那是超過十年以上的開刀痕跡，所以她的孩子應該已經大了。並且，從乳頭的狀態看來，可以了解她以母乳哺乳。另外，因為她經常淋浴，過度搓洗皮膚，所以皮膚上有好幾個地方變紅了。她也在這個房子裡沐浴了，還匆匆忙忙地化了妝，這是因為興奮劑的作用，她有體味過敏幻想症。從她匆匆忙忙地化妝方式看來，要她上床的對象，可能是她不敢讓他等待，並且是她尊敬的男人。」

「喔、喔！你好厲害。」

黑田佩服地說。御手洗的鼻子湊近女人的臉部，從額頭到下巴地嗅了一回，接著用指尖捏起地板上的衣物查看。

「她很可能是住在這一區的居民。雖然是匆忙之下的化妝，卻是濃妝，可見這是她平日的習慣。不過，她沒有配戴戒指、項鍊、耳環之類的飾物。」

「那是……」

「她現在的男人應該是黑社會暴力組織的成員。」

「為什麼？」

於是御手洗指著女人的左側胸口，說：

「這裡有刺青。如果不是為了取悅男人，不會在這個位置上刺青。刺青看起來還很新，所以她和男人的關係可能還在持續當中。東西被那個男人帶走了。」

「為什麼？」

「因為什麼事情敗露了吧！現在還無法多說什麼。頭髮有被拔掉一點點的痕跡。是一個有暴力傾向的男人。還有，她的額頭上有輕微的擦傷。咦？」
御手洗靠近看死者的臉。
「怎麼了？」
「收回男人是暴力組織成員的看法。和她一起在這裡的男人，並不是暴力組織的成員。」
「哦？」
「那個男人不是她的情人。」
「和不是情人的男人幽會？那麼，死因呢？」
「她有那樣做的理由。大概是和重大的利益有關。」
「可是卻被殺死了。」
「不是……」
御手洗蹲下來，靠近屍體的臉。
「她應該是受到藥物的刺激，引發心臟痲痺致死的。不過，還是等待解剖之後，才能更確定死亡的原因。」
「不是被殺的嗎？」
「不是。是意外死亡。」
「不是她的丈夫嗎？」
「和她一起在這裡的人，不是她的丈夫。很久以前她就和她的丈夫分手了。這個房子的主人是誰？」
「還不知道。」
「是一個有金錢地位的人。如果不是暴力組織的成員，那麼會是誰呢？石岡君，你覺得呢？」

「你還不知道嗎？」

「很清楚呀！這是很清楚的事。」

御手洗轉頭對鑑識組的磯田說：

「好了，我們要去查看餐廳那邊。至於她死前有沒有性行為，能不能採取到精液，推斷死亡時間等等的事，就麻煩你了，請盡快檢查。」

於是御手洗和黑田、我，便移身到餐廳。

黑田從最旁邊的抽屜開始，拉開抽屜查看。我照著他的方式，也拉開抽屜檢查。

御手洗打開廁所的門，走進廁所，很快又走出來。接著，他打開大冰箱的門，查看蔬果冷藏櫃。

「沒有針筒或粉狀物。果然是被帶走了嗎……」

黑田說著，關了抽屜。又說：

「一無所獲嗎？」

「不是一無所獲。我找到了徽章。」御手洗說。

「徽章在哪裡？」

「在她的梳妝用品包裡。」

「在哪裡找到？」

「在這張椅子上面。這是在她手提包裡的近視眼鏡。手機被男人拿走了，但他漏掉了這個徽章。不過，我們現在最好不要拿走徽章。」

御手洗說著，把徽章放在桌子上。

「這個『C』字是什麼意思？這是什麼的徽章？」

黑田彎著腰，一邊仔細看著徽章一邊說。

「不知道。不過，好像和掛在牆壁上的框有關係。」

御手洗指著牆壁說。

「框？」

黑田回頭看。但是他只看到一片白白的牆壁，什麼框也沒有看到。

「被拿走了，而且大概是剛剛才被拿走的。牆壁上有框的痕跡。」

御手洗邊把徽章放回原來的梳妝包內，收好提包，放在附屬於餐桌的椅子上，邊說明地說：

「這裡有一點點摩擦的痕跡。應該是在匆忙之中把框拿下來的。」

他走到牆壁前，指著牆壁說。

「這裡有人住嗎？」黑田問。

「一本書也沒有。也沒有書架。連一本雜誌也沒有。只有食物和水，是無法過生活的呀！」

「那麼——」

「不鏽鋼上面一點油污也沒有，也沒有做飯的痕跡。不像有人住在這裡。」

御手洗這麼說的時候，磯田從寢室裡走出來。

「已經可以了。」

聽磯田這麼說，御手洗點點頭。

「死者大約已經死亡兩個半小時左右。有性行為的痕跡，但是沒有採取到精液。找不到那樣的東西。」

「還找到了什麼嗎？」

「有幾根陰毛。不過，不知道是男性的陰毛還是女性的陰毛，而且也無法斷定是不是特定人物的陰毛。時間太短，沒有辦法進行更多的……」

御手洗一一關上剛才為了查看而打開的水槽下方門，和餐具櫥櫃的門。

「廁所的馬桶也沖過水了，所以什麼東西也沒有留下來。好了，這樣就可以。現在能做的，我們都做了。我們快點離開這裡吧。」

說著，他又走到窗邊，站在窗簾後面看下面的馬路。路上沒有人，也沒有停著的車輛。

「屍體就這樣放著嗎？」

黑田問。

「對。寢室內的屍體已經恢復元狀了嗎？」

御手洗問磯田。

「是。」

「那麼，拿你的黃色大皮革包，我們一個一個出去。黑田先生最後走。請記得把門鎖好。」

御手洗命令似的說。

3

黑色的廂型車停在住宅大樓的前面，四條身影下了廂型車後，快速地消失在大樓的入口處。蹲在建築物的後面，看到這一幕的我們，回到停在巷子深處的警車。黑田課長坐前座，我們坐著警察開的警車，非常安靜地前進，停在廂型車後面三十公尺的地方後，關掉車子的引擎。我們看到有個窗戶透出燈光了，但那裡不是屍體所在的寢室窗戶。

不到十分鐘的時間，剛剛進去住宅大樓的四個男人戴著手銬現身了。被押著的有三個人。因為有點距離，再加上夜色昏暗，看不清楚他們的相貌，但從體型看來，那三個人好像都是年輕人。

「好像順利逮捕到人了。」坐在前座的黑田說。

「在屋子裡等待的人，制伏了進去屋子裡的人。」

「是，是的。」

坐在後座的我回答。

「如您所說的，天黑以後就會有奇怪的人跑出來。」

黑田回頭對坐在後座的我們說。

「他們是屍體處理組。」御手洗說。

黑田點點頭，說：

「他們是來運走屍體的吧！署裡的人會去開走他們開來的車。他們好像已經乖乖交出廂型車的鑰匙了。」

透過車子的前窗，可以看到刑警進入他們開來的廂型車內。四個人中走在前面的那一個被帶進警車中，另外三個人被押著走。

「哦？沒有讓他們上車。這樣安全嗎？不會被他們逃走嗎？」

黑田課長看著前面說，然後又轉頭回來看我們。

「現在要把他們押送到福山西署。西署也叫做鞆町署，離這裡不遠。老師，我們也要去嗎？」

「都可以。不過，我沒有什麼興趣。」御手洗說。

「喂，御手洗。」

我說。我覺得御手洗不該用如此傲慢的口氣說話。畢竟黑田課長一直以相當低姿態，很禮貌地對待沒有任何權限的我們了。

「因為去了也聽不到什麼有用的情報嘛。他們一定會保持沉默，什麼也不會說，而且也無法從他們的身上搜出可以了解他們身分的東西。所以我才會說現在去了也沒有用。」

「那麼，以後再去嗎？」我問。

「如果是我，我現在就會說了。」

「是嗎？你說他們是屍體處理組，是哪裡的屍體處理組？那些人原本是什麼身分？」

「可以從廂型車的車牌號碼，找到車子的所有人。」黑田說。

「沒錯。不過，不需要那麼做，也可以知道車子的所有人。」御手洗說。

「哦？是誰？」

黑田訝異地看著我們。

「他們的律師等一下就會來。得知屍體處理組的行動失敗後，老大一定會改變作戰方式和說詞。例如：那些人和屋主是朋友，在不知道房間裡有屍體的情況下，因為想休息而進入那間屋子。如此，那四人就會被無罪釋放。」

「唔……」

「那些人的老大有這樣的智慧是很正常的。我什麼都能猜想得到，根本不必問那些人。如果有必要的話，我還可以做進一步的說明。」

「哦？是嗎？」

「御手洗，他們是暴力組織的成員嗎？」

「不是。不過也差不多了。福山是個好地方，卻被他們占領了。」

「唔？占領？真的嗎？那就不太好了。」黑田說。

「我說的一點都不為過。他們的行動都在水面下進行，所以看不出他們的行動。暴力組織也在幫他們。」

「你說的暴力組織……其實只是某些建設業者，現在也……」

「隨便你怎麼稱呼他們。總之是賣興奮劑的組織。」

「啊，是的。」

「不過，這四個人什麼也不是。他們是沒有思想的人，問題是支使他們的那些人。那些人占領了這個地區，到底想做什麼事？這才是我之後想知道的事。」

御手洗這話剛說完，黑田課長的手機響了。黑田從懷裡拿出手機，接聽了來電。

「是，我是黑田。唔，唔……這邊已經整理好了。唔，唔，什麼？命案？」

坐在後座的御手洗和我都身體不禁向前傾。

「知道了。馬上就回去那邊。喂，回署裡。」

發動引擎，車子向前走後，馬上就U形轉彎。黑田把手機收進懷裡。

「這樣可以嗎？御手洗先生，我們現在回福山。先不管鞆町這邊的事，你可以陪我回去福山嗎？」

「可以。」

「真的如你說的。這個平靜的地方，突然變得風風雨雨了。」

「發生了什麼事嗎？」

「有一個人在國道二號線延廣町十字路口的天橋上被人摔下橋。現在救護車已經將被摔下橋的人送到醫院，而摔人的人則逃跑了。」

「從天橋上？」

「是的。」

御手洗雙手抱胸地思考著。

「這次是天橋……為什麼會在天橋上？」

我不假思索地說。

「和前面的命案完全不一樣的莫名其妙事件。」

「摔下來後，好像正好掉在計程車的車頂上。可是，為什麼會發生這種事呢？喝醉酒了嗎？」

黑田也抱胸，低著點頭。

「傷勢好像很嚴重，現在無法，所以去醫院也……要不要先去看出事的現場？」

「不，去醫院吧！」御手洗說。

「可是，去了也問不到什麼事情吧？受傷的人現在昏迷不醒呀！」

「沒有必要說話。我只要看看受傷者的臉，和受傷者隨身的物品。」

到了醫院，進了急診處，正好有護士從急救治療室走到走道上。黑田閃過護士，直接進入急救治療室。我和御手洗跟在他背後，也進入急救治療室。但裡面已經沒有病人了。

黑田抓住一個穿白衣像醫師般的男人，把自己的警徽給男人看後，說：

「我是福山署刑事課的課長黑田。剛才有個人從天橋上摔下來，我想看一下那個人的衣物和隨身的物品。」

「請等一下。」

男人說著，就走到後面去，暫時消失了身影。沒多久，他拿著塑膠籃子回來。

「都在這個籃子裡。」

「謝謝。那麼，你忙你的，不麻煩你了。」

醫生走了。黑田拿著籃子，走到室內的角落，把籃子放在那邊的桌子上。

「那醫生也太粗心大意了。」

站在旁邊的御手洗說。

「重大的證物很可能就這樣被拿走了呀！」

「那是因為我有這枚警察徽章呀。」

「那種東西要仿造多少就能仿造多少。對方的組織很大呀！」

「他們的組織很大？真的嗎？」

御手洗一邊翻看籃子裡的衣物，一邊說：

「我現在正在找證據。不管怎麼說，警方都應該拿走這些衣物，謹慎地保管這些衣物。以後用得到的。」

「在審判的時候嗎？」

「沒錯。這裡面有錢包，錢包裡有一萬兩千圓。不過，卻找不到身分證或駕駛執照之類的東西。」

「那種東西會放在家裡吧？」

「或許是那樣。但也有可能不在家裡。」

「為什麼？」

「因為被人拿走了。」

「哦？這樣就無法了解從天橋上摔下來的人的身分了。」

「他是沒有身分的人，因此也沒有保險。你看這些衣服，所有領子內側的標籤都被剪掉了。這件，還有這件都是，連長褲上的標籤也被剪掉了。」

「確實！為什麼呢？」

「衣物口袋裡的別針、耳環，而且都是金子做的。」

「啊！手鏡！這是帶把的圓形手拿鏡。」

我拿起手鏡來看，說：

「嘿，真的是手鏡耶。這個鏡子是做什麼用的呢？」

御手洗看了一眼手鏡。

「是魔鏡。」御手洗說。

「魔鏡？魔法的鏡子？」

我說。御手洗點點頭，說：

「是變魔術的小道具。」

我用鏡子看自己。

「這個鏡子很奇怪，表面不是玻璃做的，是金屬。」

「是用金屬磨出來的鏡子。這是古代的鏡子形式。啊！找到東西了。」

御手洗捏起一張小紙片，把紙片舉起來對著光看。

「那是什麼？」

黑田一邊看著御手洗的舉動，一邊發問。

「便條紙。」

「上面寫了什麼嗎？」

「看不出來。故意寫得破破碎碎，不成字形。」

御手洗把那張紙放在桌子上。我和黑田疊在一起般地看著那張紙。完全看不出是什麼字，只看到重重疊疊的線條。

「這是暗號嗎？」我說。

「答對了。」御手洗說。

「不過，這是結果論的說法。因為我們是日本人，所以這個才會是暗號。」

「這是什麼意思？」黑田問。

「這不是日本的文字。」

「不是日本的文字？」

「奇怪呀……」

御手洗說著，又在籃子裡翻找。

「在找什麼？」我說

「沒有我要找的東西。石岡君，給我看看那個手鏡的後面。啊！果然有了。」

御手洗叫道。

「什麼東西？」

御手洗指著鏡子的背後，說：

「鞆町的那個命案和現在發現的徽章有相同的標誌。這樣就明白了，有了這個，故事就可以串連起來了。醫生！」

御手洗呼叫走過來的醫生。

「我們是福山署的人，可以讓我們看一下這些衣物的主人嗎？」

「患者現在在集中治療室，常人不能進去那裡。患者的脊椎受了重傷，能不能過得了關，今天晚上是關鍵。」

「啊，那就快帶我們去集中治療室，無論如何都必須看到患者。」

黑田從旁邊插嘴說道：

「這關係到警方的調查工作。」

醫生仍然站在原地不動。

「我想通知患者的家人。」

「目前還查不出患者的身分。看患者的目的，就是為了了解患者的身分。」

「雖然不能讓你們進集中治療室，但是還是能讓你們看看患者的臉。請跟我來吧！」

醫生說著，就帶頭走在前面。

我們被帶到好像醫生候診室的地方，裡面有兩個穿著白袍像是醫生的人正在吃牛丼。

「這邊。」

醫生指的桌子上面，放著一個液晶顯示器。顯示器的畫面裡，是一個床單蓋到脖子，閉著眼睛，仰躺著的病人的臉。

「還好繃帶沒有遮到臉部。」

御手洗說，然後問醫生：

「患者的身體上有注射的痕跡嗎？」

「注射的痕跡？為什麼會這麼問？」醫生反問。

「想了解患者有沒有注射興奮劑的痕跡。」

「之前沒有注意到。」

「可以讓我們看看患者的趾縫間嗎？」

醫生靠近顯示器，按了一個鍵後，說：

「田邊，可以讓我看一下患者的趾縫間嗎？看看有沒有打針、注射的痕跡？」

於是，護士的肩膀橫過攝影機的下方。

「沒有。沒有注射的痕跡。」

護士的聲音從牆壁上的小小擴音器裡傳出來。

「這樣嗎？謝謝妳了。」醫生回答。

「行了。黑田兄，我們可以走了。帶著患者的衣物吧！免得被偷走了。」御手洗對黑田說。

來到醫院的停車場，走向我們的車子時，黑田拿著裝有被害人的衣物紙袋，拿著手機不知在和誰說話。講完電話後，他把手機收入懷中。

「啊，好睏呀！御手洗先生，其他的事情明天再處理吧！」黑田說。

「可以呀！如果沒有新的事件連續發生的話，就回家睡覺吧！」御手洗說。

「還會發生案件嗎？」黑田問。

「兇手逃走了。所以再發生案件的可能性，是存在的。」

「饒了我們吧！鞆町署那邊也這麼說，已經發出抗議聲了。兇手到底是什麼樣的傢伙？」

「剛才是和鞆町署通電話嗎？」

「是的。」

「明天我去鞆町署說說。」

「那就拜託了。我年紀大了。剛才那個重傷的受害者的來歷……」

「我知道。不過告訴那邊也不會發生什麼好事。」

「你的意思是什麼？」

「會發生和鞆的住宅大樓相同的事。」

「哦？這個醫院裡嗎？」

「是的。如果要在醫院內進行那種事，大概需要一打左右的人手，或許會開巴士過來。不過把他們統統逮捕起來的話，鞆町署的拘留室就會爆滿了。」

「別說笑，如果變成那樣，就是戰爭了。那麼我們這邊也需要以軍隊備戰。明天就提出軍隊幫忙的申請。不過，御手洗老師，剛才的那個重傷的受害者與鞆的女性屍體，有關聯嗎？」

御手洗點頭。

「這是很明白的事情。如果不想發生戰爭，那必須壓下新聞。鞆的女性屍體的身分調查清楚了嗎？」

「還沒有。」

「朝酒吧的方向去找吧！一定有哪家酒吧裡的媽媽桑不見了。好了，必須找個過夜的地方。」

御手洗一這麼說，黑田馬上說：

「署裡的女生好像已經訂下了車站前的新城堡飯店。那個女生是你們的粉絲吧！」

「唔，那個……我有不太好的預感。」

我不自覺地說。

「新城堡飯店是福山這邊最好的旅館了。晚上就投宿在那裡吧！」

「太好了。」

御手洗回答。然後又說：

「好想睡呀！昨天晚上也沒有睡好。好像快撐不住了。」

在新城堡飯店的櫃台辦理了入住手續後，黑田就回去了。

我們在櫃台取了鑰匙，搭電梯上樓進房。一打開房間，就看到一張超大的床。我的預感果然中了。

「果然是這樣！沒有單人房……」

我無力地坐在椅子上，喃喃地說著。

「也沒有兩張床的房間。」

冷不防地抬頭看牆壁，結果又讓我看到可怕的東西。那是一個用粉紅色絲緞當邊的巨大心型鏡子。

「這是什麼嘛！為什麼要有這樣的東西！」

我指著牆壁，憤憤不平地說。

「這是為新婚夫婦準備的房間吧！」

但是，御手洗對那樣的東西看都不看一眼，只是雙手抱胸地一直在思考，並且在房間裡走來走去。好不容易他停下腳步了，卻又一直站著不動。

「我可以先去沖個澡嗎？」他說。

「隨便，要沖澡還是要泡澡，隨你高興。」

我回答。

隔天早上，我們去飯店的餐廳吃早餐時，黑田課長來了。他快步靠近我們，並且坐在我的旁邊。

「早安。」

他和我們打招呼。我們也回應他。

「嗯，早安。」

黑田露出古怪的笑容，問道：

「石岡先生睡得好嗎？」

他的聲音也有幾分曖昧的味道，上下打量著我的身體。

「唔？怎麼了嗎？」

我說。於是黑田說道：

「沒事。只是擔心你會睡不著。」

「我睡著了。」我回答。

「那樣嗎？那就太好了。」

「有什麼事嗎？」

「鞆那邊的情形怎麼樣了？」御手洗問。

「對了，對了。被御手洗老師說中了。」

黑田雙手一拍，身體向前地說：

「死在海鷗住宅大樓的女人名叫宇野芳江，是在離現場不遠的鞆町的『幸福亭』小酒館工作的女性。」

「她有孩子嗎？」

御手洗問。黑田的身體往後縮回，並從懷裡拿出記事手冊，說；

「欸，這個果然也如御手洗老師所說的。宇野芳江有一個讀國中的兒子，名叫智弘。宇野芳江沒有丈夫，獨力扶養兒子，現在她死了，兒子馬上就變成孤兒，以後不知道要怎麼過日子，真的很可憐。」

御手洗表情嚴肅地點點頭。

「還有，剛才醫院打電話來了，說昨天晚上從天橋摔下去的重傷男人，在醫院裡過世了。」

御手洗又是點頭。

「已經死了嗎？」

「是的。穿著內衣，陳屍在鞆町公寓房內的女人，和從福山的國道天橋掉下來，落在計程車車頂而死的男人，都不能算是從福山漂流到松山的屍體吧！而福山這邊之前也完全沒有發現屍體的事件。」

「這邊以前沒有發現屍體的事件？」

御手洗抬頭，露出驚訝的表情。

「有屍體的話，就表示有人先不見、死了。有人不見了，就會有人去報案，請求警方幫忙尋找失蹤人口。但沒有人來報案，表示沒人覺得有人失蹤、不見了。」

黑田說。我一直注意著御手洗的反應。

「興居島的情形也一樣。不管是興居島還是福山，這兩個地方都沒有傳出當地人死亡的消息。那麼屍體是怎麼來的呢？是從哪裡冒出來的呢？這簡直就是怪談！」

「可是昨天這裡確實死了兩個人。」御手洗對黑田說。

「所以說住在這個地方的人的死亡，是從這兩個人開始的。」

「不，是從那個女性開始的。」御手洗說。

「咦？男性不算嗎？」

「對。而且，那具女性屍體如果被處理屍體組的人帶走，並且隱藏起來，那就等於昨天沒有居住在這個地方的人死去了。」

「唔——說得沒錯！因為不知道那個男人的來歷和身分，等於他不是這個地方的人……」

黑田雙手抱胸，很佩服似的說。

「但女性死者是住在福山的本地人，這是我們現在已經知道的事。」御手洗說。

「唔，這麼說的話……」黑田說。「你說第一個死亡的本地居民是女性，只是因為她是第一個被查明身分的死者……」

「是的。這個地方發生連續殺人事件了，但因為一直沒有失蹤人口的報案，所以就被認為沒有命案發生。」

「這到底是什麼情況呀！」

黑田低下頭來沉思。

「沒有看到屍體，也沒有人來報案，或請求查詢失蹤人口。對警方來說，這種情形就是沒有發生命案。」

「確實。從去年夏天到現在，福山只有一件人口失蹤的案子。住在久松町，六十三歲的小松鐘錶店店主小松義久失蹤了。來報案的是小松義久的太太。但這個失蹤案件與這次的事件沒有關係吧？」

「這還不知道。」御手洗說。

「是嗎？總之，從去年夏天到現在，就只有這件人口失蹤的案子。因為這個地方是個和平安靜的小鎮。」

黑田一再強調這一點。

「這和這裡是不是和平安靜的小鎮沒有關係。」御手洗說。

「那麼，請你說說看為什麼會這樣？」

「六具屍體是從這個城鎮的海面往西漂流，這一點是沒有問題的。但這個地方卻沒有相關的通報……」

「確實沒有。」黑田又說。
「那是因為這裡有阻止通報死亡事件的團體吧？」
「阻止通報死亡事件的團體？」
「例如與興奮劑毒品有關的團體。那種團體是即使同伴被殺了，也不會去報案的團體。」
「啊，是嗎？暴力團體的話……」
黑田說著，微微地點點頭。
「如果福山市立大學還沒有傳來什麼聯絡，那麼，那樣的團體今天會往鞆町署……」
御手洗才這麼一說，就見黑田露出驚訝的表情，慌張地說：
「福山市立大學？」
黑田課長驚慌的樣子，讓我很吃驚。
「是的。」
「怎麼會和福山市立大學有關呢？」
「是呀，太令人意外了。」我也說。「到底是從哪裡跑出來的呢？」
御手洗也是露出「唔？」的表情，但隨後表情一變，臉上的表情好像在說「原來如此嗎？」。
依我對他表情的了解，事情好像還不到能說出來的地步。
他偶爾就會這樣，等他完全明白了，就會說明給我聽，讓我也了解。
「好了，我們路上說吧！」
御手洗一邊喝著紅茶一邊說。
黑田課長的手機這時響了。他從懷裡掏出手機，把手機按在耳朵上時，還在說：
「這件事和大學無關吧？福山市立大學是……喂，我是黑田。什麼？唔……唔……什麼？福山市立大學？」

他好像要跳起來般，轉頭驚訝地看著御手洗。

「唔，好……知道了。但是，那是真的嗎？我馬上就過去，和御手洗先生他們一起去。」

黑田課長掛斷電話，把手機塞進懷裡，然後發呆了一小會兒。

「這實在太讓我震驚了。福山市立大學耶！」

「那通電話說了什麼？」

「欸，御手洗老師明明一直待在這裡……是怎麼知道的呢？」

「你問我為什麼知道……」御手洗說：「因為太清楚了，所以反而無法說明。」

「這次是大學裡的老師……這到底是什麼樣的事件呀！鐘錶店的老闆、酒館的女服務人員，現在又來了個大學老師？越想越搞不懂。這些事情之間到底有什麼關聯性？」

黑田說，並且一直看著御手洗。

第四章

1

瀧澤加奈子在黑暗的小巷裡快步走著。隨著她的步伐，她腳上的淺口式鞋子所發出的聲音，劃破夜晚的空氣，叩叩叩地響著。

一個年輕的男子慢慢地走在她的後方。年輕男子穿著慢跑鞋，幾乎一點腳步聲也沒有。

一道圓形的光芒突然投落在加奈子前方的水泥牆壁上。光芒落下的速度很快，並且停留在加奈子眼睛高度的地方。加奈子嚇了一跳而停下腳步，並且注視著那道光芒。

光芒的中央浮現出一張白鬍子的老人臉。加奈子看到後，猛然想回頭，但就在那一瞬間，男子從加奈子的後面跑過來。加奈子被男人從背後倒剪雙臂，發出哀號。

圓形的光芒消失了，男人在她的耳邊說道：

「神就在前面！神就在妳的面前！……怎麼樣？妳不敢直視神的臉嗎？」

加奈子完全不想聽對方說的話，她閉著眼睛，一味地尖叫。男人一邊堵住她的嘴，一邊把她按倒在鋪石的地面上。

原本寂靜的黑夜裡，傳出激烈的喘息聲與衣服摩擦的聲音，還有身體與鋪石地面碰撞的聲音。男人粗暴地控制著加奈子，還一邊叫道：

「妳冒瀆了神！無視神的指示！」

「救命！救命呀！色狼、色狼！救命呀！」

加奈子拚命喊叫，雖然躺在地上了，還是奮力地揮動手中的手提包。

男人的頭被擊中了。這一擊的力道不小。男人在被擊中的那一瞬間，稍微退縮了一下。

加奈子當然不會錯過那一瞬間，她拚命地踢男人的身體。

想要站起來的男人被踢得翻倒，重重地一屁股坐在地上。

「怎麼了？發生什麼事？不要緊吧？」

一個男人的叫喊聲從黑暗的那邊傳來，接著就是跑過來的腳步聲。攻擊加奈子的男子很快地站起來，往腳步聲的反方向全力奔逃。

一位中年男子跑來，站在加奈子身邊，低頭看加奈子，並且伸手向下，要幫忙加奈子。

加奈子低著頭，不去看那隻手。她急急忙忙地跪坐在黑暗的鋪石地上，拉好凌亂的裙子，並且蓋住自己露出的雙腿。

「是。我不要緊了。謝謝。」她連忙說。

男人縮回伸出去的手，問：

「遇到色狼嗎？」

「是的。」

加奈子回答，然後慢慢伸出手，撿起掉落在地上的手提包。

這個時候又有別的男人跑過來了。是穿著制服的巡警。加奈子慢慢站起來。

「沒事吧？」巡警問。

「好像是遇到色狼了。」

最初趕到的男人告訴巡警。警察點點頭，又問：

「妳不要緊吧？有沒有受傷？要不要去派出所休息一下？」

「不用了，我沒事了。明天一早還要上班，我要回去了。」
「不報案嗎？」巡警問。
「不，不用了。」加奈子回答。
「妳是上班族嗎？」
「不是，我是福山市立大學的老師。」
加奈子這麼回答，行禮道謝後，就加快腳步，迅速地離去了。

翌日早上，助理教授瀧澤加奈子站在福山市立大學的教室裡講授日本史。
她在黑板上寫完字後，轉頭面對學生，開始說：
「戰國時代，以瀨戶內海為舞台，建立獨立的海上王國的村上水軍總帥，就是村上武吉。村上武吉的居城位於芸予諸島中的能島。能島的周長只有七百二十公尺，是一座非常小的島嶼。」
加奈子一邊說，一邊揮動帶著鉤的棍子，把懸掛在頭上方的瀨戶內海地圖勾下來，地圖正好在黑板的前方。然後，她指著地圖上的能島說：
「這就是能島，是非常小非常小的島。武吉特地選擇這樣的小島，做為水軍的司令部。發生緊急情況的時候，五百艘他們稱為小快船的獨特軍船，就會團團圍住小島，保護小島。」
上午的陽光照射進教室與講台，學生們一邊聽加奈子講課，一邊比較手邊的參考書。
「日本歷史中，最早的軍艦資料和圖面資料並列在一起的，可以說就是村上水軍吧！能島上的武吉居城內的建築包括本丸、二丸、三丸，是非常嚴謹的城堡。瀨戶內海裡有無數的小島，武吉選擇這座小島做為居城的所在地，就是基於敵人來襲時的考量。
「小島周圍的海面比較狹窄，因此潮流的速度非常快，是瀨戶內海中最危險的地方。如果不了解那附近的海域性格，就無法在那個海域裡自在地操控船隻。再加上這座島真的很小，敵軍也無法登陸，進行陸面作戰。戰國時的武將熟悉陸地戰，不習慣水面上的戰爭，而村上水軍卻非常了解瀨戶內海，對於在海上進行的戰鬥，有絕對的信心。現在我用幻燈片做一下說明。那邊的同學，請把窗簾關起來好嗎？」

於是，坐在窗戶旁邊的幾個學生站起來，各自關閉自己座位附近的窗簾。上午的陽光被窗簾阻擋，教室內立刻變暗了。

加奈子收起地圖，拉下顯示幻燈片用的銀幕。她謝過學生後，打開幻燈機的開關，首先出現在銀幕上的，是木造小快船的畫面。

「這就是村上水軍的小快船。船身雖然狹長，但藉由訓練有素的槳手有條不紊的操作，狹長的船變成了快速船。而左右這兩塊板子，是擋箭板。

「瀨戶內海的島民原本都是務農的農民，但是，務農的生活辛苦，再怎麼努力，過的都是窮日子，便轉而向在瀨戶內海海面上通行的船隻，索取通行費。」

助理教授操縱遙控器，把畫面切換到瀨戶內海的全圖。

「瀨戶內海就像這樣，大量的海水從三個地方出入，像一個四方形的水池。因為是內海的關係，海面的波浪相對平靜，航行在上面比較安全。所以，瀨戶內海一直是日本東西向旅人的大道。

「例如，從大坂要往九州的船隻，就是在大坂的海面上，乘著潮流，向西航行。但是，充滿了海水大水池的中央，海水幾乎是靜止不動，船隻也就沒有辦法前進，因此必須在那附近的港口，停靠六個小時，等待漲潮。

「六個小時後，這個大水池的海水開始流出，船也就可以離港，再度乘著潮流，往西航行，抵達九州。瀨戶內海就像擁有天然輸送帶的便利之海。

「在蒸汽船這種方便的科技產品問世之前，船隻在海上航行，不是利用潮流，就是利用風力，所以擁有潮流出入的瀨戶內海，是當時珍貴的交通重寶；從很久以前開始，瀨戶內海就是日本的海上大道。在西方文明進入日本之前，日本人便是靠著這條海上大道，把軍隊或宗教、經濟，從東帶到西，或從西帶到東。

「不過，這條海上大道也有不便之處。第一個不方便之處，就是必須等待漲潮。在每次的航行裡，都無法避免地必須面臨一次等待漲潮的時刻。即使是神功皇后或空海、最澄、源義經、足利尊氏等等歷代的歷史名人也一樣，都必須在中途暫時靠岸，等待漲潮後再出發。而那個船隻中途靠岸的港，就是這裡，我們福山市的鞆町港口。

「還有一個不便之處，那就是海盜。對海盜來說，平靜而穩定的海面，讓他們更容易行動。平靜的海面也容易進行海上軍隊的訓練。自古以來，不論東西，寬闊而波濤平靜的海上，通常就是海盜出沒頻繁的地方。北歐有名的海盜維京人的出沒地點，就是寬闊的海灣。

所以，村上水軍的大將村上武吉便認為可以利用瀨戶內海這條海上大道，向來往船隻收取通行費。確實沒有比瀨戶內海更方便而安全的道路了。不過，因為瀨戶內海裡有無數的小島，海流時時刻刻都在變化中，在船隻還沒有引擎的時代裡，最好的航道會隨著季節與時間變化，如果不是長年生活在瀨戶內海的環境中，是不會了解到這一點的。

在陸上的通行道路因為戰國亂世，而處處充滿危機的時候，船隻是一次就能夠運送最大量物資的工具。但是，載滿物資的船隻，就容易成為海盜的目標。村上水軍另一種身分就是海盜。在向來往的商船索取通行費時，若遭到拒絕，就會化身成海盜，掠奪商船上的物資。但對願意付出通行費的商船，村上水軍則扮演著保護者的角色，讓付費的商船免受其他海盜的攻擊，並且引領商船到達目的地。

「村上水軍的據點是由百餘個大小島嶼組成的芸予諸島，那裡島與島之間的距離窄小，潮流時而變得非常快速，是瀨戶內海中最大的險處。懂得利用那裡的海水動態，讓那樣的動態成為自己的水上戰略的武吉，選擇能島做為居城，當然有其算計。武吉真是一個很有頭腦的人。

「村上水軍要求的通行費不低，大約是船上所有物資的十分之一。例如：載運千石米的船，會被要求百石米的通行費。不過，通行費雖然高，總比全部被掠奪走得好。而付了通行費的船，船頭就會掛起圓圈中寫了一個『上』字的紅色船標旗幟，獲得村上水軍的通行保證。」

加奈子再度操縱遙控器，銀幕上出現旗子的畫面。

「即使是當時大名，也必須付這樣的通行費。因為大名們雖然在陸地上擁有強大的軍力，但到了瀨戶內海，任何大名的軍隊也打不過村上水軍。

「大將武吉嚴格地訓練身邊的年輕人，讓他們個個成為厲害、有用的水兵。徵收來的通行費是他們的穩定收入，不僅豐厚了島民的生活，也實現了兵農分離的做法。換句話說，當時島上的年輕人不再務農，而是專門的水兵。」

說明到這裡時，加奈子瞄了一下手錶。

2

上完課，加奈子走在走廊上的時候，同樣是助理教授的藤井照高迎面走來。藤井照高舉起手，滿臉笑容地對加奈子說：

「瀧澤老師，剛才有人打電話找妳哦。」

「哦，真的嗎？誰打來的？」

加奈子問。藤井放慢步伐。
「福山歷史博物館的富永打來的。」
「啊，是富永先生呀？他說了什麼？」
「他說發現了非常不得了的資料，請老師一定要看一看。」
他們兩人面對面地站著說話。
「哦？是嗎？是什麼資料？」
「他只說是非常不得了的資料。」
「唔？到底是什麼呢？很期待呢！是和村上水軍有關的資料嗎？」
「沒有說到這一點。對了，我發現一家不錯的店。晚上要不要一起吃飯？」
「啥！」
加奈子好像嚇了一跳，呆呆地站著不動。
「怎麼了？有必要這麼吃驚嗎？只要說聲『好』，就可以了呀！」藤井說。
「謝謝你的邀請。」
加奈子低頭說。
「很乖嘛！已經三十五歲左右了，要有自覺吧！吃越南菜好嗎？妳說過喜歡越南菜吧？」
「我想去會安餐廳吃。」
「會安嗎？好呀。那麼，先吃飯，然後一步一步進階。」
「什麼進階？」
「先吃飯，然後去喝一杯，接著是⋯⋯」
「停！我想我還是必須去博物館。」

「博物館的事應該很快就可以結束了吧！把資料影印一下就好了。」

「可是，去了才知道能不能很快就結束吧？今天不去那家店，改天再去也可以吧？」

「那麼，我可以和妳一起去歷史博物館嗎？」

「改變研究項目了嗎？你的專長是傳播學吧？」

藤井教授的專業就是傳播學課。

「這樣吧！我在博物館附近的公園等妳處理完博物館的事。」

「為什麼那麼在意一定要今天呢？越南餐廳又不會不見了。」

「和富永一起討論完新發現的資料後，還會和他在車站前喝一杯吧？」

「或許喔。討論完新資料後，再一步步發展下去，先吃飯，然後喝酒，接著……」

「喂！」

「好了。總之，我先和他通過電話後再說吧！」

加奈子說。

加奈子加快腳步，走進助理教授們的休息室。她直接走到自己的桌子前，拿起電話，按了一組她已經背誦下來的號碼。鈴聲才響一聲，富永就接了電話。

「喂，富永先生嗎？聽說您剛才打電話給我了。對不起，剛才在上課。」加奈子說。

「哎呀，瀧澤小姐，我剛開始吃午飯。」富永說。

「啊，對不起。我等一下再打電話給您。」加奈子連忙說。

「妳能等嗎？」

富永一邊咀嚼嘴裡的食物，一邊問加奈子。

「什麼嗎？」

「那可能是非常不得了的資料喔。真的非常不得了。依妳的個性，妳應該是等不及地想看了吧？」

富永吞下口中的食物，說著。

「是。我真的等不及了。」

加奈子老實地回答。

「果然。我說對了？」

「是新的發現嗎？」

「沒錯，是新的發現。而且，這個新發現裡，有重大的疑點。」

「真的！我對疑點最感興趣了。是什麼樣的疑點？」

「哦？妳喜歡有疑點的歷史事件？」

富永好像故意要讓加奈子著急似的說。

「對。我要把我的生命奉獻給歷史中的疑點。」加奈子說。

「別為那種事情奉獻自己的生命。這世界上應該還有更值得女生們奉獻生命的好東西吧！」

這時走進助理教授們的休息室的人，是藤井。他一邊說，一邊拉了加奈子旁邊桌子的椅子，慢慢坐下來。

「那確實是重大的疑點。」富永又說。

「不要故意讓我著急嘛！」加奈子說。

「這個不得了的新資料，是在阿部家的倉庫裡發現的，與阿部正弘有關。雖然不是正弘的親筆資料，但是……」

「是阿部正弘任職老中時代的東西嗎？」

「這個地方只有他任職老中時代的東西。幾乎沒有他回到福山藩的東西。」
「到底是什麼樣的東西？」
「不是有美國的培里帶著黑船到浦賀要求開港的事件嗎？」
「有。那是嘉永六年的事。」
「那時阿部任老中首席，以接近獨斷獨行的態度，和美國簽下了《日美和親條約》。」
「沒錯。那是隔一年後，嘉永七年的事。那時如果不是老中首席阿部正弘，日本或許就會與黑船開戰。因為當時幕府的行動太過猶豫不決了。」
「是的。培里暗示要發動戰爭。那是砲彈外交。」
「嗯。」
「後世雖然有人批評阿部正弘是一個優柔寡斷的人，但其實他不是。怎麼說呢？因為從新發現的資料中就可以看出這一點，新發現的資料是一幅出陣圖。」
「出陣圖……」
「是的，正式的名稱是《御出陣御行列役割寫帳》，載明的時間是嘉永七年，甲寅春二月。」
「正好是簽訂條約的那一年。」
加奈子說。這部分的歷史正好是加奈子的專長，也是她一頭鑽入的研究領域。
「嗯。雖然接受了開國的要求，但日本本身其實也沒有不能讓步的那一條線。」富永說。
「有，當然有那一條線，所以日本才能躲過被殖民和被鴉片污染的噩運。」
加奈子說。幕府藉由與荷蘭人交手的經驗，了解到正確的世界或亞洲情勢，知道必須警戒的重點。當時幕府的外交能力，其實比世人所認為的好。
「說得也是。當時阿部的個人希望，其實不想開國，但他知道開國是無法避免的趨勢。所以雖然接受了開國的要求，卻絕對地避免了發生在中國的那些災難。」

「沒錯。看到發生在中國的那些例子，幕府的領導者非常明白該怎麼做。」

在亞洲諸國中，當時完全沒有被殖民化或被保護化的國家，可以說只有日本了。

「阿部傳達訊息給各藩：如果日本一味刁難，不肯接受美國開國的要求，就要發動戰爭。那份出陣圖，就是如果發生戰爭時的陣形。組成那個陣形的，就是當時派駐在江戶的四百二十五個福山武士。」富永說。

「是。」

「那份出陣圖所表示的，便是萬一有事時，福山藩的武士將會站在防衛日本的最前線。出陣圖上也有阿部的坐騎的位置，和固守在他周圍的士兵的配置，更詳細地畫出了各部隊的位置。」

「哦？竟然能發現那樣的東西！」

「對，可以說是非常具體的歷史證據。」

「果然是個大發現！」

加奈子不自覺地大聲激動地說著。

「是的。不過，很久以前人們就預測到會有這樣的東西；而且，至今為止，也發現了不少和親條約有關的歷史文件。這次的這個新發現，因為是阿部直接指導繪製的，特別少見。」

「那麼，你說的疑點是……」

「啊，這個嗎？就是這份《御出陣御行列役割寫帳》的最後，出現了奇怪的字眼。」

「奇怪的字眼？」

「是的。出陣圖的最後面，寫著讓人看不懂的字眼。」

「讓人看不懂的字眼？」

「是的。至少我是看不懂那文字是什麼意思。那是從以前的資料裡沒有見過、也不知道怎麼唸的字眼。總之是非常奇怪的字眼，但光看字面，又讓人覺得是用得很漂亮的文字，就像詩一樣的文字。」富永說。

「是怎樣的文字？」

「哎呀！根本不知道要怎麼唸。總之是……」

「我可以去看那份新發現的資料嗎？」

加奈子急切地說道。

「當然可以。」富永說。「這當然得要妳來。打電話給妳，就是要妳來看。想知道妳以前有看過這樣的東西嗎？或看過類似的東西？我很想聽聽妳的意見。」

「好的。」

「怎麼樣？這是很了不得的發現吧？那個奇怪的字眼，就寫在黑船的圖的旁邊。」

福山歷史博物館的研究員室牆壁上，掛著鑲好框，畫著黑船的幕府時代瓦版畫。吃到一半的便當已經蓋上蓋子。他一邊看著那幅畫，一邊說話。

陽光從樹葉的縫隙射進來，照映在放在桌子上已經掀開好幾個地方的線裝資料。富永的右手按著紙面的邊邊。因為剛才吃便當，所以他的右手上還戴著白色的手套。

「黑船……是指培里的黑船吧？」

電話那邊是加奈子輕細的聲音。富永收回注視著黑船的視線，轉頭對著電話。

「是的。所以，如果只從畫面來判斷，我認為那個字眼指的可能是武器。」

富永很認真地說。坐在富永周圍的研究員們都低著頭在吃便當。

「哦？——會是武器嗎？」

加奈子提高聲音地問。

「是呀，我想像那可能是用來專門對付黑船的日本特殊武器。」

富永說。加奈子的聲音越來越高亢。

「哈！不會吧！」

富永聽到加奈子的反應笑了，說：

「誰知道？說不定呢！」

他邊說邊點頭。

「沒聽說過這種事。我研究阿部正弘很久了，但是……」

「妳研究的那些是常識。常識是沒有冒險性的東西。」

「是的。」

「妳是因為研究阿部正弘，才來到福山的吧？」

「是的。阿部家也是我母親那邊的娘家，而且……不過，真的沒有聽說過為了對付黑船而製造特殊武器的事。」

「沒錯，所以才會說這是疑點。」

「當時的幕府有攻擊黑船的想法嗎？」加奈子說。

「沒有吧！」富永馬上反應，並且接著說：

「以當時日本人對黑船的感覺，應該沒有想攻擊黑船的想法。因為不論是幕府的臣僚，還是各藩的武士，都覺得黑船是無敵的怪物，對黑船懷抱著畏懼的心情。黑船太大了，大得像一座山。」

「是的。」

「那像是浮在海面上的大山，是誰也沒有見過的東西，聽到有人說『黑船』，就會害怕得發抖。日本沒有那麼大的船，也沒有蒸汽引擎，黑船上的大砲，威力更遠遠強過日本。當時的日本根本不存在足以迎擊黑船的特殊武器。」

「是的。為了建造海上的武器，就必須有海軍。但是日本……」

「沒有海軍。設置在陸地上的大砲，很可悲地轟不到海面上大船。如妳所說的，當時的日本沒有海軍，不知道怎麼在水面上作戰，而黑船的大砲，卻可以打到日本的陸地。」

「據說黑船上的大砲射程，是日本大砲的四倍。」加奈子說。

「對，四倍。」富永點頭繼續說道：「當日本的砲彈還像丸子般的鐵丸時，對手已經擁有能夠旋轉發射，砲彈本身會爆炸的大砲。」

「那是阿姆斯壯大砲吧！」

「對。兩邊的砲彈威力有如天壤之別，所以阿部只能一心祈求黑船趕快離去就好。」

「沒有海軍，就沒有對抗攻擊的方法呀！」

「不過，阿部並沒有讓黑船看出自己的畏懼之心。這或許是因為他心中已有了對抗的兵器……但這只是我單純的浪漫想法而已……」

「我要去看！那個資料裡真的有寫出那樣的東西嗎？」

加奈子大聲地問。

「嗯，的確有這種可能喔。」

「太好了！我一定要去看。」

加奈子又這樣叫道。

「對一個研究人員來說，這或許是一生中難得遇到一次的發現。妳千萬不要錯過才好。」

「下午我還有一堂課，一下課我就會立刻過去。富永先生您別回家啊，請等我過去。拜託。」

「如果妳要來，我當然不會回家。」富永說。

「應該四點就會到了。請一定要等我。」

「四點是嗎？既然妳這樣拜託了，即使天亮才會到，我也會等。」

「用不著等那麼久的。」

「噢。那麼，我在研究員室等妳。」

「是。待會兒見。」

加奈子說著，掛斷了電話。富永也把聽筒放回去，再次抬頭看牆壁上的黑船畫，然後才打開便當蓋，繼續吃飯。

「您別回家啊，拜託。您別回家啊，拜託。」

看著加奈子放下聽筒，藤井這麼說了。

一直是站著講電話的加奈子此時也沒有坐下來，而是離開桌子旁邊，在助理教授休息室裡走來走去。她手指放在嘴邊，喃喃地自言自語：

「幕府和新武器，幕府和新武器……」

藤井從椅子上站起來，他膝蓋著地，像在演戲般地說：

「拜託您別回家啊！富永大人。」

「說那個是新的資料呀。」

加奈子邊走邊說；

「哦？富永也認為那是新的資料嗎？」

藤井站起來，一邊拍著膝蓋一邊說。加奈子沒有理會他，她已經完全陷入自己的思考中了。

「對付黑船的新武器……」

「新資料會長出腳走回家嗎？因為正弘的新武器，今天晚上我必須自己一個人吃飯了嗎？還是吃便利商店的便當吧！」

「正弘的秘密武器？秘密水軍？……」

「算了算了，完全無視我的存在。」

「幕府末期的阿部正弘擁有秘密的水軍嗎？」

「妳的心完全不在這裡了，還用那種像高中女生的聲音說話！那樣會被誤會的。」

藤井絕望地回到自己的桌子前，拉了椅子坐下。

「如果幕府當時有那樣的東西，那麼歷史就會改觀了。」

加奈子突然停下腳步，眼睛看著半空中說。

「我也該走了。唉，肚子好餓！」

「去吃午飯吧！」

加奈子突然這麼說。

「啥？」

藤井訝異地看著加奈子。

「我肚子餓了。藤井老師，要去餐廳嗎？中午了唷。今天的午飯吃晚了。」

加奈子說著，便咚咚咚地往走廊走去。藤井連忙慌張地站起來，趕快跟上去。

瀧澤加奈子和藤井照高並排坐在餐廳的露台用餐。因為時間已經晚了，所以周圍幾乎沒有用餐的人了。

「不過，有很多人並不知道阿部是福山藩的藩主。福山市雖然是他的故鄉，但他好像從來沒有回來過。」

藤井一邊把咖哩飯送入口中，一邊說著。

「不，他曾經回來過一次。在國家有難的危急時刻，為了處理國事他已經忙得團團轉了，所以對自己故鄉的藩政，確實疏忽了。他還宴請過美國的培里。」加奈子說。

「培里也同樣宴請了阿部。培里在黑船上舉辦派對，招待日本的代表。」

加奈子用叉子捲著義大利麵，說：

「是的。聽說當時有許多武士喝得滿臉通紅。」

「是爛醉如泥。」

「根據培里寫的紀錄，他說在甲板上的時候，日本人用學會的英語，反覆地喊著『美日同心』，還與自己擁抱。」

加奈子把麵送進口中。

「嗯。我也聽說過這個。還聽說有武士把整隻烤雞當紀念品，塞進袖子裡，把和服弄得黏答答。」

「但是，當時日本人要把食物帶回家時，都是那麼做的。培里還寫說他對日本人用紙把食物全部包在一起的樣子，感到很吃驚。阿部也為了招待培里，舉辦了晚宴，可是日本食物好像沒有受到喜愛，據說是味道太清淡，份量也太少。」

「可以理解。對美國人來說，日本食物確實是那樣。」

藤井邊急促地吃著，邊說道。

「不過，當時送到美國人面前的酒，是鞆的養命酒。是特地從福山藩送去的。」

「可見阿部沒有忘記故鄉呀。對了，剛才妳說的秘密武器是什麼？」

藤井問。但加奈子再三思考後，才開口說：

「阿部這個人不僅有先見之明，也是一個很有想像力的人。就某種意義而言，我覺得他是一個天才。」

藤井點頭表示同意，說：

「是的。日本開國後不久，他所做的指示，確實都非常了不起。他首先打破禁止大船進入日本的祖法，接著馬上向荷蘭購買蒸汽船……」

「不過，因為日本人如果不懂得操縱蒸汽船，只買船也沒有用。所以雖然是阿部過世後的事，在阿部的提拔下，身分雖低卻是優秀人才的榎本武揚被派到荷蘭留學，他除了學習操縱船隻的技術外，還學了萬國公法；後來，榎本武揚在長崎建立了日後成為日本海軍基礎的海軍傳習所。阿部還提拔了只是下級武士的勝海舟擔當重任、起用當時全日本最懂英語的漁夫約翰萬次郎為翻譯，還任用了連當時美國駐日公使湯森•哈里斯（Townsend Harris）也大為讚歎的優秀談判能手岩瀨忠震……」

加奈子流利地說明著。

「嗯，嗯，不愧是歷史老師，解說得真好。這個阿部負起了讓日本開國的責任，在國家可能將走向滅亡時，自己站在最危險的懸崖上。」

「剛才我列舉的那些人，都不是虛有其表的人才。阿部起用的人，不是一般慣用幕府臣僚，他無視人才的出身，只選擇有能力的人。阿部確實把日本走向開國之事視為己任，但如果不是阿部，我覺得當時的日本或許會陷入更嚴重的危險狀態。」

「不過，阿部提拔人才的做法，在重視出身的那個年代是很不容易的事。他一定遭受非常多的責難吧？」

「還好吧！因為那時畢竟是一個非常的時代。除了提拔人才外，阿部也開放了禁止洋學的禁令，並且成立東京大學前身的洋學所、成立陸軍前身的講武所，積極地做了許多事情。近代日本國際化的基礎，可以說是在他的手中建立起來的。但一般人並不知道這些事情。」

「很了不起，阿部確實是一個有先見之明的人。和薩長明治政府時期❸的作為大大不同呀！薩長明治時期政府所做的事情，就是征伐朝鮮，侵略中國大陸，惹怒美國，無端開啟太平洋戰爭。」

「嗯。或許吧！至少他們對戰爭的大義，有不同的見解。」

「要和誰發生戰爭，應該是很清楚的事情。把殖民地主義者的白人趕走的戰爭，是人們能夠理解的事情；但是為什麼執意要進行侵略中國的戰爭呢？這就教人不解了。」

「是呀！做為政府，應該秉持不擴大戰爭的做法。」

「亞洲各國應該和平相處。」

「總之，薩摩藩、長州藩成立新政府與文部省，讓阿部的功績被人忽略了。是嗎？」

「還有，也因為他死得太早了。三十九歲就離開人間，真的太年輕了。和現在的我差不了幾歲，但我實在差他太多了。」

加奈子這麼說，藤井忍不住笑了。

「如果阿部的壽命長一點，日本的歷史會不一樣嗎？」

「會的。會完全不一樣。」

❸薩摩藩、長州藩主導的明治天皇政府。

加奈子又說：

「仔細想想，如果他還在，井伊直弼就沒有機會站上歷史的舞台，也不會發生安政大獄的事件，推翻幕府的理由也就不會存在。那時薩摩藩的藩主島津齊彬和阿部是至交，所以也就不會有薩長主導的明治維新了。」

「嗯，可能吧！」

「總之，我覺得像阿部那樣有才幹的人，如果沒有勝算，就不會去做開國的決定。」

「妳的意思是他不是隨隨便便就決定開國的人？」

「我覺得他不是。我認為他胸中或許隱藏著什麼密策。」

「密策？為什麼要有密策？」

「那個密策是萬一發生什麼事情的時候，能讓美國人無法對日本做出無理要求的力量。」

「哈哈哈，那就是新武器嗎？」

加奈子點點頭。

「那個新武器出現在這次找到的新資料裡嗎？」

「對。所以說那是不得了的新發現。」

加奈子看著藤井說。

「原來如此。妳想把妳的生命投入這樣的研究中。」

「是啊。不可以嗎？」

加奈子說，又看著藤井的臉。

「身為一個女孩子，應該為別的夢想投入生命才是。」

「什麼女孩子？我已經三十五歲了。」

「還是會生孩子的年紀。」藤井說。
「你說的女孩子的夢想，就是這個嗎?我不要那種夢想，也不要男人。」
加奈子很果斷地說。
「真的嗎？」
「嗯。」
「如果那個男人是阿部正弘呢？」
加奈子猶豫了，她的視線往下看。
「如果是阿部正弘呢？」
「那我要想一想。」
「我說呀，妳明白我的心意嗎？」
藤井說著，把手放在坐在旁邊的加奈子的腿上。
「我去拿茶。」
加奈子突然站起來。
「不要岔開話題！」
藤井在加奈子的背後喊道。

3

下午上課的時候，加奈子仍然一邊讓學生看幻燈片，一邊講課。
「村上水軍的總帥村上武吉的居城在芸予諸島的能島，加上居城在來島的村上通康，與居城在因島的村上吉充，三方的勢力互相合作，因此他們的海上軍隊便被稱為『村上三島水軍』。
「除了居城，他們在別的島上也有小城，一旦有事，只要武吉一聲令下，敲擊大鼓，聽到這個鼓聲的其他小島的鼓，就會一個接一個地響起，內海中的村上軍船，就會紛紛趕到。
「對逐鹿天下的戰國大名們來說，村上海賊是非常好用的軍隊，只要付得起錢，就可以請村上水軍運送軍糧，在打海戰的時候，還可以僱他們為傭兵。
「讓村上水軍聲名大噪的戰役，就是一五五五年的嚴島之役。村上水軍在毛利元就軍的要求下參戰，打敗了周防的陶晴賢軍，毛利軍獲得大勝，毛利也因此一躍成為中國地方的大大名。不過，關於村上水軍參與嚴島之役之事，因為沒有足夠的詳實資料，還不能證明這是史實。」
加奈子換了一張幻燈片。
「接著來看另一個有名的海戰，這是村上水軍與當時號稱天下無敵的織田信長軍隊的戰役。織田信長與石山本願寺強烈對立，而前面提到過的毛利軍，是本願寺的食糧援助者。村上水軍因為以前與毛利軍有合作的關係，所以此時也成為毛利軍的助力，與織田水軍的作戰，以區區三百艘小快船，就大敗了織田的水軍。」
加奈子繼續換下一張幻燈片。
「村上水軍強大的秘密，在於嚴格又徹底的訓練，讓兵士的動作達到一絲不亂的地步。此外，他們還有一個秘密，那就是花了很多工夫完成的科學性新武器。他們最擅長的戰術，就是迅速地燒掉對手的船。並利用行動敏捷的小快艇，把敵軍的船團團包圍，再以敵軍的船帆為目標，大量的射放火箭。村上水軍的火箭燃燒時間，不僅比當時其他勢力的火箭燃燒時間更久，而且還能夠安裝火藥。」
又進到下一張幻燈片。
「接著，這是像火球般，被稱為『焙烙玉』的武器。丟擲焙烙玉的動作，和現代奧運擲鏈球的動作很像。想像日本知名的擲鏈球選手室伏廣治的動作吧！在頭上旋轉點了火的黑色火藥鏈球，然後投擲到敵軍的船上。村上水軍還有可以發射火藥的小砲筒裝備。利用這些武器，就能夠破壞敵人船上的甲板，讓敵人陷入恐慌之中，擾亂敵軍的作戰。當時擁有這種科學武器的軍隊，只有村上水軍。

「那時的船都是木造的帆船，受到那樣的攻擊後，船帆首先燃燒起來，接著就是甲板了。另外，村上水軍的划槳手訓練有素，所以船速特別快，船速快就能夠先發制人，對手要防村上水軍的火攻，是非常不容易的事。

「戰鬥時，自己陣列中的船隻有所損失，是無法避免的狀況，要如何遞補到位，以及其他各種細微的問題，村上船隊當然也都有謹慎的計畫。

「除了前面說的那些武器外，水軍還有一種武器叫「手スマル」❹，這是可以拉住敵船的船緣，快速登上敵船的帶鉤繩梯。此外還有大、小釘耙等等厲害的武器。」

加奈子又換了一張幻燈片。

「織田信長雖然在水上戰爭中落敗，但他不愧是戰國時期的革命之子，很快就建造出新的武器，讓他的新武器出現在瀨戶內海。那就是巨大的鐵船。用鐵板將船身包裹得密不通風，這樣的船就不怕火燒了，而且船上還安裝了破壞力強大的大砲。毛利與村上的聯合水軍也打不過這個新武器，只有敗退一途。

「後來這艘船在以堺市為中心的瀨戶內海航路上稱王，荒木村重起兵謀反時，這艘鐵船還從海上砲擊有岡城。

❹發音為 tesumaru。

「信長非常喜歡這艘鐵船，曾經乘坐它到淡路島，為兒子們劃定四國領域，並且立下遠征中國地方的計畫。可惜這個計畫還沒有實施，他就死於本能寺之變。關於信長死於本能寺之事，有一種說法是：信長去本能寺的時候，因為鐵船無法載太多人，所以只帶了少數部卒，因此才敗給了叛軍。」

加奈子翻閱著手邊的講義。福山市立大學離海灣很近，她嗅到了從打開的窗戶飄進來的鹹鹹海水氣息。

「不過，這裡有一個奇怪的地方。信長的巨大鐵船，在信長死後，好像突然就消失不見了。此後竟然看不到和那艘巨大的鐵船有關的紀錄。曾經是擊敗村上水軍的著名軍船，理所當然要留名青史才對。可是，世人竟然大多不知道那艘鐵船的存在。那明明是一艘巨大、又多麼令人矚目的鐵甲船！

「繼信長成為霸主的豐臣秀吉應該接收了那艘鐵船，但和秀吉有關的文獻裡，也全然看不到那艘鐵船的紀錄。甚至找不到那艘鐵船解體的紀錄。各位同學知道那艘鐵船嗎？這太奇怪了。突然就消失不見了。那艘鐵船到底跑到哪裡去了呢？」

上完下午的課，加奈子便急急忙忙地走出福山市立大學的正面玄關。她想趕快去福山歷史博物館。

這時，一個背靠著建築物角落牆壁的年輕男子突然抽身離開牆壁。加奈子從眼睛的餘光，注意到那男子跟著自己的腳步，覺得有些害怕。

麻煩的是大學前的馬路沒有計程車。她轉頭快速地看看左右，稍微猶豫了一下後，走到有計程車的大馬路。她急著想看到那份資料。現在太陽還很大，這一帶來來往往的行人也多。

走到大馬路的時候，她很清楚那個男人已經更靠近自己了。加奈子突然轉頭，對跟蹤著自己的男人大聲說：

「你要幹什麼？」

那個男人停下腳步。

「不要再跟著我！」

加奈子說，男人只是呆呆站立在原處。

「你要跟到什麼時候？夠了吧！」

於是男人好像在唸書般地說：

「我們依神的旨意結合。」

「你說什麼？」

加奈子的口氣很嚴厲。

「磨鏡確定始祖的意志後，我們的心是彼此照映的。這是東方禮義之國的神的旨意，是已定的命運。這條項鍊……」

他把手伸到自己頸部。但是加奈子已經不再看那個男人，她的視線回到面前，一輛計程車停在她的前面。

「啊，等一下！」

男子這麼說，但加奈子已經迅速地上了計程車，並且催促司機快走。計程車很快就揚長而去。

加奈子到了福山歷史博物館的研究員室，看著富永給她看的，用毛筆寫的資料。她坐在椅子上，眼睛看著桌子上面富永攤開來的資料。她一邊看，一邊慢慢戴上富永給她的白手套。

富永已經戴好手套站在她的背後。他張開手指，按著資料頁面的邊緣，另一隻手的手指則順著頁面的文字，說：

「看，這裡寫的是隊伍的佈陣位置。中心的『御馬』，就是大將阿部正弘的位置；在『御馬』周圍保護『御馬』的親信護衛，稱之為『御近習』或『御供番』。武士的名字是用紅字寫的，例如篠崎仁左衛門、鹿野富三郎、嶋六助……」

「是。」

加奈子點頭說。

「這個樣子很像大名出巡的行列。不過，這個行列好像是在執行離開江戶城，去沿海一帶佈陣的計畫。這個，這是行列圖，所以像卷軸畫那麼長。雖然姑且訂起來了，但形式上還是卷軸。看，這是大砲隊、彈藥箱，也就是說，這一隊是火藥的部隊。隊伍就這樣一直延伸到前面。」

富永說著，也朝旁邊的椅子坐下去。

「你說的新武器是……」

「就是這個。」

富永伸出戴著手套的手，很快地翻頁到夾著書籤的地方。

一翻到夾著書籤的地方，加奈子便張大了雙眼，屏息似的彎著身體，仔細地看那一頁。

「這是……」

她喃喃說著，然後用戴著手套的手，輕輕壓著那一頁。富永的手則離開那一頁，然後說：

「是的。」

「有黑色的字，也有紅色的字……」

「沒錯、沒錯。」富永點頭說：「寫在形狀像船的框框裡的黑色的字，是『黑船』。」

「嗯。」

「這個，船形的框框有四個。」

「嗯。」

加奈子回應。聲音聽起來有點緊張。

「而這邊這個——在黑船的旁邊，有用紅色寫出來的『星』字和『籠』字。」

加奈子的臉靠近富永的手指指的地方，低聲地唸道：

「星籠……唸成せいろう（SEIROU）嗎……還是……」

「不管是せいろう（SEIROU），還是せいろ（SEIRO）……這到底是什麼？妳心裡有答案嗎？」

加奈子百思不解地慢慢抬起了上半身，背靠著椅背，說：

「沒有看過這樣的字眼。」

「這裡不是寫著四組『黑船』嗎？」富永問。

「沒錯。」加奈子回答。

「這個，我覺得這張圖是培里第一次來的時候，阿部腦子裡就有的想法。」

聽到富永這麼說，加奈子用力地點點頭，說：

「很明顯就是那樣沒錯。這四艘艦船是薩斯奎哈納號、密西西比號、薩拉托加號和普利茅斯號。」

「沒錯。不愧是專家。正是這四艘艦船。」

「隔年——嘉永七年培里再來時，增加到七艘艦船。」加奈子說。

「嗯。妳看看這四艘艦船的旁邊。每一艘黑船的旁邊，都用紅色的『星籠』兩個字。而且，黑船和星籠，兩者之間還有細線條相連。妳認為這代表什麼意思呢？」

加奈子的上半身再次向前傾，臉靠近資料。

「不知道……」

她一邊說，一邊抬起臉。

「星籠這兩個字到底是什麼意思？妳對這兩個字有什麼想法嗎？妳可是阿部的專家呀！」

「富永先生，說到專家，你也是專家呀！」

加奈子笑著說。但富永舉起手，不斷地在臉部的前面左右揮動，說：

「我才疏學淺，只是一個小小的研究員，妳是未來被寄予厚望的學者。」

「請不要這麼說。總歸一句話，我其實只是阿部正弘的崇拜者。」加奈子說。

「可是，這就是妳的工作，不是嗎？」

「能從事這樣的工作，是我最大的幸運。」加奈子說。

「那麼，妳沒有其他的抱負嗎？」富永問。

「沒有。」

加奈子如此回答，但一方面又心想：莫非他也要說到那個方向嗎？便警戒著。

「丈夫和孩子……」

「不要模糊掉『星籠』這美麗的文字哦！」

加奈子急忙說。

「妳是說真的？還是說假的？」

「真的。」

加奈子一臉正經地說，很明確地希望話題回到新發現的資料上。富永好像明白她的意志了，只好點點頭，說：

「這個字詞確實很美。看來……說它是阿部的強大秘密武器，恐怕我對阿部過度地期待了。」

「常識上確實是那樣的吧！因為對方畢竟是水上的敵人。如果這是新武器的話，幕府就必須成立海軍了。」加奈子說。

「是嗎？是吧。那麼，如果使用陸地上的新武器去攻擊黑船……」

「把那樣的武器安裝到船上嗎？」

「唔。」

「開發新的武器這種事，富永先生以前聽說過嗎？」

「沒有。」

「阿部時代的江戶幕府沒有海軍。」

「那時確實沒有海軍。」

加奈子輕輕地把夾子放在資料上。然後慢慢地把夾子推向船形框框圈起來的黑色字——黑船，說：

「就算有新武器，而且可以放在船上使用，但也必須靠近黑船，才能進行攻擊吧？但恐怕有新武器的船還沒有靠近黑船，就先被黑船擊沉了。」

「說得也是。那就不能算是什麼強力的新武器了。」

富永雙手抱胸地說。

「幕府如果有海軍的話，就會有載著大砲的軍船，那就不會輕易被擊沉了……啊！」

加奈子說著，突然抬頭看著天花板，表情好像被凍結了一般。

「怎麼了？」

富永鬆開抱胸的雙手，問道。

「啊，我突然想到一件事。因為時代不一樣，所以應該是沒有關聯的。但是……」

「妳想到的是信長命令九鬼嘉隆打造的軍船嗎？」富永說。

「是的。你也知道那艘船？」

「別瞧不起我。」

「啊，對不起。」

「開玩笑的。」

富永馬上這麼說。

「如果有那艘船的話，或許能夠對抗吧？」

加奈子邊說邊拿起旁邊的橡皮擦，放在資料的上面。

「有那艘船的話？可是，黑船上的是大砲，那艘船的話，恐怕也只有鐵彈丸。當時的戰爭是火箭的時代，所以包著鐵板的船確實是強大的新武器，可是幕府末期，世界已經進入使用阿姆斯壯大砲戰爭的時代。兩者的擊中率與飛行距離差別太大了。」

「說得是。確實是那樣。」

加奈子馬上承認。

「當時日本與美國之間的差距非常大，不是只有用於戰爭的砲彈而已……如此說來，所謂的新兵器，果然只是一種幻想吧？『星籠』只是阿部一時風雅的文字。」

「不，我不認為是那樣。」加奈子說。

「那妳覺得是什麼呢？」

「這是出陣圖。沒錯吧？是士兵和武器的配置圖。」

「是，沒錯。這絕對不是為了附庸風雅而做的圖畫。」

富永也這麼認為。

「這裡。來，看看這個。」

加奈子瞄了富永一眼後，指著資料中間寫著黑船字樣的船形框。

「只有這個和這個這兩艘，船體的左右兩側畫有四角形狀的東西。」

「確實耶！這個呢？」

富永說著，抬頭看加奈子的臉。

「我覺得這是外輪。蒸汽引擎的外輪。」

「啊！嗯。」

「雖然覺得意外，但是畫在這裡代表四艘黑船，並非都是使用蒸汽引擎的外輪船。」

「咦。好像是耶！」富永說。

「很多人都以為那四艘船都是蒸汽船，其實薩拉托加號和普利茅斯號是單桅風帆船。」

「哦？是嗎？雖然是護衛艦，但卻是風帆船。」

富永拍著膝蓋豁然開朗似的說。

「是的。船身左右畫有四方形箱子的，只有這兩艘，薩斯奎哈納號和密西西比號。」

「沒錯，沒錯呀！因此……這代表什麼？」

「也就是說，幕府方面也有仔細觀察過四艘黑船。他們並不是一味地害怕，還是有仔細觀察過敵人的配備。因此，這一張圖或許是慎重考慮後的戰略顯示圖。比較德川幕府歷代的人才，我認為阿部的才能，堪比開啟德川幕府的第一代將軍德川家康。」

「嗯。是呀！」

富永點頭說著，他一派正經地雙手抱在胸前。

「是呀！是那樣的呀！」

他這麼說著，片刻後，才慢慢抬起頭，說：

「瀧澤小姐，妳肚子不餓嗎？我們去吃點什麼吧！車站前有一家不錯的義大利餐廳。」

加奈子立刻舉起手來，說：

「啊，對不起，我已經吃過了。」

「哦？真的嗎？我的人緣不好呀！陪我喝杯啤酒可以嗎？我們還沒有討論完呢！這可是個世紀的大發現，需要再討論一下……」

「下次再接著討論吧！今天我必須早點回家準備明天要上的課。這個影印本我先帶回家，我需要獨自思考一下這份資料的內容。等我想完、整理過後，再來討論……」

「好無情呀！為了妳，我才努力尋找到這份資料的。」富永說。

「對不起呀！在大學裡教書不容易，雜事非常多呢！我先告辭了。這個——這份影印的資料，可以給我吧？」

「當然。這一份是為妳準備的。有星籠的地方，還特別使用彩色影印。」

「啊，真是太感激您了。」

加奈子說著，低頭謝過富山。

「好吧！有新的有趣發現時，再和妳聯絡。」富山說。

「請一定要聯絡我。等您的聯絡。」

「像這樣的新資料，比名牌禮物或戒指什麼的，更能讓妳開心呀！」

富永無奈地說。

4

加奈子獨自走出福山歷史博物館。太陽已經下山，天色暗了。

她向右轉，在日光燈下，大步地朝著福山車站的方向走去。附近的草地傳來陣陣蟲鳴。

一個高大的男人突然從暗暗的巷子裡冒出來。

「結束了嗎？」

那個男人說。

「啊？」

加奈子嚇了一跳，下意識地身體往後退。

男人的臉清清楚楚地出現在日光燈的光亮中。

「啊！原來是藤井老師。」

加奈子鬆了一口氣地說。

「是我。我在等妳。」藤井說。

「嚇我一跳。你怎麼來了？」

「幹嘛這麼吃驚？妳以為我是什麼人嗎？」藤井說。

「啊，沒有……。只是沒有想到你會來。」

「不能來嗎？我是擔心妳。」

「那麼，就謝謝你了。」

加奈子低頭，對藤井行了個禮。

「走吧！」

藤井說，加奈子便肩並肩地和他一起走。

他們兩個人在蟲鳴聲中，慢慢地走著。空氣裡有秋天特有的乾草氣味，那是春天、夏天所沒有，平靜又閒適的氣氛。

他們轉往左邊的路，就看到矗立在左手邊的夜空中的，有夜間照明的福山城天守閣。

「那是我們國家最大國難時代的掌舵之城。」

藤井看著福山城天守閣說。加奈子點頭表示同意。

「很美呢！這樣一個地方的諸侯，竟可以在繁華的江戶城，代表國家和美國強權對峙。實在太不可思議了。」

邊走邊看著發出白色光芒的天守閣的藤井點點頭，他的視線從天守閣收回來。

「自從阿部打開沉重的日本國門後，日本便逐步踏入國際世界，成為其中的一員。」

「嗯。從日本誕生以來，那是日本人最大的轉機。」加奈子說。

「沒錯。在那之前，對日本來說，世界就只有亞洲，是這個地方的領主帶領日本邁入了國際化。」藤井說。

「嗯，是的。」加奈子說。「如果當時的老中首席是阿部以外的人，那個人大概無法果斷地決定開國這件事，也可能會和當時的天皇或將軍做出相同的判斷吧！」

「繼續攘夷、鎖國。」

「對。因為那就是祖法。」

「所謂的祖法，就是儒教性的正義。」

「然而那樣的祖法最後總變成是怠惰的藉口，因為什麼也不要做，什麼也不要想，只要維持現狀就好。」加奈子說。

「在避免不了開國的局勢之前，儒教的正義就是為政的主流。」

「是的。可是當時的國情與世界的情勢，已經到了非開國不可的地步。」

「在某些時代裡，『屠殺殘酷的英美』的正義確實有其道理。」

「嗯。同樣的，對手以自己的正義之名，來殲滅日本的時代，也是存在的。」

「直到今日，那樣的情況並沒有改變。因為日本就是這樣的國家。」

藤井說。加奈子默默地點頭。

「馬休．培里的東印度艦隊並不是第一個帶領艦隊到日本，並要求日本開國的國家。」

「第一個是俄國。」

「對上美國、俄國這樣的強權時，為了自身的安全，日本最好什麼也不要做。因為輕舉妄動引發戰爭，不僅會有數萬人民因此喪生，自己也勢必走上切腹自殺一途。」

「江戶這個地方也會陷入戰火之中……」

「如果和殘酷的美國打起來，結果就會是那樣。可是，萬一簽署了開國的約定，那麼接下來發生的事，就會全部成為自己的責任。」

加奈子接著藤井的話意說。

「江戶城內的幕府臣僚們只求平安無事，希望外國人趕快回去就好。以為異國旅途遙遠，外國船回去後，一定很快就會忘記日本，不會再來。江戶城內的大人們的智慧，就只有這樣。」

加奈子認為這是現代日本人最讓人討厭的地方。

「以前確實有那樣的事情。」藤井說。

「那種歷史我怎麼會忘記呢？確有其事。不過，這次是不一樣的。阿部早就知道培里要帶領黑船來敲開日本的國門，也知道培里此行要商討捕鯨的問題。這是他從荷蘭商人提供的信息文件中得到情報，並且一再思考過相關的問題了。」

「有人說阿部膽小、軟弱，應該與各藩合議後，再做定案。還說阿部的做法會削弱德川幕府體制。」

「但我絕對不認為阿部是軟弱的。如果面對的是國內的問題，那麼大可以讓各藩自行解決。但面對國外的問題時，卻不是集合國內各藩的智慧，就可以解決的事。兩者的級別截然不同。」

「但當時的各藩就是不明白這一點。」

「對。那時阿部面對的是國際問題，而且是以前從來也沒有碰到過的問題。」

「很多人都是和平白癡。」

「是的。」

「不過，各藩只會罵阿部軟弱，卻什麼意見也不提供、什麼事也不做，就讓時間那樣白白地溜走。」

「嗯。江戶城內的幕臣們都害怕將來必須負責任，所以不提供意見，只推說應該遵循祖法。」

「大家都害怕切腹自殺呀！所以阿部只能獨自做決定。除此以外，別無他法。」

「其實美國人很紳士。這是當時各藩沒有想到，並且感到意外的事。那時的美國剛剛經歷獨立戰爭，也還沒有占領殖民地的想法。」

「那可不一定。後來──一八九八年時，美國就為了奪取菲律賓，和西班牙發生戰爭，而且還合併了夏威夷。因為那時歐洲帝國主義國家的重點，全都放在中國那邊。不過，話說回來，幕府的情報網很厲害呀！後來的薩長藩或土肥藩是絕對比不上的。」

「沒錯。後來幕府的重臣，不管是岩瀨忠震還是西周得到的外國情報，都不是土佐的坂本龍馬能夠望其項背的。」

「是呀！不過，坂本先生還在市井之中奮鬥時，明明對海外的情勢了解頗深。」
「坂本『先生』嗎？對了，那時阿部已經了解美國的想法了嗎？」
「可以說了解了吧！他對每艘黑船的名字、船上的裝備、戰力如何等等，都已經掌握得很清楚了。」
「那麼，今天富永說的秘密武器，到底是什麼？」
藤井說。加奈子低著頭想了想。
「這個——還不知道。」
加奈子抬頭說。
「那只是富永的幻想吧？」藤井說。
「哦？你為什麼會這麼想呢？」
「因為水野忠邦的天保改革失敗了，阿部才繼任為老中首席吧？那是負責經濟的大臣。那個時代因為幕府沒有錢，所以進入儉約的年代。萬一黑船打來了，據說有些軍隊還得去當鋪，要回先前典當的盔甲。」
「當時福山藩的財政也很緊迫。」
加奈子平靜地說。
「是吧？沒有錢怎麼打造新武器呢？那不是一個有錢可以打仗的時代。」
「你說得沒錯。但是富永先生說的也有道理。他也是一個優秀的研究者。」
加奈子一這麼說，藤井便突然抱住她，想要親吻她。
「啊！」加奈子說。
藤井仍然緊緊抱著加奈子，讓加奈子坐在自己旁邊的長椅子上。加奈子的屁股才落在椅子上，他就把手伸進裙子裡。

「不要這樣！」

加奈子低叫道，並且抓住藤井的手，把手拉出裙子外，然後拉好裙子，蓋住自己的大腿。

「不要這樣性急！」

加奈子推開藤井，強硬地說。

「加奈子，妳明白我的心意吧？我再不積極行動的話，妳就要被富永追走了。」

「我還不是你的加奈子。」

加奈子說。為了平靜自己的情緒，她深深吸了一口氣，才又說：

「你為什麼會那麼想？」

「因為妳誇獎那個傢伙了。」

「什麼？你在說什麼呀！」

「他頂多不過是一個博物館的主任研究員。」

「受不了！不要說這種話。」

「他當不了教授。」

「不要說了！」加奈子再一次強調：「說這種話的男人最差勁了。」

「那什麼是優秀的？你們做的是相同領域的研究，我卻不一樣。」

藤井激動地說。

「我今天並沒有和他去吃飯呀！」加奈子說。

「哈！他果然約妳吃飯了？也向妳求婚了嗎？加奈子，我們結婚吧！然後去會安蜜月旅行。結婚以後也自由自在地專心做研究呀！」

「不可能的。結婚的話……」

話才一出口，加奈子好像馬上覺得不妥而住嘴。

「富永真的很熱心地幫妳尋找資料嗎？妳是利用美色做歷史研究的嗎？」

加奈子霍然站起來。

「我要走了！藤井先生，你這樣做毫無意義。這樣的話，我們以後也別再見面了。」

「對不起，是我不對。我只是希望妳能了解我的心情。」

藤井追上來，纏著加奈子說。

「同樣的話不用一說再說。」

加奈子看也不看藤井，懊惱地說。

「對不起，我是老糊塗了。我已經快四十歲，所以很心急。我的父母也很急。」

於是加奈子停下腳步，轉頭直視著藤井，說：

「我說，你也到通達事理的成熟年紀了，應該可以明白吧？」

「明白什麼？」

藤井發愣地問。

「還不明白？我們是教育者吧？藤井先生。」加奈子說。

「啊？唔？是嗎？」

藤井嚇了一跳似的說。

「你一點身為教育者的自覺也沒有嗎？」

「一點也沒有。」

加奈子忍不住噗哧笑了。

「我太糟糕了。不管到了幾歲，都沒有自覺。」

加奈子一邊向前直走，一邊說道：

「我們又不是高中生，我們是教大學生的老師呀！」

「啊，是的。」

「為人師表的人，怎麼可以隨便把手伸進三十歲女人的裙子裡？你這樣不覺得難為情嗎？你是老師呀！」

「我是色狼。」藤井說。

「現在，我的眼前出現了一個很大的謎團，我想解開這個謎團。所以現在的我除了這件事外，對其他的事情都不感興趣。」

藤井站著不動地聽著加奈子說。加奈子發現藤井並沒有跟上來時，回頭看藤井，只見藤井站在原地發呆。

「就這樣吧！」

藤井還要再開口說話，但加奈子很快舉起手制止他：

「停！我知道你要說什麼。你要說我這樣下去的話，會變成老小姐。」

藤井搖搖頭，才說：

「不是。」

「那你要說的是什麼？」

「那麼，由我來解開謎團不就可以了嗎？我想解開星籠之謎。如果我解開星籠之謎，妳能考慮和我的未來嗎？」

藤井定定地站在夜色中，一臉想太多的表情。

5

「藤井先生，你是認真的嗎？」加奈子問。
「當然，當然是真的。」藤井回答。
「可是，那個謎團和你的專長項目截然不同呀！你的專長是電腦吧？」
「我有我的人脈和管道，而且我還擁有和一般人不一樣的思考方式。」
「可是，歷史這東西，是我和富永先生都鑽研了一輩子的學問呢！」加奈子說。
「這點我知道，我也很尊重你們的學問。不過，讓不同領域的人的想法介入你們的研究之中，我想絕對不是壞事吧？這一定可以開拓出新的層面。這不是無意義的事情。」
「走吧！藤井先生。」
加奈子說著，右手靠近藤井的左手肘，從右邊圈住藤井的左手。
「妳要怎麼回家？」藤井問。
「藤井先生呢？」加奈子反問道。
「我嘛……有點麻煩。不管是搭巴士還是叫計程車，都有點麻煩。」
「我也是。用走的有點遠，叫計程車又覺得浪費，每次都很難做決定。」
藤井煩惱地說。
「可是，不管用走的還是要叫車，都必須走到二國道吧？」藤井說。
「二國？國道二號線嗎？」
「我們就邊走邊聊新資料的事吧！到了二國的話，要叫車也容易，而且，妳住在往市立大學的方向吧？」

「是啊。」

「我送妳回去吧！走累了再叫計程車。」

「就這麼辦吧！」加奈子說。

「妳餓了嗎？」

「不餓。回家後就有吃的了。」加奈子說。

「好吧！那麼，在我們走到二國的路上，請儘可能詳細地告訴我今天妳看到的新資料是什麼樣的性質。可以嗎？」

「嗯，知道了。」

於是加奈子便開始敘述新資料的事了。

加奈子一直說著，他們走過城跡公園，又從車站北面穿過車站內，再從車站南面出來，經過巴士站與計程車招呼站，通過這個地區最大的百貨公司——天滿屋的大樓邊了，加奈子仍然還沒有說完。好不容易說完的時候，車站大馬路和國道二號線的交叉口，已經在他們的眼前了。

一路上都在聽加奈子敘述的藤井，終於開口了。

「黑船第一次來航的時間，是嘉永六年嗎？」

「是的。」

加奈子好像面對學生般地回答。

「四杯難眠呀！上喜撰。」❺

「嗯，你也知道呀！」

「喂，別小看慶應大學畢業的哦。能告訴我出現在短歌裡的四艘蒸汽船❻的名字嗎？」

「薩拉托加號、普利茅斯號、薩斯奎哈納號和密西西比號。」

「薩拉托加號、普利茅斯號、薩斯奎哈納號和密西西比號。」

藤井喃喃地反覆唸著四艘黑船的名字。他一邊唸，一邊和加奈子從車站大馬路往南走。車站建築物後面，閃亮著白色燈光的福山城天守閣，離他們越來越遠了。

「其中是蒸汽船的是……」

「薩斯奎哈納號和密西西比號。」加奈子說。

「薩斯奎哈納號和密西西比號。這兩艘是蒸汽外輪船，另外的兩艘是風帆船。但是，四艘船的旁邊都有紅字寫的『星籠』嗎？」

「是的。」

加奈子回答。藤井點點頭，說：

「如果紅字寫的『星籠』是武器，那麼，『星籠』就不是針對使用蒸汽引擎的外輪船的武器。」

「哦？怎麼說呢？」

「因為外輪船很容易被攻擊，不是嗎？作為船隻前進的器具，明顯地暴露在水上了呀！只要破壞了那個器具，船隻就會動彈不得而停止前進吧？」

「啊，說得是。」

「外輪船的推進力，來自船身外的巨大水車輪。附在船身左右兩側的兩個水車輪不斷轉動，推動船隻前進。」

❺意思是喝了四杯上喜撰，就見不著了。喜撰為宇治綠茶中的品名，上喜撰是指上等的喜撰茶。西元一八五三年，日本嘉永六年，美國將領培里率四艘蒸汽船——黑船，停在日本浦賀外海，「上喜撰喚醒太平夢，喝上四杯便再難眠」狂歌——諷刺性的和歌，便在諷刺當時日本人對黑船的恐慌。狂歌的日文原文為「泰平の眠りを覚ます上喜撰 たつた四杯で夜も寝られず」。

❻「上喜撰」的日語發音為：joukisen，與「蒸汽船」的日語發音相同。

「嗯。水車真是了不起的發明，有那麼強大的前進力量。」
「不是那樣。」
藤井馬上說。
「哦？我說得不對嗎？」
「表面上看起來是那樣沒錯。但是那麼大型的外輪船，效率絕對不太好。和推進用的旋轉水車輪整體都在水中的船比起來，外輪船的引擎耗損量比較大。」
「是嗎？」
「是的。那麼大型的外輪非常顯眼，當然很容易變成敵人攻擊的目標。外輪就像標靶一樣，只要用大砲瞄得夠準就可以完成攻擊，再厲害的蒸汽船也會瞬間降級為一般的風帆船。」
「唔……」
「那麼大的推進裝置，反而成了最嚴重的弱點。對軍艦來說，那樣的裝置就是致命的罩門。如果『星籠』是專門對付蒸汽外輪船的武器，那麼那兩艘帆船——叫作薩拉托加號和普利茅斯號，是嗎？」
「是的。」
「那兩艘船的旁邊，或許就不會有『星籠』的文字。」
「唔……」
加奈子一邊點頭，一邊往左走向國道二號線。說：
「確實。和後來的螺旋式軍艦相較，在和敵人對抗時，黑船或許就像是缺少防備的戰艦。」
「很明顯就是那樣。」藤井點頭說道。
「針對專門攻擊外輪船的最大弱點的武器，或許確實存在。」
「是的。到了後來的威爾斯親王號戰艦和反擊號戰鬥巡洋艦時代，讓世人明白對付戰艦的最強武器是飛機的，就是日本軍。戰艦對戰艦的時代結束了，彼此用大砲互轟的戰艦戰鬥顯得毫無意義，是浪費力氣的戰鬥。利用群集而至的飛機進行攻擊戰艦，精確地投擲魚雷或炸彈所帶來的效果，遠勝於戰艦對戰艦。」

「嗯。」

「從此以後，用飛機攻擊戰艦變成了海戰的主流，而開啟這種戰鬥方式的日本，也淪為這種戰鬥方式的犧牲品。號稱不沉戰艦的大和號，在一發主砲也還沒有發射的情況下，就被飛機擊沉到大海中。」

「那太諷刺了吧？」

「確實很諷刺。日本人最珍貴的大戰艦，被日本人發明的戰術擊沉了。終歸一句話，對付戰艦的專用武器就是飛機。同樣的，或許也存在著專門用來對付蒸汽外輪船的武器。」

「船身擁有那樣大的外輪，確實是太顯眼了。」

「沒錯，簡直就像練習射擊用的箭靶圓心。」

「嗯。」

「幕末的最新武器還沒有到那樣的階段，所以就算有專門對付外輪船的專用武器，也不會是那樣的武器吧？更何況薩拉托加號和普利茅斯號的旁邊，也有紅色的字。」

「是呀。」

加奈子說著，陷入思考中。

「飛機嗎……」

「如果幕府末期的時候有飛機，即使只是雙翼機或滑翔機那樣的飛機，對攻擊黑船也會有很好的效果。先對巨大的外輪進行集中攻擊，破壞外輪，黑船就會變成只能浮在海上而不能移動的固定靶子，是絕佳的攻擊目標，很快就會被打成像蜂窩般的物體。」
「噢。」
「只要破壞一邊的外輪就夠了，那樣它就會原地打轉，無法前進。」
「可是，黑船應該也有舵吧？」加奈子說。
「是。或許那能幫助船前進一點點吧。可是，連大和號那樣的戰艦，只是一側遭受集中攻擊，一旦船內進水，船身就會傾斜，接著就翻覆了。」
「為了維持船身的平衡，不是有在另一側注水的裝置系統嗎？」
「有是有，但是注水的速度恐怕比不上敵人攻擊的速度吧！船最後還是會翻覆的。」
兩人走在國道一號線上，一路往東走。即使是晚上，這條路上的交通流量也很大，來往的計程車不少。許多車子以相當快的速度，從他們兩人的身邊急駛而過。
「綜合妳剛才說的話，我有一個結論。」
「哦？」
加奈子應聲，看著藤井的臉。
「如果真有對付黑船的秘密武器，那麼我認為開發那個武器的場所，很可能在遠離江戶的某一個地方。」
「哦？為什麼？」
「因為江戶幕府沒有海軍吧？」
「對，沒有海軍。」
「那就不能開發那樣的水上兵器了。還有，如果是在橫濱、橫須賀、鎌倉，甚或千葉、品川一帶的話，不依賴軍隊開發的話，就會留下紀錄，或被人看到。」

「嗯，是呀——」

「如果是在大江戶的範圍內開發，就一定會留下紀錄，因為那一帶等於是幕府的腳下。而且，不說李奧納多．達文西那樣的天才，但凡人類操控的東西，都沒有一朝一夕就能夠完成的。經常在完成前需要數十年，甚至數百年的長時間開發研究，累積無數的經驗，才能成就一項技術。所有的機械都是那樣的。」

「是嗎？」

「是的。」

「所以說等到黑船來了，開始建造……」

「那是絕對不可能的事。」

「那麼，你認為新武器會在哪裡製造？」加奈子問。

「妳認為水軍存在的條件是什麼？」

「這個……」

「首先要有一個穩定而寬廣的水域。」

「啊，對。對噢！」

加奈子連忙說。她想到了。

「必須是不興波濤，總是風平浪靜，穩定而廣闊的水域。這麼說來，那是北邊的津輕海域了。」藤井說。

「嗯。還有。」加奈子急著點頭。

「南邊的有明海和鹿兒島灣。」

「啊，那裡是九州了。」

「還有這裡。瀨戶內海。」

「是呀！還有瀨戶內海。」加奈子說：「瀨戶內海正好在阿部的領地內。」

加奈子一邊說，一邊跨上天橋的階梯。旁邊的藤井雖然慢了一步，但他一大步跨了兩階，追上加奈子。

他們兩人並肩站在天橋上，感受著馬路上方迎面而來的風。

「要叫計程車的話，最好不要走到對面的馬路。方向不對吧？」

「不，不坐計程車了。既然已經走到這裡，就可以走路回家了。」

加奈子說著，突然停下腳步，藤井一下超過她，覺得奇怪地也停下腳步，回頭看加奈子。

「怎麼了？」

加奈子瞬間說不出話來，因為她又看到站在前方的那個年輕男人了。

「啊！又是那個人。」

加奈子說。因為害怕，她的聲音有點在發抖。

原本靠著天橋欄杆的男人挺直背，慢慢朝著加奈子走來。

「幹嘛？他對妳有意思嗎？」

藤井回頭問加奈子。加奈子覺得不能點頭承認，卻又不知道如何說明才好。

「什麼嘛！明明已經有我了，還這種態度。這也太瞧不起我了！」藤井說：「高中、大學時期，我都是橄欖球隊的呀！」

「那個人一直在跟蹤我……」

加奈子終於這麼說了。

「他有對妳怎麼樣嗎？」

被藤井這麼一問，加奈子有點困惑了，因為可以說有，也可以說沒有。

「妳，不要再逃避了。」

男人遠遠地就發話了。

「我們是前世姻緣，注定要結合的。」

「什麼？結合？」

藤井似乎因為那個男人的話而腦充血了。

「不把我放在眼裡嗎？我豈能讓你們結合？」

藤井說著，便往男人走去。

「藤井先生，不要！」

加奈子在藤井的背後喊道。

「喂！」

說時遲那時快，藤井已經一把抓住男人的胸前衣襟，用力把他推向天橋上的扶手，輕易就把男人消瘦的背部壓制在扶手上。

「幹什麼！」

年輕男子說。

「沒有要幹什麼，只是要告訴你：她是我的女人。」

藤井叫嚷地說。

「那是不可能的，因為我和她是前世姻緣。」

「說什麼夢話！」

藤井左右搖晃男人的衣襟說著。

「她只是還不知道而已。我們和你一點關係也沒有，不要阻擾我們。」

「怎麼會沒有關係？她是我的女人呀！」

藤井激動地說。但那男人卻十分冷靜。

「不可能。她沒有提過你的事。」

「唔？」

藤井一時疏忽，男人立刻乘隙身體一沉、一推，擺脫了藤井。藤井腳步不穩，搖晃了一下。萬一男子乘勢攻擊，藤井就危險了。但是男子顯然無視藤井的存在，朝著加奈子走去。

「瀧澤小姐，我們談談吧！」男人說。

「混蛋！」

藤井重新站好後，一邊說著一邊便從後面抱住男人，並且左右搖晃男人的身體，再度把男人按在扶手上。

「你到底在胡說八道什麼？」

藤井大聲叫道，又抓緊了男人的胸前衣襟，把他逼迫到天橋邊。

「不要碰我的女人！她是我的。」

藤井再一次大叫，然後回頭朝著加奈子，喊道：

「加奈子，妳回去。這裡交給我！」

雖然聽到藤井這麼喊了，但加奈子瞬間猶豫，只是呆呆站在原地。藤井又叫道：

「快！」

於是加奈子舉起腳，穿過扭成一團的兩個男人旁邊，朝著自己家的方向跑去。

第五章

1

鞆町的海岸邊，一個少年趴在岩岸的潮間水坑上。這裡也聽得到附近傳來的蟬鳴聲。

少年用雙手掬起潮間水坑的水就口，漱了口後吐出來。白色的水在水坑中蔓延開來。

少年眼前的水面出現了一個影子，少年稍微挪開自己的臉。他的背後站著一個男人。

「怎麼了嗎？弘君。」男人說。

「啊，忽那先生。」

少年抬起上半身回應著。

「在學校被欺負了嗎？」

他一邊說著，一邊往身邊的石頭坐下。

少年也一屁股坐在他旁邊的石頭上。

「笹井他們把熟石灰放在我的嘴巴裡。」

少年低聲喃喃說著。

「熟石灰？是寫黑板的粉筆灰嗎？」

忽那問。少年慢慢地點點頭，又說：

「還打了我的肚子。」

聽到少年這麼說，忽那轉頭看著大海。海風吹拂著他的頭髮。

「起風了。」

忽那說，然後就默默地看著海洋，過了半晌，才說：

「身邊就有這麼漂亮的海，為什麼洗滌不了那些愚蠢的心。」

不了解這話是什麼意思，少年也沉默著。

「一些差勁的傢伙。你沒有受傷吧？」

忽那問，少年搖搖頭。

「嘴唇有點破了。」

忽那轉回因為耀眼的陽光而瞇起來的眼睛，看著少年。

但他什麼話也沒有說。於是少年開口了。

「忽那先生，我覺得活著一點都不好玩。」

「是嗎？」忽那說。

「一點好事也沒有。我為什麼要生下來呢？為什麼我是宇野智弘呢？」

少年說著說著，就嘆氣了。

「為什麼我要出生在這個世界？出生在這裡呢？」

聽少年這麼說時，忽那只能露出苦笑。他撿起旁邊的小石頭，丟向海面，才說道：

「這是誰也無法回答你的困難問題。」

「真的一點好事也沒有。到底是為了什麼要這樣活著？這樣活著只是為了長大嗎……」

「弘君，你不會是因為被人欺負，才這麼想的吧？」

忽那說。他打斷少年的話。

智弘默默地思考了一下，然後點頭說：

「嗯。」

「你覺得這個世界上有強者，也有弱者。是嗎？」

智弘又是想了想後，點頭說：

「嗯。」

但忽那卻搖搖頭，這麼說：

「不對。這個世界上沒有強者弱者之分。這個世界上的人都是弱者，只是軟弱的種類不同而已。」

「軟弱的種類不同？」

「對。會欺負別人的人，才是世界上最軟弱的人。」

「可是我不覺得是那樣。」

「你現在認為的強弱，那只是力氣吧？那種東西和長成大人以後的強弱是沒有關係的。現在欺負你的那些人，或許將來是貧窮又瘦弱的老頭子。」

智弘不說話了。

「我就見過不少那樣的人。你還小，應該多聽聽大人的想法。」

「嗯。」

智弘緩緩地點了頭。

「想欺負人的人，通常自己也是被人欺負的人。」

「他們會被誰欺負？」

「欺負他們的人未必是具體的人，可能是包含父母在內的家庭。他們的家庭讓他們覺得不安定，覺得不被信任，覺得被壓迫。」

「是嗎？」

「是的。也有可能被社會欺負。或許你現在不能了解，但你以後一定會明白的。好了，走吧。」

忽那說著站了起來。

從岩岸往上走，有一條小路。他們兩人一起往上爬。

不久，就來到可以看到反射著陽光的瀨戶內海的高台上。因為那一帶的路非常狹窄，所以他們必須一前一後地走。忽那走在前面。

「弘君，你該不會想自殺吧？」

「我不會。」智弘回答。

「因為最近有很多中學生自殺的事件呀！如果你想死，請你要告訴我。」

「你會幫助我嗎？」

忽那聞言，嚇一跳地停下腳步，並且回頭看著少年。少年露出笑容，於是忽那也笑了。忽那再度邁開腳步，說：

「我不會幫你。」

「哦？」

「我絕對不會當挫折的幫兇。因為挫折就半途結束人生是不對的。人不需要急著死，因為死亡遲早會找上門。」

「在沒有向他們報仇以前，我是不會尋死的。」智弘說。

「啊？」

忽那再一次回頭看智弘，然後說：

「你那麼恨他們嗎？」

智弘沒有回答。

「總之，學校並不是非去不可的地方。如果你真的覺得非死不可了，那就告訴我。」忽那說。

「那要怎麼辦？」

「不要去學校了。那種集合了一堆蠢蛋的地方，不去也罷。現在就不要去了。」

「不去學校了，以後要做什麼？」

忽那停下腳步，說：

「弘君，你想做什麼工作？」

智弘也停下腳步。

「不知道。這個地方沒有什麼工作，我想到某個都市去……」

「像福山那樣的城市嗎？」

「福山有工作嗎？」

忽那點著頭陷入思考中。

「就算讀了大學也……媽媽會介紹我去當漁夫吧！媽媽的店裡經常有許多漁夫來光顧。」

忽那突然舉起右手，指著海面，說：

「弘君，看看海吧！」

於是智弘也看著海的方向。

「又寬闊又漂亮吧？」

「嗯。」

「海很乾淨，裡面沒有傻瓜。」

「嗯。」

「這樣吧！我們兩個人一起出海，一起造船。」

「讀書呢？」智弘問。
「讀書的事，我可以在船上教你。」
「那我不就要當漁夫了嗎？」
「沒錯。為了要活下去，總得抓魚過生活。怎麼？你不喜歡嗎？」
見智弘沉默不語，忽那加緊遊說地說：
「如果你不喜歡當漁夫，那麼就當海盜吧！」
「啊？」
「攔下別人的船，然後衝上去，拿走我們想要的東西。」
「那樣會被海上保安廳的人員抓走吧？」
「是嗎？那我們就只找壞人的船下手。」
「有壞人的船？這裡是瀨戶內海呀！」
「當然有，而且還有很多，只是大家不知道而已。」
「啊，我要走這邊。」
智弘說。忽那這才發現兩人已經走到分岔路口。
「唔？你要去哪裡？」
忽那訝異地問。
「忽那先生還有工作吧？我想再走一點路，一個人好好想想。」
少年這麼說。忽那便點頭說：
「好吧。總之，弘君，你要好好想想，現在雖然遇到很多不愉快的事情，但是幾年後，等你成為大人，就會變得不一樣了。」

「成為大人後，就不會被欺負了嗎？」少年問。

「至少不會遇到莫名其妙的暴力問題了。在成年人的社會裡，施暴是犯罪的行為。」

「嗯，那樣呀！」少年繼續說道：「為什麼小孩子的暴力行為，就不是犯罪呢？」

忽那不知道要怎麼回答這個問題，只能這麼說：

「是呀！」

少年聽了忽那的回答，轉身離開了。

離開忽那後，智弘獨自穿過林子，沿著小路往上走，來到山丘上。

眼前是一片寬闊的草地，草地延展到遠遠的彼方。在這一望無際的草地裡，有細細蜿蜒的小道。少年撥開長得很高的草叢，沿著小道往前走。

走了一會兒後，一輛已經失去四個輪胎，車體的漆已經斑駁到可以看到灰色鐵板的大型美國車，孤零零地出現在少年的眼前。

智弘走過去，站在已經有一半埋在草叢中，已經殘破不堪的美國車旁邊。這輛車子的四個門也不見了，智弘站的位置是後座車門的前面。

風吹來，草原上的長草隨之而偃。已經斜灑在遠處的林子上面的夕陽，把草原染成了金黃色。

連接後門的車身上，刻有日本神社牌坊圖案，牌坊的下面還綁著注連繩❼。這輛已經殘破的美國車，因為這個後車箱門的牌坊，而變成了神社。

智弘走到「神社」前，先是雙手合十地禮拜一下，然後繞到車後，打開後車箱蓋，從裡面拿

❼日本神道中用於潔淨的咒具，是用稻草編織而成的繩子，沒有一定的粗細，通常會與白色紙剪成的紙垂一起使用。

出鐵鎚與鏟子，接著便拖著鏟子離開車子旁邊，走上小路。

林子就在前方了，小路從草地這邊延伸到林子裡。智弘沿著小路走進林子。林子裡有些陰暗，外面的陽光被樹木遮住了。

路的左右兩旁有好幾根被繩子綑綁著，往下垂吊的圓木。它們被綁在半空中的樹枝上。面對小路的圓木斷面上有裂縫，裂縫上插著數支小樹枝。

智弘靠近圓木，把小樹枝插進圓木的裂縫，再用鎚子把樹枝敲入縫中。接著，他還拿出小刀，把露出在裂縫外的樹枝削尖。

結束了這個工作後，他便走進林子裡，把體重加在往下垂的繩子上，插著小樹枝的圓木的另一端被往上拉，隱藏在樹木與樹木之間了。

智弘一邊忍耐著圓木的重量，一邊努力把繩子的另一端綁在樹枝上，然後抬頭看半空中。就這樣，圓木一根根地被隱藏在樹枝中了。

智弘終於帶著滿足的笑容，走到小路上，把鏟子往路中央一插，開始挖洞。林子外面的陽光已經逐漸西斜，穿過林子的小路變暗了。

2

翌日午後，三個看起來一臉小壞蛋表情的少年爬坡而來。

在山丘上的智弘看到這一幕，立刻轉身跑進背後的林子裡。吊著圓木的繩索的一端，被綁在樹枝上，他檢查了打結的地方後，拿出刀子，準備隨時割斷繩子。

然而就在那一瞬間，他被推開，整個人跌倒在潮濕的草地上。

他抬頭看，看到一個男人正用手上的大型刀具，割斷他綁好的繩子。砰的一聲，前方的圓木落地了。少年智弘因為受到驚嚇，一時愣住而發不出聲音。那是他準備了好幾天的武器呀！

「弘君，不能做這種事。」

一個成熟而冷靜的聲音說道。

智弘定睛一看，眼前的忽那正拿著大型的刀子，一一割斷他辛苦綁好的圓木繩子。

忽那看著啞然坐在地上的智弘，說：

「弘君，不能做這種事。這樣會讓對方受到重傷。這是嚴重的傷害，你會因此被逮捕，留下有前科的紀錄。」

智弘終於明白是怎麼一回事了，於是聲淚俱下喊道：

「你為什麼要這樣？為什麼要阻止我！」

但忽那沒有理會智弘的喊叫，反而是轉身朝著小路走去。智弘在他的背後繼續叫著說：

「這是我的戰爭呀！和忽那先生你無關！」

於是忽那回頭了。

「是嗎？」忽那平靜地看著智弘說：「我們是朋友吧？如果你被收監，我們就不能見面了。我們會住在不一樣的地方，過著完全不同的人生。」

「什麼是『收監』？」

「就是被關到監牢的意思。你剛才想做的事情，是非常不好，更不是小孩子可以做的事。這裡不是越戰的戰場。」

「那麼，他們做的事呢？難道就不是不好的事情嗎？」

忽那不語地站著。

「忽那先生不知道他們，才會這麼說。忽那先生知道他們對我做了多可惡的事嗎？」

少年舉著拳頭，擦拭臉上的悔恨眼淚。忽那只是站著，一直注視著草叢中的智弘。

「你知道至今為止，我受到他們多少欺負嗎？那些可惡的傢伙……」

忽那轉身，用鞋子在地面上踩了兩、三下，破壞了智弘先前設下的陷阱，然後說：

「難道你要為了那些可惡的傢伙，犧牲掉你自己的一生嗎？」

接著，他指著陷阱的洞，又說：

「這下面還有竹子，掉下去的話，受傷的情形一定很嚴重。如果他們因此骨折，甚至不能走路了，那你會受到實際的刑罰。不管怎麼說，讓對方變成殘廢的話，你就無法得到諒解，會被關到少年監獄的。還有，你也會帶著有前科的紀錄過一輩子。」

忽那說完，轉身越過小路，踏進反方向的林子草叢中，割斷那邊林子裡吊著圓木的繩子。都割斷了後，他還抬頭巡視一番，看看有沒有遺漏的。

再回到小路時，忽那邊走邊說：

「你不知道你這樣做，會有什麼結果吧？」

智弘不說話，臉頰上淨是因為泥沙而變黑的淚水。

「你會找不到工作，也不能結婚，只能靠非法的工作賺取生活費。而賣毒品的結果，就是再度進監牢。」

少年邊聽，邊抽抽搭搭地哭。

「一旦成為有前科的人，以後的日子裡，即使你只是在喝酒的地方糊里糊塗地吸了一口大麻，或稍微借騎了陌生人的腳踏車，或打了一拳胡鬧的醉漢，只要對方不放過你，你就沒有緩刑的機會。甚至只是違規超速，也會讓你進監牢。進了監牢，就不容易出來了。你的一半人生可能就會在監牢裡度過。不斷地出獄、入獄，不知不覺人就老了。這一生就白白浪費掉了。」

少年仍然一句話也不說。忽那再度平靜地開口：

「你說，我能默默地看著朋友變成那樣嗎？」

「應該被關到監獄裡的人是他們。忽那先生，你並不知道他們對我做了什麼事吧？」

少年又是哭聲叫著，他的臉因為大叫，而顯得扭曲。

「那麼，你就更不能這麼做了。因為你應該讓他們去坐牢，而不是讓自己去坐牢。」忽那說。

「他們……能讓他們去坐牢嗎？」

「想讓他們坐牢嗎？好，我讓他們坐牢。」

「不可能的。」智弘說。

「為什麼？他們向你勒索、要錢吧？」

忽那問，但智弘沒有回答。

「剛才我看到有三個小壞蛋走上坡。他們就是你的仇人吧？」

智弘依舊不說話。

「我看到你口袋裡有鈔票露出來了。你說你要給他們錢，藉此把他們引誘到這裡來。是吧？那些錢是你從你媽媽的錢包裡偷來的吧？」

智弘依舊坐在草叢上，不說話也不動。

「他們是住在日東第一教會的孩子嗎？」

忽那問，少年還是不回答。

「怎麼樣？」

忽那又問了一次。

「啊，是啦！」智弘挑釁似的回嘴：「那也沒有什麼了不起。」

但是，一說完，他好像馬上覺得自己的態度有點粗魯，便進一步地做了說明：

「他們是教會幹部的孩子，自己說自己是神的孩子。」

聽到少年這麼說，忽那不以為然地笑了。

「神的孩子會做敲詐、勒索這種勾當嗎？」

智弘沉默著。

「這個世界到處是這種小伎倆呀！」

忽那邊說邊笑。智弘因為不懂其意，便問：

「什麼？」

「他們是圈套。讓你變成罪犯的圈套。」忽那說。

但智弘不能理解這句話的意思，只是哭著看忽那，於是忽那又說：

「弘君，人的一生很漫長，但對手隨時會佈下天羅地網，等你踏入陷阱，你可千萬不要上當呀！否則就會賠上一生的。」

「那我要怎麼辦呢？」

「千萬不能答應對方的要求，否則事情只會越來越糟糕。」

「所以呀！所以我才會想這麼……」

「我明白你的心情，但是你的做法不對。做為一個人，有一條絕對不能踰越的底線，那是必要緊守的原則。那就是要活得堂堂正正。」

忽那再次盯著少年的臉看，說：

「偷錢或讓對手受重傷，都是那條底線的範圍。只要踰越了一次，就會一再地觸犯。」

忽那拋下這樣的話後，就離開智弘的旁邊，朝著正在爬坡上來的少年們的方向走去。

忽那來到林子的入口處，站在爬上坡來的三個少年前方。他堵住他們，大聲地說：

「喂，你們三個，我是鞆町署刑事課的忽那。」

他拿出黑色證件般的東西給他們看。智弘遠遠地從他的背後看著。

「我現在正在調查案件，要請你們幫忙一下。鞆中學有人來報案，說這一帶有孩子們的恐嚇勒索事件。這種事情太可惡了，所以一定要立即逮捕進行恐嚇勒索的人。你們知道那是誰嗎？」

孩子們瞬間呆呆地站著，然後各自搖晃著腦袋，接著就慢慢地倒退向後轉，一溜煙地跑開了。

忽那看著那三個少年跑遠了，才回到智弘的身邊。

「他們夾著尾巴跑走了。會安分一段時間不敢找你的麻煩了。」

忽那笑著說。但智弘卻從草地上站起來，一句話沒說就跑開了。

「弘君。」

忽那在他背後叫道，也追著跑上去。

已經跑出林子的智弘，全力奔馳在草原中央的小路上。忽那在後面全力地追。兩人在緩坡路上一前一後地跑著。

一跑到殘破的美國車前，智弘從車子的前方繞到車子的側邊，撲倒在垂懸著注連繩的後座車門前草叢上。

在後面跑的忽那也來到車身邊了。他靠著車身站著，呼吸急促地喘了一下，然後發現刻畫在車身上的牌坊圖案，並且盯著看了一會兒。

「這裡也有宗教組織嗎？」

忽那喃喃自語地說。

這時智弘突然從草叢那邊大聲問道：

「忽那先生，你曾經遇到過絕對不想原諒的人嗎？」

忽那的視線從車身上的牌坊移開，默默地靠著車子站著。從草原那邊吹來的風，無言地拂過他的頭髮。他一直站著，好像在尋找腦海中的昔日記憶。

少年再度大聲發問：

「如果不殺了那樣的人，自己就會死掉，而且是自殺死掉。你真的遇到過那樣的人嗎？我當然想過殺人會被逮捕的事情。可是，那是即使自己被逮捕了、被判死刑了，也想要殺死的人呀！」

「有。」

忽那毫不猶豫地回答。

「那麼，你一定了解我為什麼要那麼做了吧！」

少年的口氣好像戰勝了般。

「因為殺了那些人，而成為罪犯，我也願意。」

「那是陷阱。」忽那馬上說。

「什麼陷阱？」少年問。

「你沒有想過別的嗎？」

忽那問，但少年保持沉默。

「看起來好像別的路都被封閉了，眼前確實只剩下這條路了。這就是陷阱。」

少年仍舊不語，周圍安靜得只聽得到風聲。這風聲到底是從何而生的呢？是從遠處的林子樹梢間？還是來自周圍的草叢中呢？

「忽那先生……面對那樣的人時，你怎麼做？」

少年小聲地問。

「你是問我怎麼報復嗎？我不報復。」忽那說。

「為什麼？」

「因為我沒有那個膽量。那件事也讓我苦惱了很久很久。」

忽那平靜地述說著。

「為什麼不把那傢伙叫出來，打斷他幾根骨頭？為什麼自己要這麼膽小呢？我苦惱到睡不著覺，而且經常好幾個晚上，好幾個晚上地苦惱。那段苦惱的時間真的非常長。怎麼樣？你明白那種苦惱吧？」

「痛苦嗎？」

忽那苦笑了。然後說：

「這還用問嗎？沒有必要問吧！弘君本身應該很清楚的。」

但是草叢中的少年沒有回答這個問題。

「痛苦到因為那些傢伙而覺得自己活不下去的地步。甚至覺得自己活著，好像只是證明了自己是個膽小鬼。就和你現在一樣吧！人就是這麼軟弱，每個人都一樣，所以需要宗教的支持。」

忽那敲著刻畫在殘破車身上的牌坊說。

然後，他的眼睛直視著遠處。他從遠處沙沙作響的樹木之間，看到了好像是什麼小碎片般的海。他第一次發現這裡可以看到海。

「但是，我長大後，有一次我在街上看到了那傢伙。」

忽那一邊看著那一小點的海，一邊繼續說。

「那傢伙穿著已經鬆鬆垮垮、縐縐巴巴的普通西服，一臉無神的表情，騎著腳踏車，像一個落魄的上班族。從那時起，我原諒他了。」

夕陽照在遠處樹木間的那一小片海上，草地也被染成金黃色。

「小時候為什麼覺得無論如何也無法原諒他呢？我這樣思考了一陣子。那到底是為什麼呢？小時候甚至想和他同歸於盡。那時為什麼會那麼想呢？」

忽那雙手抱胸地追溯記憶中的往事。

「後來我想明白了。」

忽那一說完這話，智弘馬上發問：

「怎麼樣？」

可是忽那繼續沉浸在自己的思緒中，一動也不動。於是智弘再問：

「想明白了什麼？」

「歸根究底還是因為自己的自卑感。小的時候沒有意識到自己的自卑感，所以老想不明白。但結果就是那樣。總覺得欺負我的那個人將來進入社會後，一定比自己得到更多的認同、受歡迎，社會地位也會比自己高。在他的氣勢下，自己不知不覺地有了那樣的想法。」

躺在草地上的智弘好像一直在思索著。忽那看著這樣的智弘，繼續說道：

「其實，事實並不是我想的那樣，反而是相反的。因為他知道自己不會成為第一流的人物，所以只能以欺負周圍的人的方式，來抒發自己心中不滿的情緒。當我長大成人，再見到他的時候，我才明白到這一點。」

少年還是不發一語。

「所以，我認為根本不值得拿自己的全部，去報復那樣的人。」

「是嗎？」

智弘說話了。

「是的。做那種事是沒有意義地浪費自己的力氣。我很明白這點。況且，如果演變成刑事案件的話，不僅是浪費力氣，還可能讓自己損失慘重。犯下任何罪行，都會傷害到自己的人生，那太划不來了。不該為那樣的人傷害自己的人生，不值得的。」

「那個人長大以後並沒有得到認同嗎？」智弘問。

「是的。那個人應該早在孩子的時候，就懵懵懂懂地明白這一點了吧。」

智弘慢慢站起來。

「他為什麼會明白⋯⋯」

「我想起來了，老實說，我也很明白。我知道他的父親是誰。他的父親是拉著驢子賣麵包的人。」

「驢子麵包商？」

「是的。讓驢子拉著裝了麵包的玻璃櫃，在路邊賣麵包的商人。那時車子少，路邊也可以賣麵包。」

「現在沒有驢子麵包商人了。」

「現在沒有了。賣麵包的人本身沒有什麼問題，我也很喜歡那個賣麵包的大叔。可是，聽說他父親白天是一個很好的人，但每天晚上都喝酒，喝了酒後，人就變得暴躁，和人吵架。他父親酒品很不好。」

「你怎麼知道的？」

「欺負我的那個人自己告訴我的，而且地方上的人也都知道這件事。我想他一定也被他喝醉的父親打過。所以他已經習慣吵架。生活在暴力中的他，習慣那樣的生活後，就變得習慣動手打人了。」

少年坐在草地上，微微地點著頭。

「打人這種事⋯⋯」

「一般人不會隨便動手打人吧？他因為生長在那樣的環境裡，所以變成會動手打人的人。」

少年一直在思考。

「所以，他一定覺得自己比任何人都悲慘。每天都會那樣覺得。」

「那麼，那些人也……」

「嗯，應該是吧。」

忽那說。少年又是一直想，不說話了。忽那的身體離開那輛殘破美國車的車身，說：

「心情平靜下來了嗎？弘君，要不要回家呢？天已經黑了。」

忽那這麼說，但是少年沒有想動的樣子。

「弘君，在生我的氣嗎？是吧？你花那麼多時間準備的陷阱，卻統統被我破壞了。」

但是少年什麼也沒有說。忽那又背靠著車子。

「或許你現在還不能理解，但是，有一天你一定會明白現在這樣才是對的。有那麼一天的，而且那一天一定會來到。要回家了嗎？」

忽那靜靜地等待少年的回答，但是少年好像還沒有整理好心情。於是忽那又說：

「你想自己一個人想想嗎？好吧。那我要先走了。」

忽那說著，背部離開了倚靠著的車子。

「你好好想想吧！不過，弘君，你要記住，我說的都是我自己的親身體驗。張開你的眼睛，仔細地看看周圍吧！人生的路絕對不是只有一條，而是有許多條。」

然後他又看著智弘。坐在草地上的智弘一直低垂著頭，什麼也不說。

「今天真的很抱歉呀！弘君，對不起。」

接著忽那便轉身背對著少年，離開那輛美國車，向前走。他走到小路上，慢慢地走下斜坡。剛往下坡走沒有多久，忽那就聽到背後傳來的跑步聲。回頭看，是智弘。他追上來了，並且在背後停止跑步，開始跟著忽那走，然後說：

「我也要回家。我媽媽會擔心我的。」

忽那回頭看著少年，點點頭說：

「是嗎？那就一起走吧！」

說著，便轉身，繼續向前走。

3

忽那和智弘經過港邊，穿過後街的巷弄後，來到忽那家的旁邊。忽那在屋外的金屬樓梯前停下腳步。忽那的全家在二樓，是兩房的居家，一樓是倉庫。

天還沒有完全黑，在遠處的小酒館的燈籠也還沒有亮起來。

「弘君，要不要到我家坐坐？我有想要給你的東西。」

智弘無精打采地猶豫著，他不說話，只是站著不動。

「你媽媽現在正在準備開店吧？如果你現在回家說要吃飯了，會給她增加麻煩吧？來我家吧！」

忽那抓起智弘的手臂，拉著他上階梯。

「來，走吧！」

忽那抓著智弘的手，用力把他拉上樓梯。

兩人進入忽那的家。鋪木板的地板上，擺著餐桌的是餐廳。餐桌旁邊的架子上有幾艘模型船，有漁船、軍艦。智弘喜歡模型船，所以會來忽那家玩。忽那是小型造船廠「忽那造船」的社長。

「坐吧！我先去泡個茶。」

忽那說，然後拉開餐桌的椅子，讓智弘坐下。

餐桌上放著蛇頸龍的骨格模型。那是用輕木材料連接而成的簡易模型。

「啊，這個是……」

智弘說。他看到桌上的模型了。

「這是什麼，你應該知道吧？」

「福島的鈴木雙葉龍？」

「對。正是鈴木雙葉龍。再裝上前肢的鰭就完成了。」

「真的耶！」

「弘君，你說過你以前常去發現這種化石的地方吧？」忽那說。

「嗯，在大久川。在那裡的博物館裡看過真正鈴木雙葉龍的骨頭。」智弘說。

「蛇頸龍有很多的骨頭。喝麥茶好嗎？冷的麥茶。」忽那說。

「好。」智弘回答。

「肚子餓嗎？我有咖哩飯，要不要一起吃？」

「啊？那不行。那是忽那先生的晚餐吧？」少年說。

「喂，小孩子用不著這麼客氣。有人陪著吃才好吃。而且，不快點吃完的話，食物容易變壞了。我希望你幫我吃，來吃吧。」

於是智弘便和忽那隔著餐桌，面對面地吃起了咖哩飯。智弘一邊吃，一邊還不停地看著旁邊的骨骼模型。

「聽說那隻水中的蛇頸龍是高中生發現的。」忽那說。

「嗯。那個人叫做鈴木直人，他在讀高中時，在磐城市的大久川河邊，發現了蛇頸龍的化石。

並且挖掘出一整隻的骨頭。這在世界上是非常少有的情況。」智弘回答。

「是嗎？」

「是的。一般大多只能挖到一隻恐龍的三成左右的骨頭。」

「所以很多恐龍的樣子其實是想像出來的？」

「對。」

「可是，世界上只有福島有雙葉龍嗎？」

「嗯，只有福島有。其他地方雖然也有同屬蛇頸龍目的恐龍，但頭骨上的鼻孔位置不一樣。」

「噢。」

「因為是在雙葉層中發現的恐龍化石，所以被叫做雙葉龍。以前人們以為日本沒有大型的恐龍，但是自從發現鈴木雙葉龍以後，就漸漸有了新的發現。」

忽那聽著，然後點頭說：

「很久很久以前，牠們就棲息在日本海裡吧？」

「嗯。」

「那樣的世界光是用想像的，就覺得好了不起。弘君，你是福島出生的嗎？」

「嗯，福島縣的南相馬。」

「發現鈴木雙葉龍的附近嗎？」

「是的，不遠。我以前也想當研究恐龍的學者，所以常去大久川尋找恐龍的化石。」智弘說。

「那時一整天都待在外面嗎？」

「是呀。」

「你說的南相馬，就在原子彈爆炸地點的旁邊吧？」

「嗯，所以我也常去原子彈爆炸的地點。」

「也會去海邊游泳嗎？」

「會去。」

「不覺得危險嗎？」

「不會危險的。」

兩人吃完飯後，走到有常夜燈的輌碼頭。因為智弘母親的店就在碼頭邊，忽那要送智弘到他母親的店。

他們並肩走在碼頭的階梯上，階梯下是亮著燈、靜靜停靠在岸邊的漁船。

智弘拿著忽那送給他的蛇頸龍骨骼模型。這個模型左右兩邊的鰭都已經連接好了。

「把錢放回媽媽的錢包裡。」忽那說。

「嗯。」

「偷竊是不對的。不管基於什麼原因，都不會被原諒。」

「嗯，那是最後的底線。」智弘說。

「沒錯，那就是底線。偷錢是絕對不可以的事情。」

少年點頭答應。

來到碼頭階梯的最上面一階後，他們便朝寫著「幸福亭」的紅色燈籠走去。

他們慢慢走，走到店前面才停下來。

「好了，弘君，明天見。我會去便利商店。」

忽那舉起手說。

「嗯。謝謝你送我這個。」

智弘稍微舉起模型地說。

「再見。」

忽那向右轉身，朝來時的路走去。在他背後的智弘突然說：

「忽那先生，今天謝謝你。」

忽那回頭，臉上露出訝異的表情。

「什麼？啊，沒什麼。」他說。

「忽那先生，我……」

智弘又說，卻欲言又止。

「沒什麼，不要放在心上。」

忽那笑著說。

「好了，現在這樣就好了，什麼都別再說了。有什麼話，就一年後再說給我聽吧。再見，晚安。」

忽那說。很快轉身而去。智弘目送忽那離開後，並沒有從正面的玻璃門進入小酒館，而是走進巷子裡，打開旁邊的柵欄門。那裡也是去二樓的入口。

酒客們的喧嘩聲一下就灌入耳內。明明時間還很早，吧檯那邊已經坐滿了人。智弘的母親相當漂亮，很受愛喝酒的漁人們的喜愛。

智弘不想和酒客們照面打招呼，也不想和母親打招呼，只想快點把自己藏起來。所以他在進門前就先脫掉鞋子，很快走到上樓的樓梯口。但是，母親還是看到他了。

「小智，你回來了？」

母親叫住他。沒辦法，他只好從旁邊的出入口處露出半張臉給母親看。站在吧檯的母親芳江半轉身地看著兒子。

「嗯，回來了。」

他勉強回答著。一旦被逮到了，等一下恐怕就逃不了那些酒客、醉漢的戲弄了。

「還沒有吃飯吧？」母親問。

「已經吃過了。」智弘回答。

「哦？在哪裡吃的？」

母親張大了眼睛問。

「在忽那先生家。」

「啊！總是麻煩忽那先生。」

母親說。現在的聲音聽起來應該是還沒有喝醉。

坐在吧檯邊的一位頭髮花白的客人搖搖晃晃地站起來，往智弘那邊走去。廁所就在樓梯的另外一邊。智弘心裡覺得很厭煩，但是母親正在和自己說話，他根本逃不掉。果然，那醉漢大聲地問：

「喂，智弘君，你手上拿的是什麼東西？」

智弘無可奈何地回答：

「蛇頸龍。」

「是恐龍嗎？」

那位酒客已經走到智弘旁邊了。

「對。」

「小智，下次請忽那先生來這裡吧！媽媽要謝謝他。」

母親在吧檯裡發聲說道。而那位酒客已經走進廁所裡了。

「不會來的。忽那先生不喝酒。」

智弘說。他喜歡忽那的原因之一，便是他從沒有見過忽那喝醉之後的醜態。智弘這麼想著。

「那樣嗎？那就請他來吃關東煮吧！」

「媽媽桑，燒酒！」

在客人的呼叫聲中，芳江終於轉頭過去，開始和客人說話。智弘趕緊縮回，想要趕快上樓。可是，吧檯邊的別的客人馬上又大聲地喊道：

「智弘君，你看過真正的那個東西嗎？」

因為母親常常告訴他不可以對客人太冷淡，所以他只好回答說：

「看過，在國立博物館看過骨頭的化石。」

「不是，不是，不是化石。我說的是在水裡游的。」

這話說得太奇怪了。智弘認為這個人一定是喝醉了，所以胡言亂語。

「不可能看到。現在已經沒有這種生物了。這是很久以前的生物。」

「有，現在還有，而且是在我們這裡的海裡面。」

這個客人很肯定地說。

「喂，老兄，你說我們這個瀨戶內海裡有恐龍嗎？」

坐在桌子座位的一個酒客說。

「真的有。我看到了。」先前的酒客堅持地說。

「別說傻話了。我看老兄你是睡糊塗了。那是很久很久以前就已經滅絕的生物。你說是不是呀？智弘君。」坐在桌子座位的酒客說。

「嗯。那是白堊紀的恐龍，早就滅絕了。」智弘說。

「沒那回事！我呢！看過兩次哦。那東西黑黑大大的，非常非常大，而且在海裡咻——咻——地游著。」先前的酒客強調地說。

「你喝醉了吧？老兄。」別桌的酒客說。

「我現在是有點醉了，可是，那時可沒有喝醉。那時牠游到了我的船下面，我還以為自己的船會被牠掀翻。」

「如果我們這裡真的有那種奇怪東西，那我們這裡就不輸給傳說有水怪的尼斯湖了，會變成了不起的觀光資源。」

不知道從哪裡傳來的聲音這麼說。

「呵。這裡的水怪叫鞆氏吧！是了不起的世界遺產呀！」

這話引來了哄堂大笑。

「如果真有那種東西就好了。就會有很多觀光客來我們這裡了。」

大家又是一陣呵呵大笑。

「把之前的什麼伊呂波展示館，改成鞆氏展示館吧！」

坐在吧檯的別的男人說。

「好呀！那個伊呂波展示館最近正在煩惱沒有客人。」

「還可以做成水怪的煎餅、包子，叫鞆氏煎餅、鞆氏包子。一定會大賣的。」又有別的男人說。於是智弘的母親芳江也加入話題，說：

「我們的酒館也改名了，叫鞆氏酒館。」

「好耶！」

又是一陣大笑。

聽到這些對話，坐在最遠的位置上的男人霍然站起來，大聲叫道：

「那麼，就可以舉辦選鞆氏小姐的選美活動了。這是振興我們鞆町的好辦法。」

這番話讓大家興奮地鼓掌了。

「太好了。我第一個報名。」

芳江大聲地說，但掌聲卻稍微減弱了。

「妳……那恐怕不太適合吧！」剛才站起來的男人說。

「為什麼不適合？我又沒有老公，當然是小姐囉。」

芳江越說越來勁。

「這個……，並不是沒有老公的女人就是小姐呀！」先前的那個男人說。

剛才去上小便的男人這時回來了，他經過智弘的身邊，大聲地說：

「喂、喂，被老公拋棄了，和沒有老公，是完全不一樣的兩回事哦。」

他一邊說，一邊坐回到吧檯前的位置。

「你都聽到了嗎？老兄。總之，年紀大了確實不適合呀……所謂的什麼什麼小姐，最好是黃花大閨女，而且要二十四歲以下的。」一直站著的男人說。

「哪裡去找那樣的小姐！」芳江憤憤不平地說。「我們這個地方太小了啦！」

「確實，最近這裡很少看到那樣的小姐了。」

坐在吧檯的別的男人非常遺憾地說。

「從現在起，我要讓自己過著幸福的生活。」

芳江發表宣言似的說。

智弘覺得無聊，原本已經開始慢慢地往樓梯上走了。但是，心裡又很在意附近的海域裡有蛇頸龍的這件事，所以走到一半就停下腳步聽大人們的談話。

「所以這裡叫做幸福亭嗎？對了，這附近的某個地方，好像有個什麼讓人幸福的宗教團體。」有個人這麼叫道。

「好了，好了，不說選什麼小姐的事了，還是來說鞆氏龍吧！如果真的有那種生物，就太好了。我們這裡明明是很好的港灣，卻越來越沒落。」

「如果有那種生物，就可以為這裡招來觀光客了。可是，沒有呀！這個時代沒有那種生物的。」

一個年輕男人的聲音如此說，但是，另一個中年男子卻說：

「有。有那種生物，我就親眼看到過。」

「什麼？喂，又有一個人喝醉了嗎？」

「我沒有喝醉。那時我駕著巡航快艇在海上，當快艇停下來時，我看到一個巨大的黑影從快艇的下面迅速游過去。那個黑影的樣子，很像剛才那個孩子拿在手上的模型。那個黑影真的非常巨大，而且絕對不是魚類。除了我之外，還有當時和我在一起的其他人也看到了。」

「真的。我也看到那個東西了。別的漁夫也看到了。真的有！」

第一個說看到那個巨大生物的人，堅定地認為那個巨大的生物是確實存在的。小酒館內一時安靜了下來。智弘在這個安靜的一刻裡，回到了自己房間。

他把鈴木雙葉龍的骨骼模型放在書桌上，抬頭看著天花板。忽那先生送給他這具模型時，他就想要把模型吊在天花板上，因為已經沒有別的地方可以擺放了。

他把放在角落的書包拿過來，從裡面拿出教科書，稍微地預習了一下功課後。就整個人躺在榻榻米上，看著掛在牆壁上的梵谷的畫。那是一幅以星月的夜空為背景的絲柏樹畫。不知為什麼，智弘從小就喜歡這幅畫，對畫家的痛苦生涯也深有同感。

智弘就這樣看著天花板，想起今天忽那說的許多話。做為一個人，有一條絕對不能踰越的底線——還有，現在看起來很強壯，總是欺負人的人，或許以後會變成一個沒有力氣的瘦弱之人。

他一直在想，想到胸口都痛了。那種痛不是感覺上的痛，而是真正的痛，連背部也痛了。最近常常會這樣痛，難道自己得到肺桔核了嗎？智弘因此很害怕。他小時候讀過因為肺結核咯血而死的文學家傳記，所以一直認為肺結核是這個世紀最可怕的疾病。

一旦安靜地躺在自己的房間裡，就很容易聽到樓下酒客的喧嘩聲。雖然他已經習慣那樣的喧囂了，但從以前他就很不喜歡那樣粗暴的吵鬧聲。那樣的聲音讓他睡不著。母親芳江也喜歡喝酒，是一個聒噪的女人。

母親高亢的聲音混雜在粗暴的吵鬧聲中。奇怪的是，當他從粗暴的吵鬧聲中聽到母親的聲音時，心情便平靜下來了。閉上眼睛，靜下心來，他想：幸好有忽那先生陪著自己。現在的自己還不能理解忽那先生講的話，但是，有一天自己一定能懂的。對沒有父親的自己來說，有忽那先生陪伴，真的是很幸運的事。智弘心想：明天還要對忽那先生說謝謝。

樓下開始唱卡拉ＯＫ了，聲音真的很大。已經喝醉的芳江正唱著拿手的演歌歌曲。

唱完第一段，間奏開始時，芳江按著順序，一一指著店內的客人，大聲叫道：

「你！打拍子呀！」

接著，芳江開始唱第二段，客人們一邊打拍子，一邊和芳江一起唱。

不知道芳江想幹什麼，她竟然一邊唱，一邊站上吧檯。上了吧檯後，她就開始邊唱邊跳，還用腳指著坐在吧檯邊的男人們。

「你——我要跳了——閃開，離吧檯遠一點！閃開！讓開個地方讓我跳！」

「喂，別跳！」

坐在吧檯邊的一個男人害怕地說。

「不要跳，危險呀！」

別的客人也這麼叫著說了。但是芳江不理會勸阻的聲音，仍舊是一邊唱，一邊倒在吧檯邊客人們的腿上。

「啊！哇——」

有客人因為支撐不住而連人帶椅地往後倒了。後面桌子座位的客人連忙扶著那人。

原本放在吧檯上的玻璃酒瓶一支支地滾落到地上，碎了。

但是，坐在客人腿上的芳江還在唱。

「嘿，竟然還能唱！」

坐在桌子座位的男人很佩服地說。

「真的！這女人也太有個性了吧。」

也有別的客人這麼說。

「她真的很喜歡唱歌吧！」

「喂，你不要動呀！」

坐在吧檯邊的一個男人似乎撐不住了。

「喂，要掉下去了，要掉下去了！」

「哇！——」

這個叫聲響起的同時，芳江整個人滾到地板上了。

第六章

1

我們和黑田課長一起來到市立福山大學，在人事課的職員鈴木的帶領下，走在前往助理教授辦公室的走廊上。

「藤井老師的母親剛才和學校聯絡，說藤井老師昨天晚上沒有回家。」鈴木說。

「那位老師和父母住在一起嗎？」黑田問。

「是的。聽說他們家是兩代同堂。」鈴木回答。

「因為是兩代同堂，所以父母馬上就知道兒子沒回家嗎？」御手洗問。

「他們好像有一起吃早餐的習慣。」

「原來如此。藤井老師還沒有結婚吧？」

黑田理解似的說。

「是的。他母親打電話到學校，問知道不知道藤井老師的去向。因為藤井老師如果外宿的話，一定會告訴父母。我們也很擔心。藤井老師今天早上也沒有來學校。他今天有課的。」

「他沒有請假嗎？」御手洗問。

「是的。他也沒有和學校聯絡，所以我們認為他或許發生了什麼事情。剛才和助理教授辦公室的老師同事們商量後，決定聯絡警方。接下來就要看今後的情形如何，必要的話，恐怕也要提出失蹤人口的調查。」

「助理教授辦公室的其他老師都同意這麼做了嗎？」御手洗問。

「啊，感覺上都同意了。」

鈴木回答，但好像覺得御手洗的問題很奇怪。

「助理教授室裡有幾位老師？」

「有四位。」鈴木說。

「有沒發言的老師嗎？」

御手洗又問了奇怪的問題。

「唔？是有人沒有說話，但是也沒有提出反對。啊，就是這裡了。這裡是藤井老師的助理教授辦公室。」

順著鈴木手指的方向看，果然看到助理教授辦公室的牌子。鈴木敲敲門，裡面有人應聲了。鈴木於是說了一聲「打擾了」，便打開辦公室的門，帶頭領著我們走進去。

我們四個人走進助理教授辦公室時，正好有兩位老師站起來，一位是女性，一位是男性。他們倆對著我們點個頭後，走出助理教授辦公室。

「去上課嗎？」

御手洗問他們。

「是的。」

他們兩人齊聲說。

還在助理教授辦公室裡的一位女性也站起來，也對我們四人點了個頭後，往門外的走廊走去。

「瀧澤老師。老師也有課嗎？」

御手洗說。那位女老師停下腳步，看著御手洗。但她很快垂下眼瞼，說：

「沒有。」

「那麼，請瀧澤老師留在這裡。想請教老師幾個問題。」

御手洗不容拒絕地說。

「您認識瀧澤老師？」

鈴木問御手洗。

「在電視上看到過瀧澤老師。當時她在談論阿部正弘的新資料。」

聽御手洗這麼一說，我也想起來了。確實曾經看過這個女老師的臉。不過，這時看到的她，和在電視裡看到的她，感覺不太一樣。

「喔！」

鈴木點頭說。

「那麼，已經可以了。」黑田說。

「啊，是。那我先告退了。」

鈴木對我們點了個頭後，正往門外的走廊走去時，黑田朝著他的背後說：

「鈴木先生，我們可以看一下藤井老師的抽屜嗎？」

「這個……好的。」

鈴木稍微思考了一下後，這麼回答了。然後又是對我們點了一個頭，走出這個辦公室。

黑田拉開藤井助理教授的抽屜，毫無顧忌地檢查著抽屜裡面。御手洗在他的旁邊看著。在一旁的瀧澤助理教授面露不悅的表情，回到自己的桌子前坐下。

黑田完全沒有注意到她的表情，很白目地說：

「可是呢！已經是大人了，又不是小孩，一個晚上沒有回家就這麼大驚小怪……我們學生時代動不動就會跑到女生家裡住一、兩個晚上……」

「瀧澤老師，妳有什麼看法？」

御手洗轉頭問瀧澤助理教授。

「啊？」

瀧澤助理教授也轉身看著黑田。她一臉訝異的表情，完全沒有想到御手洗會問她這個問題。

「藤井老師可能默默地跑到女性朋友家裡住一、兩個晚上嗎？想知道這種情況的可能性。」

御手洗過度謹慎地做了說明。但助理教授不說話，只是低下頭。

「又是沉默嗎？」

御手洗的口氣變得尖銳，這讓我有點吃驚，心想該不該打岔呢？助理教授仍然低著頭。

「現在不是沉默的時候哦，瀧澤老師。妳應該知道藤井老師不會那麼做的。對吧？」

「喂，御手洗，你怎麼這樣？」

我實在看不下去了，便這麼說。我怎麼看，都覺得御手洗在欺負這個年輕的女老師。

「妳看起來好像也很擔心呀？把心裡想的說出來，會比較舒服的。而且，妳也希望趕快找到藤井老師吧？如果，妳希望快點找到他的話。」

「這是什麼意思？」

瀧澤助理教授說。她終於開口說話了。

「瀧澤老師，這件事情現在已經成為動用警力的刑事案件了，妳保持沉默的結果，只會讓人覺得妳可疑。這種不自然的態度，反而讓人覺得其中必有緣故。」

御手洗說。他的語氣真的是越來越不客氣了。瀧澤老師臉朝正前方坐著，她背對著我們，說：

「御手洗老師，我知道你的名字，也看過你的書。我知道你是一個非常優秀的人。」

她的語氣冷冷的，感覺上她好像決定反擊了。

「我也被人討厭。但希望妳不是討厭我的那些人中的一個。」

御手洗站著說。

「你來到這裡，讓我很訝異。你是真的御手洗嗎？如果你是真的，那麼，我很榮幸能夠和你說話。可是，請不要以為自己什麼都知道。你只是……」

瀧澤話說到此就停了。

「只是？」

因為她沒有把話說完，所以御手洗便如此問。可是她沒有回答，御手洗便繼續說道：

「自以為是嗎？」

「不，不是那麼說的。但是，事實上你對我一點也不了解吧？」

女助理教授如此說。

「妳這麼認為嗎？如果我真的一點也不了解，就不會來這裡找妳了。」

御手洗不以為然地說。

「來找我？來找什麼也不知道的我？」

女助理教授笑了。御手洗伸手拉來應該是目前失蹤的藤井老師的椅子——附有輪子的椅子，慢慢地坐了下來，然後開始了一連串莫名其妙的言語。

「妳養貓，養的是波斯龍貓。妳為牠安裝了會定時掉到盤子裡的餵食裝置。但是妳很擔心那個裝置會出狀況，所以非常專心地在研究餵食裝置的說明書。」

女助理教授臉上的笑容消失了，她拿了一本書，蓋住放在電腦前的印刷品。

「關於妳的事情，還需要我說什麼嗎？」

御手洗注視著女助理教授的臉部側面，一邊問道。

「老實說，我還知道很多。」御手洗說。

「我……」

她困惑了。但是，接著她好像下定決心般地說：

「我只想請教你一件事。」

「關於星籠的事嗎？」御手洗脫口就這麼說。「可是，我們現在正在調查重要的刑事案件。」

「關於我，御手洗先生到底還知道些什麼？」

女助理教授以偏高、帶點倔強的聲音說道，但是她的尾音卻稍稍顫抖著。我覺得她好像要哭了一樣，不禁暗自捏了一把冷汗。

我這位不按牌理出牌的朋友來到這所大學後，突然就來詰問起這位女助理教授，還把人家問得要掉眼淚了。他的這種行為也可以視為刑事犯罪吧？

「妳有宗教信仰。啊，不過，那已經是很久以前的事了。我看妳的臉就可以知道這件事。」

咦？我覺得奇怪。怎麼可能從看臉就知道這種事呢？御手洗又在耍什麼花樣？

「我的臉……啊！」

令人感到意外的，女助理教授好像聽懂了御手洗的話。

「是的。我在電視裡看到了妳的髮型，所以決定來這裡。」

髮型？我差點就要驚呼出聲了。這又跟髮型有什麼關係呢？

「那個宗教是外國的東西，宗教團體也是來自外國。那個宗教有日本少有的特殊外國式的禮拜儀式。而妳加入那個宗教團體的理由，用比較通俗的說法，就是想要擁有一個理想的伴侶。妳很想結婚，但是眼界也很高，所以妳無法在周圍環境裡，找到妳心目中的理想男性。」

黑田瞪大雙眼看著我。我想我一定也是瞪大了眼睛，覺得莫名其妙。被御手洗的舉動嚇壞了的我們兩人，就這樣無言地面面相覷。

「可是，我覺得所有女人都是這樣的。」

女助理教授以原則論回應，但聲音卻像已知要戰敗的將軍般虛幻。看來剛才御手洗的一番話，確實給她強大的打擊。從她的聲音語調，就可以明白這一點。

「然而，並不是所有的女性都會讓神來決定自己的伴侶。」

御手洗毫不留情地說。他的話顯然又打擊到了女助理教授的心。只見女助理教授無言地垂下頭。

「而且，也不是所有人都會因為不喜歡神指派的伴侶，就逃離自己信仰的宗教。」

我和黑田再度面面相覷。因為御手洗說中了我們想也沒有想到的事實。我覺得那是絕對不會被公開的女性世界的秘密。

「妳對神有期待。」

御手洗嚴肅地繼續說道：

「妳認為：既然是全能的神，那麼或許就能介紹自己內心所希望的理想對象給自己，或許會將與自己有累世姻緣、獨一無二的男子，帶到自己的面前。」

「御手洗老師，你說的宗教團體是……」

一旁的黑田戰戰兢兢地插嘴說。

「就是日東第一教會。」御手洗很直截了當地回答了。「那個舉辦集體相親、集體婚禮的宗教團體。」

「啊，那麼昨天晚上醫院裡的那個男人是……」我問。

「教團介紹給這位老師的未婚夫。」

御手洗回頭看了我一眼後，又轉頭對著女助理教授說：

「妳的判斷很愚蠢。啊，不，我現在並不是要指責妳，如果說事實就像妳現在反省的一樣，神介紹給妳的，只是會讓妳失望的對象，妳被騙了，妳早就不該加入那個宗教團體了。我想說的是：因為你們要尋找對象，讓這個宗教團體成長成一個非法的大型營利團體，而且好像已經開始給這個地方帶來傷害了。」

「給這個地方帶來……」女助理教授聲音沙啞地，好不容易才說出口。「不是未婚夫……」

「當然也給老師妳帶來了傷害。因為妳，有一個人因此認為自己得到神的保證，而日夜不分地尾隨妳，自認是妳的真命天子。這個男人讓妳很煩惱吧？」

女助理教授沉默不語。

「對妳來說，他是可怕的跟蹤狂，但對他來說，妳卻是他的未婚妻。這個男人不分晝夜地出現在妳會經過的地方，可是妳的工作在這裡，雖然想逃避這個男人，卻無法離開這個地方。就在妳為此煩惱不已的時候，妳的騎士出現了，這位騎士喜歡妳，想要保護妳。於是他們就在這座天橋上有了肢體的衝突，終於發生了事件。」

「那個騎士是？」

黑田問。御手洗慢慢舉起拳頭，敲了敲藤井的桌子。

「我說得沒錯吧？瀧澤老師。」

「那麼，是這位藤井老師把那個跟蹤狂推下天橋的嗎？」

御手洗緩緩點了頭。

「若是平時，這種事屬於妳個人的私領域問題。」御手洗說：「我相信妳的後面隨時都有妳的愛慕者在為妳擔心。但是，現在死了一個人了。」

我的胸口好像被人打了一拳。

「兇手還失蹤了，況且或許還會再發生事件。所以，現在不是保持沉默的時刻。妳明白了吧？」

聽到御手洗這麼說，我的腦子裡浮現出深夜的天橋情景。天橋的下面計程車穿流不息，天橋的上面有兩個扭打成一團的男人，我的腦子裡還模糊地出現了一個拋下扭打中的兩個男人，不斷地向前跑的女人的影像。

女助理教授慢慢地轉身面對御手洗，用無可奈何的語氣對御手洗說。從她沮喪的態度看來，很明顯地她已經對御手洗豎起白旗，認輸了。

「御手洗老師，我真的不知道。當時那個男人又站在那裡，藤井老師看到他後，就走過去，兩個人就扭打起來了。藤井老師和那個人扭打時，還叫我趕快走，我因為害怕，就聽藤井老師的話，逃離那個現場。所以不知道後來發生了什麼事……」

「妳又逃走了嗎？」

御手洗帶著輕蔑的語氣說。女助理教授羞愧地低著頭，說：

「對不起。」

「妳太會逃避了，只想自己輕鬆。」

御手洗好像教道德倫理的老師般訓斥她。

「是，我真的是那樣，我會反省的。」

聽到女助理教授這麼說，我們不禁都笑了。

占了上風的御手洗好像她的母親般，開始對她說教。

「想找個好男人，並不是那麼容易的事，和做學問一樣，是必須全心全力投入才行的。不是妳跪坐在墊子上祈禱，好男人就會自己跑來的。天底下沒有輕鬆的事情。如果遇到困難的事情就逃避，做任何研究都無法開花結果。」

被說教的女助理教授反省地說：

「是。我就是那麼糟糕的人，我真的很討厭軟弱的自已。那個、所以……那個男人……」

「剛才我已經說過了。死了。他掉在計程車的上面，死了。」

「啊！」

女助理教授雙手掩面，以幾乎聽不到的聲音說：

「都是我不好。真的非常抱歉。」

但是御手洗似乎沒有被她的態度感動到，冷冷地說：

「老師，妳跟我道歉是沒有用的。現在的重點是藤井老師。不救他的話，他恐怕就會有生命危險了。」

「是，可是，要怎麼做呢？」

女助理教授抬頭問。

「妳知道他現在在哪裡嗎？」

御手洗問。但她搖搖頭，說：

「我真的一點也不清楚他的事情……」

「妳這個人！那個男人對妳那麼好，妳卻一點也不清楚他的事情？」

在一旁的黑田忍不住氣憤地說。

「是。」

女助理教授又是低頭表示歉意。

「妳也太無情了。他可是為了妳而殺死了一個人呀！」

是在同情藤井嗎？黑田激動地說。
「藤井老師知道妳參加日東第一教會的事嗎？」
御手洗冷靜地問。
「我沒有對他說過。」
「那麼，藤井老師是什麼也不知道，就和對方打起來了？」
黑田一臉驚訝地再次問女助理教授。看來，他的情緒是真的受到影響，真的生氣了
「是的。」
女助理教授回答。
「瀧澤老師，請妳看著我。」
御手洗這麼說，然後注視著女助理教授的臉。
「是。」
她眨著眼睛，好像很刺眼似的看了御手洗，然後很快就移開視線。
「事情發生後，藤井老師沒有打電話給妳嗎？」
御手洗問。這次她很快就果斷地搖了頭。
「我發誓。事到如今，我絕對不敢說謊。他沒有和我聯絡。」
御手洗於是點點頭，立刻站起來，說：
「了解。好了，可以了。」
從走廊往回走向玄關時，御手洗問黑田：
「日東第一的律師還沒有去鞆町署嗎？」

黑田搖頭說：

「還沒有。」

「那麼我們快去鞆町署吧。現在就去。」御手洗說。

「可是，那裡的人什麼也不會告訴我們的。」

黑田拖拖拉拉地說。

「我有辦法的。」

御手洗很有自信地說。

「可是，我們不可能威脅得了他們的。」

黑田說。於是御水洗露出苦笑，說：

「不會做那種事的。」

就在他說完這句話的時候，我們的後面傳來啪啪啪的拖鞋跑聲，和叫喚的聲音。

「御手洗老師，請等一下。」

那是一個女性的聲音。我們停下腳步，回頭看。

追上來的是瀧澤助理教授。她追上來後，站在我們的旁邊，說：

「那個，我雖然沒有對藤井老師說起日東第一教會的事，但是我和他談了不少星籠的事，還有和阿部正弘有關的新資料的事。藤井老師的行蹤或許會和這些事有關。」

「為什麼？」御手洗問。

「因為藤井老師說他想要解開謎團。」

於是御手洗點頭說：

「原來如此。」

「關於這件事，我能好好地和你討論嗎？」瀧澤助理教授說：「但這和歷史資料有關，所以說起來很漫長。」

「沒問題的。」

御手洗很乾脆地回答。

「如果是御手洗老師的話，或許就能解開星籠之謎。唔，那個，對不起，老師能給我您的手機電話號碼嗎？」助理教授說。

「我的嗎？」御手洗說。

「我知道這樣很冒昧，真的很抱歉。但是，我總不能要求老師打電話給我，所以……」

於是御手洗從口袋裡拿出名片。

「這上面有我的電話。」

看到名片，助理教授的表情一亮，露出少女般的心情，說：

「嘩！謝謝。」

站在旁邊看到這一幕的我，瞬間覺得：好可愛的人呀！

2

我們乘坐福山署的廂型車，沿著海岸道路，直驅鞆町。沿路的防波堤前面，排列著底部有金屬網的箱子，網子上是正在曝曬的小魚。

我看著窗外寬闊的瀨戶內海，黑田課長指著左前方的小島，說：

「那就是仙醉島。是神仙也會為之陶醉的島的意思。因為是一座美麗的島嶼，所以有了這樣的名字。

到了鞆町署後，我們先進入地下道，來到拘留室的前面。微暗的拘留室欄杆裡，蹲坐著幾個表情陰沉的嫌犯。在鞆町署警察的帶領下，御手洗邊走邊看著每一個嫌犯，不久就走到了最後面。

「裡面有人會說出來嗎？」

御手洗問警察。

「一個也沒有。這些人現在雖然被拘留在這裡，但是很快就會被移去看守所了。」警察回答。

「我想和那個長頭髮的年輕人說話，請把他帶到審訊室。」

御手洗這麼說，讓穿著制服的警察嚇了一跳。

「那傢伙嗎？那傢伙是最不可能開口說話的。」

警察看著御手洗的臉說。但是御手洗不為所動。

「沒關係。他完了之後，接下來是最年長的那個男人。」

御手洗如此吩咐後，就逕自走向審訊室，留下百思不解的警察愣在原地。

御手洗和他指定的那個年輕男人面對面地待在審訊室裡。我和剛才帶我們來的警察與黑田，隔著單向可視玻璃，觀看審訊室裡的情形。

御手洗突然說起外國話，因此我們當下完全不懂他們對話的內容。不過，關於他們的談話內容，我後來問了御手洗，並將他們的談話內容翻譯書寫下來。

御手洗好像先是這麼說的：

「我比你年長，是為了幫助你、引導你，才來這裡的。」

年輕人感到訝異地抬起頭。御手洗進一步說道：

「你母親知道你在福山嗎？」

年輕人低下頭，但仍然不發一語。御手洗繼續說：

「這裡沒有人聽得懂我們兩個人說的話。我會替你保守秘密的，更不會對警方說出對你不利的事情。你父親已經過世了嗎？」

聽到這話，年輕人吃驚地抬頭，並且開口說話了。當然了，他說的是我們不懂的外國話。

「你怎麼知道這些？」

但御手洗還沒有做說明，他就接著說：

「你認識我嗎？」

「你是母親撫養長大的，而且幾乎完全不會說日本話。」

御手洗說。年輕人點點頭，然後這麼說：

「尊師就是我的父親，康夫斯是神，而且就像我的祖父一樣。我是因為他們的聲音與引導，才能活著的。」

御手洗對他的這些說明一點興趣也沒有，便問：

「你在你的國家受過重傷嗎？是骨折嗎？」

年輕人稍微點了一下頭。

「我在我工作的地方，從二樓的屋頂掉下來，還住了一陣子的醫院。但我沒有錢付醫療費用，是尊師幫我付的。我不會忘記尊師的大恩。」

御手洗點頭表示了解，繼續問道：

「你聽到神的聲音了？」

「在鏡子裡。」年輕人回答。

「是你修行時磨的鏡子嗎？」

年輕人又點頭。說：

「必須用心磨鏡子。只要虔誠信仰，一邊祈禱一邊磨鏡子，神就會現身在磨好的鏡子裡。」

「這是尊師說的嗎？」

「是的。」

年輕人用力點了頭。

「所以你認真地磨鏡子了。結果呢？看到神了嗎？」

「看到了。完全如尊師說的那樣。在磨好的鏡子上投射光線，康夫斯就會現身在反射在牆壁上的光芒裡。」

這回御手洗沒有點頭了。他這麼說：

「你在教會裡有朋友嗎？」

年輕人畏縮地搖搖頭。御手洗目不轉睛地看著他，然後好像在訓示他似的，說：

「你應該回去你母親的身邊。留在這裡很危險，再不走的話，你恐怕就回不去了。」

於是年輕人抬頭，也看著御手洗的臉，問：

「為什麼？」

「因為那個教會在販賣藥品吧？那是非法的藥品。他們把非法的藥品賣給非法經營土地業務的業者。」

年輕人沮喪地垂下頭。御手洗又說：

「為什麼要那樣做呢？因為那樣能賺大錢。可是，那也是犯罪的行為。」

年輕人垂著頭說：

「我不知道。我不能再說了。再說就是違反了神的意志。」

於是御手洗冷冷地說道：

「是嗎？我是依神的意志來幫助你的。這裡不是你應該待的地方。」

「我不能再說了。」

「我可以看看你的鏡子嗎？給我看看你鏡子裡的神。」

可是年輕人臉朝下地說：

「我的腰包被拿走了。」

「是這個嗎？」

御手洗從桌子下面拉出一個藍色的腰包。

「是，就是這個。給我。」

年輕人說著接過腰包，拉開拉鍊，從裡面拿出圓鏡子，然後拿著鏡子對準窗外的陽光，讓光線反射到牆壁上。

「看，看到神的臉了嗎？」年輕人說。

「看到了。」

御手洗點頭說。

「你相信嗎？我只是磨磨鏡子而已。再加上祈禱的力量，就能讓人看到神了。」

「鏡子借我。」

御手洗這麼說，年輕人便把鏡子遞給御手洗。

「我能幫助你，告訴你真實是什麼。」

御手洗說。他拿著鏡子站起來，走到旁邊的桌子，拿起鎚子和金屬用的鑿子。

「這裡有鎚子和鑿子。我要用它們打破這個鏡子。」

御手洗如此宣告著。年輕人臉色大變地站起來，並且大叫：

「住手！不可以那樣！那是神附身的鏡子呀。」

這時審訊室的門被打開，刑警們衝了進來。正要撲向御手洗的年輕人被兩名警察從背後擒拿住雙臂。

「這裡面沒有神的附身。」御手洗冷冷地說。「只是一塊鐵。」

「果然不能相信你。我是傻瓜，剛才竟然還有那麼一點想相信你。你不配說神的意志！」

年輕人大叫，並且對御手洗吐口水。

御手洗不理會年輕人的吼叫。他把鏡子豎起來在桌子上，以鑿子的尖端對著鏡子有厚度的部分，說：

「拯救靈魂的藥，一定是苦口的。」

年輕人把頭轉開，不敢看。

「張開眼睛認真看！這就是真實。」

御手洗揮動鎚子，一次、兩次、三次。年輕人彎著身體，發出哀號聲，好像每一鎚都打在他的骨頭上一樣。

鏡子裂成兩片後，倒在桌面上。御手洗拿起其中的一片，舉高到臉部的位置。

「你看吧！中間是空的。而鏡面內側裡，則是康夫斯的面部浮雕。」

雙手被箝制在背後的年輕人張大了眼睛。

「啊！那是？那又怎樣？」

年輕人大聲說。

「只要摩擦有浮雕的板子的背面，就可以影響到內側浮雕像的厚度，讓反方向的鏡面出現些微的凹凸。只是用手摩擦，那種凹凸就會無可避免地自動出現。然而根據內側浮雕像的厚度，反映在另一側的鏡面上。雖然肉眼看不出浮現在鏡面上的凹凸，指腹也感覺不出來，但利用光線的反射，就可以讓那樣的凹凸顯現出來。」

聽到御手洗的說明後，年輕人無話說了。

經過一段時間的沉默後，御手洗對背後的警察們說：

「可以了，放開他吧！」

於是警察們鬆手放了年輕人。但年輕人先是呆立在原地，之後才慢慢伸出手，從御手洗的手中接過那一半的鏡片，並且用手指撫摸著內側的浮雕。

「怎麼會這樣呢？真教人難以相信……」

年輕人好不容易擠出這句話。

「這個世界是殘酷的。」御手洗同情地說：「即使是救贖我們的神，也有我們猜測不出來的想法。」

年輕人肩膀下垂，好像在忍受內心的混亂。

「這只是一種現象，和信仰無關。不管你唸的是阿彌陀佛，還是阿們，只要摩擦鏡面，就會有相同的結果。」

年輕人沉默不語。

「回去好好想想吧！對了，你叫什麼名字？」

「平奇。」

「好，平奇。千萬不要聽信周圍夥伴說的話，也不要和任何人說話，自己一個人好好地想想，從現在起你的人生重新開始了。今天，這裡，就是你的轉捩點。」

接著被帶進審訊室的，是裡面最年長的男人。警察讓他和御手洗面對面坐著。

「你，看著我的臉。」

於是那個中年男人很不耐煩地轉頭，看著御手洗的臉。

「金子。」

御手洗突然這麼說。那個男人只是默默地發著呆。

「原來你是日本人。日本人被排除在外了呀！」

男人露出奇怪的表情，卻仍然不言不語。

「在教會的組織裡，日本人與外國人是分開居住與行動的嗎？」

男人仍然沉默著不回答。

「你不願意和我溝通，我也無可奈何。不過，你在組織裡的地位高嗎？」

男人還是不說話。

「所以，你一輩子都不會脫離組織嗎？」

男人還是不回答。

「不管生死，你都要和組織共存亡嗎？不要被騙呀。莫非你還相信這個魔術鏡子？」

御手洗拿著鏡子，把外面的光線反射在這個男人的臉上。因為刺眼的關係吧？男人露出不愉快的表情。

於是，御手洗讓光線反射到牆壁上，牆壁上出現了神的臉。男人的眼睛追著看牆壁上的臉，卻仍然不言語。

御手洗鬆開遮掩著鏡子內面的手，讓男人看鏡子的內面。

「因為這裡有浮雕，所以才會出現康夫斯的影像。這是鑄造品。一開始就把浮雕隱藏在鏡子的一邊，另一邊只要使用人力摩擦，浮雕的凹凸線條就會被顯現出來，自動地出現在另外一邊。這就是信仰的鏡子魔術手法。」

御手洗把鏡子放在桌子上，男人仍然一動也不動。

「如果你在等律師來為你辯護，那麼你是白等了。因為警方已從東京的律師公會那裡下手，你們組織的律師擔心會被剝奪律師資格，暫時不會採取任何行動的。你們將會被送進看守所。不過，如果你能老老實實地回答我的問題，那些年輕人會被釋放；而根據你所提供的情報價值，你也有可能被釋放。」

一直盯著御手洗看的男人，此時終於開口了。

「你，想知道我們進入那個房子的理由吧？」

御手洗好像要蓋住他的語尾般，緊接著說：

「你們只是想進熟人的家裡休息一下，並不知道那屋子的床上有一具屍體。」

男人不說話。

「如果你一直照著這個劇本上的台詞說話，那麼你們就沒有被釋放的可能。為期不短的牢獄之災正等著你們。」

男人繼續保持沉默，他正在猜測御手洗的意圖。

「就在你們被拘禁的期間，你們以前所犯下的和毒品有關的案件也會曝光，你們的刑期會因此而變得更長。」

御手洗的臉上浮出諷刺的笑意。

「或許你一輩子都要在牢裡度過了。」

男人此時終於開口了。他說：

「你知道我們看到屍體後，會怎麼做嗎？」

「我知道。」御手洗又是踩著對方的話尾說：「你們會在漲潮之後，開始退潮時，把屍體放在小船上，乘著潮水把小船划到海面上丟棄。因為擔心屍體身上的衣物會洩漏屍體的身分，所以還會換掉屍體身上原有的衣物。而退潮的海水會把屍體帶到某個地方。」

男人又不說話了。

「例如九月的現在，晚上的漲潮時間是十點前後，雖然漲潮的時間會因日子而不同，但你們棄屍的時間，大約就是那個時候。不管你們是幫屍體換了衣服，還是脫光了屍體身上的衣服，經過長時間的海水沖刷、漂流，屍體身上的衣服一定會掉光，變成赤裸。」

男人滿眼血絲地瞪著御手洗，仍然沉默著。

「那樣的事情你們已經做過很多次了。目前已知有八具屍體，這可不是個小數目，而是史無前例的大數字。你知道被你們丟棄的屍體，都漂流到同一個地點嗎？」

「你說什麼？」

男人不自覺地這麼說。

「你們不知適可而止地，把屍體放在同一個籃子裡了。」

「胡說！你騙人。」

他的嘴巴因為訝異而張得大大的。

「籃子的上面寫著寄件人是日東第一，而寄件點是鞆町。」

御手洗的臉上再度浮出諷刺的笑意。

「你果然不知道籃子的上面有兇手的名字吧？收到那個籃子的地方，現在正人心惶惶，地方上的人感到極度的不安。那樣的不安不久之後就會蔓延全國，引起世人注意。這種情形是法庭最不願意見到的。所以你們最好不要太樂觀，你們正處於非常嚴苛的情況下。你知道以前有過類似的事件吧？」

男人還是不說話。

「所以，你們的信仰並不能讓你們得到原諒。還有，你們或許會因為讓那些人死亡的原因，或應該負起那些人死亡責任的人，下半輩子都得待在監牢裡。如果你們直接殺害了那些人，那麼你們去牢中過生活的日子，恐怕也不遠了。」

「別開玩笑！我沒有殺人。」

男人突然大聲喊。

「你若能夠證明這一點，就沒有問題了。」

御手洗冷冷地說。

「我們真的什麼也不知道，只是聽命行事而已。」

男人喊著。

「你們是屍體處理組的嗎？叫你們做什麼，你們就做什麼？」

男人語塞了。

「因為信仰，所以願意被任意差遣嗎？真的相信了那塊騙人的鏡子嗎？能悄悄地告訴我，是誰買了那些毒品嗎？」

御手洗說。看來他問了這麼多問題的最後目的，就是這件事了。

男人在沉默之後，終於這麼說：

「你，也太瞧得起我了。我在組織裡的地位很低，怎麼會知道那種事呢？」

御手洗不相信他的說詞，便說：

「我不會再來這裡了。你們能夠獲得釋放的機會，只限今天，過了今天，你們就永遠也得不到幫助了。」

男人的視線從御手洗的身上移開。

「我現在只剩下信仰，即使那是個有點可疑的信仰，我也要相信。我已經這個歲數，只能這樣活了。」

聽男人這麼說，御手洗露出些微吃驚的表情。他雙手手指交叉地說：

「只能這樣活？你的意思是像現在這樣活下去？」

「是的。」

男人點頭說。

「在監牢裡生活？」

御手洗說，男人沉默不語。

「我明白了。」

御手洗說著，便站了起來。以我的觀點看來，他那乾脆的態度好像是在說：那就算了吧！

御手洗往門的方向走去，伸手剛握到門把時，男人說話了。

「等一下。」

御手洗回頭看男人，問：

「什麼事？」

「是草戶的『貝克資材』。」

男人垂下眼瞼，很快地說了這個字。御手洗點點頭，說：

「明白。」

男人又說：

「你不問尊師的名字嗎？」

「你不是打算一輩子待在那裡了嗎？不要那樣出賣朋友。」御手洗說完，打開門，離開審訊室。

「御手洗先生，你為什麼不問尊師的名字呢？」

我們在刑警辦公室裡時，黑田這麼問御手洗。於是御手洗說：

「我沒有興趣知道他的日本名字。我已經知道他的本名了，他的本名叫做尼爾森．朴，現年應該是五十八歲。美國反恐對策研究所的名單裡，就有他的名字，也公開在美國網路裡。讓拘留所裡的那幾個人回去吧。」

「唔？這、這有點……」

鞆町署的刑警慌了。

「這又是為什麼？」

另一位刑警臉色大變地發問。

「要讓對手認為我們沒有把這件事當成案件。那樣的話，他們的警戒心自然就會變得鬆懈。知道他們離開這裡後，會回到什麼地方吧？應該就是橫島的日東第一教會。這幾個人都是小咖，不必擔心他們會逃走。」

「是。照現在的情形看來，也不可能給他們很大的刑罰。」

鞆町署的刑警說。

「不讓他露出狐狸尾巴，就抓不了他。但我擔心的是：他還沒有露出狐狸尾巴時，就被他逃走了。所以，現在不能讓他有危機。一定要抓到這個男人——朴才行，否則未來還會有很多問題。所以我們現在要假裝沒有發現他的任何把柄，不要讓他提高警覺。」

「可是……」

「陳屍在海岸邊的住宅大樓屋內的女人的身分已經查明了嗎？她的名字是？」

御手洗問。

「宇野芳江。她在港口邊經營一家名為『幸福亭』的小酒館。那附近的人都認識她。」刑警回答。

「漂亮嗎？」

福山署的黑田問道。

「嗯。她很受歡迎，店裡的生意也很好。雖然不是年輕的女人，但長得還不錯；雖然有點小豐滿，但皮膚白皙，五官端正。」

「你和她說過話嗎？」

「曾經去過她的小酒館。」

「知道她死了，大家一定會很震驚。」

「那樣的女人我也很想一見呀！」黑田說。

「聽說她的歌聲很好……」

「哦？是嗎？」

「不輸給一般的歌手呀……」

「鑑識組有什麼樣的調查報告嗎？」

御手洗打斷他們的閒聊，說：「不是在追查朴嗎？有沒有發現任何決定性的證據？」

「那個⋯⋯」

黑田才開口要說，卻馬上被御手洗打斷：

「沒有。是嗎？」

御手洗露出不悅的神情。

「有發現體液嗎？」

「完全沒有。」

黑田搖搖頭說。

「朴一直很謹慎，絕對不會露出狐狸尾巴。」

「要怎麼處理宇野芳江的喪禮呢？」

鞆町署的刑警問。

「按照一般的喪禮辦。」御手洗說。

「如果教會說死者是他們的信徒，教會要辦她的喪禮呢？」

「就讓他們辦。」御手洗說。「不過，他們應該不會有那種要求吧！什麼聯合相親、聯合婚禮之類的活動，他們也會暫時停止，保持低調吧。」

聽御手洗這麼說，刑警們便不再說話了。

「我們除了要靜觀其變外，還要趁這個時候做好準備。掌握到將來逮捕到他後，能夠判定他有罪的證據。例如毒品的通路。如果可以的話，最好還能找到尼爾森．朴對宇野芳江見死不救的證據。」

「哦？對宇野芳江見死不救？」

御手洗點點頭。說：

「那位尊師朴或許就是這個宇野芳江的床伴。他常常與宇野女士見面，和她有肉體的關係，並告訴她可以給她神的力量，所以她是以既感激又慌張的心情和尊師會面的。這其實是有跡可循的。」

「啊，那……」

「如果我料想得沒錯，那麼，這個事件恐怕就是那位謹慎尊師的一時疏忽，他可能因此而被指控犯了責任保護人遺棄致死罪，或違反禁藥法，而遭受逮捕。曾經在世界各地犯罪，卻都沒有露出狐狸尾巴的尼爾森・朴，終於在這個地方出現了第一次失誤。」

「因為他沒有料到女人會突然死亡嗎？」

「總之這是我們千載難逢的大好機會。不過遺憾的是，他還是沒有在這個事件裡露出狐狸尾巴。」

「噢。」

「因為可能有危險性的東西，都已經被排除掉了。」

「啊！那真的是太可惜了。」鞆町署的刑警說。

「宇野是一個有魅力的女人吧？或許正好是朴所喜歡的類型。雖然有點年紀了，但仍然是個漂亮的女人呀。」黑田課長說。

「那又怎樣？我認為有那種條件的女信徒應該不少。」御手洗說。

「是嗎？」我說。

「女人或許覺得自己是唯一與尊師有那種關係的人，但是尊師或許認為偶爾提供那樣服務的信徒，是必要的。」

「是那樣嗎？」

「那樣的話，女性信徒就會更積極於傳教的活動。對了，查出那間房子的屋主是誰了嗎？」

「是一個叫做秋山源三的男人，是一家不知道在做什麼事業，名叫『美好時代』的經營者……」黑田說。

「恐怕也是那個宗教團體的信徒。」御手洗說。「請對宇野芳江的屍體做徹底的檢驗。或許這會是白費力氣的工作，但一定要想辦法找出能夠進行強制搜索的理由。一定要在現階段打敗那個宗教團體才行。」

「啊，有那麼嚴重嗎……」

「對手太厲害了。首先受到傷害的是這個地方，再過不久就會擴及整個西日本了。」

「真的嗎？」

「目前我們只能裝作沒事，不能輕舉妄動。這是一件非常難處理的事件，因為關係到信仰自由這個大原則，所以無法像社會主義國家那樣強行辦案。」

「可是，即使像奧姆真理教那樣，至多也不過是一個宗教團體……」

鞆町署的刑警這麼說，黑田點點頭，接著說道：

「沒有錯。不過是一個宗教團體，想要對抗國家的話……」

可是御手洗搖搖頭，說：

「你們以後就會知道。但真的到那時，恐怕要後悔也來不及了。這個案件關係到別的國家。因為國境問題的關係，目前那邊的反日情緒高漲，一個處理不好，恐怕就會引發戰爭……」

「可是，我們這個鞆町署只是一個小小的單位，想要帶頭強行調查，估計也使不上力氣。必須由大一點的單位去帶頭執行才有力量。」

鞆町署的刑警說著，瞄了黑田課長一眼。

「不，我們也做不來。史無前例呀！」

「所以我才說這件事情的危險性非常高。對方也很明白這一點。」御手洗說。

「聽說我們這個港口小鎮的鎮長，也是那個宗教團體的信徒。」一個鞆町署的刑警說。

「真的嗎？」鞆町署其他的刑警問。

「嗯，山崎先生是那裡的信徒。」

御手洗搖搖頭，說：

「現代的侵略行為，通常就是採取這樣的步驟。對方的組織裡沒有政權輪替這種事情，他們甚至會鼓動韓國人的反日情緒。北方的工作人員潛入南方的教育體系，灌輸仇恨教育，培養國民無可動搖的反日、仇美情感，把韓國孤立起來。這是切斷韓國與日本、韓國與美國合作的戰略。美國的軍隊離開韓國後，統一兩韓就會變得容易了。世人好像還沒有發現到這一點，但是國防的高層已經看穿了這個情形。」

「哦……不是很了解你說的。」

「總之，逮捕導師是非做不可的事。日東第一教會的母體，就是某國的康夫斯教會。想要消滅這個組織，就一定要徹底搜集到證據。放了那些被他們支使的小角色，是為了鬆懈他們的警戒心。好了，我們現在去『貝克資材』吧！」

御手洗說。

3

開往貝克資材的福山署的廂型車裡，也坐著一位鞆町署的刑警。

「喂，御手洗，我還是有很多地方不明白。請你進一步說明好嗎？」我說。

「是呀。」

福山署的黑田課長深表同感地點頭說。

「我覺得我都已經說明清楚了，你們到底還有哪裡不明白？」御手洗說。

「在福山市立大學那邊時……」

「是呀。你怎麼會知道瀧澤助理教授的事呢？」

我說。我和黑田有相同的疑問。

「那個很簡單呀。我們看到的第一具屍體宇野芳江，和因為從天橋上摔下來而死的男子，還有瀧澤助理教授、被關在鞆町署拘留室裡的男人們，他們都有一個特徵。」

「特徵……」

我說。我雙手抱胸地思索著。黑田的動作和我一模一樣。

「一眼就可以看到的特徵呀！你們應該知道吧？」

御手洗看著我問。

「一眼就可以看到……到底是什麼？」黑田問。

「那個……我不知道。」我說。

「欸！額頭呀！就是這裡嘛！他們的這裡都紅紅的。」

御手洗指著自己的額頭中央說。

「啊！有的，確實是那樣沒錯。」

黑田拍打著自己的膝蓋說。

「那是祈禱時額頭摩擦到地板所形成的。日本的佛教沒有這種膜拜的儀式。不過，不少外國宗教都有類似西藏五體投地的膜拜儀式。」

「噢。」鞆町署的刑警說。

「所以我馬上就知道那是外來的宗教團體。」

「說得也是。伊斯蘭教也有那樣的膜拜儀式。」黑田說。

「對觀察者來說，有那樣膜拜儀式真是太好了，因為信徒會因為那樣的儀式，而在自己的身體上留下明顯的印記。在宇野芳江額頭上的印記非常鮮明，可知她不久前才做完膜拜的儀式。女人應該很不喜歡那樣的皮膚變化，但芳江死前卻不在乎額頭上有那麼明顯的印記，這表示她知道她將要見到的，是她所尊敬的人。所以我認為那個人可能就是朴本人。」

「嗯，嗯。原來如此。」

黑田點頭表示了解。

「而瀧澤助理教授額頭上的，是不清楚的舊印記。也就是說瀧澤助理教授很久沒有做那種膜拜的行為了。所以我認為她脫離那個宗教組織已經有一段時間了。雖然她用劉海遮住了額頭，但欲蓋彌彰。因為不喜歡組織介紹給她的男人，所以她脫離了那個宗教組織。但是那個男人怎麼可能輕易放棄她那樣的知性美女呢？於是日夜跟蹤她，讓身為大學老師的她煩惱到失眠的地步。」

「那麼，『康夫斯』到底是誰？」

「就是孔夫子，孔子呀！所以說，那是利用了儒教的思考方式，所設計出來的宗教。但內容卻都是揑造、拼湊出來的。」

「利用、設計……」

「新的事物經常是利用舊東西設計出來的。例如奧姆真理教，就是利用了逐漸式微的小乘佛教。」

「剛才你問那個信徒時，曾經說了『金子』。那是什麼意思？」鞆町署的刑警問。

「啊，因為在橫島他們集體生活的地方的下面，可能正在進行開採金礦的行動。」

御手洗此話一出，福山署和鞆町署的刑警及黑田都非常吃驚。

「什麼？」

「這個宗教的第一個口號，就是『要給女性幸福』。尊師會送給女性的信徒十八K金的耳環或項鍊、別針等等金飾，但是日本女性得到的金飾卻特別大，使用了比較多的金子。」

「你什麼時候看到那樣的金飾了？」

「你也看到了吧！在車站前的聯合婚禮上，還有跟蹤者的所有物品裡。」

「啊！」

確有其事。

「發現宇野芳江遺體的地方找不到那樣的金飾，是因為金飾已經被拿走了。被拿走是很正常的，因為那些金飾正是日東第一的象徵。不過，瀧澤助理教授的耳朵上沒有耳環，而跟蹤她的那個男人雖然沒有佩戴徽章，但口袋裡卻有別針和耳環，都是比較大的金飾。那個男人可能是想把瀧澤助理教授還給教會的金飾，再拿去給瀧澤助理教授。」

「原來如此。」

「還有，關於鐘錶店的店主小松義久失蹤了。鐘錶店有時需要貴金屬或鈍金等材料。還有，信徒中的外國信徒的鞋子上，附著著可能是橫島地底深處的泥土。」

「哦。」

「日本信徒的鞋子上沒有那樣的泥土。」

「原來如此呀！但是……」黑田說了。

「御手洗先生，那些人的目的到底是什麼？」開車的福山署刑警問。

「當然是賺錢了。他們在他們的國境內製造毒品，需要銷售毒品的地方，而且，還可以把在這裡得到的金子或貴金屬帶回去他們的國家。」

「喂，那可是我們這裡的東西！不能讓他們帶走！」福山署的刑警說。

「真可惡！根本是在壓榨我們。不可原諒。」鞆町署的刑警也憤慨地說。

貝克資材公司的辦公室在福山市的郊區，周圍有廣大的田地，和稀稀疏疏地散落在田間的民宅。

一走進貝克資材的辦公室，就看到七個身材健壯的男人，他們坐在桌子前，一邊吸著鼻涕，一邊看著電腦螢幕；也有好幾個正在玩電腦遊戲。

福山署的刑警走在前面，帶著我們走進辦公室內部。

「打擾了，我們是福山署的人。」

福山署的刑警以深具威嚴的聲音說。

「負責人在嗎？」

於是，一位鬍子臉的男人抬起頭，站起來，非常親切地說：

「是我。我是這裡的社長小松。」

他的聲音很溫和，還不斷地點頭行禮。不過，相較於他殷勤有禮的態度，他的外貌與體格，卻是非常粗獷的。

「請問有什麼事嗎？啊，請到這邊來，請坐。」

他把我們五個人引導到屏風另一邊的沙發那裡。雖然身處在好像滿臉橫肉的男人群中，但我對這個男人的印象很好。

「辦公室的女職員前幾天辭職了，所以現在這裡顯得很不溫暖。啊，山田君，給客人泡茶吧！」

他一邊溫柔地說著，一邊往沙發上坐。

「啊，不用了，不用泡茶了。打擾你們工作了吧？」黑田課長說。

「不，不。我正想喝茶。山田先生，對不起，要麻煩你了。粗茶就可以了。」

令人訝異的，御手洗竟然毫不客氣地這麼說。於是自稱小松的社長便溫柔地對他的職員說：

「那麼，山田君，不好意思，麻煩你泡茶。」

於是，長相有點兇惡的山田一邊把未吸完的香菸按熄在菸灰缸裡，一邊站了起來。菸灰缸裡已經有滿滿的菸蒂了。

山田在吸鼻涕，坐在他旁邊的男人也在吸鼻涕。這些長得像大猩猩的男人，個個都在吸鼻涕的樣子，確實有點奇怪。

山田戴著眼鏡。他站起來時，龐大的身體搖晃了一下後，才笨重地跨出步伐。他的步伐看起來有點飄。社長這時說：

「喂，山田君，水槽在那邊。」

山田停下腳步，然後退了幾步走到水槽邊，拿起熱水瓶，把熱水倒入茶壺裡。他無言地操作著泡茶這件事的樣子，看起來有點不甘願。老實說，我並不想喝他泡的茶。

「請問，今天來這裡的原因是……」

社長滿臉笑容地問。

「想知道貴公司有沒有人行蹤不明？」御手洗問。

「唔？行蹤不明？」

小松嚇了一跳說。

「對。就是失蹤、不見了，不知道人在哪裡？聯絡不到人。那樣的人或許也已經死了。」
聽到御手洗這麼說，小松搖著頭，說：
「沒有。我的所有員工都好好地在這裡。請看這邊。這邊牆壁上有我們全體員工的名牌。戶谷、山田、加藤、吉田、佐藤、守山，還有我小松。我們是總共才七個人的小公司。而且，我們七個人現在都在這裡，沒有人請病假缺席。」
「嗯。是嗎？那就好。那麼，你認識的其他公司裡，有人失蹤嗎？」
「沒有，完全沒有聽說。」小松社長說。
「很好。最近從事和建築有關的工作者意外受傷的消息頻傳，甚至有人因為建築意外而死亡。職工災害補償保險的理賠相當不容易呀！」
「我們還好，因為我們做的是材料的買賣。」社長說。
「你們不能進入現場嗎？」
「也不是不能。如果是熟悉的客戶有要求，有時也會進入下游的建設公司，到現場進行指揮。不過，基本上我們是不會進入工地的。」
這時突然傳來「鏘」的茶杯破掉的聲音。轉頭看聲音的方向，果然是山田失手讓茶杯掉落了。
「山田君，小心點呀！」
社長看了他一眼，溫和地說著。
「因為最近有不少和暴力團體有關的消息，而且，聽說貝克資材與暴力團體有往來……」
聽到黑田課長這麼說，小松社長張大了眼睛，說：
「沒有的事。我們是正派經營的公司，絕對沒有那樣的事。」
社長好像在強調自己所言非假般，轉頭對著山田，換上溫和的口氣，說：

「啊，山田君，你沒事吧？受傷了嗎？」

可是山田不說話。只見他的手僵硬地操作著茶壺與茶杯。小松又說：

「怎麼說呢？暴力團體的人很可怕的。這個世界上為什麼會有那樣的人呢？真是的！我們是正派經營的公司，大家都很認真，個性也很溫和，總是互相合作，怎麼會和暴力團體有往來？我們是很老實的。」

山田端著放著茶杯的茶盤過來。他用長毛而粗糙的手，戰戰兢兢地把茶杯放在桌子上。他的手在發抖。

御手洗把茶杯放在面前，突然對山田說：

「山田先生，你的眼鏡是Oliver Peoples這個牌子的嗎？布萊德．彼特也喜歡這個牌子的眼鏡。是美國品牌，我也很喜歡。對不起，可以讓我看看嗎？」

御手洗說著，就把手伸向山田不苟言笑的臉。於是山田發出低沉的聲音，威嚇似的說：

「不要隨便碰別人的東西！」

但小松社長立刻以同樣低沉的嚴厲聲音，指責地說：

「山田，你這樣對客人太沒有禮貌了。這是什麼態度！」

在一旁的我緊張得捏把冷汗。但是御手洗卻一點也不在乎。

「對不起了。」

御手洗說著，便摘下山田臉上的眼鏡，把那副眼鏡戴在自己的臉上，說：

「欸，戴起來很舒服嘛。謝謝，還給你吧。」

說完，他還看了山田一眼。

長相兇惡的山田此時卻好像難為情似的低下頭。剛才露出連大猩猩看了都會害怕的兇狠表情，在遭受小松的指責後，現在尷尬得垂著頭。

可是，我還是覺得可怕，不自覺地躲到黑田的背後。

御手洗說：

「山田先生感冒了嗎？最近有流行性感冒，各位要小心才好呀！」

山田重新戴好眼鏡，慢慢走回自己的座位。

「對了，認識在久松町經營鐘錶貴金屬店的小松義久先生嗎？」

御手洗說。小松好像嚇了一跳般，變得沉默了。在他沉默的那段時間裡，好像想了許多事情。

「嗯。是這樣的，我和義久是遠親。」

小松好像不太情願地承認認識小松義久。

「日東第一教會是他介紹給你認識的嗎？」

御手洗進一步問。

「不……唔，是那樣的嗎？我記不清楚了……」

小松以食指和拇指按壓著眼瞼，表現自己正在努力思考的樣子。

「他給你介紹了什麼工作嗎？」

御手洗沒有要停止追問的意思。

「沒有，沒有聽說他要給我們介紹工作。」

社長看著高高的牆壁說。

「小松義久的太太已經向警方提出搜索請求了。」

御手洗又說。這會兒小松好像終於想到了什麼，露出驚訝的表情，說：

「啊！是嗎？我不知道這事，他們那邊和我們這邊幾乎沒有往來。」

「是嗎？好。那麼今天打擾了。」

御手洗說著便站了起來。我們也跟著站起來。

離開貝克資材的辦公室，我們一邊走向停好的車子，黑田一邊問御手洗：

「御手洗先生，那樣就行了嗎？」

御手洗點頭，說：

「那樣就行了。因為我已經弄清楚不明白的地方了。」

「什麼不明白的地方？」我問。

「咦？問那幾個問題就明白了嗎？」黑田也問。

「是。我明白漂流到興居島的屍體，不是暴力團體的人。」

「那麼，他們是誰呢？」

「信徒，日東第一教會的信徒。」御手洗很肯定地說。

「日東第一教會的信徒？為什麼他們不提出搜索的請求？」

「因為他們不是日本人。死掉的那些人，是從某個國家來到鞆町的日東第一教會的人。」

「他們為什麼會死掉呢？」我問。

「是呀，御手洗先生，那些人為什麼會死掉呢？」黑田也問。

「和瀧澤助理教授碰到的情形一樣。日本女性是理想主義者，在來到四十多歲時確實知道有妥協的必要了，但是在二十幾、三十幾時，願意妥協的人還是很少。有些女性儘管有虔誠的信仰，卻怎麼樣也不能接受教會所介紹的男性。」

「啊哈，果然和瀧澤助理教授一樣。」

黑田雙手抱胸地說。

「是的。可是也難怪那些女性不能接受，因為教會所介紹的男性首先就與她們語言不通，而且那些男性還是在他們國內居無定所的人，甚至是沒有受過教育的人。對那些男性來說，教會介紹給他們的日本女性，是他們夢寐以求的理想結婚對象，怎麼樣也不願意放手，即使女性不願意，他們也要糾纏到底。於是麻煩就來了，發生了嚴重的問題。」

「和瀧澤老師的情況一樣嗎？」我問。

「沒錯。」御手洗點頭說。

「可是，那些屍體是怎麼？……」

「負責警戒、監視的信徒迅速地收回屍體，然後把屍體丟棄在橫島的海上。」

「啊，原來如此。」黑田說。

「不過，如果是摔到計程車的車頂上，就沒有辦法那樣了。」

「慢著，慢著。那麼兇手都是為了保護女性的男人嗎？」鞆町署的刑警問。

「我認為大多是那樣的。不過，兇手也有可能是女性，或許也有些是自殺的。關於這個問題，還請你們多多調查。」御手洗說。

「那麼，那些兇手現在呢？逃亡了嗎？兇手的家人應該會請求搜索吧？」福山署的刑警問。

「不是有人提出搜索的請求了嗎？」

御手洗說。但黑田卻反駁道：

「除了小松義久的家人外，沒有人提出搜索的請求。而小松義久是有太太的人了。」

「是那些搜索請求被撤銷了。」

「什麼？被撤銷了？」黑田問。

「因為家人得到教會的聯絡，說失蹤的人平安無事，所以就撤銷了搜索請求。」

「哦？」

黑田和刑警們都感到十分訝異。

「怎麼說呢？」

「也就是說：兇手跑到橫島的日東第一教會的村子裡了。並且現在還接受了教會的保護住在教會裡，成為那裡的信徒。」

「哦？」

「因為尊師對逃到教會的兇手說：你是無罪的，教會不會去報警，並且會保障你的生存權利。」

「啊，原來是那樣的呀！」黑田點頭說，但又接著問：「那麼，福山市立大學的藤井老師也躲到那裡了嗎？」

「有此可能。」

御手洗說。接著，他拉開車門，命令似的說道：

「我們接著去小松鐘錶貴金屬店。」

在車子開往小松鐘錶店的途中，黑田又問：

「御手洗先生，你為什麼沒有問小松社長關於毒品的事？」

御手洗說：

「因為問了，他也不會說。請你們暗中調查這件事。」

可是黑田又說：

「可是，你為什麼完全提也不提毒品的事呢？如果提了，說不定多少會得到一點線索。」

「因為我如果說了，就有走漏風聲的危險性。教會一旦得到訊息，尊師朴很可能就會逃到國外去。在可以執行強制搜查以前，我們必須裝作什麼也不知道，讓他們覺得我們沒有任何發現。」

黑田雙手抱胸，用力地點了一下頭。

「嗯，話是這麼說沒錯。可是，我實在沒有什麼信心。」

黑田此話一落，開車的福山署刑警立即正色說道：

「課長，不可以這麼說呀！」

但課長只是有氣無力地點了頭。

「不要沒有信心。」御手洗說：「想要逮捕朴的這個千載難逢的機會，現在就在眼前了。如果不能逮捕他，西日本就會面臨淪陷的危機，如果能夠逮捕到他，全世界的警察都會感謝福山署，這是福山署成名的機會。」

「哦？是嗎？」

黑田似乎不怎麼關心地說。看來這個男人好像天生就沒有想出頭或想成名的念頭。

「現在最重要的就是要掌握證據。」

御手洗這麼說。正在開車的刑警接口說道：

「是呀。可是，我們現在什麼證據也沒有掌握到。」

「我知道對手很厲害，所以能夠不斷地擺脫世界各地警察的持續追查。朴這個人不僅聰明，也很有語言的天分。可是無論如何，逮捕他都是我們非做不可的事情。在幕府末期的那個年代裡，福山藩就是防衛日本的最後一道防線吧？」

「哦？真的嗎？」黑田訝異地說。

「歷史再度把福山推到最後的防線上了。請徹底檢查宇野芳江的屍體，並且秘密調查朴的行動，也不要放過那些半灰色的團體。」

「半灰色的團體？」

「就是比飛車黨蠻橫，既不是暴力組織，也不是正經行事的團體。最近他們常有行動，資金好像也很充足。要特別注意關西的半灰色團體。貝克資材可能和那樣的團體有往來，必須徹底掌握到他們銷售毒品的事實。這一點請一定要做到。」

「是。了解。」

黑田點頭，但開車的刑警卻說：

「可是，要掌握半灰色團體行蹤，可不是容易的事。」

「為什麼？」我問。

「因為他們不會固定在一個地域活動，一旦覺得不對勁，就會騎著機車逃走，在全日本亂竄。」

「那些人原本就很擅長騎車，而現在的日本到哪裡都很容易租得到房子。」

鞆町署的刑警也這麼說。御手洗一臉嚴肅地說：

「朴在莫斯科時差一點就被逮捕，但最後還是被他逃脫，真的是一個厲害的傢伙。可是這裡是狹窄的島，我們無論如何一定要抓到證據。」

「毒品呀……」

黑田喃喃說著。御手洗又說：

「關於毒品，不用問也看得出來那個山田有吸毒。他的腳步踉蹌，明明沒有感冒，卻一直在流鼻水。不只他，其他社員也一樣。」

「是呀。」黑田說。

「那個辦公室裡的社員都有那樣的現象。山田還拚命地在抽菸，可見他是毒癮犯了。最明顯的是他的眼睛，拿下他的眼鏡後，就可以看到他的瞳孔放大，眼神渙散。」

「沒錯。不過，他還戴著布萊德．彼特也會戴的眼鏡。」

黑田好像很佩服似的說。

4

我們坐在小松貴金屬店內的沙發，與小松太太說話。御手洗一開口，就問了一個很奇怪的問題。

「小松義久先生會去看牙醫了嗎？」

聽他這一問，小松太太大聲地說：

「啊，會的。他去看牙醫了。」

御手洗點點頭，再問：

「那樣呀！是哪裡的牙醫呢？」

於是小松太太舉起手，指著門外的馬路，誇張地左右揮動著，說：

「就在前面。沿著前面的大街走就可以看到了。叫做油木牙科診所。」

御手洗使了一個眼色後，黑田從懷裡拿出記事本。從這個時候起，他們兩人開始了奇怪的合作。

「小松太太，妳可以敘述一下小松先生的工作內容嗎？」

御手洗這麼問時，小松太太又是大動作地左右擺著頭。這個女人好像做什麼事情的動作都很大。

「我什麼也不知道。因為我先生都不告訴我。」她說。

「聽過日東第一教會嗎？」

「沒有聽過。」

御手洗點點頭，又問；

「小松先生有信仰嗎？」

這個問題讓小松太太抬頭看了一下天花板，然後才低頭回答：

「我們家是信佛教的，但是他有沒有信仰……」

「聽過『貝克資材』這個名字嗎？」

「沒有耶……」

小松太太只這麼回答，然後就是搖頭。

「妳知道小松先生工作有關的文件放在什麼地方嗎？或者聽他說過那些東西放在哪裡嗎？」

「有的。房間裡有金庫，但他從來不讓我們碰。」小松太太說。

「那個金庫有上鎖嗎？」

「上鎖……」

「金庫的門鎖起來了嗎？」黑田問。

「唔，有吧！但是我從來沒有碰過那個金庫。」小松太太說。

「可以看一下嗎？」御手洗說。

「好的。」

小松太太說著，就站了起來。

我們在小松太太的帶領下，進入店的後面，換了室內拖鞋後，走進屋子後面的走廊。走廊好像繞了一圈中庭般地接續著。我們走在小松夫人的後面，來到一間和室。小松太太站在和室的榻榻米上，指著旁邊壁龕裡的金庫。

「這裡就是我先生使用的房間。這個就是金庫。」

小松太太指著腳旁邊的金庫說。御手洗立刻蹲在金庫的前面，握著金庫的門把試著打開金庫，但金庫果然如預期的鎖起來了。

小松太太和刑警們也都跪在御手洗旁邊的榻榻米上。御手洗的視線離開金庫，他轉動身體，看著旁邊的庭院，然後說：

「這個房間很不錯，還能看到庭院。」

「哦？是嗎？」小松太太說。

「真的很不錯，是很棒的房間。那邊的房間呢？」

隔著種植在院子裡的南天竹，還有另外一個房間。御手洗指著那個房間的拉門問。

「那是我婆婆的房間。」小松太太回答。

「婆婆健在嗎？」

御手洗問。他好像完全忘記金庫的事了。

「是的，我婆婆的精神還很好。我先生很順從我婆婆，只會對我們生氣而已。」小松太太說。

「妳知道妳婆婆的生日嗎？」

「不知道耶……」小松太太說。「我只知道她是昭和二年生的，但不知道是幾月幾日。」

「妳可以去問問嗎？」御手洗說。

「啊？」

小松太太不明所以地張大了眼睛。

「現在去問嗎？」

「是的，現在去問。」

御手洗點頭說。於是小松太太便站起來，走到圍繞著庭院的走廊，往對面的走廊走去。不久，就看到她的身影出現在南天竹的另一邊。她拉開拉門，走進房間裡。

很快地，拉門再度被拉開，小松太太從裡面出來，然後快步地回到我們所在的房間。

「八月二十四日。」

小松太太說。御手洗聽到後，馬上面對著金庫，轉動金庫門上的密碼轉盤，瞬間就打開了金庫門。

「哎呀！打開了。這麼簡單！」

黑田說，並且低下頭看著金庫的內部。金庫裡面有一疊文件，深處的角落裡還有鑰匙。御手洗把鑰匙拿出來。

「這是鑰匙嘛！是哪裡的鑰匙呢？」

黑田說。其他刑警們也露出不解的表情。御手洗把鑰匙交給黑田和刑警們，一邊翻著那疊文件，一邊說：

「是車站投幣寄物櫃的鑰匙。」

「是嗎？原來是投幣寄物櫃的鑰匙呀！啊，上面有號碼牌。一四三五。可是，已經過了這麼久了，櫃子裡的東西已經被清掉了吧？小松太太，妳先生是什麼時候失蹤的？」黑田問。

「去年十二月。」

小松太太一邊回答，一邊在御手洗身邊跪坐下來。這麼說來，小松義久已經失蹤半年以上了。

「好了，這樣就可以了。」

御手洗說著，很快地站了起來。

「那個，我先生是……」

小松太太也連忙跟著站起來。

「現在還不清楚他在哪裡，我們正極力在追查他的行蹤。」黑田回答。

「那個……因為還有兒子的事要處理，必須早日做安排，所以請明白地告訴我現在的情況。」

小松太太說。表情很是堅定。

「小松先生去年也有去看牙醫嗎？」御手洗問。

「有的。去年也有去。」小松太太說。

「那麼，事情很快就會有答案了。」御手洗說。

「是，是。那個……」

小松太太一臉憂愁地看著御手洗的臉。

「妳最好要有心理準備呀！」

御手洗冷冷地說。

「啊？是嗎？」

小松太太說著，不禁垂頭喪氣起來。

我能了解御手洗現在說這些話的原因。我從以前的某一個事件裡，知道牙科診所通常會保留病人五年的就診資料。如果小松義久去年還曾經去牙科診所就診，那麼診所那裡一定留有小松義久的資料。漂流到興居島的屍體中，若某一具屍體的牙齒資料，與留在油木牙科診所的資料吻合，那麼那具屍體便是小松太太的丈夫——小松義久了。所以御手洗才會說很快就會有答案了。我覺得胸口有點痛。

我們朝著福山車站去。

走進站內後，刑警們立刻走到投幣寄物櫃的前面，尋找鑰匙號碼牌上的櫃子。

「一四三五！就是這個了。」

黑田找到那個寄物櫃，把鑰匙插入鑰匙孔內。

「啊！打不開。去失物課問問看吧。」

黑田說，於是我們便去了失物課的倉庫。

我們坐在鋼管摺疊椅子上等了一下子後，前往失物課的人便回來了，說：

「這個就是一四三五櫃子裡的東西。」

他把一個小提包放在櫃檯桌上。

「這個提包上鎖了。」

想要拉開提包拉鍊的黑田說。

「這個提包上有提包型的鎖頭。」

「那種東西用鉗子就可以輕易剪斷了，拿回去署裡剪吧！」

御手洗說。

「嘿，沒錯。就那麼辦吧！」

黑田說著，便拿起提包。

把提包帶回到福山署的刑警室後，黑田便吩咐手下拿剪切金屬用的器具，以剪金屬用的剪子，剪斷了提包鎖的提把部位。

「啊！」

拉開提包的拉鍊後，黑田把手伸進提包內，拿出一個白色的紙袋子。黑田看著紙袋子的裡面。

他發出驚訝的聲音。

「裡面是什麼？」
刑警問。
「你認為裡面的東西是什麼？」
「是金塊吧？」御手洗說。
「答對了。」
黑田說著，把金塊從白色的紙袋子裡拎了出來。
「這就是從橫島的日東第一教會的地下挖掘出來的金子。因為想把金子換成錢，所以在小松鐘錶金屬店的介紹下，與買賣毒品的貝克資材往來。但是，中途不知道出了什麼差錯，小松義久被殺死了。」御手洗說。
「原來如此呀！那麼，小松義久失蹤的事情算是明白了。」黑田說。
「所以呢，我的工作也結束了。後面的事情就麻煩各位處理了。可以去大街上的油木牙科診所調出小松義久的就診資料，再與存放在松山署的漂流屍體的頭骨牙齒做比較就明白了。其他的案件也請務必徹底搜索，找出細部的證據。不管是遺留在宇野芳江屍體上的東西，還是小松義久被殺的原因，都要仔細調查。」
「喂，等等，等一下呀！」黑田慌慌張張地說。「你該不會這樣就要回去東京了吧？這件事還……」
「御手洗，這個事件還沒有結束吧？」我也說。
「現在才要開始調查吧！」鞆町署的刑警也這麼說。
「我沒有說要放手不管了。還會回來這裡的。我只是想收集世界各地的情報，所以要暫時回橫濱一趟。朴是個厲害的傢伙，不會輕易就把證據留在這個地方。」

「御手洗，你不是說外國的警察也抓不到他的把柄嗎？」我說。
「既然外國都找不到證據，就應該在這個地方好好找呀！」
「我也是這麼想的。」
黑田說。其他刑警們聞言紛紛點頭稱是。
「這個事件需要國際刑警組織的協助，有必要和他們取得聯絡。做好所有的調查工作，才能一舉踏上橫島，進行強制搜索，逮捕尼爾森・朴，徹底殲滅他的組織。這一點是很重要的，我們沒有太多猶豫的時間。千萬注意別讓朴逃走。還有，在進行強制搜索時，如果遇到困難，可以去請教內閣情報調查室的佐佐木。」御手洗說。
「內閣情報調查室？佐佐木先生？」
「這次的事件關係到朝鮮與滿州時代的鴉片戰爭。」
「哦？」
黑田訝異得張大嘴巴。
「那時他們站在正義的那一方，現在他們的出現，可以說是一種復仇的行為。好了，石岡，我們該走了。現在回橫濱的話，我想還趕得上最後一班新幹線列車。」
黑田連忙舉起手，看著腕上的錶，很高興似的說：
「御手洗先生，很遺憾吶！最後一班新幹線列車再十分鐘就要開，你絕對來不及了。」
「御手洗先生，我們的能力有限，而且對你剛才說的話，我們也聽得一知半解，應付不了這個事件，所以請你在這裡多留幾天吧！」
「是呀！御手洗。」
「這個事件實在太大了，我們實在不知道要從何下手。如果你現在回去，我們就不知道該怎麼辦了。我們想不出辦法呀！」

刑警們也點頭同意這個說法。

「今天晚上就在鞆町住一晚吧！你可以好好參觀鞆町……」

「現在沒有觀光的時間吧。」

御手洗嚇了一跳地說。我也同樣感到吃驚。黑田好像不是很清楚目前的狀況。

「這樣吧！總之今天晚上就讓我和鞆町署設宴，謝謝你們的幫忙，然後好好地給大家打打氣。就這樣說定了。受到你們的幫忙，卻一點表示也沒有的話，我們福山就太丟臉了。」

「也還需要請兩位幫忙擬定未來的作戰計畫。」

福山署的刑警也這麼說。

「請到仙醉島的錦水國際飯店一帶，享受瀨戶內海的水產，和日本最好的風景吧！今天晚上一起喝一杯，算是征戰前的出征宴吧！」

我們站在前往仙醉島的渡輪上，海風徐徐吹來。御手洗對我說：

「國與國之間的戰爭就像體罰所衍生出來的問題。打人的人卻早已忘記打人的事實，但被打的一方卻一輩子也忘不了被打的事，隨時都在想著要如何報仇雪恨。所以日本必須承受半島和大陸那邊經年累月的復仇心態。如今他們已經儲備足夠的復仇能量，準備對付早已忘記那一段歷史的我們。」

但是，黑田依舊沒有半點感覺，一直熱心地做一個導遊。

「這一帶就是以前朝鮮來的使者盛讚為『日東第一形勝』的海面。那邊懸崖上的寺廟叫做對潮樓，從那裡的窗戶可以眺望這裡的海面全景。」

5

翌日早晨，我神清氣爽地在錦水國際飯店的房間裡醒來。因為仙醉島上沒有汽車，所以沒有車輛的噪音，我是被陽台外寬闊海面上的平靜波浪聲所喚醒的。

走到陽台上看，陽光下的白色沙灘上一個人也沒有。這裡沒有汽車排放的廢氣，空氣非常清新，還帶著乾淨的海水氣息。

這裡的海面風平浪靜，平靜得宛如游泳池，只有微微波浪。微波的聲音很安靜，溫柔地沖洗著沙灘上的細砂石。白色波浪下的海水與厚玻璃一樣，呈現出絕色的光澤，美好得讓我覺得彷彿在夢中。我在沒有人為喧囂的樂園裡醒來。

穿著浴衣的我披上日式的寬袖棉質袍子，來到樓下的餐廳。有著海味與海苔的日式早餐已經在等我們了。

我心情愉快地吃著早餐，但當我的視線偶爾投向窗外時，被窗外的景色嚇了一跳。因為有五、六隻的狸隔著玻璃窗，正目不轉睛地看著我們。

「哎呀！那不是狸嗎？這麼多隻狸！牠們好像正在對我們說『給我吃』。」

聽到我這麼說，御手洗也轉身看著狸們。牠們沒有敲打窗戶，也沒有想要拉開窗戶的動作，只是安靜地坐著等待。

「真的耶！這條魚給牠們吧！」

御手洗說著，打開窗戶，把烤魚丟出去。於是狸們一下子擁上來，一起吃著那條魚。

「牠們在吃了。喂，好吃嗎？」

御手洗問。但是，當然得不到任何回應。

「這些狸好安靜，都不會叫。」我說。

「牠們又不是狗，狸是不叫的。」御手洗說。

可是，狸的臉和顏色與體型都和狗很像。眼前的狸們都瘦瘦的，不像繪本裡肚子大大、胖胖的狸。仔細想想，我確實想不出來狸的聲音究竟是什麼樣子。

「這個炒蛋也給牠們吧！牠們會吃吧？」

御手洗說著，就把炒蛋也丟給狸們。

「牠們餓了。石岡君，把你的炒蛋也丟給牠們吧！」

御手洗命令似的對我說。

「我也想吃炒蛋。」

我也有點餓了。

「不要太自私，這個世界是需要互相幫助的，反正這一餐的錢是由警方付的。」

因為御手洗這麼說，所以我就丟了一些小菜給狸們。

「不過，這座島真的好安靜，連一輛汽車也沒有，今天早上我是被平靜的海浪聲叫醒的。真是一個好地方。」我說。

「因為沒有汽車，這些狸們才能在這裡生活，不會被車子撞到。」

御手洗說這句話時，他的手機響了。他拿出手機。

「是，是。我就是御手洗。啊！老師，有什麼事嗎？唔？老師現在在鞆町？」

御手洗這麼說。

渡船接近鞆町的碼頭時，就看到檢票口的地方有位女性高舉著右手，正左右揮舞著，是瀧澤助理教授。

瀧澤助理教授和我們一起走在鞆町舊街的石板路上。走到石板路的石階時，她說：

「我老家就在這附近。我是這裡長大的孩子。這兩天我正好大學裡沒有課，又有事情想請教御手洗老師，所以我就回來了。」

「藤井老師和妳聯絡了嗎？」御手洗問。

「啊，包括這件事也……他還沒有和我聯絡。」瀧澤助理教授說。

「妳可以帶我們認識鞆町嗎？」御手洗問。

「當然。請務必讓我為你們帶路。」助理教授說。

爬上石階後，就看到一扇門。門內就是對潮樓的前庭。我們站在前庭的泥土地上，面向著建築物的入口。

「這就是對潮樓嗎？聽說坂本龍馬也來過這裡。」我問。

「是的。這裡的正式名稱叫福禪寺。坂本龍馬組建的龜山社中所屬的伊呂波號，被紀州藩的船撞沉，第一次的賠償交涉會議就是在這裡進行的。」

瀧澤助理教授告訴我們這些。她是日本史的專家。

要進入對潮樓的入口時，又有石階。我們在石階的最上面脫掉鞋子，走到像走廊一樣的地方。把鞋子放進右手邊的後方，我們便沿著走廊往前走。

走廊的左手邊出現一間鋪著榻榻米的大空間，這個大空間的正面入口的上方，掛著一塊寫著「日東第一形勝」的大扁額。助理教授把我們帶到那塊大木板的下面，說：

「這就是著名的『日東第一形勝』題字。從前朝鮮使節來此留宿時，從那個大窗戶看到海上的美景，深受感動而寫下了這幾個字。」
她指著右手邊說明。右邊的大窗戶正好對著我們昨天晚上住宿的仙醉島。
「『日東第一』是什麼意思？」我問。
「意思就是：朝鮮以東的世界裡最美的地方。」
「哇！」
「這樣的美景確實感動了那些使節，題字的是使節中一位叫做李邦彥的人。」
「那個有問題的宗教組織的名稱，是從這裡而來的吧？」
面對我的問題，瀧澤助理教授表情複雜地點了點頭。
我們面向著「日東第一形勝」的大窗，踏入榻榻米的地板。
「啊！」
我忍不住輕呼出聲。大窗戶外面的景色美得像縮小版的庭園。除了被綠色植物覆蓋的大大小小島嶼外，眼前的小島上豎立著雙層的塔樓，而塔樓的腳下就是寬廣的海面。
在助理教授的示意下，我們坐在鋪在大窗戶前的坐墊上。大概是時間還早的關係吧，來參觀的旅客並不多。
「聽得到琴聲呢！」
我說。那應該是錄音機播放出來的琴聲。
「是宮城道雄的〈春之海〉。」助理教授回答。
「是嗎？難怪我覺得耳熟。」我說。
「道雄八歲就失明，他失明前，是由住在這附近的祖父母撫養長大的。所以，這首世界知名的曲子的根本，可以說就是來自鞆町的海灣。聽說曲子中央的旋律所表現的，便是鞆町漁港的風光。」

「從這裡看出去的視線真的太棒了。這個大窗戶就像一個大畫框。」

「是的。大家都這麼說。前面的那座小島叫做弁天島。弁天島對面的大島就是你們昨天晚上投宿的仙醉島。」

「我們是住在那座島上了。而且，那座島上有狸。」我說。「這海，就是剛才渡船經過的海嗎？」

「是的。從前這個懸崖下面就是海。」

助理教授解說著。她的聲音非常清朗。

「那座小島的上面是綠色的植物，下面是白色的岩岸，與島上的建築物搭配起來，有著絕妙的平衡感。再加上點綴在海面上大大小小的綠色島嶼，真的很像縮小版的庭園。」

「晚上月亮出來的時候也很漂亮。這邊是正東方，除了是太陽上升的地方外，也是月亮升空的地方。雖然季節的變動會帶來變化，但太陽和月亮都在這個大窗戶的範圍內由右到左地移動著。」

「嗯，從這邊到那邊。」

我用手比畫著。

「是的。」

「都不會跑出這個畫框。」

「沒錯。就是那樣。」

「那麼，這個窗戶就變成月曆了呀！」

「可以這麼說。」

我們從蓋在小丘上的對潮樓下來到港邊，在鋪著石頭的廣場上走著。

「這個是安政時代設置的常夜燈。」

助理教授說。她帶我們走到位於廣場邊緣的巨大石造燈籠構造物旁邊。

「安政大獄的時候嗎？」我問。

「是的。自古以來鞆港就以良港之名，出現在文獻之中。做為一個待潮之港，這裡擁有常夜燈、雁木、焚場和防波堤等等設備，這些都是古代的良港才會有的條件。直到現在，這些設備都還留著。」

「什麼是雁木？」

「就是指階梯狀的碼頭。就是這個。請跟我來。」

說著，她便邁出腳步。

她下了前面的石階。石階的下方就是海水。

「這裡的海水漲退潮的差距很大。退潮時船的位置在非常下面的地方，難以進行裝卸貨物的作業，所以才會把碼頭做成階梯的形狀，這樣不管是漲潮還是退潮的時候，就都可以進行裝卸貨的工作了。

「可是為什麼會叫做雁木？」

我再問。於是她用手指著腳下，說道：

「以前，像這樣的階梯是木材做的，固定木板的金屬頭的樣子，像成群飛翔、排成V字形隊伍的雁子。這就是階梯碼頭有雁木之稱的由來。」

「啊，原來如此。那麼，焚場又是什麼？」我又問。

「焚場是指修繕船隻的船塢。焚場是以前的說法。」

「哦？這裡有船塢嗎？」

「其實焚場只是斜鋪著石板，像斜坡的地方。船隻駛入那個斜坡，固定好了以後，等待退潮時露出船的底部，就可以進行修繕和剝除附著在船底的貝殼，再焚燒乾草，煙薰船底。古時候這裡用『焚』這個字來表示煙薰的作業，所以修繕船隻的地方，就稱為焚場。」

「哦哦。原來是這樣的呀。」

我終於了解了。

「焚場的遺跡就在這個海灣的那個地方。」

瀧澤助理教授舉起手，指著西邊的方向。

「當時被撞擊的龍馬的伊呂波號，被拖曳到這麼遠的鞆港，我想就是為了要在這裡的焚場進行修理。」

助理教授說。

6

我們走在港邊的路上，看到了一家外表還算精緻的咖啡館，便走進那家名叫潮工房的咖啡館。咖啡館裡也有提供三明治。服務生一走過來，御手洗立刻點了總匯三明治和奶茶。

穿著黑色圍裙的服務生梳著男式大背頭，外表很斯文，是一個看起來像偶像藝人的男人。男子接受完點餐，回到吧檯裡後，便表情認真地開始製作三明治。助理教授不時地瞄著那個男子看。

男人很快就做好三明治，他把三明治和紅茶一起放在餐盤，送到我們的座位來。三明治一上桌，御手洗迫不及待地伸手一把抓起三明治往嘴裡塞，他的動作惹得瀧澤助理教授張大了眼睛。

「這個人把他的早餐都給狸吃了，所以現在肚子餓了。」

我這麼對助理教授說明。

「哦，給狸吃了呀！」

瀧澤助理教授說。此時嘴裡塞滿食物的御手洗一邊吃，一邊問道：

「妳要問我什麼事？」

「關於阿部正弘的『星籠』的事。」助理教授說。

「『星籠』？」

御手洗鼓著臉頰問。

「是的，我等一下就會做說明。『星籠』是歷史之謎，我告訴藤井老師我非常想解開這個謎。所以，我想藤井老師現在應該也正在追查和『星籠』有關的事吧！」

說著，瀧澤助理教授便把剛才放在旁邊的提包拿來放在自己的膝蓋上，然後從提包裡取出裡面的印刷品，把印刷品排放在桌子上，開始了她的說明。

她充滿熱情地做了相當長的說明，詳細地解說了和村上水軍的軍備有關的資料，與織田信長的巨大鐵船。我是個歷史愛好者，對我來說，她所說明的內容不僅非常刺激，更是充滿了魅力。她的說明結束時，御手洗的三明治盤子已盤底朝天，紅茶也喝光光了。御手洗可能是太認真聽講，以至於聽累了，所以整個人往後仰，背部全靠在椅背上。現在，他直起身體，說：

「妳的意思是：因為幕府最終沒有和培里的黑船艦隊開戰，所以『星籠』這個字眼便成了不解之謎。」

助理教授點點頭，說：

「是的，就是這樣。」

「如果有開戰的話，應該就會使用到『星籠』了。」

我補充地說。助理教授又說：
「這是我研究的專門領域，也是目前在大學裡正在教學生的內容，所以講得太細，讓御手洗老師覺得無聊了。」
「不會。」御手洗馬上說。「一點也不會無聊。」
「御手洗老師。」助理教授說。
「什麼？」
「老師覺得如何……」
御手洗稍微沉默了一下，才反問道：
「關於『星籠』嗎？」
「是的。」
「妳的資料只有這些嗎？」
「是的。」
於是御手洗突然雙手一合，像在搖調酒杯般地左右搖晃著，說：
「真是無法置信呀！妳剛才所說的內容，就像瀨戶內海一樣地井然有序，好像是被某個意志所操控一樣，慎重而具有限定性。」
「什麼意思？」
助理教授抬頭看著御手洗問。
「整理出這些資料的人，應該不是妳吧？誰是整理出這些資料的人，答案就像把硬幣藏在手掌中，那個人想要測試我的能耐。就像這樣。」
御手洗說著，從口袋裡掏出五百圓的硬幣，把硬幣放在掌中，慢慢合起手掌，再慢慢張開手掌。

「看，不見了。」

助理教授先是注視著已經空無一物的御手洗手掌，再抬頭看著御手洗的臉。

「但是，答案就在這裡。」

御手洗讓助理教授看隱藏起來的硬幣，然後「咚」一聲，把硬幣放在桌面上。

「那是一個被限定的世界，一眼就可以看清楚整個狀況。一目了然到令人難以相信的地步。」

她先是無言地看著御手洗，隔了一會兒後，才說：

「這話的意思是……」

「即使是三流的人才也知道答案，信長的鐵船就是重點。」

「啊，果然是……」

聽到御手洗那麼說後，助理教授的眼睛發亮了。

「藉著中國大返還❽之舉，順利地繼承了信長的政權，成為日本的霸主。秀吉後來還想運用強大的軍力，攻打中國大陸，制霸天下。」

「是的。」

「那個時候，他需要大量的船，登陸用的快船。」

御手洗說。我心想：他知道的事情還真多呀！

「沒錯。但是，傳教士們對中國也有野心，所以不願意提供好的船隻給秀吉。生氣的秀吉便發佈了『伴天連追放令』❾。這個『伴天連追放令』，其實就是日後禁止基督教、天主教的原點。」

「不過，後來秀吉只打到了朝鮮半島。對吧？」

「是的。」

「秀吉攻打朝鮮的資料裡，有提到巨大的鐵船嗎？」

「沒有。因為鐵船的速度不夠快的關係吧！不過，鐵船上有力量強大的大砲，對秀吉的戰爭應該是有幫助。」

「因為鐵船已經沉沒了吧！」御手洗說。

「可能吧！可是，究竟是誰有能力讓鐵船沉沒？而且，是怎麼讓鐵船沉沒的呢？」

「根據妳剛才做的那些說明，有那種能力的人，恐怕只有村上水軍了。曾經被信長擊敗的他們，進行了報復，讓鐵船沉沒了。」

「可是，他們用什麼方法讓鐵船沉沒？有什麼方法可能讓一艘用鐵皮包起來的船沉沒呢？」

「沒有嗎？」

「我想當時應該是沒有的。當時攻擊船的基本方法是火攻，燒毀對手的船。但火攻對鐵船無效，而鐵船卻可以用大砲擊沉對手。」

「所以當時鐵船是無敵的。」

「是的，我認為是那樣沒錯。」

「如果事實是那樣，那麼，後來的軍船應該都會打造成鐵甲船才對。然而實際的情形卻不是那樣。」

「嗯，是呀！」

「我認為鐵船一定有很大的缺點。」

「鐵船的速度不夠快。這是大家都知道的事。」

❽後來改名為豐臣秀吉的羽柴秀吉奉織田信長之命，前往中國地方征討毛利氏，但在得知信長於本能寺遇難時，秀吉率軍七天內從中國地方趕到京都。這段歷史被稱為中國大返還。

❾「伴天連」是葡萄牙語「Padre」的音譯，是神父、傳教士的意思，而日語中的漢字「追放」，是放逐的意思。

「為什麼鐵船的速度不快？」

「因為鐵船重呀！不是嗎？」

「船船的演進史是這樣的：從木頭打造的船演進到用鐵建造的船，再進化到用鋼鐵建造的船。知道木造船被鐵造船取代的原因嗎？」

「因為鐵造船比較重的關係？」

「不對。」

「因為木頭會腐朽……」

「鐵也會生鏽呀！是因為輕的關係。鐵造船的總重量比木造船輕。鐵造船取代木造船的原因，除此以外無他。」

「哦？是這樣的嗎？」

「不過，如果是木造船上貼鐵皮而完成的鐵船，不僅重量重，而且還比較不穩定。」

「不穩定的意思是……」

「就是容易翻覆、沉沒。」

「啊！」

「沒有鐵船的圖面資料吧？但是，用鐵皮包起來的鐵船，我想應該只有露出水面的部分是鐵船。」

「是，一定是那樣的吧。」

「既然是那樣，那麼只要在水中的木造部分上鑿洞，那樣的鐵船或許比一般的木造船更脆弱，也更容易沉沒。」

「是的，或許是的。」

「那個時期村上水軍的大將是誰？」

「是村上武吉。」

「那麼，就應該徹底地調查武吉和他周圍的人的書信資料。能擊敗天下最厲害的信長的新武器，一定會在一些地方露出自豪的心態。所謂的戰略專家免不了都會那樣吧！」御手洗說。

「是嗎？但是，要去哪裡找那樣的書信呢？」助理教授說。

「能島不就有那樣的資料嗎？村上水軍資料館就在能島呀！」

「啊！對喔。」

「可以請這裡的研究員幫忙。」

「那……您知道要找誰嗎？」

「福山歷史博物館的富永先生就可以了。」

「啊，是嗎？是吧！」

助理教授低頭沉思著。御手洗繼續說：

「藤井老師如果是一個有能力的學者，我想他也會往這方面去做。」

聽到御手洗這麼說，瀧澤助理教授露出訝異的表情，視線停留在半空中，喃喃自語地低聲說著：

「能島、村上水軍資料館……」

過了一會兒，她的視線回到御手洗的身上，問：

「那我要怎麼……」

「妳現在最好做外出的打算。」

「老師是……」

助理教授對御手洗說。

「瀧澤老師，妳別忘了世上還有警察這樣的角色存在。」御手洗說。

「可是，調查那些文獻資料可以知道什麼呢？」助理教授百思不解地問。
「或許可以了解某個字詞。」
「字詞？什麼字詞？」
聽到助理教授的疑問，御手洗忍不住笑了。
「什麼字詞？還用說嗎？當然是『星籠』呀！」
助理教授張著嘴巴，愣住了。
從咖啡館出來後，我們登上石板坡道，準備前往醫王寺。
「御手洗老師，您的意思是村上武吉使用『星籠』，擊沉了信長的鐵船。是這樣嗎？」助理教授問。
「從妳做的說明聽起來，應該就是那樣。除此之外，沒有別的了。」
「『星籠』是村上水軍的？……」
「村上水軍之所以厲害的秘密，就是他們擁有科學性武器吧？例如帶鉤繩梯、火球、可以燃燒很久的火箭、小快船……」
「那麼『星籠』也是……」
「也是依循科學性而發展出來的武器。」
「嘩！」
助理教授驚訝得說不出話。
「有那樣的可能性吧？」
「可是，老師您剛才提到的，信長的鐵甲船的弱點，就是水面下的木造部分……」

御手洗點頭，說：

「沒錯，那就是鐵甲船的弱點。」

「那麼，那個……要怎麼攻擊那個弱點呢？」

「『星籠』就是為了攻擊那個弱點，而被開發出來的武器。」御手洗淡淡地說。「為了對付鐵船這個目的，被視為瀨戶內海的霸主，擁有先進的科學能力與經驗、知識，和訓練有素的精良海上部隊的村上水軍，動員所有的能量來開發新武器。」

走到石板坡道的盡頭了。我們三人便並肩踏進醫王寺的境內。我們一邊走，御手洗一邊繼續說：

「阿部任職老中時的幕府末期，應該是江戶幕府的軍力最微弱的時候。」

助理教授點頭同意，並且答道：

「是的。所以，即使帶領大軍征伐長州藩，還是一下子就被擁有最新裝備的長州藩擊潰。幕府當時的軍備，基本上和兩、三百年前的關原之戰時一樣。」

「水上戰爭的軍備方面也是一樣吧？」御手洗問。

「是的。幕府原本就沒有海軍。」

「如果『星籠』是一種新武器，那麼就是為了海戰而準備的武器。」

「是的。」

「沒有海軍的阿部時代的江戶幕府，應該不會去開發海戰用的武器。基本上就不會有那樣的想法。而且，當時也沒有開發新武器的軍事費用。」御手洗說。

進入醫王寺內後，我們走到牆邊，低頭俯瞰腳下的方向。醫王寺位於高台上，所以我們低頭俯瞰時，整個鞆町和瀨戶內海全部進入我的視線內。

「嘩！太美了。這裡的視線真好。」我非常感動地說著。

「是呀！真的耶！」

助理教授也這麼說。但御手洗卻無視我的感動，繼續說道：

「如是那是軍事用途的武器，那麼外部的人一定會把開發出來的完成品送到阿部眼前。而在江戶時代能夠開發出擊敗海上大船的新武器，並且能夠有那樣的戰略構思的人，則一定是熟悉瀨戶內海特殊條件，與瀨戶內海的霸主——村上水軍有關係的人。」

「是的。照這樣的思緒想來，那麼日本在戰國的那個時代，竟然就已經有與美國的黑船類似的強大大型船隻了。」

「因為信長是擁有世界最高水準的軍事家，當時他的鐵砲隊的火器數量可說是世界第一。」

「嗯，是的，的確是那樣。」助理教授點頭說。「連軍艦都有了。」

「沒有錯。那樣的大船，可以說是日本第一艘軍艦。」御手洗也點頭。「而這個瀨戶內海，則是日本最大的內海。」

「是，是的。」

「但是村上卻能像在自家中的院子一樣，在這麼大的內海上自由自在地航行。」

「嗯。」

「並且還帶領村上水軍漂亮地擊沉了像黑船那樣的無敵鐵甲船。」

「是呀！就是那樣呀！」

助理教授說著，輕輕地嘆了一口氣。她嘆息的樣子看起來有點性感，我的心不禁猛然一跳。

「如果是那樣的村上，那就應該辦得到吧！」御手洗說。

「嗯，或許吧。噢，不，是只能那樣想了。」

助理教授無限感慨地說。在這樣的一瞬間，我確實地感覺到這個女人完全把歷史當作自己的情人了。因為像這樣的歷史新解釋，經常讓她的臉上出現陶醉的表情。

助理教授露出陶然忘我的表情，目不轉睛地看著遠方的瀨戶內海。我想她的心一定已經穿越了時空，跑到一百五十年前的那個時代了。

御手洗繼續說：

「那時這個地區的藩主是阿部，而他也是當時鎮守在江戶，站在防衛日本國土線上的代表性人物。為了對付已經近在眼前的夷狄之邦美國，阿部陷入巨大的苦惱之中。面對國難，他的內心決定開戰。」

「是呀！是的。」

助理教授非常激動地說，連呼吸都急促起來了。

「然而敵我的軍事力量差距之大，彷彿天壤之別，那或許是一場絕無勝算的戰爭。看看鄰國——中國的災難，就可以明白到這一點了。」

「是呀。」

御手洗伸手指著眼下的鞆町房舍，說：

「於是，住在這個地區，明白阿部苦惱的村上水軍後裔，便獻上曾經擊沉信長無敵戰艦的秘策。村上水軍的後裔做這種事並不奇怪吧？」

「啊！」

「畢竟當時在江戶城內苦惱的阿部是自己的藩主大人呀！」

「是呀！」

助理教授轉動身子，露出了微笑。她的全身似乎都散發無比喜悅的心情。

「他們一定是認為能夠擊敗信長巨船的秘策，也一定能有效地對付黑船。」

御手洗點頭。

「因為鎖國的關係，當時日本的造船技術與操縱船的技術已經嚴重退化了。」

「和被稱為優秀的朱印船時代比起來，確實是退化了很多。」

擁有專家知識的助理教授完全同意地說。

「幕府末期的時代，日本人已經不能建造那樣的船了。關於海戰的技術，也遠遠不如信長與村上作戰的時代。」

「是的。」

「因此，除了村上水軍後裔獻上的秘策外，別無他法了。」

「是呀……」

助理教授又嘆氣了。但她這時的嘆氣與前面的不同，是陷入阿部的絕望中的感慨嘆息。

「既然如此，那就試試村上水軍後裔提供的秘策吧！」

助理教授安靜地點點頭，深思了一下子後，開始說道：

「不愧是御手洗老師，真的太厲害了。」

「什麼？」御手洗說。

「只靠著那一點點的資料，就能在這麼短的時間內提出這麼好的回答……」

但御手洗舉起手，在自己的眼前左右搖擺，說：

「是因為瀧澤老師說明得好的關係。對了，村上水軍後來怎麼樣了？」

御手洗似乎不知道這一段歷史。

「因為秀吉頒佈了海賊禁令，因島的村上家成為了毛利的家臣，能島的武吉因為被秀吉厭惡，而被消滅於周防的大島。至於來島的村上家則遭到解散，被驅逐到九州豐後國的玖珠郡。」

「這就是村上水軍的末路嗎？」

「是的。」

「除了村上水軍外，還有其他厲害的水軍嗎？」

「還有一支水軍也很有名，那就是忽那水軍。忽那水軍後來也被秀吉消滅了。據說忽那水軍和村上水軍之間是互有往來的。」

助理教授如此說道。

國家圖書館出版品預行編目資料

星籠之海 / 島田莊司作；郭清華譯 . -- 初版 . -- 臺北市：皇冠, 2015.9
面；公分 . -- (皇冠叢書；第 4493 種)(島田莊司推理傑作選 ;35)

譯自：星籠の海
ISBN 978-957-33-3177-3(全套：平裝)

861.57　　104015029

皇冠叢書第 4493 種
島田莊司推理傑作選 35

星籠之海（上）

作　　者—島田莊司
譯　　者—郭清華
發 行 人—平雲
出版發行—皇冠文化出版有限公司
台北市敦化北路 120 巷 50 號
電話◎ 02-27168888
郵撥帳號◎ 15261516 號
皇冠出版社（香港）有限公司
香港上環文咸東街 50 號寶恒商業中心
23 樓 2301-3 室
電話◎ 2529-1778　傳真◎ 2527-0904
總 編 輯—龔橞甄
責任編輯—蔡維鋼
美術設計—王瓊瑤
地圖繪製—米署
著作完成日期— 2013 年
初版一刷日期— 2015 年 9 月
初版二刷日期— 2016 年 9 月
法律顧問—王惠光律師

讀者服務傳真專線◎ 02-27150507
電腦編號◎ 432035
ISBN ◎ 978-957-33-3177-3
Printed in Taiwan
上、下冊不分售 ・ 本書定價◎新台幣 550 元 / 港幣 183 元